KB083608

만력야획편(상) 3

萬曆野獲編(上)

Wanliyehuobian Vol. I

옮긴이

이승신 李承信, Lee Seung-shin
현 한국공학대학 지식융합학부 외래교수. 이화여자대학교 중문과를 졸업하고 고려대학교에서 문학박사
학위를 취득했다. 상하이 푸단대학 방문학자, University of British Columbia visiting scholar, 고려
대학교 중국학연구소 연구교수 등을 역임했다. 저역서로『首屆宋代文學』(공저),『취옹문선역(醉翁文選譯)』,
『이백시전집(李白詩全集)』(공역) 등이 있으며, 대표 논문으로「중국고전산문연구의 시각과 방법론 모색」,
「구양수『귀전록(歸田錄)』의 체재와 서술 방식 연구」등이 있다.

채수민 蔡守民, Chae Su-min
현 고려대학교 세종캠퍼스 글로벌비즈니스대학 외래교수. 고려대학교 중문과를 졸업하고 중국 난징대학
에서 문학박사 학위를 취득했다. 상하이 푸단대학 방문학자, 고려대 세종캠퍼스 인문대학 교양교직 조교
수, 충북대학교 중국학연구소 객원연구원 등을 역임했다. 저역서로『중국 전통극의 공연과 문화』(공저),
『봉신연의』,『이백시전집(李白詩全集)』(공역) 등이 있으며, 대표 논문으로「청 중엽 희곡 활동의 변화 양
상」,「경극 연기 도구 챠오[蹻]에 관한 소고」등이 있다.

만력야획편(상) 3

초판인쇄 2023년 4월 20일 **초판발행** 2023년 4월 28일
지은이 심덕부 **옮긴이** 이승신·채수민 **펴낸이** 박성모 **펴낸곳** 소명출판 **출판등록** 제1998-000017호
주소 서울시 서초구 사임당로14길 15 서광빌딩 2층
전화 02-585-7840 **팩스** 02-585-7848
전자우편 somyungbooks@daum.net **홈페이지** www.somyong.co.kr

값 35,000원 ⓒ 이승신·채수민, 2023
ISBN 979-11-5905-782-3 94820
ISBN 979-11-5905-779-3 (전4권)

이 저서는 2018년 대한민국 교육부와 한국연구재단의 지원을 받아 수행된 연구임(NRF-2018S1A5A7037302)

한 국 연 구 재 단
학술명저번역총서

만력야획편(상) 3

萬曆野獲編(上)

Wanliyehuobian Vol. I

심덕부 저

이승신 · 채수민 역

일러두기

1. 본 번역서는『만력야획편』상·중·하(심덕부 저, 북경 : 중화서국, 2015)를 저본으로 하고,『만력야획편』3책(심덕부 저, 양만리楊萬里 교점, 상해 : 상해고적출판사, 2012) 외 기타 판본을 참고했다.

2. 인명, 지명, 서명 등과 그 외 한자어의 경우 본문과 각주에서 각각 처음 나올 때만 한글과 한자를 병기하고 그다음부터는 한글만을 표기하는 것을 원칙으로 했다.

3. 각주는 모두 원문에 있는 것이므로, 각주의 표제어에는 한자의 한글음을 병기하지 않았다.

4. 인명 표기에 있어『만력야획편萬曆野獲編』의 작자 심덕부는 동일인에 대해 여러 가지 호칭을 사용하고 있다. 직접 이름을 부르기도 하고, 자나 호를 부르기도 하고 때로는 출신지나 시호를 부르기도 한다. 호칭은 당시의 관례 또는 저자의 의도가 반영된 것이므로 최대한 원문에 충실하게 번역했다. 다만 하나의 문장 안에서 여러 호칭을 혼용할 경우에는 내용의 통일성을 위해 가장 많이 사용되는 호칭으로 통일했다.

5. 황제에 대한 명칭도 묘호廟號, 시호諡號, 연호年號를 이용한 호칭까지도 사용하고 있는데 모두 묘호로 통일해 번역했다. 다만, 2대 황제인 혜종惠宗 건문제建文帝의 경우는 남명南明 홍광弘光 원년 1645이 돼서야 '혜종'이라는 묘호를 받으며 황제의 지위를 되찾았고,『만력야획편』이 완성될 때까지는 묘호가 없었다. 따라서 저자 심덕부沈德符가 '건문군建文君'으로 명명하고 있다. 그러므로 책의 완성 시기를 감안해 특수한 경우를 제외하고는 본문 번역에서 '건문군'으로 통일해 번역하고, 원문에 단 각주脚註에서는 '건문제'라는 용어를 사용했다.

6. 문단은 기본적으로는 원문과 동일하게 '○' 표기를 하며, 역자의 판단에 의해 필요한 경우별도의 표기 없이 문단을 구성한다.

7. 모든 교주校註는 각주 처리한다. 중화서국본『만력야획편』의 원 교주는【교주】로 표기하고, 판본 비교 및 검증을 통한 역자의 교주는『역자 교주』로 표기한다.

8. 번역문과 원문에서 '□'로 표기된 것은 누락된 글자로 미상未詳이다.

해제

1. 개요

심덕부沈德符, 1578~1642의 『만력야획편(상)萬曆野獲編(上)』은 보사적補史的
·야사적野史的 성격이 강한 명대明代 필기筆記이다. 명대 초기부터 만력萬
曆 말기까지의 전장제도典章制度, 인물과 사건, 전고典故와 일화逸話, 통치
계급 내부의 분쟁, 민족 관계, 대외 관계, 산천지리와 풍물, 경사자집經
史子集, 불교와 도교, 신선과 귀신 등에 대해 다방면으로 기술하고 있다.
특히, 세종世宗과 신종神宗 두 조대의 전장제도 및 전고와 일화를 자세
하게 기록하고 있어 당시 중국의 정치, 사회, 역사, 문화, 문학, 지리 등
다양한 학문 영역에서 그 학술적 가치와 의의가 매우 중시된다.

『만력야획편萬曆野獲編』(상上 · 중中 · 하下)은 총 30권으로 구성되며, 그
중 『만력야획편(상)』은 제1권부터 제12권에 해당한다. 먼저, 본서 서
두의 「서序」, 「속편소인續編小引」, 「보유서補遺序」, 「보유발補遺跋」에서 구
양수歐陽修가 쓴 『귀전록歸田錄』의 체례를 따른다는 저술 동기와 편찬 과
정 등을 서술하고 있다. 제1권과 제2권의 「열조列朝」 109편, 제3권 「궁
위宮闈」 43편, 제4권 「종번宗藩」 40편, 제5권의 「공주公主」 10편과 「훈척
勳戚」 27편, 제6권 「내감內監」 36편, 제7권과 제8권, 제9권의 「내각內閣」
107편, 제10권 「사림詞林」 47편, 제11권 「이부吏部」 67편, 제12권의 「호
부戶部」 7편과 「하조河漕」 13편 등 총 506편으로 구성되어 있다.

2. 저자

작자 심덕부의 자는 경천景倩 혹은 호신虎臣이며 호는 타자他子로, 수수秀水: 지금의 절강 가흥 사람이다. 그의 증조부, 조부, 부친이 대대로 벼슬을 했던 관계로 어려서부터 자연스럽게 명대의 정치와 법률, 일문逸聞과 일사逸事 등 다방면의 지식과 소식을 접할 기회가 많았고, 이러한 박학다식한 견문과 학식은 저술의 충분한 자양분이 되었다.

『절강통지浙江通志』의 기록에 의하면 심덕부의 증조부와 조부, 부친은 모두 진사 출신이었다. 증조부인 심밀沈謐은 수수사람으로, 자가 정부靖夫이고 호는 석운石雲이며 석호선생石湖先生으로 불리기도 했다. 심밀은 가정嘉靖 7년에 무자과戊子科에 급제한 뒤 가정 8년에 진사에 합격해서 산동山東지역의 첨사僉事를 지냈다. 『수수현지秀水縣志』에 따르면 심밀은 일찍이 서원을 세워 왕양명王陽明을 받들었고, 조부인 심계원沈啓原은 가정 38년1559에 진사가 되어 섬서의 안찰부사를 지냈다. 부친 심자빈沈自邠은 자가 무인茂仁이고 호는 기헌幾軒이며 만력 5년1577에 진사로 합격해 수찬修撰이 되었고, 후에 『대명회전大明會典』을 편찬했다.

심덕부는 명 신종 만력 6년1578에 태어났으며, 어렸을 때 조부와 부친을 따라서 북경北京에서 살았다. 경제적으로 윤택한 삶과 책을 좋아하는 명문가의 면학 분위기는 어린 시절부터 그의 학문적인 성향에 깊은 영향을 주었다. 또 심덕부가 생활했던 북경은 명대 정치의 중심지로, 다양한 경로를 통해서 그는 당시의 황실과 관련된 일들을 들을 수

가 있었다. 또한, 조부와 부친의 영향으로 공경대신과 사대부 등 유력
인사들과 교류했으며, 학식 있는 집안 어른들로부터 전대前代의 사건들
과 법률, 제도 등에 대해 자세히 들을 기회가 많았다. 이러한 과정을
통해서 저술에 도움이 될 만한 풍부한 자료들을 자연스럽게 축적했고
광범위하고도 탄탄한 지식의 기초를 다질 수 있었다. 그는 만력 46년
1618에 거인擧人이 되어 국자감에서 학업에 열중했으며, 저서『만력야
획편』외『청권당집淸權堂集』,『폐추헌잉어敝帚軒剩語』,『고곡잡언顧曲雜言』,
『비부어략飛鳧語略』,『진새시말秦璽始末』등을 남겼다.

3. 서지사항

본 번역서『만력야획편(상)』은 표점본만 현존하고, 중국에서조차
아직까지 번역 및 주석본이 거의 전무하다. 현재『만력야획편(상)』은
중화서국中華書局과 상해고적출판사上海古籍出版社에서 출간된 두 종류의
판본이 통용되고 있다. 두 판본 모두 속편을 포함해 총 30권으로 전해
지는데, 원본을 먼저 정리하고 추후에 속편을 정리한 것으로 기록되어
있다. 최초의『만력야획편(상)』은 심덕부가 과거에 낙방한 후 만력 34
년1606에서 만력 35년1607 사이에 정리해두고, 이로부터 상당한 기간이
지난 후 집중적으로 집필했다. 이때 속편을 더해 만력 47년1619에 완성
했으며, 총 30편이었는지는 분명하지 않다. 그리고 이후 10여 년간 심

덕부가 다시 집필한 기록은 달리 보이지 않기 때문에 그가 「속편소인續編小引」에서 『만력야획편』을 총 30권이라고 말한 데에는 크게 이견은 없어 보인다. 다만, 명·청 교체기에 산일된 부분이 많아 원본의 절반 정도만이 전해진 것으로 알려져 있고, 『명사明史·예문지藝文志』에는 8편으로 기록되어 있다. 전방錢枋의 「서序」에 의하면, 위로는 조종 백관, 예문 제도, 인재 등용, 치란의 득실을 다루고, 아래로는 경사자집, 산천풍물, 불교와 도교, 쇄문, 잡다한 소설 등에 이르기까지 광범위한 내용을 포함하며, 고증을 거친 사실만을 수록하고 있다. 현재는 청 도광道光 7년의 요씨각본동치보수본姚氏刻本同治补修本이 통행되며, 이는 총 30권과 보유 4권으로 구성되어 있다. 심덕부의 5대손 심진沈振의 「보유서補遺序」에는 전방이 주이존朱彝尊에게서 얻은 판본들을 가지고 문門과 부部를 나눠 목차를 정했고, 원래 목록과 대조해보면 열 개 중에 예닐곱 개만 복원해 원본의 모습과는 다르다고 기록되어 있다. 따라서, 전방이 주이존의 구초본旧抄本에 근거해 30권으로 기록했지만, 주이존의 초본은 30권에 미치지 못한다. 이는 전하는 과정 중에 순서가 혼동되고 새로운 권질이 더해진 것으로 이해할 수 있다. 후에 심덕부의 5세손 심진이 전방의 판본을 위주로 여러 사람들이 소장한 것을 수집하고, 빠진 부분을 보충해 230여 조條 8권으로 만들어 전한 것이다.

따라서, 『만력야획편(상)』의 중요한 초본鈔本은 명말대자본明末大字本 『분류야획편적록分類野獲編摘錄』 초본 5책, 청 강희康熙 초년 심과정沈過庭 등이 편교編校한 상上·중中·하下 3편 6책, 청 강희 31년1692 주이존 가장본家藏本, 전방 가장본 30권, 강희 52년1713 심진집보본 보유補遺 8권 130여 조가 있다. 각본刻本으로는 명말대자본『분류야획편적록』44류 466조와 청 강희 39년1700 전방활자인본錢坊活字印本 48문이 있는데, 모두 전하지 않는다. 또, 청 도광 7년1827 전당요조은부려산방각본錢塘姚祖恩扶荔山房刻本 24책冊 1협夾으로, 제목을 '야획편삼십권보유사권野獲編三十卷補遺四卷'이라 붙인 것이 있고, 청 동치同治 8년1869 요덕항중교간보부려산방각본姚德恒重校刊補扶荔山房刻本이 있다. 현재 전해지고 있는『만력야획편』은 다음과 같다.

1. 심덕부 찬撰,『만력야획편상중하』, 북경 : 중화서국, 2015.

2. 심덕부 찬, 양만리楊萬里 교점校點,『만력야획편』3책, 상해 : 상해고적출판사, 2012.

3. 심덕부 찬, 손광헌孫光憲 외편,『만력야획편』, 학원출판사學苑出版社, 2002.

4. 심덕부 찬,『만력야획편』, 대만사어소부사년도서관臺灣史語所傳斯年圖書館 소장초본영인본.

5. 심덕부 찬,『만력야획편』, 요조은부려산방각본.

6. 심덕부 찬,『역대필기영화─만력야획편』, 북경 : 연산출판사燕山出版社, 1998.

7. 심덕부 찬,『만력야획편』(상·하), 북경 : 문화예술출판사文化藝術出版社, 1998.

8. 심덕부 찬, 사고전서총목편위회 편, 『전세장서傳世藏書 자고子庫 잡기雜記 2-만력야획편』, 해남: 해남국제신문출판중심海南國際新聞出版中心, 1996.

9. 심덕부 찬, 『만력야획편』전오책, 대북臺北: 위문도서偉文圖書, 1976.

4. 내용

『만력야획편(상)』은 황실과 고위 관료 사회를 중심으로 한 전장 제도 및 다양한 인물들의 사적과 일화 등을 기술하고 있으며, 감찰과 조세 및 부역, 수리 정책 등에 관한 내용이 포함되어 있다. 본 연구서의 첫머리에 심덕부가 쓴 「자서」와 「속편소인」, 심진의 「보유서」와 「보유발」에서 저서의 동기와 저술 과정, 편찬 과정 등에 관해 상세하게 서술하고 있다. 심덕부는 박식한 견문과 풍부한 사료를 근거로, 구양수가 쓴 『귀전록』의 체례를 따라 보사적·야사적 특징을 지닌 필기 『만력야획편(상)』을 저술했다. 『만력야획편(상)』은 총 12권 506편으로 구성되는데, 「열조」, 「궁위」, 「종번」에서는 황실의 예법과 그에 관한 평가, 궁중 제도와 법규, 종묘사직의 제도, 숨겨지거나 잘못된 역사적 진실, 황후와 비빈들의 일화 등에 관해 고증을 통한 정확한 기술과 평가를 내리고 있다. 「공주」와 「훈척」, 「내감」에서는 공주들의 인생 경로와 활약상에 따른 행·불행, 공훈에 따른 훈척들의 관직의 이동異同, 환관들의 권세와 횡포 등으로 인한 부작용 등에 관해 기술하고 있다. 「내각」과 「사림」에서는 고위 관료들의 정치 상황과 권력 다툼을 위한 내부 분쟁, 서길사와 한림원 출신 관료들의 실상과 연관 관계 등을 매우 상세하게 서술하고 있다. 「이부」, 「호부」, 「하조」에서는 감찰제도의 운용과 그에 따른 허점, 부역과 조세 제도의 관리와 운용, 운하의 건설에 따른 비용 절감, 효용 가치 등을 중심으로 한 여러 가지 사례들을 제시하고 수리 사업 등에 관해 기술하고 있다.

5. 가치와 영향

『만력야획편(상)』은 야사류로 분류되는 12권의 필기로, 명대 역사를 살피는 데 기본서로 꼽힐 만큼 치밀한 고증과 정확한 사료를 담고 있다. 중국 고대의 역사가들이 전통적으로 정사正史를 우수한 전통으로 여겼기 때문에 역사 기록 중의 많은 오류가 집적돼 왔음에도 불구하고 이러한 폐단을 오랜 시간 방치해 왔다. 심덕부는 이러한 오류를 바로 잡고 누락한 역사적 사실을 보완하고자 본서를 집필했다. 우선 『만력야획편(상)』은 제재와 구성 면에서 일반적인 필기와는 큰 차이가 있다. 당시 일반적인 필기는 문인들에게 일종의 소일하는 방식으로 여겨졌고, 기록한 내용들도 일상의 잡다한 일이나 알려지지 않은 흥미위주의 소재였다. 물론 『만력야획편(상)』도 기타 필기들과 마찬가지로 민간의 풍속이나 기이한 사건들, 불교와 도교의 귀신 이야기도 다루고 있지만, 국가의 법률, 제도, 정치, 역사 등에 관련된 분량이 전체의 70%에 달한다. 『만력야획편(상)』에서 언급한 자료들의 내원과 참고 자료들을 살펴보면 왕세정王世貞의 『엄주산인론고弇州山人論稿』, 각 조대의 『실록實錄』, 『입재한록立齋閒錄』 등의 기록들, 개인 묘지명, 『호광통지湖廣通志』와 같은 각지의 통지류의 문장들이다. 또한, 심덕부가 자서自序에서 구양수의 『귀전록』의 체례를 따랐다고 밝힌 바, 정사의 누적된 폐단을 비판하고 역사를 책임지고 편찬하려 했음을 알 수 있다. 구양수의 『귀전록』은 사마천司馬遷이 기전체紀傳體 사서史書에서 시도한 인물과 제재의 선택과 집중, 호견법互見法의 사용, 생동감 있는 구어로 된 대화체의 다용, 해학성과 풍자성 등이 선명하게 표출되어 있다. 따라서, 심덕부 스스로 『귀전록』의 체례를 따랐다고 한 것은 사마천과 구양수의 저술 동기와 목적을 염두에 둔 것이다. 이러한 점에서 『만력야획편(상)』의 가치와 의의를 평가할 수 있다.

만력 연간 중심의 시기는 명나라뿐만 아니라, 당시의 조선朝鮮과도 매우 밀접한 연관성을 지니므로, 본서에 기록된 관련 자료는 국학 연구에도 크게 일조할 것으로 기대된다. 또한, 조선 이외의 외국에 대한 입장과 정치적 관계를 비롯한 다양한 외교 관계 등을 조명해 볼 수 있는 사료가 풍부하게 내포되어 있다. 그러므로, 본서에 대한 연구는 과거사의 조명을 통해 현재의 중국에 대한 전략적 이해와 대응책을 마련할 수 있는 계기가 되는 점에서 또한 그 가치와 의의가 매우 크다.

6. 참고사항

1) 명언

• 지금 일에 통달한 것이 옛 일에 밝은 것을 이길 수 없음을 알 수 있다可見通今之難勝於博古.「선조의 유훈을 인용하다引祖訓」

• 길흉화복은 변화가 무상하여 인력으로 다툴 수 없음을 알겠다乃知禍福吉凶, 倚伏無常, 非人力可爭矣.「황제 옹립 후의 대우가 판이하다定策拜罷迥異」

• 부귀는 이미 정해진 것이고, 성명한 군주의 기쁨과 노여움은 우연히 만나는 것이니 기쁜 얼굴로 아첨하는 것이 하등에 도움이 되지 않는다는 것을 이제야 알았다乃知富貴前定, 聖主喜怒偶然值之, 容悅無益也.「시를 바치고 아첨하여 미움을 받다進詩獻諛得罪」

• 또 조선朝鮮의 부녀자들을 선덕 초부터 데려왔는데, 황상께서 고향과 부모를 그리는 마음을 불쌍히 여기셔서, 환관宦官에게 명해 김흑金黑 등 53명을 조선으로 돌려보내고 조선 국왕에게 그들을 집으로 돌려보내되 의지할 곳을 잃지 않게 하라고 하셨다. 선종께서는 혼신을 다해 나라를 다스렸어도 이처럼 음악과 여색女色을 즐기는 걸 피하지 못했지만, 영종 초에는 어진 정치가 온 나라와 이민족에게 두루 미쳤다又朝鮮國婦女, 自宣德初年取來, 上憫其有鄉土父母之思, 命中官遣回金黑等五十三人還其國, 令國王遣還家, 勿令失所. 以宣宗勵精爲治, 而不免聲色之奉如此, 英宗初政, 仁浹華夷矣.「악공樂工과 이국夷國 여인들을 풀어주다釋樂工夷婦」

권7

권8

만력야획편(상) 전체 차례

만력야획편 萬曆野獲編 上

권6

수수秀水 경천景倩 심덕부沈德符 저

동향桐鄉 이재爾載 전방錢枋 편집

번역 환관에 대한 규제

영락 4년1406 황상께서 병부상서 금충金忠 등에게 유지를 내려 "선황제 때에는 환관이 이유 없이 감히 조정 대신과 접촉하지 못했다. 예전에 누군가가 사적인 재산을 외부 사람에게 맡겼는데, 이 일은 비록 작은 일이지만 점점 번져서는 안 되므로 곧바로 그를 처벌했다. 그러니 위시衛士에게 칙령을 내려 출입할 때 규정을 준수해 엄격히 조사하게 하라"라고 말씀하셨다. 문황제께서는 이처럼 환관을 엄하게 부리셨다. 그런데 한 해 전에 이미 환관 왕종王琮을 급사중 필진畢進과 함께 보내 진랍국眞臘國의 국왕을 봉하게 했고, 또 태감 정화鄭和에게 병사 2만 7천 명을 이끌고 가 서양의 여러 나라에 상을 주게 했다. 왕종과 정화 두 신하가 만약 재물을 외부에 맡겨두려 했다면 어찌 그것을 금할 수 있었겠는가? 영락 8년1410에는 마침내 환관 마정馬靖에게 칙서를 내려 감숙甘肅으로 가 순시巡視하게 했는데, 만약 감숙을 지키는 서녕후西寧侯 송호宋琥가 있는 곳에서 일에 미진한 점이 있으면 은밀히 함께 상의해 적절히 처리하고 황상께 말씀드렸다. 이것이 바로 환관이 요새를 지키게 된 시초로 생각된다. 서녕후는 정난의 변 때의 공신이고 송호는 또 황상의 사위이기에 달리 환관에게 복심을 기탁했는데, 아마도 내란이 막 평정되어 의심이 아직 해결되지 않았으므로 비록 금충에게 알린 말과 일치하지 않더라도 스스로 깨닫지 못했을 뿐일 것이다. 왕진王振이 황제의 친정을 이끌어내고 왕직汪直이 서창西廠을 연 것에는 원인이 있다. 태조의 옛 제도에서는 환관이 밖으로 나갈 때, 친왕이나 부마 그리고 문무대신을 수행하지 않는 경우 조정 대신을 만나면 모두 말에서 내려 길옆에서 기다리다가 대신이 지나간 뒤에야 움직였다. 지금 환관들은 내각대신을 만나도 모두 채찍으로 말을 몰아 길 가운데에서 정면으로 맞부딪힌다.

원문 **內臣禁約**

永樂四年, 上諭兵部尙書金忠[1]等曰, "皇考之世, 宦寺[2]無故無敢與外廷交接. 昨有一人, 以私財寓外人, 此雖小事, 漸不可長, 隨已罪之. 因救儆士, 於出入之際, 遵制嚴搜." 文皇之馭中官, 如此其峻. 然前一年, 已遣內使[3]王琮, 同給事中畢進, 封眞臘王, 又遣太監鄭和, 率兵二萬七千, 賞西洋諸國矣. 二臣若欲寓財於外, 安得禁之? 至八年遂救內官馬靖, 往甘肅巡視, 如鎭守西寧侯宋琥[4]處, 事有未到, 密與商議停當回話. 按此卽

1　金忠 : 금충金忠,1353~1415은 명 성조가 황위를 차지하고 정권의 기틀을 다지는 데 중요한 역할을 했던 중신이다. 그는 영파부寧波府 은현鄞縣 사람으로, 젊은 시절 북평北平으로 가 연왕부燕王府의 모사가 되었다. 연왕 주체朱棣가 '정난의 변'을 일으켰을 때 여러 계책을 내어 연왕이 황위에 오르도록 도왔다. 주체가 황위에 오른 뒤 공부우시랑에 제수되었고, 그 뒤 병부상서, 태자첨사太子詹事의 벼슬을 지내며 태자와 동궁의 관리들을 보호했다. 태자였던 인종이 등극한 뒤 영록대부榮祿大夫 겸 소사少師로 추증되었고, 시호는 충양忠襄이다.
2　宦寺 : 환관의 별칭.
3　內使 : 천자의 칙령을 전달하는 내감內監.
4　西寧侯宋琥 : 명나라 초기의 공신 송성宋晟의 넷째아들 송호宋琥,?~1430를 말한다. 봉

內臣鎭守之權輿也. 夫西寧爲靖難勳臣, 而琥又上親壻, 乃別寄腹心於宦寺, 蓋內難初平, 恫疑未解, 雖與論金忠之言相左, 不自覺耳. 王振之導親征, 汪直之開西廠, 有自來矣. 太祖舊制, 內臣外出, 非跟隨親王駙馬及文武大臣者, 凡遇朝廷尊官[5], 俱下馬候道旁, 待過去方行. 今小大者値閣部大臣, 俱揚鞭直衝其中道矣.[6]

　　양부鳳陽府 정원현定遠縣 사람이다. 건문 4년1402 성조의 딸 안성공주安成公主와 혼인했고, 영락 6년1408 부친의 작위인 서녕후西寧侯를 세습했다. 영락 8년1410 총병관을 맡아 감숙 지역을 수비했다. 홍희 원년1425 불경不敬 죄를 저질러 작위와 부마도위의 신분을 박탈당했으나, 선덕 5년1430 부마도위의 신분은 회복했다.

5　尊官 : 고관高官.

6　太祖~中道矣 : 태조太祖부터 중도의中道矣까지의 구들은 사본에 근거해 보충했다太祖至中道矣數句, 據寫本補 【교주】

동창의 시작은 역사 기록에 보이지 않는다. 왕엄주는 동창이 영락 18년에 시작되었다고 고증하면서 만문강萬文康의 상소를 증거로 들었는데, 왕엄주의 의견이 틀리지 않다. 처음에는 비상식적인 일을 정탐했는데, 정난의 변 때 의군들을 살펴본 일을 사람들이 싫어하지는 않은 것 같지만 환관의 횡포는 여기서 시작되었다. 성화 연간에 헌종은 서창西廠을 설치해 왕직을 총애했는데, 간신을 감찰하는 권력으로 조정 안팎에 위세를 부렸고 동창의 낮은 환관마저 몰래 감시할 수 있었으므로 도성의 분위기가 흉흉했다. 황상께서 내각대신 상문의商文毅와 항양의項襄毅 등의 간언에 따라 서창을 없애셨다. 어사 대진戴縉이 황상의 비위를 맞추고 회유하자 황상께서 다시 서창을 설치하라 명하셨다. 또 몇 년이 지나, 왕직이 동창을 관장하던 동료 상명尙銘의 모함을 받고서 비로소 변방의 일을 다스리러 나갔다가 다시 돌아오지 못하자 서창 또한 없어졌으나 동창은 여전히 번성했다. 무종이 환관들에게 정치를 맡기면서 다시 서창을 설치하여, 곡대용谷大用이 이를 이끌고 또 구취邱聚가 동창을 관장하게 되었다. 동창과 서창은 서로 대치하면서 성화 연간의 전례를 따랐다. 얼마 안 되어 영부榮府의 옛 창고 터에 다시 내행창內行廠을 설치하였고, 유근劉瑾이 이를 직접 다스렸는데 나라의 대권이 모두 그의 손에 들어갔으며 동창과 서창을 모두 감시했다. 이에 나졸邏卒들이 사방으로 나가 천하가 소란스러워졌다. 유근이 실각하자 모두 없어지고 동창만 남았다.

　일을 맡은 신하들은 오히려 문황제께서 정원을 설치했다고 말하면서, 동창과 각 성의 진수내신鎭守內臣이 모두 태조 초기의 제도가 아님은 알지 못했다. 그래서 세종 초에 천하의 진수내신을 다 없앴지만 동창은 없애지 않는데, 다행히 주상께서 정권을 장악해 동창과 금의위가 모두 제멋대로 굴지 못했다. 금상에 이르러서는 선조의 법도를 본받으시니, 황실과 신하들은 위엄을 갖추고 동창과 금의위는 대체로 매우 상호 의존적이다. 기축년 금의위 도지휘사 유수유劉守有가 쫓겨 나자 동창의 태감 장경張鯨이 마침내 그 자리를 이었으니 사례감인司禮監印을 관장한 장성張誠이 사실 함께 내정에 참여했다. 내정內廷의 관례에 따르면 사례감과 동창은 반드시 두 사람이 나누어 관장해야 했다. 아마도 동창이 칙령을 받아 변방 요새에 주고 하급 관리를 감독해서 이미 위세가 등등해졌으니 추밀까지 겸해서는 안 되었을 뿐이다. 세종 연간에 맥복麥福과 황금黃錦 등이 비로소 사례감과 동창을 함께 관장하게 되었는데, 이때 이후로 나누어 맡기도 하고 겸하기도 했다. 다만 금상 초년에 풍보는 사례감인을 관장하면서 동창을 이끌 때 왕대신王大臣 사건이 일어났는데, 이때 옛 재상 고신정高新鄭이 처벌을 모면하지 못할 뻔하자 금의위를 관장하던 주희충과 재상 장강릉의 도움을 받아 풍보에게 간청해 풀려날 수 있었다.

　지금 금상 계묘년에 진구陳矩 역시 사례감인을 관장하면서 동창을 이끌었는데, 교생광皦生光 사건이 일어났을 때 차규次揆였던 심귀덕沈歸德이

처벌을 면하지 못할 뻔한 상황에서 진구 덕분에 여러 이설에 대항해 풀려날 수 있었다. 두 곳의 권력을 한 사람이 쥐고 있어서 국면을 전환시킬 수 있었으니 재상의 목숨이 동창에 달린 셈이었다.

○ 처음에 태감 풍보가 재상 고신정을 모함할 때 드러내놓고 과격한 말로 조정 안팎을 위협했으나 언관 중에 그것에 응대하는 자가 없었고 제수緹帥도 돌이키기가 매우 힘들었다. 심사명沈四明은 심귀덕을 좋아하지 않는데, 애초에 말이나 얼굴에 표시내지 않았는데도 어사와 급사 중들이 그의 뜻을 헤아려 심귀덕을 요서妖書 사건에 연루시켰고 제수는 또 이를 계기로 그를 더욱 미워했다. 심사명의 권세는 장거장이나 풍보에 비할 바가 아닌데도 이처럼 현격하게 드러났으니, 세상의 도의가 날로 추락했다.

원문 **東廠**[7]

東廠之始, 不見史傳. 王弇州考據, 以爲始於永樂之十八年, 引萬文康疏爲證, 意者不謬. 其始偵伺[8]非常, 蓋尙慮義師[9]靖難, 未厭人心耳, 然而中官之橫始此矣. 至成化間, 憲宗設立西廠[10]以寵汪直, 不特刺奸[11]之權,

7 東廠 : 명나라 때 관민의 동정을 몰래 살피기 위해 설치한 황제 직속의 정탐 기관. 성조 18년1420에 창설되었으며, 환관이 수장을 맡았다. 1644년 명나라가 망할 때까지 존속했다.
8 偵伺 : 알려지지 않은 사실을 몰래 살펴서 알아냄.
9 義師 : 정의를 위해 일어난 군사, 즉 의병을 말한다.
10 西廠 : 명나라 때 환관이 관민의 동정을 살피던, 밀정 정치 기관. 성조 때 설치한 동창東廠 이외에 성화 13년1477 환관 왕직 아래에 두어 비밀 탐정 정치를 강화했다.

熏灼中外, 並東廠官校, 亦得譏察, 京師洶洶. 上用閣部大臣商文毅項襄
毅等諫, 罷之. 御史戴縉[12], 阿直獻諛, 上令復設. 又數年而直爲其同類掌
東廠尙銘[13]者所搆, 直始出領邊事, 不復入, 西廠亦罷, 然而東廠之熾如
故也. 武宗委政羣小, 復設西廠, 以谷大用[14]兼領, 又邱聚[15]掌東廠. 兩廠
對峙, 用成化故事. 未幾復設內行廠[16]於榮府舊倉, 劉瑾躬自領之, 軍國
大柄, 盡歸其手, 東廠西廠幷在調伺[17]中. 於是邏卒[18]四出, 天下騷然. 瑾

5년 후에 없어졌다가, 무종 정덕 원년1506에 다시 환관 유근劉瑾 아래에 설치했고
5년 동안 존속했다.

11 刺奸 : 간신을 감찰하다.

12 戴縉 : 중화서국본『만력야획편』에는 대진戴璶으로 되어 있는데,『명헌종실록明憲宗
實錄』과 상해고적본『만력야획편』에 근거해 대진戴縉으로 수정했다. 〖역자 교주〗 ◉
대진戴縉, 1427~1510은 명 성화 연간의 대신이다. 광동廣東 광주부廣州府 남해南海 사람이
며, 자는 자용子容이다. 성화 2년1466 진사가 되어, 감찰어사, 우도어사右都御史, 남경
공부상서 등의 벼슬을 지냈다.

13 尙銘 : 상명尙銘, 생졸년미상은 명나라 성화 연간 동창의 총관태감總管太監을 지냈다. 부
자를 압박하거나 매관매직을 하는 등 재물을 긁어모으기 위해 하지 않은 일이 없
었다. 성화 17년1481 상림감승上林監丞 이자성과 연합해 서창의 총관태감인 왕직을
탄핵했는데, 얼마 후 자신이 이자성에게 탄핵되어 재산을 몰수당하고 벌을 받아
효릉孝陵의 관리원으로 갔다.

14 谷大用 : 곡대용谷大用, 생졸년미상은 명나라 무종 때의 유명한 환관 무리인 '팔호八虎'
중 하나다. 서창을 지휘 감독했는데, 다른 환관들과 총애를 다투며 전횡을 일삼았
다. 세종이 즉위한 뒤, 선황을 미혹했다고 탄핵을 당해 봉어奉御로 강등되고 남경으
로 쫓겨가 강릉康陵을 지켰다. 가정 10년1531 가산이 몰수되었다.

15 邱聚 : 구취邱聚, 생졸년미상는 가장 먼저 명 무종의 내시가 된 '팔호' 중의 하나다. 정덕
원년1506 동창을 관장하면서 방자하게 굴다가 유근劉瑾의 눈 밖에 나서 남경 효릉으
로 쫓겨 갔다. 세종이 즉위한 뒤, 곡대용과 함께 선황을 미혹했다고 탄핵당해 정군
淨軍이 되었다.

16 內行廠 : 명대에 설립한 정보 기구로, 동창, 서창, 금의위와 함께 '창위廠衛'로 불린
다. 대내행창大內行廠 또는 내창內廠이라고도 부른다. 금의위는 관리와 백성을 감시
하고, 동창은 관리와 백성 및 금의위를 감시하며, 서창은 동창을 감시하고, 내행창
은 이 모두를 감시했다.

敗俱革, 止存東廠.

蓋當事諸公, 尚謂文皇額設, 而不知東廠與各省鎭守內臣, 俱非太祖初制也. 以故世宗初年, 盡革天下鎭守, 而東廠不罷, 幸主上太阿獨操, 廠衞俱不得大肆. 迨至今上, 憲天法祖, 宮府凜凜, 而廠衞大抵相倚爲重. 如己丑錦衣大帥劉守有[19]一逐, 而廠璫張鯨[20]遂繼之, 則掌司禮印者張誠[21], 實與聞焉. 內廷故事, 監印與廠, 必兩人分掌. 蓋以東廠領敕給關防, 提督官校, 威焰已張, 不宜更兼樞密耳. 世宗朝, 麥福[22]黃錦[23]輩始得

---

17 調伺 : 염탐꾼.

18 邏卒 : 순찰병.

19 劉守有 : 유수유劉守有, 생졸년 미상는 명나라 호북 마성麻城 사람으로, 자는 사운思雲이다. 만력 11년1583 무과에서 진사에 급제해, 금의위장위사도독동지錦衣掌衛事都督同知, 좌도독左都督, 태자태부太子太傅, 금의위도지휘사 등의 벼슬을 지냈다.

20 張鯨 : 장경張鯨, 생졸년 미상은 명대의 환관으로, 산동 신성新城 사람이다. 가정 26년1547 입궁해 태감 장굉張宏 아래에 있었다. 나중에 동창과 함께 내부공용고內府供用庫를 관장했다. 만력 18년1590 어사 하출광何出光의 탄핵을 시작으로, 많은 언관과 대신들의 탄핵이 이어지면서 황상의 총애도 잃고 파면되었다.

21 張誠 : 장성張誠, 생졸년 미상은 명나라 만력 연간에 신종의 총애를 받은 태감으로, 섬서 화음華陰 사람이다. 만력 12년1584 장굉張宏 사후에 사례감司禮監을 관장했고, 만력 18년1590에는 쫓겨난 장경張鯨을 대신해 동창東廠까지 관장했다.

22 麥福 : 맥복麥福, 생졸년 미상은 명나라 가정 연간의 태감이다. 그의 자는 천사天賜이고 호는 장암長庵이다. 가정 원년1522 어마감御馬監 좌감승左監丞이 되었고, 가정 3년1524 태감이 되고, 가정 7년1528에는 어마감 장인태감이 되었다. 가정 27년1548 동창을 총괄하고, 이듬해 사례감禮監 장인태감까지 되면서 권세가 하늘을 찔렀다.

23 黃錦 : 황금黃錦, ?~1567은 명 가정 연간의 태감으로, 하남 낙양洛陽 사람이다. 그의 자는 상尙이고 별호는 용산龍山이다. 정덕 원년1506 입궁한 뒤 흥왕부興王府로 보내져 세자 주후총朱厚熜의 글동무가 되었다. 정덕 16년1521 주후총이 황위를 잇게 되면서 황금은 어용태감御用太監으로 승진했다. 그 뒤 상선감尙膳監, 사설감設監, 내관감內官監의 태감이 되었다. 가정 24년1545 사례감 첨서僉書가 되고, 가정 32년1553에는 사례감과 동창을 관장했다.

兼領, 此後或分或合. 唯今上初元, 馮保以印帶廠, 而王大臣[24]事起, 時故相高新鄭幾不免, 賴掌衞朱希忠與江陵相, 力懇保得解.

今則今上癸卯[25], 陳矩[26]亦以印帶廠, 而皦生光事起, 時次相沈歸德幾不免, 亦賴矩力, 抗諸異說而得解. 蓋二權幷在一人, 故能回天[27]乃爾, 然則宰輔軀命, 懸於東廠矣.

○ 初馮璫謀陷高相, 明以危語脅內外, 而言官無應之者, 且緹帥爲挽回甚苦. 至沈四明不悅歸德, 初未形辭色, 而臺瑣[28]揣摩意旨, 坐以妖書, 且緹帥又借以傾所憎. 夫四明之權, 非張馮比也, 而懸絶如此, 世道日下矣.

---

24 王大臣 : 왕대신王大臣,?~1573은 명나라 상주常州 무진현武進縣 사람으로, 명장 척계광戚繼光의 수하였는데 죄를 짓고 탈영했다.
25 癸卯 : 만력 31년1603을 말한다.
26 陳矩 : 진구陳矩, 1539~1607는 명나라 중후기의 환관이다. 그는 북직례 안숙현安肅縣 사람으로, 자는 만화萬化이고 호는 인강麟岡이다. 사례감 장인태감 겸 동창 제독태감을 지냈다.
27 回天 : 제왕의 뜻을 돌이키게 함. 나라의 형세나 국면을 크게 바꿈.
28 臺瑣 : 명대 도찰원 어사御史와 6과 급사중의 합칭이다. 대臺는 헌대憲臺, 쇄瑣는 청쇄靑瑣의 약칭이다.

사각 인장이 외부로 공식 사용되면서부터 돈과 곡식 및 군사기밀에 조금이라도 관계가 되는 직권 범위에 해당되면 모두 관인인 관방關防을 주어 장주를 올리거나 공문서에 사용했는데, 사각 인장과 같았다. 내신內臣의 관인 중 가장 중요한 것은 동창의 관인으로 그 위세는 말할 필요도 없었는데 관인에 새겨진 문구는 '흠차총독동창관교판사태감관방欽差總督東廠官校辦事太監關防'이라는 열네 글자로 되어 있다. 대개 환관이 파견 나갈 때 주는 인장에는 원래 '흠차欽差'라는 글자가 없고 내관內官이나 내신이라는 직함만 새겨져 있을 뿐이다. 동창의 관인에는 또 특별히 태감이라고 해 위엄을 나타냈다. 내가 보기에 문황제께서 비록 동창을 설치해 눈과 귀로 삼았지만 그 당시에는 환관의 기세가 아직 성하지 않았으니 어찌 권한이 막강하다고 할 수 있겠는가. 동창의 관인은 틀림없이 왕진王振이 일을 맡았을 때 따로 주조해 환관의 직권 영역을 확장시킨 것이다. 이후 왕직의 서창과 유근의 내행창의 폐해는 동창의 관인에서 비롯되었다. 동창의 직방直房을 관장할 때는 또 천자께 하사받은 상아로 된 사각 인장이 있었는데 일을 아뢰러 들어가는 자는 이 인장을 찍었다. 아마도 바로 어전에 들어갈 수 있어서 재상의 문연각 관인에 비할 만했으니 또한 예법에 어긋남이 극에 달했다.

원문 東廠印

自方印[29]頒行之外, 事寄[30]稍關錢糧及軍務機要者, 俱得給關防[31], 用之奏章, 用之文移[32], 與方印等. 內臣關防之最重者爲東廠, 其威焰不必言, 卽所給關防文曰, 欽差總督東廠官校辦事太監關防, 凡十四字. 大凡中官出差, 所給原無「欽差」字面, 卽其署銜, 不過曰內官內臣而已. 此又特稱太監, 以示威重. 余謂文皇雖設此廠以寄耳目, 然其時貂璫[33]未熾, 安得有如許雄峻[34]之稱. 此必王振用事時另鑄, 以張角距. 迨後直之西廠, 瑾之內行廠, 階厲于此矣. □掌廠內直房, 又有欽賜牙章一方, 凡打進事件奏聞者, 用此印鈐. 蓋直至御前, 蓋得比輔臣之文淵閣印, 亦僭紊極矣.

---

29 方印 : 네모난 도장.
30 事寄 : 직권을 행할 수 있는 범위. 권한 범위.
31 關防 : 관인의 일종으로, 명나라 초기에 사용하기 시작했다. 명 태조가 부정을 방지하기 위해 인장의 반만 사용하고 나중에 나머지 반과 합쳐서 맞춰 보게 했는데, 나중에 장방형에 테두리를 넓게 양각한 관방關防으로 발전했다.
32 文移 : 공문서. 공고문.
33 貂璫 : 환관의 별칭.
34 雄峻 : 관직이 높고 권력이 크다.

당말에 번진의 절도사는 세습되었는데, 모두 내신에게 군대를 거느리게 하고 유후留後로 삼고는 증표로 깃발과 부절을 주었다. 이것은 고금의 큰 정치적 폐단이었다. 본 왕조에서 내신이 외국에 사신으로 나간 일은 성조成祖 때에 시작되었다. 예를 들어, 내신 이흥李興은 섬라국暹邏國에 사신으로 갔고, 또 태감 정화鄭和는 병사를 이끌고 서양의 만랄가滿剌加 여러 나라에 사신으로 가서 공로를 치하하고 상을 하사하는 일을 했을 뿐이다. 영락 3년1405에는 내신 왕종王琮에게 명해 급사중 필진畢進과 함께 진랍국眞臘國의 장자 참열소평이參烈昭平牙를 왕으로 봉하게 했는데, 땅을 하사하고 제후로 봉하는 임무를 받들면서 또한 육과六科의 신하나 시종관과 같은 무리가 되었다. 성화 4년1468에는 태감 정동鄭同과 최안崔安에게 명을 내려 조선의 세자 이황李晄을 왕으로 책봉하는 조서를 받들고 가게 했다. 순무요동어사巡撫遼東御史 후영侯英은 정동과 최안이 모두 조선인이라서 조선의 왕을 만나면 필시 신하로서 엎드려 절하는 예를 올릴 것이고 또 무덤과 친족들이 모두 거기에 있으니 혹시 부탁하는 일이 있으면 본국에 손해가 되는 일이 적지 않을 거라고 강력히 말했다. 황상께서 이 말이 옳다 하시고 앞으로 상을 줄 때는 그대로 내신을 보내고 책봉식에는 반드시 조정 대신 중에서 학문이 깊은 자를 선발해 보충하게 하셨다. 현 왕조에서 환관이 책봉하는 일에 선발되는 것은 이때에 중지되었다. 당시에는 팽문헌彭文憲과 상문의商文毅

가 내각에 있으면서 황상의 신임을 받았으므로 과감하게 정치적 폐단을 없앨 수 있었다. 얼마 지나지 않아 왕직汪直이 일을 맡고 유우劉珝가 정권을 잡았는데, 천하를 어지럽히면서 다시 옛 일을 행했다. 홍치 15년1502 12월에는 또 태감 김영보金英輔와 이진충李珍充을 정사신과 부사신으로 명해 조선의 왕 이융李㦕의 적장손 이황李顥을 세자로 봉하게 했다. 이때는 유문정劉文靖이 정권을 잡고 있었는데도 잘못을 바로잡을 수 없었으니 하물며 다른 재상들이야 어떠했겠는가?

○ 내가 본 금나라에서 새긴 『조벌록弔伐錄』이란 책에는, 송나라를 망하게 하고 요나라를 멸하며 제나라를 없앤 조령과 격문을 모두 싣고 있으며, 휘종과 흠종 두 황제가 북쪽 땅에서 금나라의 군주에게 사의를 표하며 올린 글이 모두 담겨 있다. 첫부분에는 송나라 태감 동관童貫에게 준 글이 있는데 표제에 '원수 완안종한完顏宗翰이 패망한 송나라의 옛 선무사宣撫使이자 광양군왕廣陽郡王인 환관 동관童貫에게 준 글'이라고 씌여 있다. 그 뒤에는 당시 연운燕雲 16주의 할거와 송나라가 전쟁의 단서를 열지도 못했음을 심하게 꾸짖었다. 뒷부분에는 평주平州의 장각張覺을 받아들여 병사를 일으키고 대궐을 침범하며 전한 격문이 실려 있는데, 원부元符 연간에 군주인 철종이 죽었을 때 조길趙佶은 원래 황제가 되어서는 안 되지만 환관 동관과 결탁해 절차를 무시하고 황위를 차지했기에 동관을 총애하여 병권을 잡도록 명하고 진짜 왕의 작위를 주었다고 했다. 이 글은 비록 적이 비방한 것이지만, 이에 앞서 동관을 금나라에 사신으로 보내면서 이미 경시되었고, 제수制帥를 맡아 북방을

정벌하면서 더욱 멸시받았으며, 가장 마지막에는 변방 오랑캐가 중원을 어지럽히자 마침내 소리 내어 임금의 죄를 지적했다. 환관이 국경을 나서는 것은 또한 국격을 떨어뜨리는 것으로 그치지 않으니, 어사 후영의 상소는 그 견해가 탁월하다.

원문 **內臣封外國王**

唐末, 藩鎭大帥繼襲, 皆以內臣使其軍, 命爲留後[35], 旋與旌節[36]. 此古今大弊政. 本朝內使出使外國, 始於成祖時. 如內臣李興[37], 使暹邏國[38], 又太監鄭和, 勒兵使西洋滿剌加[39]諸國, 不過奬勞賞賜之事. 唯永樂三年, 命內使王琮, 同給事畢進, 封眞臘國長子參烈昭平牙[40]爲王, 則銜錫土分茅[41]之任, 且與省垣[42]法從[43]爲伍矣. 至成化四年, 命太監鄭同[44]崔安[45],

---

35 留後: 당나라 때 번진의 절도사나 관찰사가 자리를 비울 경우 임시로 그의 직무를 대행하던 관직. 주로 아들이나 심복이 대행을 맡았으며, 절도사의 직무 대행은 절도유후節度留後, 관찰사의 직무대행은 관찰유후觀察留後라 칭했다.

36 旌節: 왕이나 제후의 명을 받았음을 증명하는 신표信表 구실을 하는 깃발과 부절符節.

37 李興: 이흥李興, 생졸년 미상은 명나라 영락 연간의 환관이다. 영락 원년1403 성조의 성지를 받들고 샴暹邏, Siam국에 사신으로 파견되었다.

38 暹邏國: 샴Siam국. 지금 동남아 태국의 옛 명칭.

39 滿剌加: 말라카[滿剌加, 만랄가, Malacca] 왕국을 말한다. 1402년부터 1511년까지 말라카를 중심으로 번영한 이슬람 왕국이다.

40 參烈昭平牙: 참렬소평아參烈昭平牙, 생졸년 미상는 진랍국眞臘國의 국왕이다. 1405년 필진과 환관 왕종王琮 등에 의해 왕으로 책봉되어, 1405년부터 1419년까지 재위했다. 『광동통지廣東通志』에 의하면 영락 3년1405 참렬파비아參烈婆毗牙가 죽자 홍려시 서반 왕자王孜가 가서 제사를 지내주고, 급사중 필진과 환관 왕종이 조서를 가지고 가서 참렬파비아의 아들 참렬조평아를 왕으로 책봉했다.

41 錫土分茅: 땅을 하사하고 제후로 봉하는 것.

冊朝鮮世子李晇爲王, 已奉詔行矣. 巡撫遼東御史侯英, 力言同安皆朝鮮
人, 見其王必修臣子拜伏之禮, 且墳墓宗族皆在彼中, 倘有囑托, 所損天
朝大體非細. 上是其言, 今後賚賞, 仍遣內臣, 其冊封大典, 必選廷臣有
學問者充之. 本朝中貴膺冊立之選, 至是乃止. 時彭文憲商文毅在閣, 上
所聽信, 故能勇革弊政. 未幾而汪直用事, 劉珝當國, 濁亂天下, 復行舊
事. 至弘治十五年十二月, 又命太監金英輔[46]李珍充正副使, 封朝鮮王李
㦻嫡長孫顗爲世子. 時劉文靖當國, 不能救正, 況他相哉?

〇 予所見金國所刻名『弔伐錄』者, 備載破宋滅遼廢齊諸詔令書檄, 及
徽欽二帝在北地謝金主諸表文甚備. 其初與宋童貫[47]書, 署題曰, '元帥

---

42 省垣: 명·청 시기 감찰기구의 하나인 육과六科의 별칭.
43 法從: 임금의 수레를 수행하는 사람, 즉 시종관.
44 鄭同: 정동鄭同,?~1483은 명나라 헌종 때의 환관으로 조선朝鮮 출신이다. 조선 세종世
    宗 10년1428 10월 환관 후보자로 선발되어 명나라로 보내졌다. 이후 조선 단종端宗
    때부터 성종 14년1483까지 여러 차례 조선에 사신으로 파견되었다.
45 崔安: 중화서국본과 상해고적본『만력야획편』에는 모두 '적안翟安'으로 되어 있으
    나,『명헌종실록』권61과『조선왕조실록朝鮮王朝實錄·예종실록睿宗實錄』예종 1년 윤
    2월의 내용에 근거해 '최안崔安'으로 수정했다. 〖역자 교주〗 ⦿ 최안崔安,생졸년 미상은
    조선 출신의 명나라 헌종 때 환관이다. 조선 예종 1년1469 정동·심회沈繪와 함께
    조선에 사신으로 파견되었다.
46 金英輔: 금영보金英輔,생졸년 미상는 명나라 영종 때의 태감이다.
47 童貫: 동관童貫,1054~1126은 북송의 환관이며, 북송 시기의 여섯 간신을 말하는 '북송
    육적北宋六賊' 중 하나다. 개봉開封 사람으로, 자는 도보道輔 또는 도부道夫다. 간사하
    고 아첨을 잘해 휘종徽宗의 총애를 받았고, 재상 채경蔡京과 결탁하여 세력을 떨쳤
    다. 무강군절도사武康軍節度使, 개부의동삼사開府儀同三司, 추밀원사樞密院事, 태사太師,
    하북선무河北宣撫 등의 벼슬을 지냈다. 방랍方臘의 반란을 진압한 공으로 선화宣和 4
    년1122 초국공楚國公에 봉해졌고, 선화 7년1125 광양군왕廣陽郡王에 봉해졌다. 흠종欽宗
    이 즉위한 뒤 영주英州로 유배를 갔는데, 영주에 닿기도 전에 10가지 대죄를 이유
    로 남웅南雄에서 참수되었다.

粘罕⁴⁸與亡宋故宣撫使廣陽郡王閹人童貫書'. 其後譏詆良苦, 時正割燕雲⁴⁹, 與宋未啓兵端也. 至後以納平州張覺⁵⁰, 興兵犯闕, 所傳檄文, 謂元符主亡, 趙佶⁵¹本不當立, 交結宦官童貫, 越次僭竊, 以此寵任, 命主兵柄, 爵以眞王. 此雖敵人誣謗, 然先是用貫使金, 已爲所輕, 及任制帥⁵²北征, 益狎視之, 最後裔夷猾夏, 遂指以聲道君之罪. 然則宦寺出疆, 又不止褻國體, 侯御史一疏, 其見卓矣.

---

48 粘罕 : 금나라 종실의 명장 완안종한完顔宗翰, 1080~1137을 말한다. 여진족 이름으로는 점몰갈黏沒喝 혹은 점한粘罕이며, 호수虎水 사람이다. 천경天慶 5년1115에 거병해 요나라를 대파했다. 금나라 태종 즉위 후 송나라를 공격해 남쪽으로 천도하게 하고 송의 휘종과 흠종을 포로로 잡아왔다. 사후인 정융正隆 2년1158 금원군왕金源郡王에 봉해졌고, 대정大定 연간에 진국왕秦國王으로 추증되었다. 시호는 환충桓忠이다.

49 燕雲 : 연운燕雲 16주를 가리킨다. 연운 16주는 연주燕州, 지금의 베이징와 운주雲州, 지금의 산시山西성 다퉁大同를 중심으로 한 화북 지역의 16개 지역으로, 만리장성 이남의 군사적 요충지다. 936년 석경당石敬瑭이 후진後晉을 세울 때 군사 원조를 받는 대가로 거란족이 세운 요遼나라에 할양했다. 그 뒤 명나라의 개국황제 주원장이 원나라를 멸망시키고 연운 16주를 전부 되찾을 때까지 계속해서 중원 지역의 한족 국가들과 전쟁의 불씨가 되었다.

50 張覺 : 장각張覺, ?~1123은 요나라와 금나라의 장수다. 이름은 장각張珏으로도 쓰며, 평주平州 의풍義豊 사람이다. 요나라에서 출사하여 관직이 흥군질도부사興軍節度副使에 이르렀다. 금나라 군대가 요나라를 공격했을 때 완안종한에게 투항하여 임해군절도사臨海軍節度使 겸 평주지주平州知州에 봉해졌다. 나중에 또 북송의 연산선무사燕山宣撫使 왕안중王安中과 은밀히 연락해 북송에 투항하고 태녕군절도사도泰寧軍節度使에 봉해졌다. 선화 5년1123 연이어 금나라 군대의 습격을 받고서 연산부燕山府로 도망갔다가 결국 왕안중에게 살해되었다.

51 趙佶 : 북송의 제8대 황제인 휘종徽宗의 이름이다.

52 制帥 : 제치사制置使의 별칭. 당나라 후기에 처음 설치되었고, 북송 시기에는 변경 지역의 군무를 총괄하는 임시직이었다. 남송 초기에는 금나라에 대항하고 반란을 진압하기 위한 군통수권자로 상설되었다.

섭문장葉文莊의 『수동일기水東日記』에는 내신 진무陳蕪가 교지交阯 사람이며 영락 연간 정해丁亥년에 황상의 잠저에서 태손을 모셨는데, 그 태손께서 선종으로 등극하시면서 옛 은혜를 기억해 진무를 어마감御馬監 태감으로 올리시고 왕근王瑾이란 성명과 덕윤德潤이라는 자를 하사하셨으며 내리신 상이 셀 수 없이 많았다고 기록되어 있다. 여릉廬陵의 진순陳循이 왕근을 위해 쓴 기록에서 그 일들을 적고 있는데, 예를 들어 '심적쌍청[心跡雙淸, 마음과 행적이 모두 탐욕 없이 깨끗하다]'과 '금초귀객[金貂貴客, 담비 꼬리 장식을 단 내관 중의 귀빈]'이라 쓴 금인장을 만든 일과 같은 일은 다 기록하지 못했고, 또 궁녀 두 사람을 내보내 부인으로 하사하기까지 했다. 『수동일기』에서는 또 어렸을 때 일찍이 진무가 태창주太倉州로 건너가 서양의 보선寶船을 봉한 일을 본 적이 있으며 그 위세가 대단했다고 했는데, 이 말은 틀리지 않다. 『기산야기枝山野記』에서는 이 사람이 진부陳符라고 했는데, 아마 '무蕪'자를 잘못 쓴 것인 듯하다. 당시에 이교위李校尉란 자가 환관이 궁녀를 욕보이는 예는 없다고 강력하게 간언하자, 황상께서 크게 노하시어 그의 혀를 자르라고 명하셨고 그 후에도 죽지 않자 사람들이 그를 이신선李神仙이라 부르며 놀렸다고 한다. 경태 연간은 선덕 연간으로부터 멀지 않으므로 주상께서 오성吳誠이 죄가 있다 여기지 않으시고 또 그의 청을 윤허하셨다. 나중에 세종께서는 내신 후장候章이 하녀를 축첩하는 것에 진노하시어 즉시 극형에 처하셨으니, 진실로 뛰어난 군주셨다.

葉文莊[53]『水東日記』[54]云, 內臣陳蕪, 交阯人, 以永樂丁亥, 侍太孫于
潛邸, 旣御極, 是爲宣宗, 以舊恩陞御馬監太監, 賜姓名曰王瑾, 字之曰
德潤, 賞賜不可勝紀. 陳廬陵循[55]爲之志載其事, 如範金印, 曰心跡雙淸,
曰金貂貴客, 不可殫紀, 且出宮女兩人, 賜之爲夫人. 『日記』又云, 幼時
曾見蕪過太倉州封西洋寶船, 其勢張甚, 則此言不謬矣. 『枝山野記』[56],
又以爲陳符, 蓋蕪字之誤. 其時有李校尉者, 極諫謂奄人無辱宮嬪之禮,
上大怒, 命剪其舌, 後不死, 人戲呼爲李神仙云. 景泰去宣德不遠, 故主
上不以爲吳誠罪, 且允其請耳. 後來世宗怒內臣侯章畜使女, 立置極典,
眞英主哉.

---

53 葉文莊 : 명나라 전기의 관리 섭성葉盛, 1420~1474을 말한다. 그는 강소 곤산昆山 사람으
　로, 자는 여중與中이고, 시호는 문장文莊이다. 정통 10년1445의 진사가 되었고, 그후
　병과급사중兵科給事中, 도찰원우첨도어사都察院右僉都御史, 양광순무兩廣巡撫, 좌첨도어
　사左僉都御史, 예부우시랑禮部右侍郎, 이부좌시랑吏部左侍郎 등의 벼슬을 역임했다. 저서
　로 『수동일기水東日記』, 『수동시문고水東詩文稿』, 『문장주소文莊奏疏』 등이 있다.
54 『水東日記』 : 『수동일기水東日記』는 명나라 섭성葉盛의 필기로, 명대 전기의 각종 전
　장제도와 일사逸事가 기록되어 있다.
55 陳廬陵循 : 명나라 경태 연간에 내각수보를 지낸 진순陳循을 말한다.
56 『枝山野記』 : 명대 축윤명祝允明이 쓴 필기문으로, 『野記』 또는 『九朝野記』라고도
　한다. 명나라 홍무 연간부터 가정 연간까지의 역사적 사건, 명초의 전장제도, 조정
　과 민간의 여러 사건들을 기록하고 있다.

경태 초년에 상황께서 아직 오랑캐 땅에 남아 계셨는데, 절강 진수 태감 이덕李德이 상소를 올려 다음과 같이 말했다. "금의지휘사 마순馬順과 장수長隨 왕귀王貴 등의 죄는 또한 마땅히 황상의 판단에 따라야 하는데, 신하들이 방자하고 간악하게도 즉시 어전에서 그들을 때려죽였습니다. 조종의 법도를 바꾸고 조정의 올바른 이들을 내쫓으며 예법에 어긋나고 분에 넘치는 일이라, 아는 이들이 분하여 이를 갑니다. 감싸줄 숙위宿衛와 관원이 없고 좌우에서 시중들며 서 있는 내신이 없었으면, 신하들에게 틀림없이 다른 분란거리가 생겼을 것입니다. 이들은 바로 불충하고 황궁을 범하는 자들이니 임용해서는 안 되고, 임용할만한 자들은 가까이 두는 것이 낫습니다." 이 글이 문무대신과 소보少保 우겸 등에게 내려지자 연이어 글을 올려, 마순은 왕진의 수하이고 왕귀 등은 왕진의 심복인데, 이 무리의 악행이 이미 심해져 마침내 반역을 도모하고 황제가 친정하도록 압박해 황제의 어가가 돌아오지 못했으니, 군신들이 한꺼번에 때려죽이는 것이 나라를 어지럽히는 불충한 무리를 주살한다는 『춘추春秋』의 대의라고 했다. 경제께서 "그렇도다. 죽어 마땅한 난신亂臣 마순 등은 모두 왕진의 간당이라 때려죽이는 것도 모두 충정이니, 이덕이 말한 대로 경들 역시 조치하라"라고 하셨다. 당시 안으로는 내시들이 결속하고 밖으로는 신하들과 연합하였으므로 황제께서 이덕의 무분별함을 아시고도 결국 쫓아내지 못했다. 또 당시는 희녕喜寧

이 붙잡혀 저잣거리에서 막 책형을 당한 상황이었는데도 이들 무리가 오히려 이처럼 큰소리치며 방자하게 굴었으니, 하물며 평소에는 어떠했겠는가.

○ 당시 상보사尚寶司에서 지휘동지指揮同知 마순의 아패를 추궁하니, 마순의 아들이 그 아비가 급사중 왕횡王竑에게 맞아 죽었으니 의당 왕횡을 질책하여 아패를 찾아내야 한다고 하자 황상께서 이 말을 들어주셨다. 육과급사중과 도찰원심삼도에서 간당을 때려죽인 것이 어찌 왕횡 한 사람의 힘이고, 근신인 왕횡이 어찌 감히 아패를 감추었겠는가라고 말하며, 이전의 성지聖旨를 바꾸어 방을 붙여서 마순의 아패를 주운 자는 파손 여부에 상관없이 관아에 보내게 하라고 청했다. 황상께서 이 의견을 윤허하셨지만, 매우 교활하고 가증스러운 마순의 아들이 어찌 요청한대로 따랐겠는가. 경제께서는 영특한 판단을 하신 것으로 칭송되는데, 이 일에 대한 처리는 오히려 그렇지 못하다.

원문 **內臣李德**[57]

景泰初元, 上皇尚留虜廷, 鎭守浙江太監李德上言, "錦衣指揮馬順長隨[58]王貴等罪犯, 亦宜取自聖斷, 各臣乃肆奸宄, 卽於御前捶死之. 變祖宗法度, 逐朝廷正人, 悖禮犯分, 聞者切齒. 宿衛官員, 無一人遮護, 使無

---

57 李德 : 이덕李德, 생졸년 미상은 명나라 정통 연간과 경태 연간의 태감으로, 내관감內官監 태감과 절강진수태감浙江鎭守太監 등을 지냈다.
58 長隨 : 명대 환관의 관직명으로, 종육품에 해당한다.

內臣左右侍立, 各臣必生別釁. 此正賊臣犯闕, 不宜任用, 可任者莫若親近." 其章下文武大臣少保于謙等, 連章言馬順乃王振之爪牙, 王貴等乃王振之心腹, 黨惡旣深, 遂謀不軌, 逼駕親征, 乘輿不返, 羣臣同時捶死, 是『春秋』誅亂臣賊子[59]之大義. 景帝曰 "然, 誅亂臣馬順等, 皆王振奸黨, 捶死俱忠義心, 李德所言, 卿等其亦置之." 當時內豎盤結于內, 聊合于外, 帝卽洞知李德狂悖, 而終不能去. 且其時喜寧[60]方被獲, 甫磔於市, 此輩尙哆口橫恣如此, 況平居乎.

○ 時尙寶司査究指揮同知馬順牙牌, 順子言其父被給事王竑捶死, 宜責竑尋取, 帝從之. 六科十三道[61], 言捶死奸黨, 豈竑一人之力, 竑身爲近侍, 豈敢收匿牙牌. 乞改前旨, 令出榜, 曾拾順牙牌者, 無論破損, 並許送官. 上乃允其議, 順子刁潑可恨, 何至遂徇所請. 景帝以英斷稱, 處此事却未然.

---

59 亂臣賊子 : 나라를 어지럽히는 신하와 어버이에게 불효하는 자식이라는 뜻으로, 나라를 어지럽히는 불충한 무리를 비유적으로 이르는 말이다.

60 喜寧 : 희녕喜寧,?~1450은 여진 사람으로, 명나라 정통 연간의 태감이다. 영종의 총애를 받았으나 1450년 모반죄로 능지처참당했다.

61 六科十三道 : 육과급사중六科給事中과 도찰원십삼도都察院十三道 감찰어사의 총칭.

번역 내신이 시호를 하사받길 청하다

영종 연간에 왕진은 엄청난 죄를 짓고서 다만 무리를 따라 토목보土木堡에서 죽었다. 황상께서 복위하신 뒤 그를 장사 지내고 제사를 지내주니, 세상 사람들이 잘못 은혜를 베푼 것이라 여기면서도 울분을 참으며 불평한 지 오래되었다. 성화 8년1472에 이르러 태감 유영성劉永誠이 죽자 그의 조카 영진백寧晉伯 유취劉聚가 상소를 올려 시호를 내리고 아울러 사당에 현판을 하사해달라고 청하니, 일이 소관 부서에 내려졌다. 당시 예부상서였던 강정공康靖公 추간鄒幹이 검토한 후 상소를 올려, 내신에게 시호를 봉해 준 사례는 없고 오직 왕진만이 선황 때 '정충旌忠'이라고 쓴 사당의 현판을 하사받았을 뿐이라고 했다. 황상께서 '포공褒功'이라는 사당의 이름을 하사하게 하시고, 시호를 봉하는 일은 내각에서 의론하라고 명하셨다. 수규首揆 문헌공文憲公 팽시가 상소를 올려 의론했다. "왕진은 영종을 보좌한 지 오래되었고 나랏일로 죽었기에 영종께서 더 많은 은혜를 내리고자 하셨지만 관례가 없어서 그저 사당의 현판을 하사하신 것입니다. 지금 유영성이 얻은 것은 왕진의 예에 비해서도 이미 지나친데 또 거기에 시호까지 봉한다면 왕진보다 더 예우하는 것이라 사리에 맞지 않으니, 사람들이 내심 따르지 않을 것입니다. 앞으로 변방을 지키는 자들이 같은 예로 상소를 올려 청하게 될 것이니, 선조의 법도를 바꾸게 되는 것은 틀림없이 이 일로부터 시작될 것입니다." 이에 이 일이 중지되었다. 추간과 팽시 두 분은 한 마디로 내신에게 내린 넘치는 은혜를 그치게 했으니 그 공이 또한 크다. 하지만 왕진이 천하를 어지럽히고 황제를 포로가 되게 한 죄는 분명히 다 헤아릴 수 없는데도, 오히려 황제를 따르다 죽은 일로 그를 칭찬해 황제에게 회답한 것은 역시 옳지 못한 방법으로 부귀를 얻은 것일 뿐이다. 그때 헌종께서 만약 유영성이 생전에 서쪽을 정벌한 공로는 마땅히 휼전恤典을 얻어야 한다고 말씀하셨다면, 또 어떻게 말했겠는가? 다행히 이때 왕직은 아직 권세를 얻지 못했고 양방梁方은 아직 입궁하지 않았으므로, 일곱 구멍을 뚫어 혼돈을 죽게 만든 것처럼 헌종을 나쁜 길로 이끈 사람이 아직 없었다.

○ 옛 은택으로 봉하는 일들은 가정 초기에 모두 없어졌으니 바로 이 일이 세상에서 가장 기쁜 일이다. 하지만 무청백武淸伯, 정원백靖遠伯, 팽성백彭城伯, 혜안백惠安伯 및 영진백 유취는 여전히 작위를 계승해 세습할 수 있었으니, 시대를 평론하는 자들이 오히려 분노를 금치 못한다. 그러나 정덕 연간의 팔호八虎 이후로는 내관의 자제들도 감히 작위를 봉해 줄 것을 청하는 자가 없었다.

원문 **內臣乞贈諡**

英宗朝, 王振以彌天之罪, 僅隨乘死土木. 至上復位, 而葬之祠之, 天下以爲謬恩, 飮氣[62]不平久矣. 至成化八年, 太監劉永誠[63]死, 其侄寧晉伯

62　飮氣 : 울분을 참다.
63　劉永誠 : 유영성劉永誠, 1391~1472은 명나라 초기 환관 출신의 명장으로, 대명부大名府 청풍현淸豊縣 사람이다. 20세 때 입궁해 환관이 되었는데, 말 타고 활쏘기에 능해

劉聚[64], 奏乞贈諡, 幷祠堂賜額, 事下所司. 時鄒康靖幹[65]爲禮卿, 覆奏, 內臣無封諡事例, 唯王振曾蒙先朝賜祠額, 曰旌忠耳. 上命賜永誠祠名襃功, 仍以封諡事, 命內閣議之. 首揆彭文憲時[66]上議曰, "王振輔英宗年久, 且死國事, 英宗非不欲重加優恤, 以無例, 止賜祠額. 今永誠得比振例, 已爲過矣, 又加封諡, 出振上, 則輕重失倫, 人心不服. 將來守邊者, 比例陳乞, 變祖宗法, 必自此始." 于是事得寢. 按鄒彭二公, 一言而止內臣濫恩, 功亦偉矣. 但不能明數王振濁亂天下, 失陷乘輿之罪, 反以從龍死事襃之, 卽能回天聽, 亦詭遇之獲耳. 其時憲宗倘以永誠生前, 西征功次, 當得卹典爲言, 又何以措辭? 所幸此時汪直未熾, 梁方[67]未進, 無人導上鑿混沌竅[68]耳.

여러 차례 성조의 북방 정벌을 수행했다. 선종 때는 한왕 주고후의 난을 평정하고, 영종 때도 많은 전공을 쌓았다. 나중에 어마감태감에 제수되었다. 대종代宗 때는 중앙군의 군사조직 개편에 큰 공헌을 했다. 성조부터 헌종까지 모두 여섯 황제를 모시며 70여 년 동안 조정 안팎에서 큰 활약을 펼쳤다.

64 寧晉伯劉聚 : 유취劉聚,?~1474는 명나라 전기의 장수로 어마감태감 유영성의 조카다. 그는 숙부인 유영성을 따라 출정해서 금의위천호錦衣衛千戶의 관직을 얻었고, 그 후 금오지휘동지金吾指揮同知, 도지휘첨사, 도독동지都督同知, 우도독右都督, 좌도독左都督으로 승진했다. 여러 차례 타타르족의 침입을 막아낸 공으로 영진백寧晉伯에 봉해졌다. 사후에 영진후寧晉侯로 추봉되었고, 시호는 위용威勇이다.

65 鄒康靖幹 : 명나라 전기의 대신 추간鄒幹,1413~1491을 말한다. 추간은 여항余杭 사람으로, 자는 종성宗盛이고, 시호는 강정康靖이다. 정통 4년1493 진사가 되어, 병부직방주사兵部職方主事, 무선랑중武選郎中, 예부좌시랑, 예부상서 등의 벼슬을 역임했다. 사후에 태자태보로 추증되었다.

66 彭文憲時 : 명 헌종 때 내각수보를 지낸 명신 팽시彭時를 말한다.

67 梁方 : 양방梁方,생졸년미상은 명 헌종 시기의 태감이다. 광동 신회新會 사람으로 헌종 때 어마감태감을 지냈다.

68 鑿混沌竅 : 억지로 본연의 모습을 바꾸려다가 오히려 큰 재앙을 맞게 된다는 의미로,『장자莊子 · 집석集釋 · 응제왕應帝王』에 나오는 혼돈混沌의 이야기를 빌려온 것으

○ 舊恩澤諸封, 至嘉靖初悉除, 直是宇宙大快事. 而武淸靖遠彭城惠安諸伯, 以及劉聚之寧晉, 猶得承襲, 論世者尙不免扼腕. 然自正德八虎以後, 內官子弟, 亦無敢以封拜請者矣.

로 보인다. 『장자·집석·응제왕』의 내용은 다음과 같다. "남해의 왕은 숙이고, 북해의 왕은 홀이며, 중앙의 왕은 혼돈이었다. 숙과 홀은 때때로 혼돈의 땅에서 함께 만났는데, 혼돈은 이들을 매우 잘 대접했다. 숙과 홀이 혼돈의 친절에 보답하기 위해 뜻을 모으고 '사람들은 모두 일곱 개의 구멍이 있어서 보고 듣고 먹고 숨쉬는데, 유독 혼돈에게만은 이런 것이 없다. 그에게도 구멍을 뚫어줘 보자'라고 했다. 그러고는 하루에 구멍을 하나씩 뚫기 시작했는데 칠 일째 되는 날 혼돈이 죽고 말았다 南海之帝爲儵, 北海之帝爲忽, 中央之帝爲渾沌. 儵與忽時相與遇於渾沌之地, 渾沌待之甚善. 儵與忽謀報渾沌之德, 曰: '人皆有七竅以視聽食息, 此獨無有, 嘗試鑿之.' 日鑿一竅, 七日而渾沌死."

번역 내신의 첩이 상소문을 올리다

  왕엄주가 기록한 기이한 일 가운데 천순 연간 초기에 태감 오성吳誠의 처에게 남경의 장전莊田을 하사한 일이 있는데, 내시가 아내를 맞이했다는 점이 특이하며 아직까지는 오성 이전에 이런 일이 있었는지 알 수 없다. 오성은 먼저 정통 14년1449 태상황太上皇의 어가를 따라 북쪽으로 정벌을 갔다가 전사했다. 경태 2년1451 8월 오성의 첩 요씨姚氏가 상소를 올려 오성이 생전에 향산香山에 무덤을 마련해두었으니, 지금 그가 남긴 의관衣冠을 가지고서 초혼招魂하여 안장하고자 한다고 말했다. 경제께서 그렇게 하도록 윤허하셨다. 이에 따르면 내신의 과부가 된 첩이 황상의 은덕을 입은 것은 처음 있는 일이다. 생전에는 첩을 들이고 사후에는 사정을 말해 청한 대로 이루었으니, 태조 초기에 엄금했던 일이 그저 높은 시렁에 내버려진 채 유명무실하게 된 것인가? 예로부터 환관 중에 처가 있는 자는 많지만 첩을 사들인 사람은 없었는데, 첩을 둔 일이 황제에게까지 알려졌는데도 조정 대신들 역시 해괴하게 여기지 않았으니 어찌 된 일인가?

  ○ 오성은 세상에 전해진 바로는 건문제께서 황궁에 돌아왔을 때 내시들이 알아보고는 오성이 일찍이 땅에 엎드려 저민 고기를 핥아 주었다고 말한 것이 이것이다.

  ○ 성화 5년1469 내신 용윤龍閏이 남화백南和伯 방영方英의 아내를 처로 삼았는데 황상께서 이혼하라고 명하셨다. 성화 12년1476 태감 상영常英

은 요인妖人 후득권侯得權의 처를 숨겨주고 양녀로 삼았는데, 나중에 역모를 도모한 일이 발각되어 주살되었다. 아마도 그때 내신이 처와 딸을 두었던 것이 전해 내려오며 풍속이 된 듯하다.

원문 ## 內臣妾抗疏

弇州紀奇事, 天順初, 賜太監吳誠妻南京莊田[69], 以椓人[70]授室爲異, 尙未知誠前事也. 誠先於正統十四年, 隨太上皇車駕, 北征陣亡. 至景泰二年八月, 吳誠妾姚氏奏稱, 誠存日, 曾於香山置壙, 今欲將其所遺衣冠招魂安葬. 景帝允之. 按此, 則內臣娶妾, 蒙上恩禮, 已爲創見. 至於生前畜妾, 歿後陳情[71], 一如所請, 則太祖初厲禁可直付高閣耶? 古來宦官有妻者多矣, 未聞買妾, 且以聞之至尊, 廷臣亦不以爲駁怪, 何耶?

○ 吳誠, 卽世所傳建文帝歸闕, 內侍輩辨視, 云誠曾伏地舐賜臠肉者是也.

○ 成化五年, 內臣龍閏, 娶南和伯方英妻爲妻, 上命離異[72]. 成化十二年, 太監常英, 藏匿妖人侯得權[73]妻以爲養女, 後謀逆事發被誅. 蓋其時內臣有妻女, 相沿成俗矣.

69　莊田 : 옛날, 군주나 귀족의 장원莊園의 전지田地.
70　椓人 : 명대 환관의 별칭.
71　陳情 : 사정을 진술해 보살펴 줄 것을 청함.
72　離異 : 이혼하다.
73　侯得權 : 후득권侯得權, 생졸년 미상은 명 성화 연간의 도사로, 산서 사람이다. 이자룡李子龍이라는 이름으로 행세하며 자신에게 비술祕術이 있다고 자랑하고 다녔다. 궁중의 태감과 교류하면서 몰래 궁에 들어가 태감들에게 비술을 가르쳤다. 헌종이 이 사실을 알고는 후득권과 그를 궁중으로 몰래 데리고 와 비술을 배운 태감들을 주살했다.

번역 궁녀와 환관의 부부 결합

태조께서는 내관을 매우 엄하게 부리셨는데, 처를 맞이한 내시에게는 살갗을 벗기는 형벌을 내리셨다. 영종 연간의 오성이나 헌종 연간의 용윤과 같은 이들에 이르면 이미 금령을 어긴 자들이 많았다. 지금 총애받는 내관들 중에는 아내를 맞이한 이들이 매우 많고, 창기娼妓와 친하게 지내다 첩으로 들이는 자도 있었다. 궁녀와 짝을 이룰 것에 있어서는 그렇게 하지 않는 이가 없었다. 궁녀들은 절인 야채를 팔거나 비단 실 하나라도 가져오니 도움이 되지 않는 이가 없었다. 만약 오랫동안 배필이 없으면 짝이 될 만한 여자들이 모두 그를 비웃으며 쓸모없는 놈이라 여긴다. 말을 잘 하면 또 매파가 그를 위해 중매도 한다. 대부분 먼저 짝을 이루고 나서 나중에 비용을 결정하는데, 들어간 돈이 헤아릴 수 없이 많다. 그런데 모두 황궁 안에서 오랫동안 홀로 지내며 무료해 탐욕과 갈증을 해결하려고 이런 하책下策을 내었을 뿐이다. 근래에 복건성의 세무稅務 담당 환관인 고채高寀는 망령되이 양물陽物을 되살리려고 도모하다가 술사術士에게 미혹되어 몰래 어린 남자아이의 뇌수腦髓를 사서 먹었는데, 죽인 어린아이가 셀 수 없을 정도였으니 악랄하고도 어리석다.

궁녀와 부부가 되는 것은 한나라 때 궁녀끼리 부부가 되었던 것에서 시작되었는데 지금 환관과 궁녀가 부부가 되는 것과 같다. 무제 때 진황후陳皇后에 대한 무제의 총애가 식자 진황후는 무녀에게 남자의 옷,

모자, 허리띠를 착용하고서 자신과 함께 기거하게 하고는 서로 부부처럼 사랑했다. 황상께서 철저하게 조사하고는 여자이면서 남자의 음란함을 행했다고 하면서 진황후를 폐하고 장문궁長門宮에 머물게 했다. 이것은 요염함으로 사람을 홀린 것과 같다. 북위 효문제孝文帝의 폐황후 풍씨馮氏는 환관 고보살高菩薩과 음란하게 지냈는데, 또 어떤 형상을 하고 있었는지는 모르겠다.

나는 예전에 성 밖의 한 절에서 공부를 했는데 좀 오래되자 주지승과 친해졌다. 절 안의 한 방은 자물쇠로 굳게 잠겨 있었다. 우연히 물 뿌리며 청소를 하다가 들어가게 되었는데, 모두 환관이 이미 죽은 궁녀를 제사지내는 것으로 성명이 제대로 갖추어진 신주를 모셔두었다. 하루는 그 죽은 궁녀의 짝이 기일에 제사 지내러 와 울부짖으며 통곡했는데 그 애정이 부부보다 더했다. 내가 그 연고를 몰래 물어보니, 그 역시 장황하게 말하면서 다른 사람에게는 알리지 말라고 나에게 신신당부했다.

원문 對食[74]

太祖馭內官極嚴, 凡椓人娶妻者, 有剝皮之刑. 然至英宗朝之吳誠, 憲宗朝之龍闉輩, 已違禁者多矣. 今中貴[75]授室者甚眾, 亦有與娼婦交好,

---

74 對食 : 원래의 의미는 함께 식사를 한다는 뜻인데, 후대에 제왕의 총애를 받지 못한 궁녀가 부득이 동성연애를 하거나 환관과 부부로 결합하는 것을 의미한다. 여기서는 궁녀와 환관의 부부 결합을 뜻한다.
75 中貴 : 총애 받는 내관.

因而娶歸者. 至于配耦宮人, 則無人不然. 凡宮人市一鹽蔬, 博一線帛, 無不藉手. 苟久而無匹, 則女伴俱姍笑之, 以爲棄物. 當其講好, 亦有媒妁爲之作合. 蓋多先締結, 而後評議者, 所費亦不貲. 然皆宮掖之中, 怨曠[76]無聊, 解饞止渴, 出此下策耳. 近日福建稅璫高宋[77], 妄謀陽具再生, 爲術士所惑, 竊買童男腦髓啖之, 所殺稚兒無算, 則又狠而愚矣.

按宮女配合, 起于漢之對食, 猶之今菜戶[78]也. 武帝時, 陳皇后寵衰, 使女巫着男子衣冠幘帶, 與后寢居, 相愛若夫婦. 上聞窮治, 謂女而男淫, 廢后處長門宮. 此猶妖蠱也. 至元魏孝文帝胡后, 與中官高菩薩[79]淫亂, 則又不知作何狀矣.

余向讀書城外一寺, 稍久與主僧習. 寺中一室, 扃鑰甚固. 偶因汎掃, 隨之入, 則皆中官奉祀宮人之已歿者, 設牌位, 署姓名甚備. 一日其耦以忌日來致奠[80], 擗踊號慟, 情踰伉儷. 余因微叩其故, 彼亦娓娓道之, 但屢囑余勿廣告人而已.

---

76 怨曠 : 배우자와 이별해 독신의 신세가 된 것을 슬퍼하고 원망함.

77 高宋 : 고채高宋, 생졸년 미상는 명나라 신종 때의 환관으로, 순천부順天府 문안文安 사람이다. 어마감승御馬監丞을 지냈고, 만력 27년1599 세감稅監으로 세금 관련 일을 감독했다.

78 菜戶 : 환관과 궁녀가 가짜 부부생활을 하는 것.

79 高菩薩 : 고보살高菩薩, 생졸년 미상은 남북조 시기 북위 풍황후馮皇后의 남총男寵이다.

80 致奠 : 애도를 표하는 제식祭式. 사람이 죽었을 때 친척이나 친지가 상가에 가서 제수를 차려놓고 제문을 읽으며 슬퍼하는 뜻을 나타내는 것을 말한다.

천순 8년1464 영종의 병세가 매우 위독할 때, 학사 전부錢溥는 우선 사관의 신분으로서 어린 내시들을 가르쳤다. 이때 전부가 가르친 내관 중에서 전새국승典璽局丞 왕륜王掄이란 자는 2인자로 권세를 누리고 있었는데 전부와 결탁해 유조를 초안했다가, 이웃에 살던 내각학사內閣學士 진문陳文에게 발각되어 전부는 지현知縣으로 좌천되었다. 융경 6년1572 목종의 병세가 크게 악화되었을 때 내각대학사內閣大學士 장거정이 유조와 관련된 여러 일들을 은밀히 사례태감 풍보에게 전했는데, 동료 대학사인 고공에게 들켜 대놓고 질책당했다. 며칠 지나지 않아 목종께서 승하하셨고, 고공은 오히려 쫓겨났다. 사안은 비록 같지만 의탁한 이가 달랐으니 일의 성패가 천양지차였다.

원문 內臣交結

天順八年, 英宗大漸, 學士錢溥[81], 先以史官教習小內侍. 至是, 溥所教內官, 典璽局丞[82]王掄者, 以次當柄用, 結溥草遺詔, 爲鄰居內閣學士陳

---

81 錢溥 : 전부錢溥, 1408~1488의 자는 원부原溥이고 호는 유암遺庵, 구봉九峰으로, 화정 사람이다. 정통 4년1439에 진사가 되어 검토에 제수되었고 춘방좌찬선春坊左贊善, 시독학사 등을 지냈으며『환우통지寰宇通志』,『대명일통지大明一統志』등의 편수에 참여했다. 이후 광동순덕현지현으로 강등되었다가 남경한림원사로 다시 기용되었고, 남경이부상서로 승진했다. 사후 시호는 문통文通이며, 저서로『조선잡지朝鮮雜志』등이 있다.

文[83]所發, 謫知縣. 隆慶六年, 穆宗大漸, 內閣大學士張居正, 以遺詔諸事, 密傳司禮太監馮保, 爲同事大學士高拱所見, 面叱之. 不數日穆宗升遐, 拱反被逐. 事雖同, 而所託異, 故成敗天淵.

---

82 典璽局丞 : 명대 동궁의 환관 기구인 전새국典璽局의 관직 중 하나로, 종오품이다. 전새국은 동궁, 즉 태자부의 인장을 관장하던 곳이다. 정오품 국랑局郞 1명, 종오품 국승局丞 2명, 그 외에 정육품 기사紀事와 봉어奉御 등의 관리를 두었다.

83 陳文 : 진문陳文, 1405~1468은 명나라 전기의 대신이다. 그는 강서 여릉廬陵 사람으로, 자는 안간安簡이고, 시호는 장정莊靖이다. 정통 원년1436 방안榜眼으로 진사에 합격해, 한림원편수, 운남우포정사雲南右布政使, 예부우시랑, 한림학사, 예부상서 겸 문연각대학사 등의 벼슬을 지냈다. 성화 2년1466부터 4년1468까지 내각수보를 지냈다. 운남우포정사로 있을 때는 정치적인 업적을 쌓았으나, 내각에 들어간 뒤로는 일처리가 비열하고 공은 세우지 못하면서 사소한 원한도 그냥 넘기지 않아 세간의 평이 좋지 못했다.

당나라 중엽 이후 환관이 황제를 옹립하고 폐위시키는 일은 마침내 흔한 일이 되었다. 송나라 선화宣和 연간에 재상 왕보王黼는 환관 양사성梁師成과 결탁해 태자의 자리를 위태롭게 하고 운왕鄆王을 옹립하고자 도모했지만 결국 일을 이루지 못했다. 본 왕조는 가법이 매우 엄격해서 결코 이런 일은 들어본 적이 없다. 다만 성화成化 연간에 우옥牛玉이 황후를 바꾼 일이 가장 큰 이변이었지만 정상적인 법도로 되돌렸다. 지금 옛 태감 회은懷恩의 사적을 보면 다음과 같은 기록이 있다. 그 동료 양방梁芳 등이 황상을 사치하고 낭비하도록 이끌어 국고가 텅 비었다. 황상께서 그것을 보고 달가워하지 않으시고 "짐은 너에게 계산하지 않고 뒤를 잇는 자가 너와 계산할 것이다"라고 하시고는 동궁을 가리키셨다. 양방 등이 심히 두려움에 떨었다. 당시 황상께서는 흥왕興王을 매우 아끼셨으므로, 이에 소덕昭德 만귀비에게 황상께서 태자를 바꾸도록 권하고 흥왕을 소덕 만귀비의 아들로 삼으라고 진언하려고 계획했다. 황상의 의중이 이미 움직여 회은에게 그것을 도모하라 하셨는데 회은이 죽음을 무릅쓰고 거절하며 따르지 않자, 황상께서 화를 내시며 조서를 내려 봉양현鳳陽縣 효릉孝陵의 사향司香으로 보내셨다. 회은이 떠나자 담창覃昌이 요직을 맡았는데, 버티지 못할 것을 걱정해 누군가가 그를 위해 계책을 세우고 황상께서 재상 만안萬安 그리고 유후劉珝 등과 도모하실 것을 권했지만 모두 묵묵부답이었다. 태산泰山이 진동하니, 내령대內靈臺에서 "동쪽의 태산이 사방을 진동시키니 응당 동궁에 기쁜 일이 있어야 해결될 것입니다"라고 상소를 올렸다. 황상께서 비로소 조서를 내려 태자비를 간택하시니 태자의 자리가 안정되었다. 이 말을 살펴보면 효종께서 즉위하신 것에는, 마땅히 회은의 공이 가장 크고 담창이 그다음이며 어사대의 환관들 역시 응당 상을 받아야 한다. 대개 하늘이 내린 신성한 조짐이 내관에게도 보좌의 공훈을 얻게 하신 것이므로, 그들이 속였다고 할 수는 없다.

○ 유후 역시 비밀리에 상소를 올려 태자를 바꾸자고 강력히 간했다고 한다.

원문 **懷恩安儲**

唐世中葉後, 宦官廢立, 竟成恒事. 宋唯宣和間, 宰相王黼, 結宦官梁師成, 動搖東宮, 謀立鄆王, 然終於無成. 本朝家法至嚴, 絶不聞此事. 唯成化間, 牛玉[84] 易后[85] 一事, 最爲異變, 然旋正法矣. 今觀故太監懷恩事蹟, 謂其同類梁方等, 導上侈費, 帑藏一空. 上閱之不懌, 有"吾不與汝算, 自有後人與汝計"之語, 蓋指東宮也. 方等懼甚. 時上鍾愛興王[86], 乃謀進言於昭德萬貴妃, 勸上易儲位, 因以興王爲昭德子. 上意已動, 謀之于恩,

---

84 牛玉 : 우옥牛玉, 1409~1500은 명나라 중기의 환관이다. 그의 자는 정규廷圭이고, 별호는 퇴사거사退思居士이다. 천순 연간에 사례감 장인태감을, 성화 연간에는 남경사례감 장인태감을 지냈다.
85 易后 : 오황후를 폐위시키고 왕황후로 바꾼 일.
86 興王 : 명나라 세종의 부친인 주우원朱祐杬을 말한다.

恩以死拒不從, 上恚, 詔發往鳳陽司香[87]. 恩旣去, 覃昌[88]當軸, 憂不能支, 或爲之計, 勸上改謀於輔臣萬安劉珝等, 皆默不應. 會泰山震, 內靈臺[89] 奏, 泰山震方, 應在東朝, 必得喜乃解. 上始詔爲太子選妃, 而儲位安矣. 審如此言, 則孝宗龍飛, 當以懷恩爲首功, 覃昌次之, 而內臺[90]諸璫, 亦當 受上賞. 蓋天祚神聖, 使左貂輩, 亦獲收羽翼之助, 未可謂其誣也.

○ 聞劉珝亦有密疏. 力靜易儲.

---

87 司香 : 제사에서 향안香案과 향香을 담당하던 관직인데, 주로 환관이 맡았다.
88 覃昌 : 담창覃昌, 1433~1493은 명나라 성화 연간의 사례감 장인태감이다. 그의 자는 경
    융景隆이고, 별호는 규암葵庵이며, 광서 의산현宜山縣 사람이다. 정통 12년1447에 입
    궁해 내서당內書堂에서 학습하고, 천순 연간에 태자 주견심의 반독伴讀이 되었다. 주
    견심이 헌종으로 등극하자 침공국針工局의 우부사右副使로 승진했고, 그 후 사례감 장
    인태감에 올랐다.
89 內靈臺 : 황궁에서 천문을 관측해 재난이나 상서로운 일 등을 살펴보는 기관.
90 內臺 : 어사대의 별칭.

　성화 7년1471 태감 유영성劉永誠이 연수延綏를 정벌한 공을 세워 그의 조카 유취가 영진백에 봉해졌고, 유취가 다시 공을 세워 세습하게 되었다. 가정 연간 초 태감 장영張永의 형 태안백泰安伯 장부張富와 그 동생 안정백安定伯 장용張容, 태감 곡대용谷大用의 형 고평백高平伯 곡대관谷大寬과 그 동생 영청백永淸伯 곡대량谷大亮, 태감 마영성馬永成의 조카 평량백平涼伯 마산馬山, 태감 위빈魏彬의 동생 진안백鎭安伯 위영魏英, 태감 육은陸誾의 조카 진평백鎭平伯 육영陸永, 태감 배□裴□의 양아들 영수백永壽伯 배주덕裵朱德과 같은 환관의 자제들에게 내린 모든 은택과 봉작이 전부 다 박탈되었는데, 오직 유취만이 보전할 수 있었다. 헌종 때부터 지금까지 140년 동안 10대에 걸쳐 세습되어 병권을 장악하고 내각을 계속 관장해왔으니 도대체 어떤 공덕을 세웠기에 이런 일을 계속할 수 있었는가? 지금 북경의 대가집들에 펼쳐 놓은 병풍에는, 궁궐로 선발되어 들어오는 것부터 각고의 노력으로 황상께 인정받고 마침내 임용되어 어마태감御馬太監에 이르고 출정해서 가짜 수염을 달고 적진으로 돌격해 개선해 상을 받은 것까지, 유영성이 서쪽 정벌을 한 일이 대체로 그려져 있다. 그림들에 그 상황이 잘 드러나 있는데 결국 모든 일이 사실인지 여부는 알 수가 없다. 유영성이 죽자 황상께서 특별히 '포공襃功'이라 적힌 현판을 하사하셨으니 공로는 아마도 있었을 것이다. 그러나, 토목보에서 영종을 위험에 빠뜨렸던 왕진 또한 이보다 앞서 '정충

旌忠'이라 적힌 현판을 하사받았으니, 유영성이 받은 현판 또한 높이 여길 만한 것은 아니다. 유영성의 아명이 마아馬兒라서, 지금까지 북경 사람들은 여전히 그렇게 부른다.

원문 劉聚封伯

成化七年, 太監劉永誠, 以征延綏[91]功, 封其姪聚爲寧晉伯, 再以功, 得世襲. 嘉靖初年, 一切恩澤封拜, 凡中貴子弟, 若太監張永兄泰安伯富, 永弟安定伯容, 太監谷大用兄高平伯大寬, 弟永淸伯大亮, 太監馬永成姪平涼伯山, 太監魏彬弟鎭安伯英, 太監陸闇姪鎭平伯永, 太監裴□義子永壽伯朱德, 盡數革爵, 唯聚得存. 自憲廟迄今一百四十年, 傳襲十輩, 握兵符, 掌樞府[92]者不絶, 果何功德以堪之? 今京師大家, 所張圍屛, 多畫劉永誠西征事者, 自選入內廷, 以擎米多力, 見知於上, 遂被任使, 至御馬太監, 出征入陣, 帶假髥以衝鋒, 至凱旋受賞. 諸得意狀, 竟不知皆實事否也. 永誠死, 上賜特祠額曰襄功, 則勞績或有之. 然陷英宗於土木者爲王振, 亦先得賜祠曰旌忠, 則此祠額, 亦不足尙矣. 劉永誠小名馬兒, 至今京師人, 猶以此稱之.

---

91 延綏 : 지금의 샤안시[陝西]성 위린[楡林] 지역에 있었던 명대 군진軍鎭의 명칭이다. 명대에 몽골인과의 교전이 가장 빈번했던 지역 중 하나다.
92 樞府 : 나라의 중추를 맡는 기구로, 명청대의 내각을 말함.

태감 하문정何文鼎이란 자는 절강浙江 여요餘姚 사람이다. 어려서 과거
시험 준비를 해서 시문에 능했다. 한창 나이가 되서야 비로소 내시가
되었고, 홍치 연간에 궁궐에서 일을 맡았다. 당시 수녕후壽寧侯 장학령張
鶴齡과 건창후建昌侯 장연령張延齡이, 장황후로 인해 은덕을 입어 궁궐을
자유자재로 출입했다. 하문정이 내심 그들을 미워해 하루는 장씨 형제
가 궁에 들어와 관등놀이를 할 때 효종이 함께 술을 마시다가 뜻하지 않
게 일어나 측간에 가면서 어관을 벗어 집사에게 맡겼는데, 장씨 형제가
일어나 그것을 장난삼아 머리에 썼다. 또 장연령이 술에 취해서 궁인들
을 욕보이자, 하문정이 대과大瓜를 들고 휘장 밖에서 그를 치고는 태감
이광이 그 일을 누설하는 틈에 간신히 그곳을 빠져나왔다. 다음 날 하문
정이 상소를 올려 간곡하게 간하자 황상께서 노하여 금의위를 보내 주
모자를 심문했다. 하문정이 "주모자가 두 사람인데, 그들을 잡을 수 없
었습니다"라고 대답했다. 또, 누구인지 묻자 "공자와 맹자입니다"라고
했다. 황상의 노여움이 풀리지 않자, 어사 황산黃山 등이 모두 그를 구제
하려 애썼지만 황상께서 따르지 않으셨고, 효강장황후孝康張皇后에 의해
궐 안 호수에서 곤장을 맞고 죽었다. 얼마 안 되어 황상께서 어전의 구
리 등잔을 끌다가 나는 소리를 들으셨는데, 그 소리는 하문정이 억울함
을 호소하는 것 같았다. 때마침 청녕궁淸寧宮에 화재가 났고, 형부주사
진봉오陳鳳梧가 상소를 올려 하문정의 억울함을 말하니, 황상께서 크게

깨달으시고 특별히 명을 내려 그를 예우해서 장례를 치르고 친히 글을 써주어 제사 지내게 하셨다. 그때 사림의 누군가가 시를 지어 그를 조문하며 "권력을 휘두르는 외척은 세상에 널렸으나, 상소를 올리는 내신은 고금에 없네"라고 했다. 또, "도道는 비간比干과 같으나 세상이 다를 뿐이고, 마음은 오히려 환관과 같다네"라고 했다. 이 시는 훌륭하지는 않지만 또한 사실을 지적한 것이다. 그 후 세종께서 황위를 계승하면서 더이상 소성昭聖 황태후에게 예를 더해 주지 않으셨고, 장연령이 비방을 당해 황상께서 필히 극형으로 다스린 후에야 그쳤는데, 이는 아마도 지난 일을 거슬러 한스럽게 여긴 탓일 거라고 한다.

○ 정덕 연간에 태감 최화崔和가 운남雲南의 금등金騰에서 진수태감으로 있을 때, 하루는 노강潞江을 건너는데 안무사安撫司가 강을 건너는 데 필요한 은 300냥을 보냈고, 또 경동부景東府와 몽화부蒙化府에서는 각각 연례로 약간의 은을 바쳤다. 하지만 최화는 오히려 받지 않고, 이에 "이것은 내신인 나를 업신여긴 것일 뿐이다"라고 했다. 이 때문에 다들 평생 동안 하문정과 벗이었고 효종의 인정을 받았다고 말한다. 상객들의 재화로 다리를 세우고 절을 보수하면서도 조금도 자신의 사재로는 돈을 들이지 않았다. 무릇 환관들 역시 최화와 같은 현명한 자를 흠모하고 칭송하면서 이처럼 제기까지도 잘 갖추어주었는데도 지금 명사들은 환관들이 부끄러운 일을 했다고 여긴다.

○ 진봉오陳鳳梧란 자는 서길사 출신으로 우도어사右都御史의 관직에까지 이르렀고 공부상서에 추증되었으니 또한 정덕 연간과 가정 연간의

명신이다. 그가 편집한 책 중에『주례회준周禮會雋』이란 책이 있다. 근래에 사례감 장인태감 진구陳矩가 구문장邱文莊의『대학연의보大學衍義補』를 중간하고서, 이 책을 간행할 것을 의론했는데 이미 간행되었는지의 여부는 알 수 없다. 구문장의 책에서는 내신들에 관해 의론하지 않았고 진봉오의 책에서는 하문장의 억울함을 풀어주었기 때문에, 권세 있는 태감이 그것을 고맙게 여겨 그가 생전에 남긴 책에 이처럼 주의를 기울인 것 같다.

원문 何文鼎

太監何文鼎者, 浙之餘姚人. 少習擧業, 能詩文. 壯而始閹, 弘治間, 供事內廷. 時壽寧侯張鶴齡建昌侯延齡, 以椒房[93]被恩, 出入禁中無恒度. 文鼎心惡之. 一日二張入內觀燈, 孝宗與飮, 偶起如廁, 除御冠于執事者, 二張起, 戲頂之. 又延齡被酒, 奸汚宮人, 文鼎持大瓜幕外, 將擊之, 賴太監李廣露其事, 僅得脫. 次日文鼎上疏極諫, 上怒, 發錦衣衞拷問主使者. 文鼎對曰, "有二人主使, 但拿他不得." 又問何人, 曰"孔子孟子也." 上怒不解, 御史黃山等, 皆力救之, 不從, 爲孝康張皇后杖死於海子[94]. 尋上自聞拽御前銅缸有聲, 其聲若文鼎訴冤者. 會淸寧宮災, 刑部主事陳鳳梧[95]

---

93 椒房 : 후비가 거처하는 곳 또는 후비로, 여기서는 장황후를 말한다.
94 海子 : 궁궐 내의 호수.
95 陳鳳梧 : 진봉오陳鳳梧, 1475~1541는 명나라 중기의 관리다. 강서 태화泰和 사람으로, 자는 문명文鳴이고 호는 정재靜齋다. 홍치 9년1496 진사가 되어 형부주사에 제수되었다. 그 후 호광제학첨시湖廣提學僉事, 하남안찰사河南按察使, 우부도어사右副都御史, 산동순무

應詔, 陳文鼎之冤, 上大感悟, 特命以禮收葬, 且御製文祭之. 於時詞林某公, 有詩弔之曰, "外戚擅權天下有, 內臣抗疏古今無." 又云, "道合比干唯異世, 心於'**96**卻同符." 詩雖不佳, 亦指實也. 其後世宗入紹, 不復加禮於昭聖, 而張延齡被訐, 上必置於極法而後已, 蓋追恨往事云.

○ 正德間, 有太監崔和者, 鎭守雲南之金騰, 一日過潞江, 安撫司送過江銀三百兩, 又景東蒙化二府, 各饋年例銀若干. 和卻不受, 乃曰, "是看我內臣素低耳." 因悉言生平與何文鼎爲友, 蒙孝廟見知. 因以客屬所賂, 建橋修寺, 毫不以入帑. 夫寺人**97**亦知慕其類之賢者, 而稱說之, 且飭簠簋乃爾, 今之仕紳, 視此輩有愧色矣.

○ 陳鳳梧者, 起庶常**98**, 官至右都御史, 贈工部尙書, 亦正嘉名臣也. 所輯有『周禮會雋』一書. 頃司禮印瑠陳矩, 重刻邱文莊**99**『大學衍義補』成, 卽議刻此書, 未知已竣事否. 邱書以不議內臣, 陳則以雪何文鼎冤, 故大瑠德之, 于其遺編**100**, 猶注意如此.

山東巡撫, 남경우도어사南京右都御史 등의 벼슬을 역임했다.

96 巷伯 : 환관의 별칭.

97 寺人 : 궁중의 소사를 담당한 환관.

98 庶常 : 서길사庶吉士의 별칭. 서길사는 한림원 내의 단기 관직이며 진사 출신 중에서 선발했다.

99 邱文莊 : 명나라의 유학자이자 정치가인 구준邱濬,1420~1495을 말한다. 그는 경주瓊州 경산瓊山 사람으로, 자는 중심仲深이고, 호는 경대瓊臺다. 경태 5년1454 진사가 되어, 서길사, 한림학사, 국자감좨주, 예부시랑, 예부상서, 문연각대학사, 호부상서 겸 무영전대학사 등의 벼슬을 역임했다. 『영종실록英宗實錄』과 『헌종실록憲宗實錄』을 편찬했고, 남송 시기 진덕수眞德秀의 『대학연의大學衍義』를 증보한 『대학연의보大學衍義補』를 지었다.

100 遺編 : 죽은 사람이 생전에 남긴 책.

홍치 연간 초기에 장수長隨 하정何鼎이 다음과 같이 상소를 올렸다. "관직을 요행으로 얻을 수 있으면 조정에서 존중하지 않을 것이고, 녹봉을 청해서 구할 수 있으면 관작官爵 있는 자들이 중시하지 않을 것입니다. 예를 들어 금의위의 말단 관원이 행한 일로 인해 승진하게 된 것은 아마도 건국 초기에 민심이 안정되지 않았기에 잠시 이들이 간웅을 굴복시키는 수단이 되었기 때문일 것입니다. 이것은 한때의 권세였는데, 나중에 전례가 되어 종종 행한 일로 인해 승진하게 되었으므로, 현 왕조에 금의위 관원들이 많아졌고 수백 명이 넘어서 녹봉을 낭비하므로 선조들이 관제官制를 제운 본뜻을 완전히 잃어버렸습니다. 전례를 따라 승진하는 일이 해가 지날수록 더욱 많아졌고, 더군다나 은혜를 구하여 황제께 별도로 관직을 받는 일은 치세治世의 훌륭한 일이 아닙니다. 황상께서는 등극하신 초기에 그것이 잘못되었음을 분명히 아시고 너무나 잘 추려내셨으니 나라 안팎에서 기뻐했습니다. 다만 그중에 여전히 빠뜨린 것이 많았습니다. 근래에 또다시 아첨으로 연줄을 이용해 출세하려는 자들이 있으니, 황상께 엎드려 바라옵건대 특별히 조서를 내려 이부와 병부에서 조사를 해 문관 중에 정상적인 절차를 밟지 않은 자와 무관 중에 전공戰功이나 새로이 행한 일로 인해 승진하지 않은 자는 천순 원년부터 지금까지 모두 면직시키고 요행으로 관직에 오를 길을 막으십시오." 황상께서 관련 부서에 조사하고 의론해 보고하라고 명하셨다.

이부에서 다음과 같이 상고해 아뢰었다. "장수 하정이 말한 것은 황상의 특별 임명이나 승진을 요청하는 일을 없애라고 청한 것입니다. 이전에 이부를 거치지 않고 황상께서 별도로 임명하신 관원에 대해 과도관들이 상소를 올려 허물을 따지고 탄핵했기에, 이부에서는 이미 560여 명을 면직하도록 아뢰었습니다. 이외에 중서사인 만굉변萬宏玶, 유위劉韋, 유예劉銳 세 사람만은 대학사 만안 등의 자손이므로 남기고 면직시키지 않았습니다. 아마 선제 때 역시 일찍이 황상께서 별도로 임명한 관리를 추려냈겠지만, 이 세 사람은 음덕으로 관직을 제수한다는 확고한 뜻을 받들었기에 이부에서 검토해 남긴 것이지 이유 없이 빠트린 것은 아닙니다. 근래에 태의원太醫院에서 원사院使로 강등된 방현方賢이 상소를 올려서 복직되어 직책을 맡기를 구하고, 태상시에서 황제가 별도로 임명한 사악司樂 서기단徐起端을 다시 파면시키라고 청한 일은, 이부에서 모두 안 된다고 상주했습니다. 처음에는 그 청을 번번히 따르지 않았기에, 이에 황상께서 별도로 관직을 임명하거나 요행으로 관직에 오르는 길이 열리지 않았습니다. 지금 하정은 천순 이래로 과거에 급제하지 않은 문관과 군공이 없는 무관을 조사해 모두 파면시키고자 했으니, 그 뜻이 매우 훌륭합니다. 하지만 천순 원년부터 지금까지 30여 년 동안 요행으로 승진하여 그 자리에 남아 있는 자는 거의 없으나, 간혹 다른 관직으로 옮긴 자는 있습니다. 예를 들어 이전 대학사 이현의 아들 이장李璋은 지금 상보사경尙寶司卿으로 승진했고, 유정劉定의 아들 유칭劉稱은 지금 남경상보사승南京尙寶司丞으로 승진했는데, 대체로 경력이 오래되고 자질에 따라 승진한 것이지 까닭 없이 승진한 것이 아니기 때문입니다. 근래에 상로의 아들 상량보良輔는 공부주사工部主事에 제수되었고, 손자 상여겸商汝謙은 상보사승에 제수되었으며, 어사 종동鍾同의 아들 종월鍾越이 통정사지사通政司知事에 제수된 일들은 대체로 은혜로 받은 음덕으로 제수된 것이지 절차 없이 얻은 것은 아닙니다. 이밖에 또 승진이 보장된 태의원太醫院 관리, 흠천감欽天監 관리, 공부 소속 관아의 관리, 오부도사五府都事 등의 관리 및 총병 수행 등의 관리, 문서를 관장하는 관리 또한 모두가 황제께 특별히 임명 받은 사람은 아닙니다. 지금 만약 일률적으로 조사해 면직시킨다면 면직시킬 자가 이루 셀 수 없을 것이고 면직해서는 안 되는 자도 있을 것입니다. 엎드려 바라옵건대 마음을 가라앉히고 안정하시어, 이미 지난 것을 추궁하지 마시고 앞으로 안팎의 대소 관원은 모두 예전의 인원을 참조해 결원을 뽑아 보충하시면 자연히 출세하려는 다툼이 그칠 것입니다. 이미 자리에 있었던 사람을 막 제거했는데 새로 관직에 부임할 사람이 오지 못한다면, 또한 무슨 이로움이 있겠습니까?" 황상께서 이를 따르셨다. 병부에서 하정의 상소에 따라 무관들을 상세히 조사하니 집사緝事에서 승진한 자와 처음에는 순서대로 관례를 따르다가 나중에 전하여 승진을 구한 자가 도지휘동지都指揮同知 담창覃昌 등 120명이라 상고해 아뢰고 황상께 거취去取의 결정을 청했다. 황상께서 모두 남겼다가 각 자손이 세습하게 되는 날 전례에 따라 결정하도록 명하셨다. 하정의 이 상소는 요행을 막고 인재를 중시한 것으로, 대신과 언관이 말하기 어려운 내용을 담고 있었다. 당시 마균양馬鈞陽이 병부의 수장이었는데 여전히 떠나보낼 자와 남길 자를 청했다. 왕삼원王三原은 막 이부를 맡고서, 아직은 황상께서 특별히 임명한 관직이 없다고 말하고, 또 여러 재상의 음덕으로 벼슬하는 이들을 거론하면서 하정의 주장에 대해 버티니 그 말이 결국 행해지지 않았다. 효종께서 새로이 즉위하시고 목이 말라 물을 찾듯 간언을 구하셨는데 대신들의 식견이 오히려 환관보다 못했으니 안타깝구나!

홍치 5년1492 하정은 이미 석신사惜薪司의 좌사부左司副가 되었는데, 또 상소를 올려, 통주通州 창고에 양식을 비축하여 임시로 관리해 두었으나 애초에 오래 지나지 않아 군사들이 수령하는데 불편하고 위급할 때 방비하는 데 불편하니 도성의 빈터에 창고를 증설해 통주의 양식을 그 안으로 옮기기를 청했다. 또 대통교大通橋 동쪽 돌수문의 물길을 좋게 만들어 조운선漕運船이 바로 다리 아래에 이르게 해 물자 운반의 노고를 덜도록 청했다. 호부에서는 도성의 창고를 짓는 것은 매우 좋은 일이지만 시간이 촉박해 시행할 수 없으니 하천의 수문을 시험삼아 시행하기를 청했다. 황상께서 그렇게 하는 것이 옳다 여기셨다. 이때부터 대통하는 지금까지 백대의 이로움이 되었고 도성의 창고는 다 행해지지 않았다. 하정은 온 마음을 다해 나라를 이롭게 했는데 조정 대신들은 이에 미치지 못했다. 두 상소의 관계가 매우 크기 때문에 다소 상세하게 기록했다.

홍치 10년1497 또 직언을 하다가 금의위에 하옥되었다. 형과도급사중형과도급사중中刑科都給事中 방반龐泮 등과 감찰어사 황산黃山 등이 그를 구하려고 함께 상소를 올려, 하정이 평소 지나치게 솔직하니 칭찬해 알리거나 관용을 베풀어야 한다고 말했다. 황상께서 "안팎의 일의 체계에는 모두 옛 규범이 있는데 그대들이 어찌 이 일을 아는가?"라고 하시며 모두 힐책하고 녹봉을 감했다. 연이어 이부주시禮部主事 이곤李昆과 이부의 진사進士 오종주吳宗周가 또 각각 상소를 올려 그를 구제하려 했는데 모두 그 상소문을 관할 부서에 내려 보냈다. 마지막으로 호부상서 주경周經 등이 또 공식 상소를 올려 "신 등은 대신인데도 잘못을 바로잡지 못했으니 하정에게 많이 부끄럽습니다"라고 말했는데, 그 말이 다소 준엄했다. 황상께서 크게 노하시어 엄중히 추궁해야 한다고 꾸짖으셨지만 우선 용서하셨다. 당시 총재冢宰였던 은현鄞縣 도용屠溶은 상소의 앞머리에 이름을 넣지 않았는데 아마도 화를 두려워해서인 듯하다. 하정은 이때 곤장을 맞고 죽었다. 이듬해 청녕궁淸寧宮에 화재가 났는데 형부주사 진봉오陳鳳梧가 황제의 명에 따라 하정의 원통함을 아뢰니, 황상께서 비로소 깨달으시어 그의 누명을 벗기고 제사를 내리셨다. 그 상세한 내용은 건창후 장연령의 사적에 나오며 전권前卷에 실려 있다.

○ 하정의 이름은 나중에 하문정에서 '문文'자를 없애고 '정鼎'이라는 외자 이름만 썼다. 진봉오의 상소에서는 여전히 하문정이라고 부르고 있다. 하정이 죽은 다음 해에 이광 또한 독을 먹고 죽었다. 이광은 사술邪術로 황상을 미혹하여 총애를 얻어 하정이 죄를 얻었는데, 비록 하정이 장학령과 장연령 형제를 탄핵했지만 사실은 이광이 중궁中宮의

뜻을 받들어 그를 죽인 것이다. 당시에 형을 가한 자는 사례감의 내신 이영李榮인데, 하정은 죽을 때까지 끊임없이 욕했다.

원문 **內臣何文鼎**再見

弘治始初, 長隨何鼎[101]奏, "官可幸得, 則朝廷不尊, 祿可乞求, 則官爵 不重. 如錦衣衛官校[102], 行事得隆, 蓋因國初人心未定, 故暫爲此懾伏姦 雄之具. 此一時之權也, 後以爲例, 往往行事得隆, 故本朝衛官多, 不啻 數百, 糜費廩祿, 殊失祖宗建官本意. 繼例而隆, 年久益繁, 況乞恩傳 奉[103], 非治世美事. 皇上御極之初, 灼見其非, 已行沙汰, 中外稱快. 但其 間猶多漏網. 近來復有夤緣以啓倖門[104]者, 伏望聖明, 特敕吏兵二部審 覆, 文非考本等程式者, 武非軍功新行事隆者, 自天順元年至今, 一切革 去, 以杜倖門." 上命所司查議以聞.

吏部覆奏, "長隨何鼎所言, 請革傳奉乞隆事. 前此傳奉官員, 本部因科 道交章論劾, 已奏汰五百六十餘員. 此外唯中書舍人萬宏珹劉韋劉銳三 人, 係大學士萬安等子孫, 存留未汰. 蓋當先帝時, 亦嘗沙汰傳奉, 三人 奉有蔭授不動之旨, 故本部覆留, 非無故脫漏. 近太醫院降職院使方賢[105],

---

101 何鼎: 명대 효종 때의 환관 하문정을 말한다. 하정의 원래 이름은 '문정文鼎'이었는 데, 나중에 '문文'을 빼고 외자 이름인 '정鼎'을 사용했다.
102 官校: 말단 문관이나 무관.
103 傳奉: 이부吏部의 전형을 거치지 않고 황제가 유지諭旨로 직접 관리를 임명하던 일.
104 倖門: 요행으로 벼슬에 오르는 것.
105 方賢: 방현方賢, 생졸년미상은 명대의 어의御醫로, 오흥吳興 사람이다. 태의원원사太醫院 院使, 태의원원판太醫院院判을 지냈다. 각종 병에 대한 처방을 집록한 『기효양방奇效良

奏求復職致任, 及太常寺請復革罷傳奉司樂徐起端, 本部俱執奏不可. 初未嘗輒徇其請, 是傳奉倖門未嘗開也. 今鼎欲審查天順以來, 文非考中, 武非軍功者, 一切革去, 其意甚美. 但天順改元, 至今三十餘年, 其倖進存者無幾, 間亦有轉遷別官者. 如前大學士李賢子璋, 今陞至尙寶司卿, 劉定之子稱, 今陞至南京尙寶司丞, 蓋由歷俸年深, 循資陞職, 非無故而陞者. 近商輅子良輔, 除工部主事, 孫汝謙除尙寶司丞, 御史鍾同子越, 除通政司知事之類, 蓋由恩蔭授, 非無階而得者. 此外又有保陞爲太醫院官, 爲欽天監官, 爲工部所屬衙門官, 爲五府都事等官, 及跟隨總兵等官, 書辦官者, 亦非全是傳奉人數. 今若槪行查革, 將不勝其革, 且有不可革者. 伏望皇上鎭以安靜, 不追旣往, 今後內外大小官員, 俱照舊額, 隨缺選補, 自然奔競可息. 若往者方革, 而來者未已, 則亦何益?" 從之. 兵部覆奏, 何鼎疏, 備查武官由緝事陞職, 及先次幷例後傳乞陞者, 都指揮同知覃昌等百二十人, 上請去留. 上命俱留待各子孫襲代之日, 照例定奪[106]. 文鼎此疏抑僥倖, 重名器, 有大臣言官所難言者. 時馬鈞陽[107]長兵部, 尙以去留兩請. 王三原[108]方秉銓, 乃云未有傳奉. 且以諸輔臣任子[109]爲言,

---

『方』69권을 썼다.

106 定奪 : 어떤 사항에 대해 임금이 헤아려 결정하는 일을 이르던 말.

107 馬鈞陽 : 마균양馬鈞陽, 1426~1510은 명 중기의 명신으로, 하남 균주鈞州 사람이다. 그의 자는 부도負圖이고, 호는 약재約齋, 삼봉거사三峰居士, 우송도인友松道人이다. 경태 2년 1451 진사가 되어, 어사御史, 복건안찰사福建按察使, 좌부도어사左副都御史, 병부우시랑兵部右侍郎, 요동순무遼東巡撫, 총독조운總督漕運, 병부상서, 이부상서, 태사太師 등의 벼슬을 역임했다. 사후에 특진광록대부特進光祿大夫 겸 태부太傅로 추증되었고, 시호는 단숙端肅이다.

108 王三原 : 명나라 중기의 대신 왕서王恕를 말한다.

以拄鼎之口, 其說竟不行. 孝宗新創位, 方求言若渴, 乃大臣之見, 反出寺人下, 惜哉!

至弘治五年, 則鼎已爲惜薪司[110]左司副, 又奏通州倉糧儲, 一時權置, 初非經久, 軍士不便于關支, 警急不便於防守, 請於都城隙地, 增置倉廠, 移通州倉糧於其中. 且請修濬[111]大通橋[112]以東石閘河道, 令漕舟[113]直至橋下, 以省輓運之勞. 戶部以爲京倉之建固善, 但時詘未可擧, 河閘請試之而行. 上是之. 自是大通河至今爲百世利, 而京倉則不盡行. 鼎之悉心體國, 朝士所不逮也. 二疏關係甚大, 故載之稍詳.

至十年, 又以直言, 繫錦衣獄. 刑科都給事中龐泮[114]等, 監察御史黃山等, 合疏共救, 謂鼎素著狂直, 宜加襃顯, 或曲賜優容. 上曰, "內外事體具有舊規, 爾等何由知其事?" 皆詰責罰俸. 繼禮部主事李昆, 吏部進士吳宗周, 又各疏論救, 皆下其章於所司. 最後則戶部尙書周經等, 又公疏云, "臣等備位大臣, 不能救正, 有媿于鼎多矣." 其言稍峻. 上大怒, 誚讓當重究, 姑宥之. 時屠鄞縣滽爲冢宰, 不列名疏首, 蓋畏禍也, 鼎卽于是

---

109 任子 : 부모 형제의 공적 덕분에 벼슬하는 사람.
110 惜薪司 : 명대 환관 기구인 24 아문衙門의 하나다. 황궁에서 사용되는 땔감, 목탄 등을 취급하고, 황궁 내의 도랑, 하수구 청소를 맡았으며, 겨울에는 화재를 예방하기 위해 수조에 물을 채우는 임무를 담당했다.
111 修濬 : 하천을 수리해서 물의 흐름을 좋게 하다.
112 大通橋 : 북경의 동편문東便門 밖에 있는 다리.
113 漕舟 : 조세로 징수된 곡식을 운송하는 배.
114 龐泮 : 방반龐泮, 1450~1516은 명나라 중기의 관리다. 천태天台 화서향花墅鄕 사람으로, 자는 원화元化이고 호는 석벽石壁이다. 성화 20년1484 진사가 되어, 공과급사중工科給事中, 형과급사중刑科給事中, 복건우참정福建右參政, 하남우포정사河南右布政使 등의 벼슬을 지냈다.

時死杖下矣. 次年淸寧宮災, 陳鳳梧以刑部主事, 應詔上言何鼎之寃, 上始感悟, 昭雪賜祭. 其詳在建昌侯張延齡事中, 語具前卷.

○ 鼎名後去文字, 止單名. 鳳梧疏中, 尙稱文鼎. 按鼎死之次年, 李廣亦服毒死. 廣以左道蠱上得寵, 鼎之得罪, 雖以彈二張, 實廣承中宮意殺之. 時用刑者, 爲司禮內臣李榮, 鼎至死罵不絶口.

옛 예부좌시랑 이자성, 태상시경 등상은^{鄧常恩}과 조옥지^{趙玉芝} 등은 효종께서 등극하시기 전에 모두 관직을 박탈당하고 변방을 지키는 병사로 귀향 갔다. 이해 11월 사면되어 돌아가게 되자 인수감^{印綬監} 태감 장종^{蔣琮}이 상소를 올려, "이들은 죄가 큰데도 처벌이 가볍고, 직무를 떠나 한거하고 있는 소감^{少監} 양방^{梁芳}, 위흥^{韋興}, 진선^{陳善} 등은 모두 처벌로 허물을 덮지 못했습니다"라고 했다. 이에 황상께서 이를 윤허하시어 모두 금의위로 보내라고 명하셨다. 얼마 안 되어 이자성이 고문을 이기지 못하고 옥중에서 죽었다. 아마도 이때 회은^{懷恩}이 막 남경에서 불려 돌아와 사례감인^{司禮監印}을 맡게 되자, 황상께서 그를 믿고 중용하시므로 장종의 말대로 시행될 수 있었다. 얼마 후 회은이 죽자 등상은과 조옥지가 모두 죽음을 사면받아 변방을 지키는 병사가 되면서 마침내 사형에서 벗어났다. 만약 세종께서 처음 정치하실 때 회은과 같은 자가 좌우에 있었다면, 하택^{何澤}의 말이 행해졌을 것이다.

○ 홍치 원년¹⁴⁸⁸ 11월 요망한 승려 계효^{繼曉}가 주살되었다. 애초에 형부에서는 계효가 죽어 마땅하지만, 일이 사면하기 전에 일어났으니 평민으로 삼아야 한다고 심의했다. 그런데 황상께서 형과도급사중^{刑科都給事中} 진휼^{陳璚} 등과 어사 위장^{魏璋} 등에게 자세하게 살피라고 다시 명하시자, 진휼과 위장 등이 "계효의 죄가 커서, 형부의 심의는 부당하니 마땅히 태감 양방이 계효를 끌어들인 죄까지도 함께 다스려야 한다"고

말했다. 황상께서는 이 말이 옳다고 여기시어 계효를 저자에서 참수하고, 양방은 이미 정군淨軍이니 우선 죽음을 면해 남경수비로 보내고 곤장 80대를 쳐서 군역을 충당하도록 명하셨다. 당시 장종이 마침 남경 수비였으므로 양방이 곤장을 심하게 맞은 것은 말할 필요도 없다. 형부상서 하교신何喬新 등은 차등하게 봉록을 빼앗으라고 명했다. 생각건대 이자성은 아직 죄가 있다고 판결받기 전인데도 옥에 갇혀 죽었으니 선대의 요망한 무리 중에는 계효 한 사람을 사형시켰을 뿐이다. 계효는 호광湖廣 강하江夏 사람이며, 처음에는 여색을 탐하고 초부楚府를 기만하다가 일이 발각되자 북경으로 달아나 양방에게 아첨해서 점술로 관직에 나갔다. 황상께서 그를 만나보시고는 크게 총애하시어 셀 수 없이 많은 상을 하사하셨다. 계효가 수호의 칙서를 달라 청하자 그의 집 문에 효행孝行이라 적힌 표창의 깃발을 꽂았는데, 그의 모친이 본래 창기였는데도 선행과 미덕에 대한 표창을 받은 것이다. 계효가 옛 태감 채충蔡忠과 도독 마준馬俊의 두 집에서 거하길 청하니 보교사輔教寺라고 적힌 편액을 하사하셨다. 또 대진국영창사大鎭國永昌寺라는 큰 사찰을 세우자, 황상께서 친히 이곳으로 행차하셨는데 머무는 동안 많은 부녀자들을 두었다. 그가 호광으로 돌아와 누런 휘장으로 한쪽 팔을 감싸고는 황상께서 손수 잡으실 거라고 말했다. 이 일은 송나라 주면朱勔의 일 그리고 가정 연간의 이야기와 서로 비슷하다. 사서에서 계효가 수차례 그릇된 말을 올렸고 그중에는 사람들이 들어서는 안 되는 것이 있다고 하는데, 이것은 아마도 음란하고 더러운 방중술이었던 것 같다. 효종께서 동궁 시절일 때 반드시 그의 죄를 소상히 다 밝히시어 독단으로 그를 주살하시고 처자를 노비로 삼고 재산을 몰수했다고 한다. 장종은 나중에 동료들과 서로 비방하다가 역시 효종의 정군으로 충원되었고, 양방은 마침내 왕직과 함께 불려 돌아왔다. 잘못된 것을 없애기는 이처럼 어렵다. 장종은 남경수비로 있은 지 가장 오래된 자이며, 누차 언관들과 수없이 이기려고 논쟁해서 마침내 여러 사람들의 미움을 샀다.

원문 **內臣蔣琮**[115]附繼曉

故禮部左侍郎李孜省太常寺卿鄧常恩[116]趙玉芝等, 先以孝宗登極, 俱削秩謫戍邊衞矣. 是年十一月, 以赦當還, 于是印綬監太監蔣琮上疏, 謂 "諸人罪大罰輕, 而閒住少監梁芳韋興[117]陳善等, 皆罰不蔽辜." 上允之, 命俱逮下錦衣衞. 未幾孜省不禁拷掠, 死獄中. 蓋是時懷恩方自南京召還, 掌司禮印, 上雅信重之, 故琮言得行. 未幾懷恩卒, 常恩玉芝俱貸死, 仍戍邊衞, 竟逃極典. 倘世宗初政, 有如懷恩者在左右, 則何澤[118]之說行矣.

○ 弘治元年十一月, 誅妖僧繼曉[119]. 初刑部擬繼曉當死, 但事在赦前,

---

115 蔣琮 : 장종蔣琮, 생졸년미상은 명나라 효종 때의 남경수비 태감이다. 순천부順天府 대흥大興 사람이다.

116 鄧常恩 : 등상은鄧常恩, 생졸년미상은 명나라 헌종 때의 도사다. 임강臨江 사람으로, 방술方術에 밝았으며, 환관 진희陳喜의 추천으로 황제를 알현했다. 태상시경의 관직을 지냈다.

117 韋興 : 명대의 환관.

118 何澤 : 하택何澤, 생졸년미상은 명나라 세종 때의 환관으로, 어마감승御馬監丞을 지냈다.

119 繼曉 : 계효繼曉, ?~1488는 헌종 때 강하의 승려다. 태감 양방을 통해 황제의 총애를

宜發爲民. 上改命刑科都給事中陳璚等御史魏璋等看詳, 謂"曉罪大, 部擬不當, 宜幷治太監梁芳引進繼曉之罪." 上是之, 命斬曉于市, 芳既充淨軍[120], 姑貸死, 發南京守備, 加杖八十, 仍充役. 時蔣琮正爲守備, 芳之得痛決, 不必言矣. 刑部尙書何喬新等, 俱命奪俸有差. 按李孜省, 未及擬罪, 而斃於獄, 先朝諸妖黨, 僅曉一人正法耳. 曉爲湖廣江夏人, 始以貪淫欺妄楚府, 事覺走京師, 夤緣梁芳, 以星命進. 上見之, 大寵幸, 賞賚不貲. 請給護敕, 旌其門曰孝行, 其母本娼也, 亦被旌表. 請故太監蔡忠, 都督馬俊二宅以居, 賜門額曰輔敎寺. 又起大寺, 名大鎭國永昌寺, 上親幸焉, 所居前後多置婦女. 及回湖廣, 以黃帕裹其一臂, 云爲御手所執. 其事與宋朱勔[121], 及嘉靖中談相略同. 史稱繼曉屢進邪說, 有人所不得聞者, 此蓋房中淫藝之術也. 孝宗在靑宮, 必具悉其詳, 故獨斷誅之, 且沒妻子爲奴, 籍其家云. 琮後與同類相訐, 亦充孝陵淨軍, 而梁芳遂同汪直召還矣. 去邪之難如此. 蔣琮守備南京最久, 屢與言官爭論求勝, 遂爲公論所憎.

받고 궁 안에서 신선방생술과 연금술 등을 부리며 황궁을 농락했다. 관리들이 함부로 간언하지 못했지만 원외랑 임준林俊이 계효의 악행을 상주하자 황제가 고민하다 그를 하옥시켰다. 태감 회은이 이 일을 알고 임준을 위해 쟁론해 헌종이 임준을 석방시켰다. 이후 효종 초에 계효는 사형당했다.

120 淨軍 : 태감들로 구성된 군대. 정군淨軍은 예비 태감, 큰 죄를 짓고 강등되어 군인으로 보내진 태감, 신체 조건이 좋아 천자가 특별히 조직해서 훈련시킨 태감 등 세 부류로 구성되었다. 특히 죄 지은 태감을 정군으로 보내는 것은 태감에게 행하는 매우 심한 처벌 수단이었다.

121 朱勔 : 주면朱勔, 1075~1126은 북송의 육적六賊 중 하나로, 소주 사람이다.

내가 문양공文襄公 양석종楊石淙이 쓴 사례태감 장영張永의 묘지명을 읽었는데, 장영이 일생동안 황상의 총애를 얻은 이야기와 안화왕安化王 주치번朱寘鐇의 난을 토벌하고 무종을 따라 남쪽으로 주신호의 난을 진압한 일과 유근劉瑾을 주살한 공을 상세하게 서술했을 뿐 사실을 덧붙이거나 꾸며낸 바가 없었다. 당나라의 이문요李文饒가 중위中尉 마존량馬存亮 등을 위해 세운 비석을 보면, 무리하게 지나친 칭찬을 해 또한 사실과 크게 다르다. 이에 장라봉張蘿峯은 양석종이 장영의 아우 장용張容에게 황금 200냥을 뇌물로 받고 묘지명을 과장되게 써주고 그 윤필료까지 받았다고 참소해서 그의 관작을 모두 빼앗기고 등창이 나서 죽게 되었으니 심히 탄식할 만하다. 양석종은 농촌 출신으로 서쪽을 정벌할 때 사실은 장영과 함께 했고, 유근을 주살하려는 모의가 또 양석종에게서 시작되었으니 이 두 사람은 평생의 지기로 본래 싫어할 수 없는 사이였다. 그런데, 장영이 내신으로 있을 때 세운 큰 공 또한 유근을 주살한 일 뿐이었다. 주신호가 사로잡힌 후에 강빈江彬 등이 황상을 꾀어 큰 강에 그를 풀어줬다가 그와 싸워 붙잡아 공을 차지했다. 장영이 그르칠 뻔한 틈을 메꾸지 않았다면 왕수인이 체포되고 주신호가 도망가서 천하를 잃었을 것이다. 예전에 이문요가 택로澤潞를 평정할 때 또한 내사內使 양흠의楊欽義를 등에 업고서야 공적을 아뢸 수 있었다. 유진劉稹의 난이 평정된 후 조서를 내려 알리면서 "역적 왕애王涯와 가속賈餗 등이 이미 소의

^{昭義}로 가서 그 자손을 주살했다"고 했다. 아마도 왕애 등 태화 연간의 옛 재상들이 '감로^{甘露}의 변' 때 환관을 주살하는 일을 도모하다가 일이 실패해 죽은 것 같다. 그러므로 이덕유가 이러한 말로 환관들을 기쁘게 했다. 이런 교활한 속임수는 아마도 문양공이 가치 없는 일로 여긴 것 같다. 기만해 공명을 얻고도 죽을 때까지 지키지 못한 양석종과 이문요의 일은 예나 지금이나 같다. 근래에 강릉공 장거정과 태감 풍보 또한 마찬가지다.

○ 예로부터 환관이 무공을 가로챈 일이 많지만 여지껏 문서로 기록되어 칭송받은 적은 없다. 다만 가정 연간 헌황제^{獻皇帝}의 실록^{實錄}이 완성되자 수규 비연산 등 여러 공들이 황상께 청해 사례태감 장좌^{張佐} 등 여러 명에게 공을 돌렸다. 성지를 얻자 각각 아우나 조카 한 사람에게 음서직을 내려 금의위에서 지휘 등의 관직을 세습하게 했으니, 진실로 천고에 처음 있는 일이고 또 당나라 때도 없었던 일이다.

[원문] **內官張永志銘**

余讀楊文襄石淙[122], 所爲司禮太監張永墓志, 不過鋪敍永平生寵遇, 及征安化王實鐇, 隨武廟南征宸濠, 與誅劉瑾之功, 他無所增飾. 其視唐李文饒[123], 爲中尉馬存亮[124]等諸碣, 過譽不情, 亦大有間矣. 乃張蘿峯[125]

---

122 楊文襄石淙 : 명대의 대신이자 문학가인 양일청을 말한다.
123 李文饒 : 당나라 때 재상을 지낸 이덕유李德裕, 787~850를 말한다. 그의 자는 문요文饒이고, 헌종 때의 재상 이길보李吉甫의 차남이다. 부친의 음덕으로 교서랑이 되어 감찰

譖楊, 受永弟容賂黃金二百兩, 因而諛墓, 遂追所受潤筆, 盡奪其官爵,

致楊疽背死, 噫亦甚矣. 楊從田間起, 西征實與永同事, 誅瑾之謀, 又自

楊發之, 生平相知固不可諱. 然張永在內臣中, 建大功, 亦不止誅瑾一事.

宸濠被擒後, 江彬[126]等誘上仍縱之大江, 與戰而獲之以居功. 非永彌縫其

間, 則王守仁就逮, 而濠逸去, 天下事去矣. 昔李文饒之平澤潞, 亦仗內

使楊欽義爲之奧主, 始克奏績. 積平後, 詔告四方[127], 云"逆賊王涯[128]賈

餗[129]等, 已就昭義[130]誅其子孫." 蓋涯等爲太和故相, 甘露之變[131], 謀誅

어사로 승진했으며, 한림학사, 중서사인, 절서관찰사, 병부시랑, 정골절도사, 사천절도사, 병부상서, 산남서도절도사, 중서시랑 등을 지냈다. 선종 즉위 후 고관들의 악행을 상주하다 애주사호崖州司户로 좌천되어 그곳에서 병사했다. 의종懿宗 즉위 후 상서좌복사로 추증되었으며, 역사적으로 후대의 높은 평가를 받았다.

124 馬存亮 : 마존량馬存亮, 774~836은 당나라 중기의 환관으로, 자는 계명季明이고, 하중河中 사람이다. 당 헌종 때 좌신책군부사左神策軍副使, 좌감문위장군左監門衛將軍, 좌신책중위左神策中尉 등의 벼슬을 지냈다. 당 문종文宗 때 우령군위상장군右領軍衛上將軍의 직함으로 사직했으며 기국공岐國公에 봉해졌다. 사후에 양주대도독揚州大都督으로 추증되었다.

125 張蘿峯 : 명나라 가정 연간의 중신 장총張璁을 말한다.

126 江彬 : 강빈江彬, ?~1521은 명나라 무종 때의 간신이다. 무종에게서 주씨朱氏 성을 하사받아서 주빈朱彬이라고 부르기도 한다. 『만력야획편』 권 1의 「무종재진작호武宗再進爵號」에 나오는 '주빈'이 '강빈'과 동일인물이다.

127 四方 : 중화서국본에는 '사우四右'로 되어 있는데, 문맥상 '사방四方'의 오자로 보인다. 상해고적본에도 역시 '사방四方'으로 되어 있으므로, 이에 근거해 고쳤다. 【역자교주】

128 王涯 : 왕애王涯, 764~835는 당대에 재상을 지낸 대신이다. 그의 자는 광진廣津으로, 산서 태원 사람이다. 정원 8년792에 진사가 되어 좌습유, 한림학사, 중서시랑, 동중서문하평장사 등을 지냈다. 목종 즉위 후 검남절도사, 동천절도사 등을 역임하고, 문종 때 이부상서 등을 지냈는데, 감로지변이 일어나 금군에게 잡혀 참수당했다.

129 賈餗 : 가속賈餗, 생졸년 미상은 당대의 관리다. 그의 자는 자미子美이고 하남사람으로, 진사에 급제해 태화 연간 초에 중서사인, 예부시랑 등을 지냈다. 이후 병부로 옮겨 경조윤京兆尹 겸 어사대부에 제수되었으며, 중서시랑동중서문하평장사, 집현대학

宦官, 事敗而死. 故德裕以此語悅宦寺. 此等險譎, 恐文襄所不屑爲者.
若詭遇而獲功名不終, 則楊石淙與李文饒, 古今一轍也. 近日江陵公之與
馮瑠, 亦然.

○ 古來宦官冒武功固多, 然未有被編摩之賞者. 獨嘉靖初年, 修獻帝
實錄成, 首揆費鉛山等諸公, 請于上, 歸功司禮太監張佐[132]等數人. 得旨,
各蔭弟姪一人, 錦衣世襲指揮等官, 則眞千古創見之事, 又唐時所無者.

사 등을 지냈다.
130 昭義 : 택로澤潞를 말하며, 산서 곽산霍山과 그 동쪽 하북 섭현涉縣 등지에 해당한다.
131 甘露之變 : 당나라 태화 9년835에 문종이 환관의 세력이 커지자 이훈李訓, 정주鄭注
　　등과 환관을 죽일 계획을 세웠는데, 이 일이 노출되어 환관의 거두 구사량仇士良과
　　싸웠다. 결국 이훈 등이 모두 피살당했고 그 가솔들이 멸문지화를 당해 수천 명이
　　피살되는 큰 사건이 일어났는데, 이를 '감로의 변[甘露之變]'이라 한다.
132 張佐 : 장좌張佐, 생졸년 미상는 명나라 성화 연간의 관리다. 호광 황강黃岡 사람으로, 성
　　화 17년1481에 진사가 되어 복건첨사에 제수되었다.

번역 총애 받는 두 환관의 운명과 관상

　진영중陳瑩中은 채원장蔡元長 형제에 대항해 의론했는데, 죽음을 무릅쓰고 명운을 얘기하는 것을 유독 좋아했다. 채원장이 해를 보고도 눈을 깜박이지 않자, 진영중은 이 사람이 지극히 귀한 관상이지만 그 눈의 힘을 믿고 감히 태양과 빛을 다투니 훗날 틀림없이 대단한 간신이 될 거라고 말했다. 점성가와 관상가를 현인賢人들도 오히려 이처럼 깊게 믿었다. 최근에 이런 점성가와 관상가가 북경에 매우 유행하는데 아주 영험한 자도 있다.

　정덕 초에 환관 우희于喜가 종고시鐘鼓司로 뽑혀 들어갔는데, 예전에 이곳에 들어온 이는 관례상 다른 선발이 없기에 동아문東衙門으로 가라고 말했으며, 여러 감국監局에서 거들떠보지도 않았다. 우희는 키가 크고 기골이 장대해서 우연히 뽑혀 산선傘扇을 들고 따르는 일을 하게 되었지만, 날마다 꿩깃털이 달린 산선을 드는 천한 일이었다. 하루는 밖으로 나가 동료와 함께 옥하교玉河橋에 앉아 있었는데, 때가 초여름이라 각자 옷을 벗어 난간 위에 두고 웃으며 이야기를 나누었다. 그 옆을 어떤 사람이 지나다가 우희를 자세히 보고는 "그대의 성은 무엇이오? 조만간 크게 귀해질 겁니다"라고 말했다. 우희가 매우 기뻐하며 일어나 그에게 이유를 물으니 "이제부터 망의蟒衣와 옥대玉帶를 얻고 안팎으로 권력을 잡아 10년간 지극히 부귀를 누리겠지만 운명이 이에 그쳐 그 기간이 지나면 다시 지금과 같아질 것이오". 사람들이 소란스러워지며 그를 조롱했다. 그 사람이 또 "단 3일 내에 내 말이 효험을 보일 테니 상을 받으러 오면 여러분이 모두 꼭 증인이 되어야 하오"라고 말했다.

우희가 궁궐로 돌아왔는데 마침 단오절이라 무종께서 버드나무를 활로 쏘는 놀이를 하시면서 환관들에게 명하시어 사냥터 안에 고려高麗의 진영을 만들게 하시고 막리지莫离支를 두어 오랑캐 장수로 삼으셨다. 황제의 진영이 세워지니 황상께서 깃발 아래에 앉아 친히 호령하시어 당나라 병사들이 고려 진영을 격파하는데 패자에게는 군령을 행하고 고려 진영에 들어간 자에게는 망의와 옥대를 주셨다. 내시內侍 중에 건장한 자들이 말을 채찍질해 달려가서 여러 차례 부딪혔지만 들어갈 수 없었다. 주위에서 "건장한 우희라면 어쩌면 이 일을 할 수 있을 것입니다"라고 말했다. 황상께서 돌아보고 허락하시니, 갑주甲胄를 주어 입히고 가짜 수염을 달고 소진왕小秦王 당 태종의 옷차림을 했는데 외형이 꽤 위용偉容 있고 볼만해, 황상께서 매우 흡족해하시며 몰고 갈 준마를 빌려주라 명하셨다. 우희가 말안장에 앉아 채찍을 휘둘렀는데, 말이 우희의 모습을 돌아보니 평소에 익숙하던 모습이 아니라 크게 놀라서 미친 듯이 달려 막리지의 중군中軍을 곧장 돌파하니 각 진영이 무너지고 흩어졌다. 황상께서 크게 기뻐하는 얼굴로 즉시 약속한 대로 망의와 옥대를 상으로 주셨다. 이때는 옥하교에서 돌아온 지 딱 3일이 되는 날이었다. 이날부터 황상의 총애를 받아 나가서는 선부宣府와 대동大同을 지키고 들어와서는 각 감국監局을 관장하며 추악한 일을 10년간 자행했다. 무종께서 승하하고 숙황제肅皇帝께서 들어와 황위를 이으셔서 일찌감치 그의 죄를 알았는데도 겨우 팔당八黨의 아래에 있어 하루는 우연히 "네 성이 우于냐?"라고 물었다. "그렇습니다"라고 대답했다. 황상께서 또 "유兪냐? 여余냐?"라고 말씀하셨다. "이 종놈의 성은 간干자가 발돋움한 글자입니다"라고 대답했다. 황상께서 노하여 "'우'자는 '간'자의 발을 찬 글자인데, 네가 감히 나를 기만하는 말로 능멸하는구나!"라고 하셨다. 즉시 그의 망의와 옥대를 빼앗고 옥에 가두어 구속해 죄를 다스리며 여러 불법한 증거를 얻어 효릉孝陵의 정군淨軍으로 유배 보내고 그 가산을 모두 몰수했다. 가정 4년에 다시 북경으로 들어와 스스로 변론했지만 태형을 가하고 돌려보내니 추위와 굶주림에 죽었다.

만력 초 절강浙江 소흥紹興 사람 주승朱陞이라는 자는 문리文理를 조금 알아서 북경에 왔는데 너무나 곤궁해 한 번도 배불리 먹지를 못했다. 우연히 저자거리에서 점을 봤는데, 점쟁이가 주승의 간지干支를 보고 기이하게 여기며 "괴이하군요. 이 사주는 형벌을 받아야 부귀해지고 오래가겠군요"라고 탄식했다. 주승이 "각축을 벌이는 때도 아닌데 어찌 영포英布처럼 경형黥刑을 당하고 왕이 될 수 있겠소?"라고 웃으며 말했다. 돌아가 더욱 가난해지는데 방법이 없자 마음속으로 점쟁이의 말을 생각하고는 마침내 스스로 거세하기로 결정하고 큰 태감 장대수張大受 아래에 들어가 크게 신임을 받았다. 장대수는 바로 풍보의 부하였기 때문에 풍보에게 기용되어 여러 차례 창국廠局을 관장하고 망의와 옥대를 하사받았으며 무영전武英殿을 지휘 감독했다. 그의 전답과 저택은 당시 부러움과 칭송의 대상이 되었다. 풍보가 실각하자 장대수 등과 함께 쫓겨났지만 지금도 도성의 저자에 거하면서 잘 먹고 잘 살며 집안도 여전히 풍족하고 서화와 골동품 류를 몹시 좋아한다. 자기 능력을 헤아리지 못하고 함부로 상국相國 주금정朱金庭과 일가라 사칭해 그의 먼 친척과 형제라고 부르면서 교활하고 간사하게 얼버무리니 여전히 산중에서나 모이는 하급 관리의 수법이다. 지금은 나이가 들어 나 또한 그것을 안다. 하루는 무영전의 어느 중서사인을 우연히 만나 동석同席했는데, 문득 "이 사람은 예전에 내 아래에 있던 관원인데, 어찌 감히 동등한 예를 논할 수 있겠는가?"라고 자랑스레 말했다. 나는 그것에 대해 말하지 않았다.

○ 내시들이 뜻을 얻으면 대부분 두려워하는 게 없다. 예를 들어 양사성梁師成이 소자첨蘇子瞻을 부친이라 한 것과 동관童貫이 왕우옥王禹玉을 부친이라고 한 것들이 모두 그렇다. 하지만 소자첨과 왕우옥의 자손들이 끝내 힘을 얻고 두 공이 이로 인해 누명을 벗었으니 그저 이상한 일일 뿐이다. 근래의 진사 입천笠川 왕계현王繼賢은 어려서 독서에 뜻을 두었지만 욕망이 자주 거세지자 자신의 고환을 제거하니, 마침내 환관의 모습이 되어 목소리와 얼굴이 완전히 부녀자와 같아졌다. 신축년辛丑年에 과거에 급제한 뒤, 여러 환관들이 황상 앞에서 무례하게 왕계현의 이름을 가리키며 "우리 무리 가운데 이미 과거 급제자가 있는데 밖으로 힘을 펼칠 자입니다"라고 말했다. 황상께서 그 연유를 물어 아시고는 또 웃으셨다. 환관들이 밖으로 나가 왕계현의 집에 가서 계속 축하하며 동료가 되기를 요구했다. 왕계현이 크게 화를 내며 서산西山으로 피해 들어

갔다. 그의 행위가 그를 청빈淸貧하게 했으므로 이는 난파欒巴와 같은 부류의 사람이다.

원문 二中貴命相

陳瑩中[133]抗論二蔡[134], 萬死不顧, 而獨喜談命. 蔡元長[135]視日不瞬, 瑩中謂此至貴之相, 然恃其目力, 敢與太陽爭光, 他日必爲巨奸. 則星相二家, 賢者猶篤信之如此. 近日此二種人, 最行都下, 亦有極奇驗[136]者.

正德初, 內臣于喜, 以鐘鼓司[137]選入, 舊入此者, 例無他選, 謂之東衙門, 諸監局所不齒. 于以長軀偉貌, 偶得選, 改爲傘扇長隨[138], 但日侍雉尾[139]間, 亦賤役也. 一日出外, 同伴侶坐玉河橋, 時新暑, 各解衣置欄杆上笑語. 旁一人過, 熟視于曰, "公何姓? 且夕且大貴." 于大喜, 起詢之,

---

133 陳瑩中 : 송대의 관리였던 진관陳瓘, 1057~1124을 말한다. 진관은 북송 남검주南劍州 사현沙縣 사람이다. 그의 자는 영중瑩中이고, 호는 요옹了翁, 요재了齋, 요당了堂이며, 시호는 충숙忠肅이다. 진세경陳世卿의 손자다. 신종神宗 원풍元豊 2년1079 진사가 되고, 막직관幕職官, 태학박사太學博士, 창주통판滄州通判, 좌사간左司諫 등의 벼슬을 지냈다.

134 二蔡 : 채경蔡京 형제를 말한다.

135 蔡元長 : 북송의 권신이자 서법가인 채경蔡京을 말한다.

136 奇驗 : 뚜렷한 효험. 신기한 효력.

137 鐘鼓司 : 명대 환관 기구인 24아문衙門의 하나다. 황제가 출행할 때 음악을 연주하고 길 안내를 담당하며, 단오나 섣달 그믐날의 행사를 담당한다. 또 황궁 내에서 진행되는 공연이나 음악 연주도 담당한다.

138 傘扇長隨 : 임금이 행차할 때, 임금의 뒤에서 베로 만든 노란색의 큰 우산을 들고 따르는 환관.

139 雉尾 : 제왕의 의장용품 중 하나인 꿩깃털 부채. 황제가 출행할 때 한 사람이 이 부채를 들고 따랐다.

則曰, "從此卽得蟒玉[140], 掌內外柄, 極富貴者十年, 然命止此, 過其期, 則仍如今日." 衆譁駭而侮訕之. 其人且云, "只三日內吾言驗, 當來取賞, 諸公皆其證也." 于還內, 正値午節, 武宗射柳, 命諸璫校獵[141]苑中, 設高麗陣, 仍設莫离支[142]爲夷將. 比立御營, 則上自坐纛下, 親申號令, 以唐兵破之, 敗者行軍令, 能入者與蟒玉. 諸內侍雄健者, 策馬以往, 屢衝不得入. 左右曰, "如于喜長大, 或可任此." 上回顧頷之, 畀擐甲冑, 帶假鬍, 作小秦王[143]裝束[144], 儀形頗偉岸可觀, 甚愜上意, 命以所御龍駒借之. 喜據鞍揮策, 馬顧見喜狀, 素所不習, 大驚狂鶩, 直突莫离支中軍, 各營披靡解散. 天顏大怡, 卽賞蟒玉如約. 時從玉河橋還, 正三日矣. 自是日爲上所寵眷, 出鎭宣府大同, 入掌各監局, 穩惡者十年. 而武宗升遐, 肅皇[145]入纘, 素知其罪, 僅在八黨[146]之下, 偶一日問, 汝姓爲于耶? 對曰 "然." 上又曰 "爲俞爲余耶?" 對曰 "奴婢之姓, 爲干字蹻腳者是也." 上怒曰, "于爲干字踢腳, 汝敢爲謾語侮我?" 卽褫其蟒玉, 收繫[147]治罪, 得諸

---

140 蟒玉 : 망의蟒衣와 옥대玉帶.
141 校獵 : 울타리를 쳐 짐승을 포위하고 사냥하다.
142 莫离支 : 고구려 시대에 3년을 임기로 교체하며 국사를 총괄했던 고구려의 최고 관직. 6세기 후반경에 국사國事를 총괄하는 관직으로 성립되었지만, 연개소문淵蓋蘇文의 집권 이후 고구려의 정치와 군사 권력을 장악하고 국정을 전담하는 최고의 관직이 되었다.
143 小秦王 : 당 태종 이세민을 말한다. 당 태종이 젊은 시절 진왕秦王에 봉해졌기 때문에 문학작품이나 민간전설에서 당 태종을 소진왕小秦王이라고도 부른다.
144 裝束 : 옷차림. 몸차림.
145 肅皇 : 명나라 세종을 말한다.
146 八黨 : 명나라 무종에게 온갖 향락을 제공하며 국정을 좌지우지했던 환관 집단으로, 팔호八虎라고도 한다.
147 收繫 : 옥에 가두어 구속함.

不法, 謫爲孝陵淨軍, 盡籍其家. 至嘉靖四年, 復入京自辨, 仍加搒掠[148] 遣歸伍, 凍餒死.

萬曆初, 有浙之紹興人朱隆者, 粗知文理, 來京師困極, 一飽不可得. 偶問命於肆, 日者[149]得支干而異之, 歎曰, "怪哉. 是當刑而富貴且久." 朱笑曰, "時非角逐, 豈能如英布[150]黥而王哉?" 歸益貧無計, 心念日者言, 遂決計自宮[151], 投大璫張大受名下, 大見信愛. 張乃馮保上佐也, 因亦爲 馮保所器, 屢掌廠局, 賜蟒玉, 提督武英殿. 其田產第宅, 爲一時所豔稱. 馮璫敗, 同大受等罷逐, 今猶居都城闤闠中, 厚自奉養, 家尙殷富, 頗好 書畫尊彝[152]之屬. 至不自揆, 冒認朱相國金庭[153]同宗, 與其疏族稱昆

---

148 搒掠 : 매질하다.

149 日者 : 점쟁이.

150 英布 : 영포英布,?~B.C. 195는 한漢 고조高祖 유방劉邦을 도와 한나라를 세운 명장이다. 그는 구강군九江郡 육현六縣 사람이다. 젊었을 때 죄에 연좌되어 경형黥刑을 당해서 경포黥布라고도 불린다. 진秦나라 말기에 항량項梁을 따라 봉기했다가 항량이 죽자 항우項羽의 휘하로 들어가 진나라 군대를 여러 차례 격파하며 구강왕九江王에 봉해 졌다. 하지만 한나라의 설득에 넘어가 초楚나라를 버리고 한나라에 귀순했다. 유 방을 도와 항우를 격파하며 한나라 건국에 공헌했으므로 회남왕淮南王에 봉해졌다. 한나라가 세워진 뒤 한신韓信과 팽월彭越 등 개국공신들이 하나씩 주살되자 이에 불안을 느껴 반란을 일으켰다가 실패하고 주살되었다.

151 自宮 : 남자가 스스로 자신의 생식기를 잘라내다. 스스로 거세하다.

152 尊彝 : 존尊과 이彝는 모두 고대의 주기酒器인데, 제사나 연회 등의 의례에 주로 사용 했기 때문에 예기禮器를 가리키는 말로도 사용된다.

153 朱相國金庭 : 명나라 만력 연간에 내각수보를 지낸 주갱朱賡,1535~1609을 말한다. 주 갱의 자는 소흠少欽이고 호는 금정金庭이며, 절강浙江 소흥부紹興府 산음山陰 사람이다. 융경 2년1568 진사가 되어 서길사, 한림원편수, 시독侍讀, 예부상서 겸 동각대학사 등의 벼슬을 지냈다. 만력 34년1606 내각수보가 되어 내각 대신의 증원, 대신료大臣僚 확 보, 언로 확충 등 조정의 제반 정책을 바로잡아야 한다고 주청했지만 받아들여지 지 않았다. 만력 36년 11월1609 병환으로 세상을 떠났고, 사후에 태보太保로 추증되

季[154], 狙獪[155]閃爍, 猶然山會胥吏[156]伎倆[157]也. 今老矣, 予亦識之. 一日遇一武英殿中書同席, 輒詫曰, "此故我屬吏, 奈何敢講敵禮?" 余爲之掩口.

○ 內豎[158]輩得志, 多無忌憚. 如梁師成之父蘇子瞻[159], 童貫之父王禹玉[160], 皆是. 然而蘇王子孫, 終得其力, 且二公亦因而昭雪[161], 自是怪事. 近日王笠川進士繼賢[162], 少年勵志讀書, 以慾念頻熾, 去其外腎[163], 遂作宦者狀, 聲貌全如婦人. 辛丑登第後, 諸閹驕于上前, 指王名云, "吾曹中

_____

있으며 시호는 문의文懿다.

154 昆季 : 형제.

155 狙獪 : 교활하고 간사하다.

156 胥吏 : 서리. 중앙과 지방 관아官衙에 속하며 말단 행정 실무에 종사하는 하급 관리.

157 伎倆 : 재주. 수법.

158 內豎 : 내시. 환관의 별칭.

159 蘇子瞻 : 송나라 때의 관리이자 문학가인 소식蘇軾, 1037~1101을 말한다. 소식은 미주眉州 미산眉山 사람으로, 자는 자첨子瞻 또는 화중和仲이고, 호는 동파거사東坡居士다. 가우嘉祐 2년1057 진사가 되어, 단명전학사端明殿學士, 한림원시독학사翰林院侍讀學士, 예부상서, 사부원외랑祠部員外郎 등의 벼슬을 지냈다. 송 고종 때 태사太師로 추증되었고, 시호는 문충文忠이다.

160 王禹玉 : 북송 시기에 재상을 지낸 왕규王珪, 1019~1085를 말한다. 왕규의 자는 우옥禹玉이고 성도成都 화양華陽 사람이다. 인종 경력慶曆 2년1042 진사에 급제한 뒤 한림학사, 개봉지부開封知府, 참지정사參知政事, 동중서문하평장사同中書門下平章事, 집현전대학사集賢殿大學士, 문하시랑門下侍郎 등을 역임했다. 원풍元豐 6년1083 순국공郇國公에 봉해졌고, 철종 즉위 후에는 기국공岐國公에 봉해졌으나, 사후에 태사太師로 추증되었으며 시호는 문공文恭이다.

161 昭雪 : 억울한 누명이나 원통한 죄를 밝혀서 벗음.

162 王笠川進士繼賢 : 명 만력 연간의 관리이자 화가인 왕계현王繼賢, 1574~?을 말한다. 그의 자는 궁약弓若이고, 호는 입운笠雲 또는 입천笠川이며, 절강 장흥현長興縣 사람이다. 젊은 시절 독서에 뜻을 두어 욕념을 억제하고자 스스로 거세했다. 만력 29년1601 신축년辛丑年에 진사가 되어, 호광 무창지현武昌知縣, 복건 진강지현晉江知縣, 남경 형부주사南京刑部主事 등의 벼슬을 지냈다. 서예에 뛰어났고 인물화를 잘 그렸다. 저서에 『입택당집笠澤堂集』이 있다.

163 外腎 : 고환.

已有甲榜[164], 宣力于外者矣." 上詢知其故, 亦爲啓齒. 羣閹出外抵王寅,

稱賀不絕, 求附氣類[165]. 王大恚, 避入西山. 其作令淸苦, 故是欒巴[166]一

流人也.

---

164 甲榜 : 과거 급제자.

165 氣類 : 의기투합하는 동료. 뜻이 잘 맞는 사람.

166 欒巴 : 난파欒巴, ?~168는 동한東漢 시기의 관리다. 그의 자는 숙원叔元이고, 위군魏郡 내
황內黃 사람이다. 순제順帝 때 환관으로서 황문령黃門令이 되었는데, 나중에 생식능
력이 되살아나 사직하니 순제가 계양태수桂陽太守로 보냈다. 예제禮制를 정하고 학
교를 세우는 등의 공을 세워 상서尙書가 되었고, 영제靈帝 즉위 후 의랑議郞이 되었다.
환관들의 전횡에 분노한 사인士人들이 환관들을 탄핵했지만 오히려 사인들이 당인
黨人으로 몰려 금고에 처해지고 벼슬길이 막혀버린 '당고지회黨錮之禍'가 일어나자,
환관의 탄핵에 앞장섰던 진번陳蕃과 두무竇武를 변호하다가 하옥된 뒤 자살했다.

번역 내신 하택何澤

정덕 16년1521 7월 세종께서 새로 즉위하시어 먼저 간언하라고 조서를 내리셨다. 이에 어마감승御馬監丞 하택이 조서에 따라 사실을 보고해 황상의 유지를 얻었었다. 그런데, 또 황상의 근신들과 24감국監局의 불법으로 이득을 취한 일을 간언했다가 엄한 문책과 매질을 당하고 효릉孝陵의 정군淨軍으로 보내졌다. 상소문이 즉시 내려지지 않자 또 명하여 통정사通政司의 사본을 취해 그가 올린 간언을 없애라고 했다. 어사 성영成英이 상소를 올려 간했다. "하택이 죄를 얻은 것은 황상의 뜻이 아니며 감국의 동료들이 미워해 서로 공격하고 모함해 이 지경에 이른 것입니다. 선제 때에는 환관 구악邱岳, 범형范亨 모두 간신을 없애려는 뜻을 지녔기에 역당 유근劉瑾과 팔당을 죽음에 이르게 하셨습니다. 황상께서는 선제를 잘못 받들어 종묘사직이 위태롭습니다. 지금 구악 등의 원통함이 막 풀렸는데, 하택의 일 또한 그와 유사하니 소신은 폐하가 안타깝습니다. 마땅히 하택을 복직시키고 여러 간신들은 법에 따라 죄를 다스리셔야 합니다." 상소가 올려졌지만 보고만 되었을 뿐이었다. 하택이 상소하며 직언을 했지만 동료들의 원한을 피하지 못했고 그의 충성은 하정何鼎이 황후를 두려워하지 않고 직접 황후의 형제 장학령張鶴齡과 장연령張延齡를 공격한 것과 다름이 없으니, 모두 여강呂強이나 정중鄭衆과 같은 사람들이다. 그러나, 효종께서는 효강장황후孝康張皇后의 사랑에 빠져 점차 두려워하며 꺼리니, 하정의 말이 행해지지 않고 죽은 일은 진실로 또한 이유가 있다. 세종 초의 정치는 칼날이 칼집에서 나온 것과 같았는데, 어찌 하택을 유배 보내고 그의 간언까지 없애버렸는가. 환관의 무리는 본래 선량해서 이 두 군주가 마땅히 치켜세울만한데, 오히려 죽음과 유배를 면치 못했으니 조정에서 그들의 어려움을 바로잡고 구해주기를 원했다. 두 환관이 모두 하씨 성인 것도 기이하지만, 하정은 조정으로부터 사후 예우를 받았는데 하택이 훗날 원통함이 밝혀졌는지 여부는 알 수가 없다.

원문 **內臣何澤**

正德十六年七月, 世宗新卽位, 先下詔求言. 至是御馬監丞[167]何澤, 應詔陳事, 已獲俞旨. 旣而又言近習[168]. 及二十四監局奸利事, 卽被嚴譴. 拷掠, 發充孝陵淨軍. 其疏卽不下, 又命取通政司副本滅之. 御史成英[169]上言, "澤得罪非上意, 乃監局同類, 嫌其相攻, 構陷至此. 先帝時, 內臣邱岳范亨, 皆有除奸之志, 逆瑾與八黨致之死. 上誤先帝, 幾危宗社. 今岳等之冤方雪, 而澤之事又似之, 臣所爲陛下惜也. 宜召澤復職, 諸奸則據法罪之." 疏入僅報聞而已. 澤疏讜直, 不避同事之怨, 其忠誠與何鼎不

---

167 御馬監丞 : 어마감御馬監 감승監丞. 어마감은 12감 중의 하나이며, 명대 환관 기구이다. 장인태감, 감독태감, 제독태감 각 1인을 두고 그 아래 감관, 장사掌司, 전부典簿, 사자寫字 등의 인원을 배치했다. 청나라 강희제 즉위 후 폐지되었다.
168 近習 : 군주의 총애와 신뢰를 얻은 자.
169 成英 : 성영成英, 생졸년 미상은 정덕 3년1508 진사가 되어 하남성 지현이 되었고, 이후 어사에 올랐다.

畏中宮, 直攻二張[170]無異, 均是呂強[171]鄭衆[172]之流. 但孝宗溺於孝康[173]
之愛, 漸成畏憚, 鼎言不行而死, 良亦有由. 世宗初政, 如劍鋩出匣, 何以
謫澤, 且幷沒其言耶. 閹寺輩本不乏善良, 値此兩聖主當陽, 尚不免誅貶,
欲其內廷匡救難矣. 兩內臣俱何姓亦奇, 但鼎卽承卹典, 澤他日昭晦[174]
與否, 則不可考矣.

---

170 二張 : 장학령張鶴齡과 장연령張延齡을 말한다. 여동생인 장황후를 믿고 전횡을 일삼
자 환관 하정이 상소를 올렸지만 받아들여지지 않았다.

171 呂強 : 여강呂強,?~184은 동한 시기의 환관이다. 그의 자는 한성漢盛이고, 성고成皋 사
람이다. 충신을 기용하고 직언을 잘 했다.

172 鄭衆 : 정중鄭衆,?~114은 동한 시기의 환관이다. 그의 자는 계산季産이고, 남양南陽 주
현犨縣 사람이다. 장제章帝 때 중상시中常侍가 되었고, 화제和帝 초기에 외척인 대장군
두헌竇憲 형제의 역모를 꺾은 공으로 대장추大長秋가 되었으며, 소향후鄏鄕侯에 봉해
져 정치에 참여했다.

173 孝康 : 명 효종의 황후이자 무종의 모친 효강경황후孝康敬皇后를 말한다.

174 昭晦 : 억울한 누명이나 원통함을 밝혀 벗음.

가정 8년1529과 9년1530 사이에 각 성의 진수내신鎭守內臣을 바꿨는데, 병부상서 이승훈李承勛은 사위영四衛營의 등양위騰驤衛에 가서 거짓으로 기탁한 자였다. 환관들이 그 일을 따져 물으면서, 금군이 병부에 예속되는 것은 불편하며, 지난 날 창의문彰儀門에서 오랑캐의 기병을 격파하고 동시東市에서 역적 조길상曹吉祥의 무리를 소탕한 것은 모두 사위영의 공이니 환관 직속으로 해야 불러들이고 모으기 쉽다고 말했다. 이에 병부로 내려보내 다시 논의하게 되자, 이승훈이 "왕년에 병권을 환관에게 주어서 난이 일어났는데, 창의문의 사건은 태감 왕진 때문이고, 동시의 역적은 태감 조길상이었다"라고 말했다. 환관들이 비로소 입을 열지 못했다. 황상께서 그 의견을 따르셨다. 지금 환관들은 비록 병권을 관장하지 않더라도, 용사勇士로 구성된 사위영은 여전히 그들의 지휘 감독하에 있는데, 왜 그런 것인지 모르겠다.

원문 **內臣掌兵**

嘉靖八九年間, 革各省鎭守內臣, 兵部尙書李承勛[175], 因及騰驤四衛[176],

---

175 李承勛 : 이승훈李承勛, 1473~1531은 명나라 중기의 대신이다. 그의 자는 입경立卿이고, 호광승선포정사사 무창부 가어현嘉魚縣 사람이다. 홍치 6년1493 진사가 되어, 태호지현太湖知縣, 절강안찰사浙江按察使, 우부도어사右副都御史, 태자태보 겸 병부상서 등의 벼슬을 역임했다. 사후에 소보로 추증되었고, 시호는 강혜康惠다.
176 騰驤四衛 : 명나라 황제 직속의 금군禁軍인 사위영四衛營을 말하며, 무양좌위武驤左衛,

詭冒依附者. 內臣爭之, 言禁軍隷兵部不便, 往歲彰儀門之破虜騎, 東市之剿曹賊, 皆四衛功, 以直內, 故得號召易集. 下兵部再議, 承勛言, "往年正以兵歸閹寺致亂, 彰儀門之役, 由太監王振, 東市之賊, 太監曹吉祥也." 內臣始杜口. 上從其議. 今宦官雖不典兵, 而勇士四營, 仍屬其提督. 不知何故.

무양우위武驤右衛, 등기좌위騰驤左衛, 등기우위騰驤右衛를 가리킨다.

진수내신의 파면이 가정 9년1530에서 10년1531 사이에 일어나자 천하 사람들이 통쾌하다 했다. 이때는 마침 장영가가 재상으로 들어갔을 때다. 가정 17년1538에 태사 무정후武定侯 곽훈郭勳이 그들을 다시 복직시키기를 주청하자, 황상께서 운남雲南, 귀주貴州, 광동廣東, 광서廣西, 사천四川, 복건福建, 호광湖廣, 강서江西, 절강浙江, 대동大同 등의 변방에 각각 한 사람씩 두는 것을 허락하시니, 이에 나라 안팎이 크게 놀랐다. 당시에 임구任邱의 이문강이 정권을 맡았는데, 바로잡을 수가 없어서 사람들이 모두 안타까워했다. 가정 18년1539 4월 혜성이 나타나 변고를 암시하니, 새로 복직시킨 진수내신들을 모두 다 돌려보내고 마침내 다시는 두지 않았는데, 곽훈의 주청을 허락한 지 만 1년이 갓 되었을 뿐이다. 이때 정권을 잡은 자는 하귀계夏貴溪이고 엄분의嚴分宜는 대종백이었는데, 주청을 드려 교지를 받았으니 그 공 또한 작지 않다. 지금 사람들은 진수내신을 정리해 파면했던 것만 알아서, 장영가에게 공을 돌리고 하귀계와 엄분의 두 공에 대해서는 언급하지 않는다. 어찌 사람에 따라 그 훌륭함을 없앤 것인가? 아니면 진심으로 역사적 사실을 궁구하지 않은 것인가?

鎭守內臣之革, 在嘉靖九年十年間, 天下稱快. 此正張永嘉入相時也. 至十七年, 而太師武定侯郭勳, 奏請復之, 上許雲貴兩廣四川福建湖廣江西浙江大同等邊, 各仍設一人, 中外大駭. 時任邱李文康[177]當國, 不能救正, 人共惜之. 十八年四月, 以彗星示變, 將新復鎭守內臣, 盡皆取回, 遂不再設, 距用郭言, 甫匝歲耳. 是時當國者, 爲夏貴溪, 而嚴分宜爲大宗伯, 題請[178]得旨, 其功亦不細. 今人但知裁革鎭守, 歸美於永嘉, 而夏嚴二公, 遂不復齒及, 豈因人而沒其善耶? 抑未究心故實也?

---

177 任邱李文康 : 명나라 중기의 대신인 이시李時를 말한다.
178 題請 : 주청奏請하다.

대신 중에서 재상 출신으로 사직하고 고향으로 돌아갈 때 융숭한 예우를 받는 자에게만 특별히 행인行人을 파견해 황제의 부르심을 받고 호위하며 따르게 했다. 태감이 수행하며 모신 사람은 영락 연간의 양영, 성화 연간의 이현과 유길劉吉 세 분뿐으로 모두 부모상을 당한 각신인데, 모두 상 중에도 복직되어 마침내 태감을 보좌로 보내 정사를 보러 오는 것을 재촉했다. 이후로는 더 이상 동행하는 사람이 없었으니, 하물며 부인이야 말할 나위도 없다. 다만 세종 때와 금상 초기의 두 사건이 가장 기이하다. 가정 19년1540 진인眞人으로서 소보少保겸 예부상서禮部尙書가 된 도전진陶典眞이 다음과 같이 아뢰었다. "천은을 간구하기 위해서는 뇌단雷壇에 모시고 성전聖典의 일을 밝혀야 합니다. 이에 앞서 신의 원적인 호광湖廣 황주부黃州府 황강현黃岡縣 단풍진團風鎭에 관리를 파견해서 뇌단을 증수했는데 지금 이미 완공되었습니다. 신의 아들 태상시승太常寺丞 도세은陶世恩과 신의 사위 박사博士 오준吳濬이 먼저 가서 받들어 모시게 하고, 아울러 신의 처 일품부인 원씨袁氏를 보내 선영에 성묘하여, 황상께서 신을 공경하고 효를 권면하심을 알리는 큰 의식을 행하려고 하니 넉넉하게 경비를 헤아려 주십시오." 도전진이 성지를 받들었는데, 그 내용은 다음과 같았다. "경의 상주문을 보니, 공사가 완성되어 아들에게는 신을 받들고 그 어미에게는 신을 편안히 모시고 성묘하게 한다 하여, 짐의 마음이 심히 기쁘다. 병부에 알려 수륙을 이동하는 경비를 집행하고 늦어서 일을 그르치면 용서치 않겠다고 했다. 또 태감 한 명을 보내며 칙서를 써 그에게 주노라." 이때 도전진은 아직 옛날 이름을 쓰고 있었다.

그 이후 만력 6년1578에 소사少師인 각신 장거정이 고향으로 돌아와 장례를 지냈는데, 황상께서 명하여 모친 일품부인 조씨趙氏를 북경으로 모시게 하고 이어서 사례감관司禮監官 위조魏朝를 보내오는 길을 함께 하도록 명하셨다. 만력 10년1582에 장거정이 죽자 황상께서 또 그 모친이 고령인데 북경에 있음을 생각하시어 명하여 사례태감 진정陳政이 그 모친을 보호해 고향으로 돌아가게 했다. 근래에 태감이 동행한 것은 이 두 집안의 경우만 보이니 현 왕조에서는 아직까지 없었던 전례인 것 같다. 이 두 노부인은 한 사람은 방사의 배필이고, 다른 한 사람은 권세 있는 재상을 낳아서 마침내 특별한 예우를 받았다. 후일 시간이 지나고 상황이 바뀌니 다만 후대 사람들에게 웃음거리가 되기에 족했으니, 한순간의 총애와 영화가 모두 죄상으로 드러날 뿐이다.

원문 **內臣護行**

大臣唯輔臣起家, 及謝事歸里, 恩禮隆重者, 特遣行人[179]宣召及護行. 若以內臣隨侍, 則唯永樂間楊榮, 成化間李賢劉吉三公, 俱閣臣丁憂, 俱奪情復任, 遂用內臣輔送, 促其來視事. 此後更無同行者, 況婦人乎. 唯

---

179 行人 : 알현하고 방문하는 일을 관장하는 관리.

世宗朝, 及今上初, 二事最奇. 嘉靖十九年, 秉一眞人少保禮部尙書陶典眞[180]奏, "爲懇乞天恩, 奉安雷壇, 以光聖典事. 先是差官於臣原籍湖廣黃州府黃崗縣團風鎭, 增修雷壇, 今已落成. 欲令臣男太常寺丞陶世恩, 臣壻博士吳溶, 前去奉安, 倂送臣妻一品夫人袁氏, 祖塋祭掃, 用彰皇上敬神勸孝大典, 乞量給應付." 奉聖旨, "覽卿奏, 工成令男奉母安神祭掃, 朕心喜悅. 着兵部便行水陸應付, 遲誤了的不饒. 還差內官一員去, 寫敕與他." 時陶尙行舊名也.

其後萬曆六年, 少師閣臣張居正歸葬, 上命奉母一品太夫人趙氏來京, 仍着差去司禮監官魏朝伴送登途. 至十年居正歿, 上又念其母高年在京, 命司禮太監陳政護之還鄕. 近代內臣伴行, 唯見此兩家, 蓋本朝未有之典也. 此二嫗者, 一配方士, 一生權相, 遂叨非常恩遇. 他日時移事改, 徒足供後人評笑, 一時寵榮, 皆罪案耳.

---

180 陶典眞 : 명 세종의 총애를 받은 방사 도중문陶仲文을 말한다.

내신이 사례감과 동창東廠을 함께 관장하다

사례감 장인태감은 태감의 수장으로 가장 높으며 그 권세는 수규首揆에 맞먹는다. 동창은 그다음으로 가장 중요한 자리이지만 사례장인을 겸할 수 없어서, 매번 일을 아뢸 때면 사례감 장인태감도 물러나 있으면서 일을 다 아뢸 때까지 기다린다. 기밀 사항을 다른 사람이 들어서는 안 되므로 역대로 모두 그것을 준수했다. 가정 무신년과 기유년 사이에 처음으로 사례장인태감 맥복麥福에게 명해 동창을 함께 관리하게 했고, 계축년에 이르러 황금黃錦이 또 이를 계승했으며 이로부터 내정의 체제가 일변一變했다. 세종부터 금상까지는 모두 권력을 손에 쥐고 계셨으므로 전혀 쓸데없이 걱정할 필요가 없었지만, 만약 이러한 예가 훗날 그대로 답습된다면 또한 치명적인 근심거리가 될 것이다.

○ 만력 초기에 풍보 또한 동창을 함께 관장했다. 풍보의 뒤를 이은 장성張誠, 장성의 뒤를 이은 근래의 진구陳矩까지 모두 사례감의 인장을 관장하면서 동시에 동창의 일을 관리했다.

內臣兼掌印廠

司禮掌印, 首璫[181]最尊, 其權視首揆. 東廠次之, 最雄繁, 但不得兼掌印, 每奏事, 卽首璫亦退避, 以俟奏畢. 蓋機密不使他人得聞也, 歷朝皆

---

181 首璫 : 환관의 수장.

遵守之. 至嘉靖戊申己酉間, 始命司禮掌印太監麥福, 兼理東廠, 至癸丑而黃錦又繼之, 自此內廷事體一變矣. 世宗神聖, 以至今上, 俱太阿[182]在握, 可無過慮, 倘此例他日踵行, 亦肘腋之憂[183]也.

○ 萬曆初年, 馮保亦兼掌東廠. 馮保之後, 則有張誠, 張之後, 則近日陳矩, 俱以掌監印帶管廠事.

---

182 太阿 : 중국 고대 보검의 하나인 태아검 또는 상商나라의 재상을 지낸 이윤伊尹을
   뜻하기도 하지만, 여기서는 권력을 의미하는 말로 사용되었다.
183 肘腋之憂 : 신변에서 일어난 사고, 아주 가까운 곳에 생긴 환난.

　풍방녕이라는 자는 태감 풍보의 조카로, 은택을 입어 좌도독左都督을 역임하면서 풍보의 위세를 믿고 장안長安에서 횡포를 부렸지만 감히 대항하는 자가 없었다. 우연히 장강릉의 하인 요광姚曠과 만나게 되었는데 그를 꾸짖고 욕보였다. 요광이 따르지 않자 서로 싸우게 되었는데, 풍방녕의 하인들에게 채찍으로 심하게 맞고 돌아와 주인에게 하소연했다. 장강릉이 사람을 보내 그 일을 태감 풍보에게 말하자, 풍보가 풍방녕을 오라고 해 곤장 40대를 치고 그의 관복을 빼앗아 조례에 참석하지 못하게 했다. 당시 장강릉은 풍보에게 잘 보여 권력과 총애를 굳건히 했으나, 그의 조카를 이처럼 욕보일 수 있었다. 풍보는 장강릉의 말 한마디에 어렵지 않게 조카를 매질해 사과했으니 다른 내관들이 따라갈 수 없는 점인 것 같다.

　○ 풍방녕이 또 대사구大司寇 백천白川 유응절劉應節을 만나고도 길에서 물러나지 않자, 유응절이 그에게 말에서 내리라고 꾸짖었다. 지금 육경六卿들에게 꼭 이런 일이 있는 것은 아니다.

원문 馮邦寧

　馮邦寧者, 瑞保之姪, 以恩澤, 歷官左都督, 恃保勢, 橫于長安, 莫敢與抗. 偶與江陵之長班名姚曠者遇, 訶辱之. 曠不遜, 因相爭鬪, 爲邦寧之徒御, 箠擊稍過, 歸訴於主人. 卽遣人述其事于馮瑺, 瑺呼邦寧至, 杖之四十, 褫其冠服, 不許朝參. 當時江陵曲媚馮, 以固權寵, 而能折辱其姪乃爾. 瑺以江陵片言, 不難笞猶子[184]以謝過, 似非他內官所及.

○ 邦寧又遇大司寇[185]劉白川應節不[186]避道, 劉叱之下馬. 今六卿未必有此事矣.

---

184 猶子 : 조카. 형제의 아들.

185 大司寇 : 명청 시기 형부상서의 별칭.

186 劉白川應節 : 명나라 중기의 대신 유응절劉應節, 1517~1591을 말한다. 그의 자는 자화子和이고 호는 백천白川이며, 유현濰縣 사람이다. 가정 26년1547에 진사가 되어, 호부시랑, 산서우참정, 우도어사 겸 병부우시랑, 남경공부상서, 형부상서 등의 벼슬을 지냈다. 만력 초기 장거정 내각의 중요 인물이다. 만력 4년1576에 귀향한 후 녹태서원麓台書院에서 강학했으며, 청렴 정직한 생활과 뛰어난 문재로 잘 알려져 있다. 사후에 태자소보로 추증되었다.

왕엄주의 기록에서는 실권을 장악했던 태감 풍보의 실각이 장성張誠 때문이라고 했다. 이에 대해 종래의 사대부들도 모두 그렇다고 했으니 왕엄주만 그렇게 여긴 것이 아니다. 이것이 하나의 설이다.

을유년乙酉年, 1585 마성麻城 사람 이로二魯 주홍약周弘禴이 상소를 올려 순형順衡 이식李植에 대해 논하면서 다음과 같이 말했다. 이식이 풍보를 탄핵한 것은 실권을 장악한 태감 장굉에게 아첨해 장굉이 문하의 산인 악신로樂新爐에게 의중을 드러내어 이식에게 전달해 풍보를 쳤는데 장굉이 이로 인해 사례감을 관장하게 되었다. 이식은 이로써 장굉과 생사를 같이하는 절친한 벗이 되었다. 이식은 스스로 황상의 남다른 총애를 받았다고 했는데, 매번 내정에서 이식을 '우리 아들'이라고 불렀으니 또한 장굉의 힘 덕분이다. 이것이 또 다른 설이다.

무자년戊子年, 1588 겨울 동창의 장경張鯨이 실각할 때 내각대신부터 남북의 과도관에 이르기까지 공식적으로든 개인적으로든 상소를 올려 장경을 탄핵하지 않는 사람이 하나도 없었다. 급사중 이기李沂는 지독하게 곤장을 맞아 거의 죽을 뻔했다. 당시 모두들 장경이 몰래 익곤궁翼坤宮의 정귀비鄭貴妃를 도와 어린 아들을 세우려는 음모를 꾸몄다고 했는데 그 일이 종묘사직에 관계되었으므로 당시 조정의 신하들이 장경을 없애야 한다고 바른말을 했으니 진실로 대단한 충정이라 말할 만하다. 훌륭한 군자 한두 분에게 알려지자 이 일을 다소 불만스러워하며 그중에는 유달리 교묘한 점이 있다고 했다. 풍보가 권세를 누릴 때 여러 태감들은 쌓아 온 위세에 위협받아 감히 그 위세를 어지럽히지 못했고 장경만이 황상의 친신으로서 과감한 결단을 내려 비밀히 황상과 계책을 정해 그를 제거하기로 결정했다. 장경은 이로써 황상의 눈에 들어 순서를 뛰어넘어 동창을 관장하게 되었고 오랫동안 권세를 부리다가 다시 장성을 제거하고 그의 자리를 차지했다. 또한 장성은 원래 풍보의 잔당이었는데, 당시 일을 맡고 있던 대관으로 풍보의 비호를 받은 적이 있는 사람이 풍보를 위해 복수하고 장성의 환심을 사려는 생각으로 전력을 다해 장경을 공격했고 언관들은 그저 그림자를 쫓고 물결을 따르듯 그를 따라 할 뿐이었다. 이것이 또 다른 설이다.

세 가지 의론은 모두 근거가 있지만 궁정의 일은 비밀스러워서 누가 썼는지는 알지 못한다. 최근에 권세를 쥔 태감이 서술한 것을 보니 풍보의 사건은 사실 장경의 손에서 나왔는데 장경은 장굉 휘하의 궁인으로 장굉이 그의 음모를 알고 은밀히 저지했다고 했으니 뒤의 설이 확실한 듯하다. 또 장경이 동창을 관장하라는 성지가 내려온 날 이순형이 바로 이 날 풍보를 탄핵해 시기를 놓치지 않았으니, 어쩌면 예상을 했었는지도 모르겠다. 대체로 권세 있는 태감은 세력 기반이 매우 확고해 같은 부류끼리 서로 해치지 않으면 결코 제거하기 어렵다. 헌종 때의 왕직은 상명尙銘이 밀어냈고 무종 때의 유근은 장영이 쓰러뜨렸다. 조정 대신들이 어찌 어조은魚朝恩, 정원진程元振, 구사량仇士良, 전령자田令孜와 승부를 다툴 수 있겠는가!

○ 이에 앞서 장경을 탄핵할 때 어사 풍상건馮象乾의 언사가 가장 가혹했고 또 세 재상이 주도적으로 바로잡을 수 없었음을 호되게 질책했다. 황상께서 크게 노하시어 진무사鎭撫司로 내려보내 심문하시니, 세 재상이 힘써 그를 구명하면서 풍상건과 함께 형을 받길 원한다고 말하기까지 하자 황상께서 비로소 내린 명을 거두셨다. 급사중 이기李沂가 그를 이어 상소를 올리니 황상께서 더 크게 노하시어 하옥시키라고 명하시고 '제대로 확실하게 고문하며 심문하라'는 성지를 내리니 대체로 강도에게 사용하는 예였다. 고문이 끝나자 또 곤장 60대를 치고 평민으로 만들라 명하셨다. 근래에 언관이 견책당할 때 한 사람에게 한꺼번에 고신과 곤장을 내린 경우는 없었다. 아마도 이기의 상소문에 있는 '은밀히 주보를 바쳤다'는 말이 황상께서 심히 꺼려하시는 부분에 저촉되어 재상들의 충고와 간언이 받아들여지지 않았다. 그 뒤의 설에서는 풍상건의 상소는 재상들에게 뜻이 전해져 생사를 걸고 그를 구하려했지만, 이기의 상소는 장성이 남의 손을 빌려서 한 것이므로 뜻밖에도 화가 이 지경에까지 미쳤다. 훗날 추천해 말한 여러 대신들이 이기만은 전혀 추천하지 않아서 이 설도 아직 사람들의 입에 오르내린다. 장경이 무자년 겨울 쫓겨났다가 이듬해 기축년에 다시 돌아오자 언관들이 그 일을 쟁론했으나 황상께서 모두 답하지 않으셨다. 장성이 이미 동창을 겸해서 관장했으므로 장경은 더 이상 동창의 일에 간여할 수 없었다. 장성이 실각할 때는 장경보다 훨씬 비참하게 화를 당했다. 당시 장경은 아직 어전에서 모시는 일을 하고 있었고 관작과 가산도

모두 별탈이 없었다. 그에 앞서 죄를 지은 사람 중에 오직 사방司房의 형상지刑尙智만이 수자리를 떠났고, 장경의 동생 장서신張書紳은 파면되었을 뿐이다.

원문 **馮保之敗**

大璫馮保之敗也, 王弇州所紀, 謂出於張誠. 此向來士大夫皆云然, 不獨弇州也. 此一說也.

至乙酉年, 麻城周二魯弘禴[187]疏論李順衡植,[188] 謂李之參保, 繇大璫張宏[189]授意門下山人樂新爐[190], 轉授李使擊保去, 宏因得掌司禮監. 李以此與張宏爲刎頸交. 李自云受皇上異眷, 每于內廷呼李植爲我兒, 亦出張宏之力. 此又一說也.

至戊子冬, 東廠張鯨之敗, 閣部大臣, 以至南北科道, 或公疏, 或單疏, 無一人不劾鯨者. 科臣李沂, 受杖至慘毒, 幾死. 時皆謂鯨陰佐翼坤宮鄭

---

187 周二魯弘禴 : 중화서국본에서는 '굉宏'으로 되어 있는데, 상해고적본, 『명신종실록明神宗實錄』, 『명사』에 근거해 '홍弘'으로 고쳤다. 〖역자 교주〗 ⦿ 주홍약周弘禴,생졸년 미상은 명대의 관리로, 자는 원부元孚이고 마성麻城 사람이다. 만력 2년1574 진사가 되어, 주부主簿, 순천통판順天通判, 대주판관代州判官, 감찰어사 등의 벼슬을 지냈다. 사후에 태복소경太僕少卿으로 추증되었다.

188 李順衡植 : 명대 만력 연간의 관리 이식李植,생졸년 미상을 말한다. 이식의 자는 여배汝培이고 강도江都 사람이다. 만력 5년1577 진사가 되어, 서길사, 어사, 복건포정사福建布政使 등의 벼슬을 지냈다.

189 張宏 : 장굉張宏,?~1584은 명 신종 때 사례감 장인태감을 지낸 환관이다. 풍보가 실각하면서 사례감을 관장했다.

190 樂新爐 : 악신로樂新爐,생졸년 미상는 명대의 산인山人으로, 강서 임천臨川 사람이다.

貴妃, 有立幼之謀, 事關宗社, 故一時朝士, 昌言鋤去, 眞可謂公忠. 乃聞一二大君子, 微不滿此擧, 謂其中別有竅妙. 當保盛時, 羣瑠劫于積威[191], 莫敢攖其鋒, 惟鯨爲上所親信, 且有膽決, 密與上定謀, 決計除之. 鯨以此受知, 越次掌廠, 旣久用事, 復將攘張誠位而據之. 且誠本馮保餘黨, 唯時在事大僚, 曾受馮保卵翼者, 思爲保復仇, 且結張誠歡, 故出全力攻之, 言官不過逐影隨波而已. 此又一說也.

三種議論, 俱有根據, 然宮府事祕, 莫知誰屬. 近見一大瑠所述, 則云, 馮保一案, 實出張鯨手, 而鯨爲張宏名下宮人, 宏知其謀, 曾密止之, 則後一說似確. 且鯨掌東廠旨下之日, 李順衡卽于是日上參保之疏, 不踰時刻, 則或有承望, 亦未可知. 大抵權瑠盤踞深固, 非同類相戕, 必難芟翦. 如憲宗朝汪直, 則尙銘擠之. 武宗朝劉瑾, 則張永殛之. 外廷儒臣, 安能與魚[192]程[193]仇[194]田[195]爭勝負也!

---

191 威 : 위威는 원래 성盛으로 되어 있지만 사본에 근거해 고쳤다威原作盛, 據寫本改. 【교주】
192 魚 : 당나라 때의 환관 어조은魚朝恩, 722~770을 말한다. 어조은은 여주瀘州 여천瀘川 사람이다. 천보天寶 말에 입궁해, 안사安史의 난이 발생했을 때 현종玄宗을 호위해 도망갔다. 삼궁검책사三宮檢責使, 좌감문위장군左監門衛將軍 등의 벼슬을 지냈고, 영태永泰 연간에 정국공鄭國公에 봉해졌다.
193 程 : 당나라 때의 환관 정원진程元振, ?~764을 말한다. 정원진은 옹주雍州 삼원현三原縣 사람이다. 이보국李輔國과 연합해 대종代宗을 옹립해, 우감문위장군右監門衛將軍에 제수되었다. 그 뒤 진국대장군鎭國大將軍, 우감문위대장군右監門衛大將軍, 보선후保宣侯, 표기대장군驃騎大將軍 등의 벼슬을 지냈고, 빈국공邠國公에 봉해졌다.
194 仇 : 당나라 때의 환관 구사량仇士良, 781~843을 말한다. 구사량은 순주循州 흥녕興寧 사람이고, 자는 광미匡美다. 순종順宗 때 거세하고 동궁으로 들어가 태자 이순李純을 모셨다. 이순이 황위에 오르면서, 내급사內給事, 번진감군사藩鎭監軍使, 내외오방사內外五坊使, 좌위상장군左衛上將軍 등의 벼슬을 지냈고, 초국공楚國公에 봉해졌다.
195 田 : 당나라 말기에 권세를 누리던 환관 전령자田令孜, ?~893를 말한다. 전령자의 자는

○ 先是劾張鯨時, 御史馮象乾語最峻, 且切責三輔臣, 不能主持匡正. 上大怒, 下鎭撫司打問, 三輔力救, 至云願與象乾同受刑拷, 上始收回成命. 而給事李沂疏繼之, 上怒加甚, 亦命下詔獄, 且有好生着實打着問之旨, 蓋用強盜例也. 拷竟, 又命廷杖六十爲民. 近來言官得譴, 未有拷打與廷杖幷于一人一時者. 蓋沂本內, 有密獻珠寶之語, 觸上所深諱, 故輔臣苦諍不能得. 其後說者, 謂馮疏爲閣臣授意, 故以生死爭之. 而李疏乃出張誠假手, 不意掇禍至此. 他日薦起建言諸臣, 唯李沂不甚推轂, 亦此說尙在人口也. 張鯨以戊子冬見逐, 次年己丑復召入, 言官爭之, 上皆不報. 張誠已兼掌東廠, 故鯨不得再預廠事. 比誠敗, 受禍較鯨更慘. 時鯨尙在御前供事, 且官爵家產俱無恙. 其先得罪者, 亦唯司房[196]邢尙智謫戍, 及弟張書紳革任而已.

중칙仲則이고 촉군蜀郡 사람이다. 원래 성씨는 진陳이다. 의종懿宗 때 거세하고 입궁해 소마방사小馬坊使가 되었고, 희종僖宗이 즉위하면서 정사를 위탁받아 행하면서 총애를 믿고 횡포를 일삼았다. 광명廣明 원년880 황소黃巢의 난이 일어났을 때 희종을 모시고 촉군으로 피신한 공로로 진국공晉國公에 봉해졌다. 광계光啓 원년885 장안長安으로 돌아와 좌우신책십군사左右神策十軍使가 되었다. 경복景福 2년893 왕건王建에게 죽었다.

196 司房 : 명나라 때 환관 기구 중 종고사鍾鼓司에 두었던 환관의 직책명이다.

금상께서 풍보馮保를 내친 후 장굉張宏이 그 자리를 대신했다. 얼마 안 가서 장굉이 죽자 그다음은 장성張誠이 대신했다. 장성은 초 땅에 적을 둔 죽은 옛 재상을 따라 북경에 와서 장굉을 이어 사례감의 인장을 관장했다. 이때 동창은 장경張鯨이 맡았고, 독공督工은 장신張信이 맡았으며, 병필태감秉筆太監으로 날마다 황제의 좌우에서 보좌한 자들로는 장명張明, 장유張維, 장용張用, 장충張忠, 장조張朝, 장정張楨, 장중거張仲擧 등이 있었다. 다른 감국監局의 인장을 관장한 자들도 성이 장씨張氏인 자가 또한 10여 명이었는데, 이런 일은 모두 무자년戊子年, 1588과 기축년己丑年, 1589 사이에 일어난 것으로 매우 기이하다 할 만하다. 얼마 안 가서 장경이 남북의 대신과 과도관들에 의해 탄핵되어 쫓겨났는데, 또 몇 년 후 장성 또한 축출되고 재산을 몰수당했다. 그중 장유라는 자는 지금 파면되어 한가로이 사택에서 지내면서 율시를 즐겨 지었는데 그 시가 또한 율격에 잘 맞았으며, 형산衡山에서 글씨를 쓰고 학문을 하니 그 모습이 꽤 그럴듯해 자칭 연산폐수燕山廢叟라 하면서 매번 명첩에 이 서명을 썼다. 그가 사대부들과 교유하기를 즐겼으니, 또한 이 무리 중에 관직에 오른 자들은 나도 일찍이 아는 자들이다.

○ 장유는 일찍이 병장국兵仗局을 관장했었다. 금상께서 어린 시절에 병기를 가지고 놀자, 장유가 직간해 그 뜻을 거슬렀다. 또, 그가 글을 좋아하는 것을 황상께서 아시고는 그를 수재 장유라 부르셨으니 꽤 후

한 예우를 받았다.

大璫同姓

今上旣逐馮保後, 以張宏代之. 未幾宏卒, 次及張誠. 誠從楚籍沒故相還京, 卽繼宏掌印. 時東廠則張鯨, 督工則張信, 秉筆大璫, 日在左右者, 又有張明張維張用張忠張朝張楨張仲擧等. 其他監局司印, 姓張者又十餘人, 俱在戊子己丑之間, 可謂極奇. 未幾, 鯨爲南北大臣及科道聚劾以出, 又數年而誠亦見逐被籍. 其中張維者, 今罷閑居私宅, 好作律詩, 亦整妥, 作字學文衡山, 頗得其貌, 自稱燕山廢叟, 每以此署名刺. 喜交士大夫, 亦此輩中之向上者, 余亦曾識之.

○ 張維曾掌兵仗局[197]. 今上沖年, 取兵器戲玩, 以直諫忤旨. 又以好文, 爲上所知, 呼之爲秀才張, 頗見禮重.

---

[197] 兵仗局 : 명대 환관 기구인 24아문 중의 하나로, 각종 무기와 화기의 제조와 관리를 담당했다. 홍무 28년1395에 설치되었으며, 장인태감 1명과 제독군기고태감提督軍器庫太監 1명, 관리와 감공 등이 수십 명 있었다.

번역 장성張誠의 실각

　　장성張誠은 장경張鯨이 실권한 이후부터 동창과 사례감인을 8년이 지나도록 함께 관장했는데 사람들은 그가 온순하고 신중하다고들 말했다. 조정과 사이가 좋아 격의 없이 잘 지내서 과도관들 중에 교만하고 방자하다고 그를 의론하는 자가 없었다. 그는 문예에 다소 조예가 있어 동한 때의 여강呂強이나 정중鄭衆과 같다고 자처했다. 당시 황상께서 술을 상당히 좋아해 평소에 다소 법도에 어긋나는 일을 하시어 궁녀와 어린 내시가 몽둥이로 맞아 죽기까지 했다. 장성이 번번이 옛 일을 들어 의론하며 간언을 하면 황상께서 그 때문에 온화한 위엄을 찾으셨다. 일찍이 관보官報에 기축己丑년 황상께서 친히 내린 유지의 첫 구에서 "충신 장성이 도를 알고 있음을 알리노라"라고 장성을 칭찬하셨으니 그를 이처럼 총애하고 의지하셨다. 시간이 지나 또 어용감인御用監印을 함께 얽어매고 다녔으니 사례감과 동창을 관장한데다 돈 되는 관서까지 거느리니 동료들이 시기했다. 그런데 내부인內夫人 학금봉郝金鳳의 죽음은 사실 장성이 음모를 주도한 것이므로 궁정 사람들이 모두 그를 원망했다. 마침 장성의 아우 장훈張勳은 세칭 '다섯째'라고 하는데, 자성태후慈聖太后의 아우 무청후武淸侯와 사돈이 되자 황상께서 이를 들으시고 진노하셨다. 그의 동료들이 비로소 그를 참소하며 장성의 집이 천자의 창고보다 더 부유하다고 했다. 황상께서 내심 부러워 법으로 가산을 몰수하려고 생각하셨다. 그리고 집안의 하인 곽문병霍文炳이란 자는 장성의 권력을 이용해 공을 가로채서 금의부 천호錦衣副千戶의 자리를 얻었고 또 직접 공을 세워 지휘동지指揮同知로 승진했다. 따라서 병부상서 석성石星이 그의 청을 멋대로 허락하고 황상께는 알리지 않았다. 당시 곽문병은 이미 첨서남진무사僉書南鎭撫司의 높은 자리에 이르러서 군정을 살필만한 정도였는데 과도관에 의해 탄핵당했다. 황상께서 곽문병이 공을 가로챈 죄가 큰데 어찌 말하지 않았냐고 하셨다. 병부상서 석성이 상소를 올려 스스로 죄를 밝혔다. 황상의 노여움이 풀리지 않아 마침내 곽문병과 장성의 아우 장훈 등 수십 명의 가산을 다 몰수해 국고로 돌리셨다. 장성이 어명을 받들어 남경으로 유배를 갔다가 다시 남해자南海子로 폄적되어 곤궁하게 죽었지만 사대부들 중에는 죄에 합당한 벌을 받지 않았다고 여기는 자도 있었다. 마지막에 장훈은 참수가 논의되어 결국 서시西市에서 사형당했다. 아마 황상께서 평소에 신하들이 외척과 결탁하는 것을 싫어하셨기 때문에 장훈이 큰 악행이 없었는데도 결국 극형을 받은 것 같다. 어찌 그의 죄가 풍방녕馮邦寧의 무리보다 심하겠는가? 식자들이 그의 일을 원통해한다.

원문 張誠之敗

張誠自張鯨失權, 遂兼管廠印凡八年, 號稱馴謹. 政府與交歡無間, 卽科道諸臣, 亦無以驕恣議之者. 其人稍知文藝, 以呂强鄭衆自命. 時上頗耽麴蘗, 興居稍違節, 以及宮婢小豎多死梃下. 誠輒執古誼以諫, 上爲之霽威. 曾于邸報[198]中, 見己丑年上手諭一道, 獎誠首句, 爲"諭忠輔張誠知道", 其眷倚如此. 旣而又兼緝御用監印, 則以司禮東廠, 又帶纗腋衙門, 同類已側目. 而內夫人[199]郝金鳳之死, 誠實主其謀, 內廷咸怨之. 會其弟張勳[200], 俗呼老五者, 與慈聖太后弟武淸侯, 締兒女姻, 上聞之震怒. 其儕類始進讒, 謂誠家富踰天府. 上益心豔, 思以法籍之. 而其家僮霍文炳者, 用誠力冒功, 得錦衣副千戶, 又自以幷功, 進指揮同知. 則本兵石星擅允其請, 不以上聞. 時文炳已貴至僉書南鎭撫司, 值考察軍政, 爲科道所劾. 上謂文炳冒功罪大, 何以不言. 石本兵具疏自劾. 上怒不解, 遂幷文炳及弟張勳輩, 數十家產, 盡沒入官. 誠奉御降謫南京, 再謫南海子[201], 窮困以死, 然而士大夫或以爲罪不蔽辜. 最後張勳論斬, 竟死西市. 蓋上素憎臣下結交外戚, 故勳無大惡, 竟罹極典. 豈其罪浮於馮邦寧輩耶? 識者冤之.

---

198 邸報 : 옛날의 관보官報. 황제의 조서나 유지, 신하들의 상소문, 그리고 정치 관련 소식 등을 베껴 쓴 조정의 소식지.
199 內夫人 : 황제를 시중들며 황제의 생활을 기록하는 여관女官.
200 張勳 : 장훈張勳, 생졸년 미상은 명대의 관리다. 그의 자는 정이鼎彝이고, 정구향丁沟鄉 사람이다. 정통 4년1439에 진사가 되었다.
201 南海子 : 남원南苑. 명대 북경 자금성의 남쪽에 있던 황실의 사냥터다.

곽문병霍文炳이 관직의 임무를 맡아 기용되자 황상께서 병과에서 그를 탄핵하지 않은 이유로 모두를 다 쫓아내셨다. 한참이 지나 또 북경과 남경의 과도관들이 심하게 탄핵해 전후의 사례감 장인掌印 태감들이 모두 외지로 내려갔고 곧 또 모두 평민이 되었다. 당시 형과도급사중刑科都給事中 후정패侯廷珮란 자가 장성이 처음 실각하자 장성의 죄상을 낱낱이 세서 밝히며 최근 황상의 처분이 아직 가벼운 정도라고 했다. 이때 장성은 근근이 맡은 일이 없이 한가로이 지내고 있었는데, 황상께서 남경으로 바꿔 내려보내고 또 가산을 몰수하라는 명을 아직 내리지는 않으셨다. 후정패의 말을 들으시고 비로소 가산을 전부 다 몰수하셨다. 황상께서 이에 후정패를 질책하시며, "장성이 큰 간신인데 너희들이 어찌 앞서 한마디의 충언도 없었느냐? 지금 이미 다 드러나 밝혀지자 간신히 탄핵을 행하니 간신을 접하고 비판해야 하는 책임은 어디에 두었느냐? 일단 추궁하지는 않겠다"라고 하셨다. 아마도 황상께서 그의 말을 행하시긴 했지만 그의 사람됨은 박하게 여기신 듯하다. 당시 형과급사중 서성초徐成楚란 자는 후정패와 같은 해에 진사에 급제한 자로 평소에 그와 사이가 좋지 않았는데, 서성초가 다른 상소에서 신중하게 형벌을 내려야 한다고 한 말을 지적하며 그가 오로지 장성을 구하려는 것이라고 일러 황상을 격노하게 했다. 서성초가 "신의 상소에는 모두 장성이란 글자가 없는데, 후정패가 이것을 가지고 신을 모함하니 저 스스로 남에게 아첨하는 계략이 되었고 장성이 비밀리에 행한 일을 황상께서 직접 밝히셨으니 후정패의 백 마디 말이 무슨 소용이 있겠습니까?"라고 했다. 황상께서 모두 불문에 부치셨다. 생각해보면 과거에 장경張鯨이 쫓겨날 때 언관들의 탄핵 상소문이 산적했었는데, 장성을 엄중하게 벌하라는 내지가 내려질 때는 사후에 이것을 더 부추기는 자는 겨우 후정패 한사람일 뿐이었다. 또한 같은 해 같은 관직을 한 자가 사사로운 분풀이를 하는 정도까지 일이 커져서 더욱 당시 사람들이 놀랐다고 한다.

○ 곽문병의 가산이 몰수된 뒤 빈집에 세마洗馬 추사산鄒泗山이 세 들어 살았는데, 그곳에 2만 냥이 넘는 금이 깊숙이 숨겨져 있었지만 관가에는 알리지 않았다. 곧 노비들이 금을 다투는 일이 발생해 추사산이 삭탈관직당하고 숨겨진 금을 추징당하게 되었다. 추사산이 그의 의관을 다 팔고 임진년壬辰年, 1592과 을미년乙未年, 1595 두 해의 과거 합격생들이 금을 모아서 대신 내주어 비로소 일이 끝날 수 있었다. 당시 세마의 부친은 평소에 엄했는데, 이 일을 듣고 몹시 화를 냈다. 이때 추사산은 감히 돌아오지 못하다가 경자庚子년에 이르러 비로소 집에 왔다. 혹자는 북경의 문하생 왕량재王良材란 자가 세를 내서 그 스승을 모셨다고 하는데, 추사산은 애초에 그럴 마음이 없었다. 정유년丁酉年, 1597 가을 응천應天과 하남河南에서 또 과거시험의 예시문에 이와 유사한 내용이 있어 당시 사람들의 비난을 받았다. 또한 추사산이 남경의 주시험감독관으로 차출되었다가 도중에 그만두었으니 둘 다 후하게 베풀었다 한다.

方霍文炳併職事起, 上以兵科不糾, 盡行謫逐. 既又以兩京科道, 不行糾擧[202], 凡先後掌印者, 俱降外, 尋又俱爲民. 時有刑科都給事中侯廷珮者, 於誠初敗, 極數誠罪狀, 謂近旨處分尙輕. 時誠僅革任閑住, 上爲改降南京, 亦未有籍産之令. 用廷珮言, 始盡行抄沒. 上仍詰責廷珮云, "張誠巨奸, 爾等如何先無一言之忠? 今已發露, 方行參劾, 其於觸奸指佞之責何在? 姑不究." 蓋聖主行其言, 而已薄其人矣. 時刑科給事徐成楚[203]者, 與侯同籍, 素不睦, 遂指成楚他疏內愼刑一語, 專爲救張誠, 以激上怒. 成楚謂"臣疏並無張誠字面, 廷珮以此陷臣, 自爲容悅計, 且誠陰事, 上自發之, 廷珮卽百喙何益?" 上皆不問. 按往日張鯨之逐, 言路彈章山積, 至內旨嚴罪張誠, 事後助焰者, 則僅廷珮一人而已. 且波及同官同年, 以洩私忿, 尤爲一時所駭云.

○ 文炳籍後, 有空房爲鄒泗山[204]洗馬賃居, 中有窖藏二萬餘金, 不以聞官. 旋奴隷輩爭金事發, 鄒至褫職追贓. 鄒盡鬻其衣裝, 諸壬辰乙未二

---

202 糾擧 : 탄핵.

203 徐成楚 : 서성초徐成楚,1558~1603는 명나라 만력 연간의 관리다. 그의 자는 형망衡望이고, 호광 운양鄖陽 죽계竹溪 사람이다. 만력 14년1586에 진사가 되어, 현령, 급사중 등의 벼슬을 지냈다. 권세 있는 대신이라 할지라도 탄핵을 피하지 않았고, 성품이 곧고 꼿꼿하여 직언을 서슴지 않았다.

204 鄒德溥 : 추덕부鄒德溥,생졸년 미상는 명대 만력 연간의 관리다. 그의 자는 여광汝光이고 호는 사산泗山이며, 강서 안복安福 사람이다. 만력 11년1583에 진사가 되어, 관직은 사경국司經局 세마洗馬에 이르렀다. 금의위천호 곽문병의 옛집에 거주하면서 곽문병이 숨겨둔 금을 발견했지만, 그 사실을 감추었다가 탄핵되어 파직당하고 금도 추징당했다. 저서로『춘추광해春秋匡解』,『외성록畏聖錄』등 다수가 전해진다.

科分考門生, 爲醵²⁰⁵金代償, 始克畢事. 時洗馬尊人素嚴, 聞之恨怒, 泗山不敢歸, 至庚子始抵家. 或云, 其京師門下士王良材者, 儳以奉其師, 鄒初無成心也. 丁酉秋應天河南, 又有程策²⁰⁶雷同事, 爲時所譏. 亦泗山將差南京主考而中罷, 因兩畀所厚云.

---

205 爲醵: '위거爲醵'는 원래 '극극劇劇'으로 되어 있었으나, 사본에 근거해 고쳤다爲醵原作劇, 據寫本改. 【교주】
206 程策: 과거 시험을 볼 때 모범으로 사용하는 문장.

계묘년癸卯年, 1603 겨울 요서妖書 사건이 일어났다. 언관 중에 수규에게 아첨하는 자가 곽강하郭江夏를 문죄問罪하려 했다. 이때 곽강하는 이미 나라를 떠나 아직 노하潞河에 머물고 있었는데 노복들은 뿔뿔이 흩어지고 친구들도 감히 보러 가는 이가 없었다. 북경의 고관들과 법사法司, 대성臺省, 금의위가 명을 받들어 함께 심문했다. 황상께서 태감 진구陳矩를 보내 감독하게 하셨는데 대신들이 한마디도 할 수 없었다. 당시 곽강하를 공격하는 자들도 자리에 있었는데 그 말에 호응하는 사람이 없었지만 일이 오래도록 해결되지 않고 점점 더 지체되었다. 마침 미치광이 교생광皦生光을 잡은 자가 교생광이 유언비어를 날조해 정귀비鄭貴妃의 친척을 속일 생각을 품었다는 증거가 있다고 말했다. 어사 심유沈裕가 "결국 이 일은 교생광을 문죄하는 것이 낫겠습니다"라고 했다. 진구가 "매우 옳습니다"라고 대답했다. 여러 대신들이 비로소 수긍하며 의론을 제기했고 진구가 궁으로 돌아가 완곡하게 황상께 전했다. 교생광은 사지가 찢겨 죽었고 곽강하는 비로소 죄를 면하게 되었다. 옛날 구양영숙歐陽永叔이 생질녀 문제로 장지기蔣之奇의 비방을 받았는데 법관 소안세蘇安世와 중사中使 왕소명王昭明 덕분에 누명을 벗을 수 있었다. 석수도石守道는 거짓 죽음이라고 하송夏竦의 비방을 받자 관을 열어 입증하려고 했고 또 조신漕臣 여거간呂居簡과 아울러 궁에서 보낸 중관의 주장 덕분에 화를 면할 수 있었다. 가정 초기에 장영가는 양신도를 잡으려고 했는데 사례태감이 적극적으로 막아서 그만두었다고 들었다. 금상 원년 장강릉과 풍보가 왕대신王大臣의 일로 고신정高新鄭을 모함하려 했지만 사례태감 장굉張宏이 강력히 저지하여 잠잠해졌다. 지금 곽강하 사건 또한 그러하다. 사대부들이 규율을 바로 세우고 간언을 하는 자리에 있으면서 그 식견이 오히려 환관보다 못한 일은 옛날부터 그랬던 것 같다. 진구는 원래 심사명과 친분이 두터워서 이러한 행동거지는 특히 사람들이 미담으로 여겼다고 한다.

○ 교생광의 본명은 양본楊本이고 문안현文安縣의 수재인데, 품행이 좋지 않아 배척당했으며 용모가 추하고 성격이 음흉했다. 본래 철령鐵嶺의 이여송李如松과 교유했는데, 마침 그가 요좌遼左에서 전사했을 당시 그의 부친 영원백寧遠伯 이성량李成梁은 옛 장수의 신분으로 북경에 남아서 황상을 알현했다. 교생광이 닭고기와 기장을 갖추어 제사 지내러 갔는데 통곡 소리가 온종일 그치지 않았다. 이성량이 이를 괴이하게 여기고 위로하며 "그대의 뜻은 매우 고맙지만 내 아들과 그대의 친분이 이 정도는 아니니 그만하시오"라고 했다. 교생광은 "저는 아드님 때문에 우는 것이 아니라 내 운명이 기구해서 우는 것입니다. 아드님이 천하를 얻는 날 나에게 통후通侯의 작위를 주기로 했습니다. 이제 일이 허사가 되었으니 슬픔을 자제하지 못했을 뿐입니다"라고 했다. 이성량이 기겁하고는 천금을 그에게 뇌물로 주고 무마했다. 그가 한 무뢰한 일이 굉장히 많아서 대부분의 사람들이 그 일을 얘기할 수는 있지만 이 대목은 아주 죽어 마땅하다.

○ 진구는 안숙현安肅縣 사람이다. 부친 진호陳虎는 원래 농민이었다. 하루는 읍에서 돈을 받고 군역을 대신하고 있다가 중사를 영접했는데 제대로 모시지를 못했다. 태형을 당하고 돌아와 분통을 터트리다가 그의 장자를 거세해서 궁정에 바쳤다. 사례감 전부典簿로서 장성 무리와 함께 풍보의 가산을 몰수하고 이에 마침내 사례감의 수장이 되었다. 또 어느 날 다시 돈을 받고 군역을 대신하고 있을 때 과객過客을 맞이하게 되었는데 또 태형을 당하자 손님은 누구냐고 물어보니 진사라고 했다. 즉시 둘째 아들을 외부의 스승에게 가게 해서 얼마 후 임진년 진사에 올랐다. 마침내 두 아들이 그 뜻을 이루었으니 또한 기이한 일이다. 진사가 된 아들의 이름은 진만책陳萬策으로 장자를 두려워하면서 20년간 거인擧人으로 있다가 겨우 급제했다. 교직에 나가 겨우 국자감 박사를 전전하다가 죽었다. 그의 아들은 백부의 음덕의 덕택으로 지금 제수緹帥가 되었다. 내가 서산西山의 옥천사玉泉寺를 여행할 때 처마 사이에 진구의 시가 적힌 목판을 보았는데 시문이 모두 훌륭하지는 않았지만 그 인장에는 '빼어난 중사'라는 뜻의 '백미중사白眉中使'라고 적혀 있었으니 또한 동료들과 섞이는 것을 달가워하지 않은 것 같다.

원문 內官勘獄

癸卯冬, 妖書事[207]起. 言路之媚首揆者, 欲坐郭江夏. 時郭已去國, 尙

---

207 妖書事 : 명 만력 31년1603에 황태자 책봉 문제로 야기된 당쟁이다. 만력 26년1598

滯潞河, 僮婢星散, 友朋亦無一敢往視. 都下九卿, 及法司臺省錦衣衞, 奉命同鞫. 上遣大璫陳矩監之, 大臣輩莫能發一語. 時攻江夏者亦在列, 其言雖無人附和, 然事久不決, 蔓延浸多. 會捕得狂生皭生光者, 云曾造飛語, 挾詐鄭戚有據. 御史沈裕曰, "不如竟以此事坐之." 陳應聲曰, "極是." 諸公始首肯立議, 陳入內, 又宛轉達于上. 皭生光磔死, 江夏始得免. 昔歐陽永叔[208]爲蔣之奇謗以甥女事, 賴法官蘇安世, 及中使王昭明得雪. 石守道爲夏竦謗以詐死, 欲斲棺驗之, 亦賴漕臣呂居簡, 并內遣中官張主, 得免於禍. 嘉靖初, 張永嘉欲逮楊新都, 聞亦司禮大璫力抗而止. 今上初元, 張江陵馮保, 以王大臣事, 欲陷高新鄭, 以司禮張宏力阻得寢. 今江夏事亦然. 士大夫居風紀獻替[209]之地, 其識見反出貂璫[210]下, 蓋自古然矣. 陳矩故與沈四明暱厚, 此擧尤爲士林所美云.

○ 皭生光本名楊本, 文安縣庠生[211], 以無行被斥, 貌寢陋, 性狙險. 故與鐵嶺李氏游, 會李如松[212]戰死遼左, 時其父寧遠伯李成梁, 以故帥留

『우위횡의憂危竑議』라는 제목의 책이 나타난 이후 만력 31년1603 또 한 차례『속우위횡의續憂危竑議』라는 요서가 나타났다. 거기에 '가짜 초왕楚王' 사건까지 합쳐지면서 사건은 더욱 확대되었다. 대충 교생광皭生光의 죽음으로 결론이 났다.

208 歐陽永叔: 송대의 학자 겸 정치인 구양수歐陽修를 말한다.
209 獻替: 임금을 보좌해 착한 일을 하도록 권하고 악한 일을 아니 하도록 간하던 일.
210 貂璫: 환관의 별칭.
211 庠生: 명청 시기 부府, 주州, 현縣 등 지방 학교의 학생.
212 李如松: 이여송李如松,1549~1598은 명나라 만력 연간의 장수다. 그는 요동遼東 철령위鐵嶺衛 사람으로, 자는 자무子茂이고 호는 앙성仰城이며, 시호는 충렬忠烈이다. 요동총병遼東總兵이던 부친 이성량李成梁의 음덕으로 도지휘동지都指揮同知가 되고, 영원백훈위寧遠伯勳衛에 충원되었다. 젊을 때부터 아버지를 따라 병법을 배워 능했고, 전투에도 익숙했다. 만력 연간에 산서山西와 선부宣府의 총병總兵을 지냈다. 만력 20년1592 영하寧夏에서 일어난 발배哱拜의 반란을 평정했다. 또 같은 해 조선에서 임진왜란이

京師, 奉朝請. 皦具雞黍往奠, 痛哭竟日不輟聲. 成梁怪之, 出慰曰, "子意良厚, 然吾兒與子交情不至此, 子且休矣." 皦曰, "我非哭令子, 乃哭我命薄也. 令子許我, 得天下日, 爵我通侯. 今已矣, 是以悲不自制耳." 成梁驚懼, 亟以千金賂之得止. 他無賴事尙夥, 都人類能言之, 然此段已足死矣.

○ 陳矩安肅縣人. 父虎, 本農家. 一日邑中踐更[213], 畀迎中使, 以供具不時. 被笞, 歸而發憤, 卽閹其長子, 得供奉內廷. 曾以司禮典簿[214], 同張誠輩籍沒馮保, 至是遂長司禮. 又一日, 復當踐更, 畀迎過客, 亦受笞, 問貴客何人, 云進士也. 卽令次子就外傅[215], 旣而登壬辰進士. 迨兩遂其志, 亦奇事也. 進士名萬策, 恂恂長者, 困公車二十年, 甫得第. 就教職, 僅轉國博而卒. 其子承伯父蔭, 今爲緹帥. 余遊西山玉泉寺, 見楣間有矩詩牌, 詞翰俱不工, 但其印章曰, 白眉中使, 似亦不甘與儕輩爲伍者.

일어나자 동생 이여백李如栢, 이여매李如梅와 함께 제2차 원군으로 4만의 군사를 이끌고 참전했다. 만력 25년1597 요동 총병관總兵官이 되었는데, 이듬해 토번吐蕃의 침범을 받아 반격 중 매복에 걸려 군영에서 죽었다. 사후에 소보少保로 추증되었다.
213 踐更 : 한대漢代의 군사제도. 병졸로 징발된 자가 대신 사람을 사서 보내는 일을 말한다.
214 典簿 : 문서를 담당하던 관리. 명대 국자감, 광록시, 태상시 등의 전부청典簿廳에 소속된 관직인데, 환관들의 기구인 사례감에도 정6품의 전부 1명이 있었다.
215 外傅 : 일정한 연령이 되어 학업을 시작한 귀족 자제의 스승.

[번역] 상의감尙衣監이 진주 달린 도포를 잃어버리다

만력 32년1604 상의감이 어전에 있는 진주 달린 도포를 한 벌 잃어 버렸다. 황상께서 진노하시여 사례감 장인태감 진구에게 심문하게 하셨다. 옷을 만드는 포방袍房의 내신 전진田進 등 세 사람이 오랜 원한 때문에 서로 비방하다가 각각 혹형酷刑을 받고는 마침내 종적이 사라졌다. 전진은 옥중에서 굶어 죽었고 나머지 두 사람은 정군淨軍으로 충당되었다. 내전에서 모태某太라고 불리는 어전의 한 높은 궁녀가 부부의 연을 맺은 내관에게 그 옷을 훔쳐 주어 오래전에 팔아버린 사실이 나중에야 알려졌다. 그런데 이 궁녀가 황상의 신임을 받는 사람이라 꺼려지고 또 그 일이 이미 지난 일이므로 마침내 더 이상 죄를 끝까지 캐묻지 않았다.

○ 내부에서의 도적질은 본래 뛰어난 재주와 같아서 우연히 몰래 지나치게 많이 훔치면 큰 죄에서 벗어나기 어려우므로 예로부터 실수로 불을 내어 다 타버렸다고 하면서 실수라고 보고해 가벼운 책임만을 질 뿐이었다. 예를 들어 가정 45년1566 2월 공용고供用庫의 대관고大管庫 기성曁盛이 그의 무리 노첨보盧添保 등과 함께 향료 18만 8천여 근이 불에 탔다고 허위 보고를 했는데 동료들에 의해 그의 범행이 발각되었다. 세종께서 그를 하옥시키시고 급사중 장악張岳에게 엄중히 조사하라 명하셔서야 비로소 그 창고에서 불탄 것은 향이 아니라 다른 물건이라는 사실이 알려졌다. 모두 기성 등이 착복하고 거짓으로 보고한 것이다. 황

상께서 크게 노하시어 모두 법대로 죄를 다스리셨다. 이렇게 발각된 일은 겨우 십분의 일일 뿐이다. 또 그 당시 황상께서 진짜 용연龍涎을 아주 급하게 찾으시자 두루 다 찾아봤지만 구할 수가 없었다. 호부상서 고요高燿가 온갖 방법을 동원해 고가에 용연을 구했지만 겨우 8량만 구하고서는 민간에서 구했다고 말했는데, 사실은 내신이 내고에서 훔친 것이었다.

원문 尙衣失珠袍

萬曆三十二年, 尙衣監失御前珍珠袍一件. 上震怒, 命司禮掌印太監陳矩拷究. 袍房內臣田進等三人, 以夙仇互訐, 各受酷刑, 竟無蹤跡. 田進尋瘐死[216], 餘充淨軍. 後乃知上前一貴顯宮女, 卽內中稱爲某太者, 盜與菜戶內官, 斥賣久矣. 然憚此宮人爲主上信用, 且事屬旣往, 遂不復窮詰.

○ 內府盜竊, 乃其本等長技, 偶私攘過多, 難逃大罪, 則故稱遺漏, 付之一炬[217]. 以失誤上聞, 不過薄責而已. 如嘉靖四十五年二月, 供用庫[218]大管庫曁盛, 與其黨盧添保等, 捏報被焚香料至十八萬八千餘斤, 爲同類發其奸. 世宗下之獄, 命給事張岳等嚴查, 始知該庫所焚, 乃別物, 非香也. 俱盛等侵匿妄報. 上大怒, 悉如律治罪. 此偶敗露者, 僅十之一耳. 又

---

216 瘐死 : 죄인이 옥중에서 기한飢寒으로 죽다.
217 付之一炬 : 태워 버리다. 소각하다.
218 供用庫 : 내부공용고內府公用庫라는 관서의 약칭. 명 홍무 28년1395 처음 설치된 내부의 창고 중 하나다. 황제가 사용할 황랍御用黃蠟, 백랍白蠟, 침향沈香 등을 관리했다.

其時, 上索眞龍涎²¹⁹甚急, 遍覓不得. 戶部尙書高燿, 百方高價購之, 僅

得八兩, 云買之民間, 實亦內臣盜之內庫.

219 龍涎 : 향유고래에서 채취하는 송진 비슷한 향료. 사향과 같은 향이 난다.

[번역] 수문守門 내시가 목숨으로 보상하다

경자년庚子年, 1600과 신축년辛丑年, 1601 이후에 광업세를 징수하는 내시가 천하를 횡행하며 지방 장관을 간섭하고 순안어사를 독살하는 일이 흔한 일로 여겨졌다. 수령守令 이하에게는 방해하면 바로 근위병을 파견한다 하고 제멋대로 탐욕을 부리면 장물을 추징한다고 하니, 바로 노예처럼 그들을 여길 뿐이었다. 정미년丁未年, 1607에 지방관들에 대한 평가가 이미 끝난 뒤 정월 하순에 전임 태흥지현泰興知縣인 용당龍鐺이란 자가 심하게 좌천되어 근심으로 병이 나 부축을 받으며 광거문廣渠門으로 나왔다. 수문守門 내시 형상邢相 등이 뇌물을 받고 통행을 허가해주고 있었는데, 용당의 행낭 주머니가 텅 비어 있어서 그들의 욕심을 채울 수가 없자 마침내 몰려들어 그를 때렸다. 얼마 후 풀어주었는데 몇 걸음 만에 바로 땅에 쓰러졌다. 처음에는 오히려 갑작스레 병이 난 거라 그를 부축하려 했는데 몸이 뻣뻣해지면서 숨이 끊어졌다고 말했다. 이 일이 바로 보고가 되자 황상께서 크게 노하시어 법사에 내려보내 심문하고 처벌하게 했더니, 형상에게 죄를 물어 배상하게 했다. 다시 심문하니 조록趙祿이 주먹을 휘두른 것이어서 조록을 사형에 처하는 것으로 바뀌었다. 형상 등 몇 사람은 모두 수자리로 멀리 보내졌다.

당시 용당의 병세가 이미 위태로워서 때리지 않았어도 분명 도중에 죽었을 것이다. 여러 가지 폭력을 당해 마침내 수명을 며칠 재촉했으니 흉악한 내시들이 모두 사형을 당했다. 광업세가 생겨난 이후로 환관들이 죄를 짓고서 이렇게 처벌을 받아 통쾌한 적은 여지껏 없었으니 일시에 환관들이 의기소침했다. 늦은 봄 과거에 낙방한 선비들이 마을로 돌아가려 성을 나설 때는 돈을 요구하는 일이 좀 줄어들었다고 한다.

원문 門豎償命

庚子辛丑之後, 礦稅內使, 橫于大地中, 參督撫, 酏按臣[220], 視爲恒事. 至于守令以下, 但云阻撓, 卽遣緹騎, 但云貪肆, 卽行追贓, 直奴隷視之而已. 歲丁未, 外史大計[221]旣竣, 正月末旬, 前任泰興知縣龍鏜者, 以重貶行, 鬱悒成病, 扶曳出廣渠門. 管門內使邢相等, 索賂放行, 鏜奚囊[222]空匱, 不能滿所欲, 遂聚毆之. 尋釋去, 數步卽仆地. 初猶謂暴疾, 試抶之, 則僵臥氣絶矣. 事旋上聞, 上怒甚, 下法司訊治, 坐邢相抵償. 再審, 則趙祿奮拳, 乃改坐祿死. 相等數人俱遠戍. 時鏜病已殆, 卽不毆, 亦必殞中途. 邂逅諸暴, 遂促數日之命, 凶豎輩, 俱得正法. 自礦稅興後, 中人得罪, 未有如此快心者, 一時閹宦爲之喪氣. 比季春, 下第諸士, 還里出城, 亦得稍減需索云.

---

220 按臣 : 순안어사.
221 大計 : 지방관들을 심사하는 것으로, 통상 6년에 한 번씩 시행되었다.
222 奚囊 : 행낭.

북경의 정양문루正陽門樓가 화재로 소실되자 경술년 재건을 의론했다. 당시에 내감이 공부의 관원과 함께 예산을 추정했다. 영선사랑중營繕司郎中 장가언張嘉言은 초 땅 사람으로, 본래 지기 싫어하는 성격으로 유명했다. 내감이 손가락을 꼽으며 은 13만 냥을 써야 한다고 하자, 장가언이 크게 화를 내고 버럭 소리를 지르면서, "이 누대는 민간에서는 응당 금 3천 냥을 써야하오. 지금 황가의 모든 일이 대중과 다르므로 마땅히 배로 늘려 6천 냥으로 해야 하오"라고 했다. 여러 태감들의 분노가 극에 달하고 기가 차서 말을 못해 잘잘못을 따지지는 못하고 그저 주먹만 휘두르며 그를 때리려 했다. 당시에 감독하는 과도관이 그 자리에 있었지만 역시 명확히 해결할 만한 말 한마디 못하고, 그저 해산해 그 자리를 뜰 것을 권했다. 이듬해 관리 평가에서 장가언은 '언행에 조심성이 없다'고 지적당했는데, 지은 죄가 많지만 이 일 역시 그중의 하나였다. 여러 해 뒤에 전루箭樓가 이미 완성되었고, 호부戶部의 여러 사람에게 그 금액을 물어보니 공사비로 은 3만 냥을 동원했다고 했다. 아마 처음의 추정 예산은 장가언에 의해 줄어들었지만, 나중에는 결국 내감의 욕망을 채울 수가 없었을 것이다. 장가언은 좌이관佐貳官 출신으로 사람들을 비방하길 즐겼고 또한 자존심이 강해서 누차 벼슬길에서 곤란을 겪었다. 낭중 장가언이 헌막憲幕에서 옮겨온 뒤 낭중의 일을 대행하는 도찰원 경력이라고 직함에 써넣으니 동료들이 그를 놀리며 "자네 지위가 이미 높아서 앞으로 공문을 써 패표牌票를 내려보낼 때는 결국 공부 상서 겸 순무라고 쓸 수도 있겠군"이라고 했다. 대개 총제總制 대신 중에서 상서이면서 순무를 겸하는 사람이 이러한 호칭을 썼으므로 놀림거리로 삼은 것이다. 장가언이 비록 참을 수 없었지만, 대응하지 않고 침묵했다.

원문 **箭樓**[223]

京師正陽門樓燬于火, 庚戌年, 議重建. 時內監同工部官估計. 營繕司郎中張嘉言, 楚人也, 素以負氣稱. 內監屈指云, 當用銀十三萬, 張大怒, 厲聲云, "此樓在民間, 當費三千金. 今天家擧事, 不可同衆, 宜加倍爲六千." 諸大璫忿極, 氣滿口重, 不能辨詰但奮拳欲毆之. 時監督科道在列, 亦不出一言剖析, 但勸解散去. 次年大計, 張竟以不謹被斥, 所坐事雖多, 此亦其一端也. 後數載, 箭樓已成, 問之計部[224]諸君, 云動工銀三萬. 蓋初估爲張所詘, 其後終不能滿內璫之欲也. 張起家司李[225], 好與人訐, 且自尊大, 以故屢躓宦途. 其正郎[226]乃自憲幕[227]遷入, 列銜爲署郎中事, 都察院經歷, 同寅戲之曰, "君名位已尊, 今後行文移牌票[228], 可竟書爲本

---

223 箭樓 : 감시구와 화살구가 있는 성루 위의 망루.
224 計部 : 호부戶部의 별칭.
225 司李 : 각 부의 좌이관佐貳官으로, 순천부順天府와 응천부應天府의 추간에 속하며 종6품에 해당한다. 다른 부의 추관은 정7품이며 형명刑名과 장부, 법전 등을 관리한다.
226 正郎 : 명대 육부六部의 청리사낭중淸吏司郎中의 별칭.
227 憲幕 : 안찰사, 지사류의 하급관리.
228 牌票 : 상급 기관에서 하급 기관으로 보내는 공문의 한 가지.

部院²²⁹矣." 蓋總制大臣, 以部堂²³⁰兼中丞者, 方有此稱, 故用以爲譃. 張

雖不堪, 然默無以應.

---

229 部院 : 명대에 6부와 도찰원을 합쳐 부르는 말.
230 部堂 : 명대 6부 상서의 별칭.

광업세의 폐해가 천하에 이미 미치지 않는 곳이 없는데, 회서淮徐의 진증陳增이 행한 폐해가 심했다. 진증 휘하의 수행원 정수훈程守訓이란 자는 휘주徽州 사람으로 가장 먼저 광업세에 대한 의론을 내세웠다. 북경에서부터 진증을 따라 나왔고 진증이 유일하게 발탁해서 조카사위로 여겨졌다. 또, 여러 수행원들과 대오를 이루는 것을 달가워하지 않고 은을 거두어 큰 공사에 도움을 주어 중서사인으로 특별히 제수되었으며 무영전武英殿의 당직을 맡았다. 이때부터 점점 갈수록 그가 교만하고 방자해져 직함에 '흠차총리산동직례광세사무겸사공향欽差總理山東直隸礦稅事務兼查工餉'이라고 쓰며 더 이상 내감에 복속되지 않음을 표시했다. 그는 큰 저택에 기거하며 패방牌坊을 세우고 누런 깃대에 '제심간재帝心簡在'라고 쓴 누런 깃발을 걸었고, 또 대청에 '함유일덕咸有一德'이라 쓴 편액을 걸어 두었다. 이때 산동 익도지현益都知縣 오종요吳宗堯가 진증이 탐욕과 횡포를 부리니 그를 소환해야 한다고 탄핵하는 상소를 올리자, 정수훈이 이에 오종요가 많은 재산을 은닉해 몰래 휘주의 상인 오조봉吳朝俸의 집에 맡겼다고 폭로했다. 황상께서 상주한 내용에 따라 엄하게 추궁하셨다. 오종요는 휘주 사람으로 오조봉과 일가인데, 이때부터 휘주 상인들은 모두 오종요가 장물을 맡겨둔 집으로 지목되었고 많은 뇌물을 주고서야 비로소 풀려났다. 또 휘주 상인 오양회吳養晦란 자는 집안의 있던 큰 재산을 탕진하고서 많은 재산을 지닌 것처럼 속여 친척

집에 거하면서 큰 공사를 돕고자 했다. 황상께서 이를 옳다 하시고 안무사에게 진상을 조사하게 하셨다. 정수훈은 오종요와 사돈 관계였는데, 마침내 강회江淮에 불법을 행하는 대부호와 진귀한 보물들을 몰래 감춰둔 집안을 조사한다는 거짓 명분으로 태평부太平府와 안경부安慶府 등에 나가 순행하며 사람들이 불시에 밀고해 따져 묻도록 허가했다. 무릇 의식이 다소 풍족한 자들에게는 가혹한 형벌로 고문하고 겁박하니 그 화가 부녀자와 어린아이에게까지 미치지 않음이 없었다. 또 무뢰한 자들을 중군관中軍官으로 배치해 조석으로 북을 치고 나팔을 불며 발포하게 했다. 당시 남쪽 지역을 순행하던 어사 유왈오劉曰梧가 우연히 도중에 그를 만나 행렬의 앞뒤에 있는 깃발과 무기가 독무사보다 더 대단한 것을 보고 꾸짖어 그만두게 했다. 정수훈이 피차 황명으로 파견된 것이라고 답을 하니 유왈오가 결국 그를 곤란하게 하지는 못했다. 다만 회양淮揚의 순무巡撫 이삼재李三才를 다소 두려워해 그가 있는 곳에는 감히 가지 못하고 태주泰州에 머물렀다.

이삼재 역시 은밀히 그에 대비해 진증에게 좋은 말로 "공은 조정의 귀한 신하이며 청렴한 관리로 여러 칙사들의 으뜸이십니다. 지금 약간의 의론이 있는 것은 정수훈 하나만 화를 입을 뿐이지만, 훗날 일을 그르치면 공의 일이 되어 그 화가 공에게까지 미칠 것입니다. 호랑이가 비록 우리를 나오더라도 어찌 스스로 포박되어 자신을 바치겠습니까?"라고 꾸며댔다. 진증은 처음 이 말을 듣고 몹시 거북해했으나 좀 지나 그를 대접하며 "정수훈이 가혹하게 세금을 거두면 공에게 열배 백배가 들어갈 겁니다. 공께서 반은 조정에 바치고 반은 사고로 돌리면 북경 최고의 부자가 될 겁니다"라고 했다. 진증은 정수훈의 횡포가 점차 밝혀지고 더 이상 그 약속을 지키지 않는 것을 보면서 내심 화가 난 시간이 오래 되자, 이삼재의 말을 수긍하는 뜻을 내비쳤다. 중승 이삼재는 이를 깨닫고 몰래 집안의 노비 중 정수훈에게 혹형을 받았던 자를 시켜 진증에게 "정수훈에게는 금 40여 만 냥이 있고 다른 진귀하고 특이한 보물이 셀 수 없이 많으며, 또한 용과 봉황이 그려진 분수에 넘치는 옷을 마련해 두었으니, 장차 반역을 꾀할 것입니다"라고 고발하게 했다. 이삼재는 또 진증을 두려워하며 급히 "공께서는 비방당하는 것을 모면하실 수 있을 뿐만 아니라 황상께서 공의 근면함을 기뻐하시어 사례감인을 얻으실 수 있을 것입니다"라고 보고했다. 진증이 이 말을 믿고 과연 상소를 올려 황사께 아뢰었다. 황상께서 바로 이삼재에게 그를 북경으로 포송해서 죄로 다스리고 고발된 많은 장물들을 추징하라고 명하셨다. 진증이 이미 황상을 보좌하는 자리를 잃고 종적이 의심을 당하던 터라 그의 노복 또한 경계하는 마음을 품어 적게 거두어 한 해의 세액만도 못했다. 황상께서 진증이 여러 해 동안 세금을 강탈한 바가 또한 매우 많음을 의심하시어 그를 가혹하게 질책하시고 중승 이삼재가 또 사람을 보내 그를 협박하며 "내각대신들이 비밀리에 상주를 했고 황상께서 또 윤허하셨습니다. 근위병이 수일 내로 도성문을 나설 겁니다"라고 했다. 진증이 매우 참회하며 어느 날 저녁 장원에서 목매달아 죽었다. 그에게 딸린 간신들이 죄를 두려워해서 새나 짐승처럼 뿔뿔이 흩어졌고 관서에 축적해 놓은 것들은 중승 이삼재가 장부에 기록해서 바쳤다. 강회의 모든 사람들이 노래하고 춤추며 이 일을 축하했다. 얘기를 전하는 자들이 "회양의 순무사가 진증의 엄청난 거금을 감추어두고 나라에 바친 것은 열 중 하나 둘에 불과할 뿐이다"라고 했다. 이 말은 진실로 믿기 어렵지만 있었던 사실이며 큰 도둑을 없앴으니 그 공이 작지 않은데, 이러한 공을 보상하는 것이 또한 어찌 불가했는가.

원문 陳增[231]之死

礦稅流毒, 宇內已無尺寸淨地, 而淮徐之陳增爲甚. 增名下參隨[232]程守訓者, 徽人也, 首建礦稅之議. 自京師從增以出, 增唯所提挈, 認爲姪壻. 又不屑與諸參隨爲伍, 自納銀助大工, 特授中書舍人, 直武英殿. 自是愈益驕恣, 署其銜曰, 欽差總理山東直隸礦稅事務, 兼查工餉, 以示不復服屬內監. 旋于徽州起大第, 建牌坊, 揭黃旗於黃竿曰, '帝心簡在', 又扁其堂爲'咸有一德'. 是時山東益都知縣吳宗堯[233], 疏劾陳增貪橫, 當撤回, 守訓乃訐宗堯多贓巨萬, 潛寄徽商吳朝俸家. 上如所奏嚴追. 宗堯徽人, 與朝俸同宗也, 自是徽商皆指爲宗堯寄贓之家, 必重賂始釋. 又徽州

---

231 陳增 : 진증陳增, 생졸년 미상은 명 신종 때의 광세礦稅 태감이다.
232 參隨 : 수행원.
233 吳宗堯 : 오종요吳宗堯, 생졸년 미상는 명나라 만력 연간의 관리다. 그의 자는 인숙仁叔이고, 흡현歙縣 사람이다. 만력 23년1595에 진사가 되었다.

大商吳養晦者, 家本素封蕩盡, 詭稱有財百萬, 在兄叔處, 願助大工. 上是之, 行撫按查覈. 守訓與吳姻連, 遂僞稱勘究江淮不法大戶, 及私藏珍寶之家, 出巡太平安慶等府, 許人不時告密問理. 凡衣食稍溫厚者, 無不嚴刑拷詐, 禍及婦孺矣. 又署棍徒仝治者爲中軍官[234], 晨夕鼓吹擧砲. 時巡南畿者, 爲御史劉曰梧, 遇之於途, 見其導從旗幟弓戟, 較督撫加盛, 令呵止之. 程以彼此奉使爲答, 劉竟無以難之. 唯稍畏淮撫李三才, 不敢至李所, 住泰州.

李亦密爲之備, 佯以好語陳增曰, "公大內貴臣, 廉幹冠諸敕使. 今微有議者, 僅一守訓爲祟耳, 他日壞乃公事, 禍且及公. 虎雖出柙, 盍自縛而自獻之?" 增初聞猶峻拒, 旣又歆之曰, "守訓暴斂, 所入什佰于公. 公以半獻之朝, 以半歸私帑, 其富甲京師也." 增見守訓跋扈漸彰, 不復遵其約束, 心慍已久, 因微露首肯意. 李中丞覺之, 潛令其家奴之曾受守訓酷刑者, 出首於增, 云"守訓有金四十餘萬. 他珍寶瑰異無算, 幷畜龍鳳僭逆之衣, 將謀不軌." 李又怵增急以上聞, "公不第積謗可雪, 上喜公勤, 卽司禮印可得也." 增以爲誠言, 果以疏聞. 上卽命李三才捕送京師治罪, 及追所首多贓. 增旣失上佐, 跡已危疑, 其部曲亦有戒心, 所朘取不能如歲額. 上疑增屢歲所剝奪且不貲, 又苛責之, 李中丞又使人脅之, 謂"閣臣密揭入奏, 上又允矣. 又曰, 某日緹騎出都門矣." 增不勝愧悔, 一夕雉經死. 名下狐鼠懼罪, 卽時鳥獸散去, 其署中所蓄, 中丞簿錄以獻. 江淮老幼, 歌舞相慶. 說者云, "淮撫匿增金錢巨萬, 所進不過十之一二耳." 此固未

---

234 中軍官: 총독이나 순무를 따라 다니며 수행하는 무관.

足信, 卽有之, 誅剪長鯨, 其功不細, 以此酬庸, 亦何不可.

환관이 음란한 짓을 하다

근래에 환관들이 첩을 많이 두었다. 내가 아는 몇 사람은 평강平康의 가기歌妓를 첩으로 들였다. 지금 북경의 기녀들이 사는 곳 중의 서원西院이라는 곳은 환관의 별가別家로만 쓰였는데, 동료들이 모두 이를 천시했기 때문에 함께 어울리는 것을 달가워하지 않았다. 그러나 나이가 들어 물러나거나 직분을 잃거나 젊지만 경박한 이들은 모두 이렇게 했다.

권세 있는 태감들은 그 일을 매우 꺼린다. 휘하에 이런 일을 저지른 자가 있으면 반드시 엄하게 다스리거나 죽이기까지 했으니 오히려 고력사가 이원오李元曉의 딸을 아내로 맞고 이보국李輔國이 원탁元擢의 딸을 아내로 맞은 것보다는 낫다. 원적의 딸은 원재元載의 사촌누이다. 지금 저속한 부녀자들이 이런 무리와 빈번하게 왕래하며 환관과 친밀하게 지내다가 그 남편을 버리고 몸을 의탁하는 자가 생기기까지 했는데 이것은 오직 북경에서만 벌어진 일이다. 내시 무리 중에는 또 간혹 간통 문제로 다투어 몸싸움을 했지만 감히 관부에 알리지 못했는데, 아마도 국가에서 엄금했기 때문일 것이다. 최근 관보官報에 궁중에서 남장한 여인을 잡았다는 내용이 보이는데, 그녀를 심문했더니 환관이 오랫동안 자신을 사서 간통해오면서 잠자리 비용을 내지 않고 궁중에 숨어 나오지 않았기 때문에 의관을 빌려 입고 불쑥 궁에 들어와 그를 찾은 것이었다. 성지가 내려와 환관은 사례감司禮監에 넘기고 여인은 형부에 넘기게 했는데 도대체 나중에 어찌 되었는지는 모르겠다.

석윤상石允常에 관한 기록을 보면 건국 초기에 더욱 이상한 일이 있었다. 석윤상은 절강 영해寧海 사람인데 진사에 급제해 하남안찰첨사河南按察僉事가 되었다. 그가 민간을 미행微行하다가 매우 슬피 우는 소리를 듣고는 그 사람의 딸이 환관에게 강간당해 죽었다는 사실을 조사해 알게 되었다. 그 사실을 조정에 알려 그 환관을 체포하고 벌을 주었는데 이것은 洪武 말년의 일이다. 경태 원년 대동우참장大同右參將 허귀許貴가 진수우소감鎭守右少監 위력전韋力轉이 군졸의 처가 자신과 잠자리를 같이 하지 않는 것이 미워 그 군졸을 때려죽이고, 또 양자養子의 처와 음탕하게 놀아나 양자를 활 쏘아 죽였다고 상주했다. 그 일이 하달되어 순안어사巡按御史가 심문했다. 천순 원년 공부우시랑 곽선霍瑄이 또 위력전이 연회 때마다 기녀를 부르고 거듭 수하의 여자를 억지로 빼앗아 첩으로 삼았다고 상주했다. 황상께서 노하시어 비로소 사람을 보내 그를 잡으셨다. 천순 6년1462에는 대동을 수비하던 우소감右少監 마귀馬貴가 완의국浣衣局에서 풀려난 여인을 거두어 처로 삼았다고 도지휘 두감杜鑑이 폭로했는데, 마귀가 죄를 인정하자 황상께서 그를 용서하도록 명하셨다. 천순 7년1463 대동동로大同東路를 함께 지키는 도지감都知監 우감승右監丞 완화阮和가 처첩妻妾을 들이고 또 군사들을 매우 혹독하게 고문하고 때린 일이 폭로되었다. 금의관에게 명해 은밀히 조사해 실정을 알아보시고도 황상께서 그를 용서하라 명하셨다.

최근 북경에 한 환관이 장난으로 가짜 음경陰莖을 예인藝人의 항문에 넣었다가 나오지 않아 결국 장이 터져 죽었는데 법관이 배상하도록 처분한 일이 있었다. 세상에 괴이한 일이 어디인들 없겠는가.

○ 북위의 환관 장종지張宗之는 남송 은효조殷孝祖의 처 소씨蕭氏를 받아들였다. 당나라 때 내시 고력사와 이보국 이외에 중위中尉 유굉규劉宏規의 처 이씨李氏는 밀국부인密國夫人에 봉해졌고, 상장군上將軍 마존량馬存亮의 처 왕씨王氏는 기국부인岐國夫人에 봉해졌다. 모두 직접 비문碑文에 적힌 것으로 유사한 것이 매우 많아서 다 기록할 수가 없다. 또 『당조연대기唐朝年代紀』에서 "재상 배광정裴光廷이 무삼사武三思의 딸을 처로 맞았는데 고력사가 그녀와 사통私通했다"고 했으니, 고력사는 정실正室 뿐만 아니라 정부情婦까지 있었다. 또 원나라 순제順帝 때 환관 한실罕失의 애첩은 그의 처를 죽이고 그 살을 으깨어 개에게 먹여서, 또 처와 첩이 질투해 서로 죽이는 지경에 이르렀으니 괴이하도다!

원문 宦寺宣淫[235]

比來宦寺, 多蓄姬妾. 以余所識三數人, 至納平康[236]歌妓. 今京師坊曲[237], 所謂西院者, 旹作宦者外宅, 以故同類俱賤之, 不屑與齒. 然皆廢退失職, 及年少佻達者爲之.

若用事貴璫, 極諱其事. 名下有犯者, 必痛治, 或致斃乃已, 則猶愈于

---

235 宣淫 : 공공연하게 음란한 짓을 하다.
236 平康 : 기녀들이 모여 사는 곳. 당나라 때 장안長安 단봉가丹鳳街에 기녀들이 모여 살던 곳을 평강방平康坊이라 불렀는데, 나중에는 평강平康이 기녀들이 모여 사는 곳의 대명사가 되었다.
237 坊曲 : 기녀가 사는 곳.

高力士²³⁸之娶李元晤女, 李輔國之娶元擢女也. 擢女卽元載從妹. 今猥下婦女, 多與此輩往還, 至有暱愛宦官, 棄其夫而托身者, 此唯京師有之. 其內宦儕輩中, 亦或爭奸鬪毆, 然不敢聞之官, 蓋以國家有厲禁也. 頃者邸報中, 見禁中獲婦人男裝者, 訊之, 則宦官包奸久, 而逋其夜合之資, 匿避內府不出, 以故假衣冠, 闖禁廷, 索之. 旨下宦官付司禮監, 婦人付法司, 後不知究竟如何.

及見石允常²³⁹傳, 則國初更有異者. 允常爲浙之寧海人, 舉進士, 爲河南按察僉事, 微行民間, 聞哭甚悲, 廉知其女, 爲閹宦逼姦而死. 因聞之朝, 捕宦抵罪, 此洪武末年事. 景泰元年, 大同右參將許貴²⁴⁰, 奏鎭守右少監韋力轉²⁴¹, 恨軍妻不與奸宿, 杖死其軍, 又與養子妻淫戲, 射死養子. 事下巡按御史驗問. 天順元年, 工部右侍郎霍瑄²⁴², 又奏力轉每宴輒命

---

238 高力士 : 고력사高力士, 684~762는 당 현종 때의 유명한 환관이다. 본명은 풍원일馮元一이고 반주潘州 사람이다. 위황후韋皇后와 태평공주太平公主 세력을 제거하는 데 공을 세워 현종의 두터운 신임을 받았으며, 이를 바탕으로 권세를 부려 당 후기에 환관 세도정치의 길을 열었다.

239 石允常 : 석윤상石允常, 1360~1408은 명초의 관리다. 절강 태주부台州府 영해현寧海縣 사람으로, 그의 자는 항덕恒德 또는 영상永常이고, 호는 우안遇安이다. 홍무 27년1394 진사가 되어, 하남안찰사사첨사河南按察使司僉事, 상주동지常州同知 등을 지냈다. 정난의 변이 일어났을 때 사직하고 고향으로 돌아갔다. 성조가 즉위한 뒤 정난의 변 때 반대 입장에 섰던 사실 때문에 30여 년의 수자리 처분을 받았는데, 세월이 흘러 수자리를 마치고 돌아가던 배 안에서 죽었다.

240 許貴 : 허귀許貴,?~1461는 명 전기의 무장이다. 자는 용화用和고 강도江都 사람이다. 우림좌위지휘사羽林左衛指揮使라는 관직을 세습받은 뒤, 대리도지휘동지代理都指揮同知, 산서행도사山西行都司 등의 관직을 역임했다.

241 韋力轉 : 위력전韋力轉, 생졸년 미상은 명나라의 환관이다. 경태 연간에 우소감右少監으로 대동大同을 지키면서 부녀자를 강제로 첩으로 삼고 많은 불법을 저질렀다. 천순 원년1457 탄핵되어 금의위에 하옥되었다가 곧 용서받았다.

妓, 復強取所部女子爲妾. 上怒, 始遣人執之. 天順六年, 守備大同右少

監馬貴, 收浣衣局²⁴³所釋婦女爲妻, 爲都指揮杜鑑所訐, 貴服罪, 上命宥

之. 天順七年, 協守²⁴⁴大同東路都知監²⁴⁵, 右監丞阮和, 娶妻納婢, 又拷

掠軍士甚酷, 爲其所訐. 命錦衣官密察得實, 上亦命宥之. 近日都下有一

閹豎, 比頑以假具, 入小唱²⁴⁶穀道²⁴⁷, 不能出, 遂脹死, 法官坐以抵償. 人

間怪事, 何所不有.

○ 元魏宦官張宗之²⁴⁸, 納南宋殷孝祖²⁴⁹妻蕭氏. 至唐時, 內侍高力士,

---

242 霍瑄 : 곽선霍瑄, 생졸년 미상은 명나라의 관리다. 그의 자는 정벽廷碧이고, 봉상鳳翔 사람
이다. 곽선은 고향의 추천으로 국학에 들어가 대동통판에 제수되었다가, 정통 12
년1447 대동지부大同地府로 승진했다. 토목보의 변으로 영종이 오이라트 부족에 포
로로 끌려갔을 때, 영종을 다시 모셔오기 위해 전 재산을 내놓았고 침착하고 조리
있는 일 처리로 대동지역의 피해를 복구했다. 천순 원년1457 영종이 복위된 뒤 공부
우시랑으로 승진했고 그 뒤 또 공부좌시랑으로 승진했다.

243 浣衣局 : 명나라 환관 기구 중 하나로, 황궁 내의 빨래를 담당하던 곳이다.

244 協守 : 관직명 협동수비協同守備의 약칭. 명대 군대에서 총병관總兵官, 부총병관副總兵
官, 참장參將, 유격장군遊擊將軍, 수비守備 등이 사령관과 함께 하나의 성을 수비하는
것을 협수協守라고 한다. 직위에 따라 협수부총병관協守副總兵官, 협수참장協守參將 등
의 명칭으로 불렸다.

245 都知監 : 명대 환관 기구인 24아문 중의 하나로, 황제의 출행 시 도로 정비 및 경계
임무를 담당하던 관서다.

246 小唱 : 노래나 설창 문예에 종사하던 예인藝人.

247 穀道 : 항문.

248 張宗之 : 장종지張宗之, 428~496는 북위의 대신으로, 자는 익종益宗이고 하남 공현鞏縣
사람이다. 위 태무제太武帝 때 모반에 가담한 부친 때문에 궁형宮刑을 당해 환관이
되었다. 사람됨이 충성스럽고 신중해, 시어중산侍御中散으로 발탁되었고, 공현후鞏
縣侯에 봉해졌다. 태무제, 문성제文成帝, 헌문제獻文帝, 효문제孝文帝의 네 황제를 모시
면서, 산기상시散騎常侍, 진동장군鎭東將軍, 기주자사冀州刺史 등의 관직을 역임했고,
팽성군후彭城郡侯에 보해졌다. 사후에 건절장군建節將軍 겸 회주자사懷州刺史로 추증되
었고 시호는 경敬이다.

249 殷孝祖 : 은효조殷孝祖, 415~466는 남조南朝 송의 장수로, 진군陳郡 장평현長平縣 사람이

輔國而外, 如中尉[250]劉宏規[251]妻李氏, 封密國夫人, 上將軍馬存亮妻王氏, 封岐國夫人. 皆直書碑志者, 其類甚多, 不能悉紀. 又『唐朝年代紀』[252]云, "宰相裴光廷[253]娶武三思[254]女爲妻, 高力士與之私通", 則不但有正室, 且有外遇矣. 又元順帝時, 宦者罕失, 嬖妾殺其妻, 麋其肉以飼犬. 則又妻妾相妬, 致相戕矣, 異哉!

다. 원가元嘉 말년 원외산기시랑員外散騎侍郎으로 기용된 뒤, 송 효무제 때 군사 재능을 발휘해 분무장군奮武將軍, 제북태수濟北太守, 적사장군積射將軍 등의 벼슬을 지냈다. 그 뒤 경릉왕竟陵王 유탄劉誕의 모반, 유자훈劉子勛의 반란을 평정하면서 승진을 거듭했다. 태시泰始 2년466 설안도薛安都의 반란을 진압하다가 화살에 맞고 죽었다. 사후에 산기상시散騎常侍와 征北장군將軍으로 추증되고 자귀현후秭歸縣侯에 추봉되었다. 태시 4년468에 다시 건안현후建安縣侯로 추봉되었다. 시호는 충忠이다.

250 中尉 : 상위上尉보다는 1급 낮고 소위少尉보다 1급 높은 하급 군인의 직함이다.

251 劉宏規 : 유굉규劉宏規, 생졸년 미상는 당나라 때의 환관으로, 경조京兆 운양雲陽 사람이다. 15세에 입궁해서 내복시승內僕侍丞, 부군중위副軍中尉, 하동감군河東監軍, 우신책군부사右神策軍副使, 지내시성사知內侍省事, 회남감군淮南監軍 등의 벼슬을 역임했다. 장경長庚 연간에 패국공沛國公에 봉해졌다.

252 『唐朝年代紀』 : 만당晩唐 사람 초로焦璐,?~868가 쓴 『당조연대기唐朝年代記』를 말하는 것으로 보인다. 이 책은 총 10권으로 되어 있으며, 당 고조高祖부터 선종까지의 역사 사실을 기록했다고 한다. 『성조연대기聖朝年代記』라고도 하며, 이미 일실逸失되었다.

253 裴光廷 : 배광정裴光廷, 생졸년 미상은 당나라 때의 관리다. 개원開元 연간에 병부랑중으로 발탁되어 홍문관학사弘文館學士가 되었다.

254 武三思 : 무삼사武三思, 649~707는 당나라의 외척 출신 대신으로, 자는 승원承愿이고, 병주幷州 문수현文水縣 사람이다. 무측천武則天의 조카다. 어린 시절 부친 때문에 변방으로 유배를 갔다. 무황후武皇后가 권력을 잡으면서 우위장군右衛將軍으로 기용되었고, 그 뒤 예부상서, 감수국사監修國史 등의 벼슬을 지냈다. 무황후가 황제가 된 뒤, 양왕梁王에 봉해졌고, 사공司空, 동평장사同平章事를 거쳐 재상이 되었다. 신룡神龍 3년707 반란군의 손에 죽었다. 사후에 태위太尉로 추증되었고, 시호는 선宣이다. 당 예종睿宗이 복위한 뒤 시호가 철회되고 부관참시 당했다.

궐내의 궁인 중에 배우자가 없는 이가 드물 정도였으니 이런 일이 수십 년 동안 성행했다. 대체로 선대에는 아직 사사로이 만나는 정도였고 배우자를 두는 일을 기피했다. 지금은 그렇지 않고 부창부수夫唱婦隨하며 왕래하니 궐 밖의 부부들과 다르지 않았다. 혼인을 하고자 하는 자는 약속을 정한 뒤에 달빛 아래에서 서로 더 이상 다른 사람을 만나지 않겠다고 맹세했다. 또 은밀히 사통하는 자는 비싼 대가代價를 아끼지 않는데, 어떤 이는 좋아하는 이가 그것을 알게 되면 서로 원수가 되어 칼이나 몽둥이를 들고 보복하기도 했다. 몇 해 전 익곤궁翼坤宮 황귀비皇貴妃 정씨鄭氏의 궁녀 오찬녀吳贊女는 내관 송보宋保를 모셨는데 나중에 다시 그의 동료 내관 장진조張進朝와 관계를 맺자 송보가 분을 참지 못하고 마침내 관직을 버리고 중이 되어 돌아오지 않았으니 동료들이 모두 그를 존중해주었다. 또 궁녀와 내관이 짝을 이룬 뒤에 간혹 한 사람이 먼저 죽으면 죽을 때까지 다시 짝을 찾으려 하지 않았다. 이는 사람들이 말하는 의절義節과 같다고 그의 친구들이 대부분 침이 마르도록 칭찬했으며 사람들에 의해 전해졌다. 금상께서는 이런 일을 가장 싫어하셔서 매번 짝을 이뤘다는 말이 들리면 많이 쫓아내 죽이셨고 간혹 또 중매한 매파에게도 죄를 물어 대부분 몽둥이로 때려 죽이셨다. 그렇게 해도 끝내 궁녀와 내관이 짝을 이루는 것을 금할 수가 없었다.

○ 궁녀들은 짝을 이룬 사람을 채호菜戶라고 불렀는데 황상께서 간혹

또 "너의 채호는 누구냐?"라고 물으시면 즉시 사실대로 대답했다. 대체로 이런 일이 이어져 익숙해지면 아주 편안해져 이상하게 여기지 않는다. 다만 수하의 내시는 종들에게 "모공某公은 모 부인의 형제다"라고 말하는데, 노부인은 궁녀의 존칭이고 형제는 노부부의 별칭이다. 민남閩南 사람들은 남자 동성애자를 '의형제[契弟兄]'라 부르는데 이것은 혹 그 뜻을 모방한 것이 아닌가? 다만 친근한 형제자매라는 의미로 부르는 것은 아닌 것 같다.

內廷結好

內中宮人, 鮮有無配偶者, 而數十年來爲盛. 蓋先朝尙屬私期, 且諱其事. 今則不然, 唱隨往還, 如外人夫婦無異. 其講婚媾者, 訂定之後, 星前月下, 彼此誓盟, 更無別遇. 亦有暗約偸情, 重費不惜, 或所歡偵知[255]之, 至於相仇, 持刃梃報復者. 頃年翼坤宮皇貴妃鄭氏宮人, 名吳贊女者, 久爲內官宋保所侍, 後復與同類張進朝者結好, 宋不勝憤恨, 遂棄其官, 去爲僧不返, 儕類輩咸高之. 又宮人與內官旣偶之後, 或一人先亡, 亦有終身不肯再配. 如人間所稱義節, 其與爲友者, 多津津稱美, 爲人道之. 今上最憎此事, 每聞成配, 多行譴死, 或亦株連說合媒妁, 多斃梃下. 然亦終不能禁也.

○ 凡內人呼所配爲菜戶, 卽至尊或亦問曰, "汝菜戶爲誰?", 卽以實對.

---

255 偵知 : 사정이나 형편을 더듬어 앎.

蓋相沿成習, 已恬不爲怪. 唯名下人, 及廝役輩, 則曰"某公爲某老太弟
兄", 蓋老太乃宮女尊稱, 而弟兄則翁嫗之別名也. 凡閩人呼男淫者爲契
弟兄, 此或倣其意歟? 似不如呼兄妹之爲親切耳.

북경 사람들은 대부분 게으르고 탐욕스러운데 여자가 더 심하다. 여자 중에서도 궁녀가 더 심한데, 대체로 편안히 거하면서 배불리 먹기 때문이다. 무릇 채호菜戶는 이미 궁녀와 짝을 이루었고, 비천하게 남아 있는 빈한하고 열등한 자들이 또 기꺼이 채호의 역할을 하고자 하면 모두 궁녀가 돈을 내고 고용했다. 음식을 잘하는 자는 제일인데 기술의 고하를 살펴보고 가치를 매겼다. 그 가치가 높은 자는 매번 은 4, 5냥을 주고 얻어 노비처럼 요리 일만 시키고 종처럼 부려 그 옷은 기름때에 절었고, 나물 광주리를 등에 짊어지고 잡동사니를 팔며 드나들었다. 내관들이 그를 천시하며 선장鐥匠이라 불렀다. 어디에서 이 뜻을 가져왔는지는 알 수 없다.

○ 권세 있는 태감으로 황상을 가까이 모시는 자는 모두 일하는 방이 따로 있었다. 그러나, 건청궁乾淸宮에 가까운 궁들에는 감히 주방을 두지 못해 겨우 밖에서 저녁상을 궁안으로 들여와 목탄으로 다시 데워서 아침밥과 저녁밥으로 올렸다. 궁녀들만 각기 부엌이 있어 직접 밥을 했고, 돌아가며 해 먹었다. 권세 있는 태감들은 오히려 이를 좋아해 요리를 부탁했다. 이 일은 짝을 이룬 사람들에게는 중요한 일이었다. 듣자 하니 근래에 궁녀들은 별도로 환관을 채호로 고용해 물건을 사는 일을 전담시켰고, 짝이 이루려는 자들은 따로 좋은 호칭이 있었기 때문에 더 이상 채호라고 부르지 않았다고 한다.

원문 鏇匠[256]

京師人多懶而饞, 而婦人爲甚. 就婦人中, 則宮婢爲甚, 蓋逸居飽食本相因也. 凡菜戶[257]旣與宮人成伉儷, 其卑賤冗員, 貧而下劣者, 又甘爲菜戶之役, 皆宮人出錢僱之. 以善庖者爲上等, 幷視其技之高下, 爲値之低昂. 其價昂者, 每用得銀四五兩, 專供烹飪使令如僕隸, 然其衣服垢膩, 背負菜筐, 出入以市雜物. 內官輩賤之, 呼之曰鏇匠. 不知何所取義.

○ 貴璫近侍者, 俱有直房[258]. 然密邇乾清等各宮, 不敢設庖湢, 僅於外室移飧入內, 用木炭再溫, 以供饔飧. 唯宮婢各有爨室自炊, 旋調旋供. 貴璫輩反甘之, 托爲中饋[259]. 此結好中之吃緊事也. 聞近日宮人另僱內臣爲菜戶, 專買辦之役, 其所與講好者自有美稱, 不復呼菜戶.[260]

---

256 鏇匠 : 명대 궁중에서 취사와 관련된 일을 하는 태감을 낮추어 부르는 말.

257 菜戶 : 궁녀와 부부가 된 태감의 속칭.

258 直房 : 당직을 서며 업무를 처리하는 방.

259 中饋 : 음식에 관한 일을 맡은 여자.

260 聞近日~菜戶 : '문근일聞近日'부터 '채호菜戶'까지 총 32글자는 사본에 근거해 보충한 것이다聞近日至菜戶, 共三十二字, 據寫本補. 【교주】

환관이 되기를 스스로 원하다

　나는 도성에 들어올 때 강을 건너는데, 하간河間과 임구任邱의 북쪽에서 본 일이다. 무너진 담장에 숨어있던 수십 명의 환관들이 오가는 수레와 말을 만나는데, 그들이 좀 약한 자들이면 무리 지어 돈을 구걸하고 강한 자이면 번번이 말 재갈을 억지로 잡아채고 돈을 뒤졌다. 간혹 넓은 광야에서는 두세 명이 말을 타고 홀로 가면 그들을 말에서 끌어내리거나 목을 조르거나 음경을 움켜쥐고서 허리춤에 있는 것을 다 찾아 담고서야 요란스레 흩어지는데, 약탈당한 사람은 갓 깨어나도 여전히 제정신이 아니라 알지 못했다. 근래에 도성 밖까지도 역시 그러했다. 지방의 현령은 이런 일을 항상 있는 일로 여기고 일찍이 금하지 않아 행상들의 피해가 가장 심했다. 고황제高皇帝의 법령을 생각해보면 환관이 제멋대로 행동하는 것을 엄금했는데, 그 아랫사람이 죄를 지으면 마디마디 사지를 자르는 형벌을 받았다. 도성 주변의 풍속으로 오로지 환관에 의지해 부귀함을 누렸다. 아비 된 자는 그 아들을 잔인하게 거세했다. 형제가 모두 거세를 하고도 한 사람도 내시로 뽑혀 들어가지 못한 경우도 있었으니, 이들이 구걸하거나 겁박한 일은 진실로 마땅하다.

　송나라 제도에 따르면 스스로 자진해서 거세하려는 자는 먼저 병부에 등록하고 운수가 좋은 길일을 직접 택해 거세했다. 병부에서는 그날을 기록하고 확인한 것을 상주하고는 상처가 아물면 궁에 들였다. 그 후 내시가 된 자는 관직을 얻고 바로 거세한 날을 생일로 정했다.

일체의 운명을 점칠 때에는 결국 이날의 간지干支를 사용했다. 지금 권세 있는 태감들은 오히려 이런 이야기를 듣지 못한다. 그런데 등록을 하고 거세하면 이때부터 법령에 기재된다. 어쩔 도리가 없이 점차 지금에 이르러서는 대체로 행해지지 않는다. 조정에서 몇 년마다 또한 간혹 2, 3천 명을 선발하지만, 이 숫자는 겨우 10분의 1일 뿐이었다. 이 수만 명의 거세한 사람들을 황제의 수레 곁에 모아두면 훗날 남모르는 우환이 되어 계속 그들의 노역을 근심하게 될 것이다.

원문 **丐閹**

余入都渡河, 自河間任邱以北. 敗垣中隱閹豎數十輩, 但遇往來輿馬, 其稍弱者, 則羣聚乞錢, 其強者, 輒勒馬銜索犒. 間有曠野中二三騎單行, 則曳之下鞍, 或扼其喉, 或握其陰, 盡括腹腰間所有, 轟然散去, 其被劫之人, 方甦, 尙昏不知也. 比至都城外亦然. 地方令長, 視爲故常, 曾不禁戢, 爲商旅害最酷. 因思高皇帝律中, 擅閹有厲禁, 其下手之人, 罪至寸磔. 而畿輔之俗, 專借以博富貴. 爲人父者, 忍於熏腐其子. 至有兄弟俱閹, 而無一入選者, 以至爲乞爲劫, 固其宜也.

按宋制, 凡願自宮者, 先於兵部報名, 自擇旺相吉日閹之. 兵部紀其日上奏驗明, 待創愈, 納之內廷. 其後宦者得官, 卽以閹之日爲誕辰. 一切星壬算命, 竟用此日支干. 今世用事大璫, 却不聞有此說. 然而報名就閹, 自是令甲所載. 無奈浸尋至今, 略不遵行. 朝廷每數年, 亦間選二三千人,然僅得什之一耳. 聚此數萬殘形之人於輦轂[261]之側, 他日將有隱憂, 不止爲行役之患已也.

---

261 輦轂 : 황제의 수레.

만력야획편 萬曆野獲編 上

권7

수수秀水 경천景倩 심덕부沈德符 저

동향桐鄕 이재爾載 전방錢枋 편집

◎ 내각內閣

번역 승상丞相

　　진秦나라 관직 중에서는 승상이 나라의 권력을 가장 많이 쥐고 있었고, 한漢나라 관직도 역시 이와 마찬가지였다. 당나라 때는 상서령尙書令이 실질적인 재상이었고 좌복사左僕射와 우복사右僕射가 그를 도왔는데 모두 재상의 직책이었다. 무후武后 때 복사를 문창좌상文昌左相과 문창우상文昌右相으로 바꾸었다가 중종中宗이 복위하면서 옛 이름을 회복했다. 현종 때에 또 좌·우 복사를 좌·우 승상으로 바꾸었으니 관직의 명칭과 지위가 모두 바로잡혔다 할 만하다. 그런데 이때는 동중서문하평장사同中書門下平章事가 재상이었으므로 이적지李適之와 장구령張九齡이 재상의 지위를 떠나 모두 좌·우 승상에 배수되어 정사政事를 그만두고 원래 자리로 돌아갔으니 매우 어지러웠다. 조씨趙氏의 송나라 대는 복사가 실질적인 재상이라 당나라 초기의 제도와 비슷했다. 휘종徽宗 때 태재太宰와 소재少宰로 바꾸었으니 가장 불합리하다. 남쪽으로 수도를 옮긴 뒤 비로소 복사라는 명칭을 회복하고 실질적인 재상이 되었으니 초기의 제도와 같아졌다. 효종 때 다시 좌·우 승상으로 바꾸고 우윤문虞允文과 양극가梁克家가 나란히 배수되었으니 예로부터 내려온 승상의 명칭이 이때에 비로소 바로 섰다. 현 왕조에서는 대신이 내각에 들어가 국가 기밀 업무에 참여하니 이것은 평장사平章事의 잔재이다. 전각대학사라는 직함으로 불린 것은 송나라 때 소문우상昭文右相과 집현좌우상集

賢左右相의 잔재이다.

원문 **丞相**

　秦官, 以丞相[1]爲第一, 主國柄, 漢因之. 唐以尙書令[2]爲眞相, 而左右僕
射佐之, 皆宰相職也. 武后改僕射爲文昌左右相, 中宗返正復舊名. 至玄
宗又改兩僕射爲左右丞相, 可謂名位俱正矣. 然是時, 以同中書門下平章
事[3]爲宰相, 以故李適之[4]張九齡[5]去相位, 俱拜左右丞相, 罷政事, 歸本班,

1　丞相 : 중국의 역대 왕조에서 천자를 보필하던 최고 관직. 전국시대 진秦나라 무왕
　武王이 좌·우 승상丞相을 둔 데서 비롯되었다. 전한前漢 말에 승상의 명칭을 대사도大
　司徒로 고치고, 대사마大司馬·대사공大司空과 더불어 삼공三公이라 하고 재상의 직무
　를 3분했다. 남송南宋에서는 다시 좌·우 승상을 두었고, 원나라도 이를 따랐지만
　몽골인은 왼쪽보다 오른쪽을 우선하는 관습이어서 우승상이 좌승상보다 위에 있
　었다. 명나라에서도 처음에는 승상을 두었지만 1380년 좌승이던 호유용胡惟庸이
　모반을 꾀하여 주살되면서 승상의 관직을 없애고, 황제 스스로 6부部의 상서尙書를
　지휘하며 국정을 행했다.
2　尙書令 : 상서성尙書省의 장관으로, 위진魏晉 시기 이후 지위가 점점 높아져 당나라
　때에는 재상이 되었다.
3　同中書門下平章事 : 동평장사同平章事라고도 한다. 당나라 초기에는 문하門下·중서
　中書·상서尙書 등 3성省의 상관이 재상이었지만, 나중에는 그중의 시중侍中과 중서
　령을 재상으로 하고 다른 관직에는 동중서문하평장사나 동중서문하삼품同中書門下
　三品 등의 명칭을 덧붙여 재상으로 했다. 그 후 다른 관직에 더해진 명칭이 거의
　동중서문하평장사가 되어 이것이 재상의 명칭으로 사용되었다. 송대에는 승랑丞郞
　이상의 삼사三師가 임명되어 왕을 보좌하고 제반 정사를 통할했다. 일정한 정원은
　없었고 3명의 재상이 있을 때도 있었다. 재상 바로 밑의 부재상은 참지정사參知政事
　라 불렀다.
4　李適之 : 이적지李適之, 694~747는 당나라 현종 때 좌상左相을 지냈다. 황족 출신으로,
　본명은 이창李昌이고, 농서군隴西郡 성기현成紀縣 사람이다. 신룡정변神龍政變 후에 벼
　슬길에 들어서, 우위랑장右衛郞將, 통주자사通州刺史, 진주도독秦州都督, 어사대부御史大

則柔甚矣. 趙家[6]以僕射爲眞相, 似合唐初之制. 至徽宗改爲太宰少宰, 最爲不經. 南渡始復僕射之名, 爲眞相, 如初制. 迨孝宗復改爲左右丞相, 以虞允文梁克家雙拜, 古來丞相之名, 至是始正. 本朝以大臣入閣預機務, 此平章事之遺. 而銜稱殿閣大學士, 則宋昭文右相,[7] 集賢左右[8]之遺也.

夫, 유주절도사幽州節度使, 형부상서 등의 벼슬을 거처 좌상 겸 병부상서가 되었다. 이임보李林甫의 모함으로 좌천된 뒤 천보天寶 6년747 음독자살했다.

5 張九齡 : 장구령張九齡, 678~740은 당나라 개원 연간의 명재상으로, 소주韶州 곡강曲江 사람이다. 자는 자수子壽이고, 호는 박물博物이며, 시호는 문헌文獻이다. 유후留侯 장량張良의 후예다. 경룡景龍 초에 진사에 급제해, 벼슬은 교서랑校書郎, 우보궐右補闕, 중서시랑中書侍郎, 동중서문하평장사同中書門下平章事, 중서령, 재상 등을 역임했다.

6 趙家 : 송나라.

7 昭文右相 : 재상 겸 소문관대학사昭文館大學士의 약칭. 소문상昭文相이라고 부르기도 한다.

8 集賢左右 : 재상 겸 집현전대학사集賢殿大學士의 약칭. 집현상集賢相이라고도 한다.

　　궁중에 여러 전각殿閣에는 모두 대학사가 있는데, 지금 재상들이 겸
직하고 있지만 문화전文華殿에만 대학사가 없다. 주상께서 매일 강독하
시는 곳이라서 이 관직을 두지 않은 것인가? 다만 영락 22년1424 서주
徐州 사람 권근權謹은 현량과賢良科에 합격해 첫 벼슬로 산서山西 수양현승
壽陽縣丞이 되었는데 사건에 연루되어 수자리를 갔다. 다시 낙안지현樂安
知縣으로 천거되었다가 광록서승光祿署丞으로 옮겼고 마침내 문화전대학
사文華殿大學士로 돌아와 황태자를 모시고 감국監國했다. 선덕 원년에 병
으로 귀향하기를 청하자 그를 배려해 통정사通政司 우참의右參議로 승진
되어 사직했다. 아마도 이때의 전각대학사殿閣大學士는 단지 황상을 모
시고 자문諮問만 했지 중요한 정사에 간여하지 않았던 것 같다. 그 뒤
이 관직은 더 이상 제수되지 않다가 만력 35년1607 10월 주산음朱山陰
이 수규首揆 겸 무영전대학사武英殿大學士 겸 태자소보太子少保로써 일품一品
품계의 기한을 다 채워 소보少保 겸 태자태보太子太保 겸 문화전대학사로
승진했으니, 영락 갑진甲辰년부터 현재 정미丁未년까지는 이미 180여 년
이 지났다. 명나라가 일어난 뒤 이 관직을 제수받은 자는 겨우 이 두 사
람뿐이다. 주산음은 이듬해 이 관직에 재직 중에 죽었다.

文華殿大學士

內府諸殿閣, 俱有大學士, 今爲輔臣兼職, 獨文華殿無之. 豈以主上日御講讀之所, 故不設此官耶? 惟永樂二十二年, 徐州人權謹[9]者, 以賢良[10]保科舉, 筮仕爲山西壽陽縣丞, 坐事謫戍. 再以薦爲樂安知縣, 轉光祿署丞, 遂入爲文華殿大學士, 侍皇太子監國. 宣德元年, 以病乞歸, 優進通政司右參議致仕. 蓋是時殿閣大學士, 止備侍從顧問, 未預機政也. 此後是官不復除, 直至萬曆三十五年十月, 朱山陰[11]以首揆武英殿太子少保滿一品考晉少保兼太子太保, 文華殿大學士, 則自永樂甲辰[12]至今丁未[13]已一百八十餘年矣. 明興, 除是官者, 僅見此二人. 朱次年卽終是官.

---

9 權謹 : 권근權謹, 생졸년 미상은 명대의 중신이다. 자는 중상仲常이고, 서주徐州 사람이며, 효자로 유명했다.

10 賢良 : 한나라 때에 처음 실시된 관리 등용 방법. 일명 현량방정과賢良方正科라고도 한다. 전국 각 군으로부터 어질고 선량한 인재를 천거하게 해 이들에게 책문策問을 시험 쳐서 성적이 우수한 자를 선발했다.

11 朱山陰 : 명대 만력 연간에 내각수보를 지낸 주갱朱賡을 말한다.

12 甲辰 : 영락 22년1424을 말한다.

13 丁未 : 만력 35년1607을 말한다.

문단공文端公 왕직[王直, 호는 억암抑菴]은 영락 2년1404 갑신년 서길사로 문황제의 총애를 받았다. 이에 그는 몇 해 안 되어 내각으로 불려 들어가 중요한 문서를 작성하는 일로 수찬修撰에 제수되었다. 문황제께서 북경으로 행차하실 때 인종이 태자로써 정사를 살폈는데, 황회黃淮, 양사기楊士奇, 왕직 세 사람을 남겨 돕게 하셨으니 사실은 이미 엄연한 재상의 직책이었다. 황상께서 다시 북경으로 행차하실 때 왕직이 수행해 시독侍讀으로 승진했다. 인종 때 시독학사侍讀學士가 되어 또 서자로써 시독학사를 겸했다. 선종께서 즉위한 뒤 소첨사少詹事 겸 시독학사로 승진했다. 영종께서 즉위한 뒤 선황을 위한 실록의 총재總裁가 되었다. 정통 3년1438 예부좌시랑 겸 한림학사에 올랐고, 정통 6년1441 예부에 결원이 생기자 비로소 내각에서 나가 상서 호영과 함께 일하도록 명을 받았다. 그 후로 이부상서에 배수되고 삼고三孤의 자리가 더해졌지만, 스승의 자리를 빼앗기고 귀향한 뒤 더 이상은 학사를 겸하지 못했다. 천순 6년1462 집에서 죽었는데, 비록 태보太保로 추승되고 문단文端이라는 시호를 받았지만 역시 '한림翰林'이라는 글자는 얻지 못했다.

처음에는 왕억암이 문학시종으로 소경에 불과할 뿐이라 생각했지만, 왕직의 묘지명과 왕직열전을 보니 다음과 같이 적혀 있었다. "왕직이 스스로 '양사기가 내각에서 함께 일하지 않으려고 나를 예부에서 내보냈으니 그 당시 내심 서운함이 없을 수 없었다. 만약 나를 예부에서 내보내지 않았다면 정축년 정월에 틀림없이 원흉으로 처벌되어 요양遼陽으로 갔을 것이다'라고 했다." 영종께서 다시 황위에 오르시자 내각의 대신들이 모두 죽거나 귀향을 갔기 때문에, 왕직은 오히려 소부와 소사少師에서 면직된 것이 다행이었다. 이에 따르면 왕억암은 먼저 내각의 재상이 되어 50년 동안 다섯 황제를 모시다가 양사기에게 배척되어 비로소 내각에서 나와 이부의 일을 처리하게 되었으니 그가 애초에 본래 실질적인 재상이었던 것이다. 정단간鄭端簡, 뇌풍성雷豊城, 왕엄주王弇州 등이 재상을 기록할 때 왕직의 이름은 적지 않았다. 어째서인가? 문단공의 묘지명과 열전에는 이문달李文達 등 여러 공公이 나오는데, 모두 문단공과 오랫동안 함께 일했으니 그 말은 믿을 만하다.

원문 **王抑菴入閣**

王文端抑菴直, 以永樂二年甲申庶常, 爲文皇所眷. 不數年召入內閣, 書機密文字, 授修撰. 駕幸北京, 仁宗以太子監國, 留黃淮楊士奇, 與直三人輔道, 固已儼然宰相職矣. 上再幸北京, 直在扈從, 進侍讀. 仁宗朝爲侍讀學士, 又以庶子兼讀學. 宣宗卽位, 進少詹事兼讀學. 英宗卽位, 爲先帝實錄總裁. 正統三年, 進禮部左侍郎兼學士, 六年以禮部缺人, 始命出閣部同尙書胡濙治事. 自此後, 雖拜吏部尙書, 加保傅三孤[14], 及奪

---

14 保傅三孤: 삼고三孤는 소사少師, 소부, 소보少保의 합칭으로, 삼공三公의 보좌다. 그 지위는 삼공보다는 낮고 구경九卿보다 높다.

師傅以歸, 不復兼學士. 至天順六年卒於家, 雖贈太保, 謚文端, 亦不及翰林一字矣.

初疑抑菴不過以詞臣爲卿貳[15]耳, 及觀王墓誌與本傳, 中云, "王自言西楊[16]不欲我同事內閣, 出我禮[17]部, 當時意不能無憾. 若使不出部, 則丁丑正月, 當坐首禍, 必有遼陽之行." 蓋英宗復辟, 閣臣俱誅竄[18], 故直猶以革少傅宮師[19]爲幸也. 據此, 則抑菴先爲內閣輔弼, 凡歷五朝, 前後幾五十年, 爲楊東里[20]所擠, 始出理部事, 其初固眞相也. 而鄭端簡雷豊城王弇州諸公, 紀述宰輔, 更不及此公. 何耶? 文端志傳, 出李文達諸公, 俱與文端同事最久, 其言可信也.

---

15 卿貳 : 경경의 다음이라는 뜻으로, 2품, 3품의 중앙관인 소경少卿을 말한다.
16 西楊 : 양사기楊士奇를 말한다.
17 禮 : 예禮는 원래 리理로 되어 있지만 사본에 근거해 고쳤다禮原作理, 據寫本改. 【교주】
18 誅竄 : 형벌로 죽이는 일과 귀양을 보내는 일.
19 宮師 : 태자소사太子少師의 별칭.
20 楊東里 : 양사기楊士奇를 말한다.

번역 벼슬 없는 선비가 대학사에 배수되다

　내가 예전에 문화전文華殿에는 대학사가 없고 겨우 홍희洪熙 연간의 권근權謹 한 사람과 만력 연간 정미丁未년의 금정金庭 주갱朱賡만이 있었다고 했는데, 또 몇 사람이 더 있었는지는 모르겠다. 홍무 연간에 예경 주사禮卿主事 유용劉庸이 포순鮑恂 등 네 사람을 천거했다. 포순은 절강浙江 가흥嘉興 사람이고, 여전余詮은 호광湖廣 안길安吉 사람이며, 장장년張長年은 직례直隷 고우高郵 사람이고 장신張紳은 산동山東 등주登州 사람으로, 모두 70여 세이며 경서에 밝고 법도에 통달했다. 관리를 보내 그들을 부르자 천포순, 여전, 장장년이 먼저 도착하니 황상께서 알현하시고 크게 기뻐하시며 자리에 앉게 하시어 종일 의견을 물으시더니 모두 문화전대학사로 배수하셨다. 여전 등은 극구 사양했지만, 윤허하지 않으셨다. 다시 사양하니 비로소 이를 허락하시고는 연회를 베풀어주고 돌아가도록 놓아주셨다. 장신만이 나중에 도착해서 호현鄠縣의 교유教諭로 삼으셨다.

　같은 시기에 또 전사성全思誠은 자가 희현希賢으로 송강松江 상해上海 사람이다. 홍무 16년1383 원로 유학자인 그를 불러 문화전대학사에 제수하고 칙서를 내렸지만 사양하고 벼슬길에 나가지 않았다. 아마도 국초에 은둔한 학자들을 예우해서 궁중의 높은 관리로 모셨던 것 같다. 나는 미천하고 식견이 좁아 최근에야 겨우 요중윤廖中允 문집의 내용을 보고서 다시 기록하니, 나의 학문이 부족함을 뜻한다.

余初謂文華殿無大學士, 惟洪熙有權謹一人, 及萬曆丁未有朱金庭賡[21] 耳, 不知尙有數人也. 洪武間, 禮卿主事劉庸, 薦鮑恂[22]等凡四人. 恂, 浙 江嘉興人, 余詮, 湖廣安吉人, 張長年[23], 直隷高郵人, 張紳[24], 山東登州 人, 俱年七十餘, 明經通治體. 遣使召之, 恂詮長年先至, 上見大喜, 賜坐, 顧問終日, 同拜爲文華殿大學士. 詮等固辭, 不允. 再辭, 始許之, 賜宴放 還. 惟張紳後至, 以爲鄠縣教諭.

同時又有全思誠[25]者, 字希賢, 松江上海人. 洪武十六年, 以耆儒徵授 文華殿大學士, 賜敕致仕. 蓋國初之優禮隱佚, 至以秘殿高秩處之. 予固 陋寡聞, 近始得睹於廖中允[26]集中, 再書之, 以志余之不學.

---

21 朱金庭賡 : 주갱朱賡을 말한다.
22 鮑恂 : 포순鮑恂, 생졸년 미상은 원말명초 때의 절강 숭덕崇德 사람이다. 자는 중부仲孚고, 호는 서계선생西溪先生 또는 환중노인環中老人이다. 원나라 지원 원년1335에 진사가 되 었지만 벼슬길에 나가지 않았다. 오징吳澄에게 『주역周易』을 배웠다. 원 순제順帝 지 정至正 연간에 천거를 받아 온주로학정溫州路學政에 올랐다. 명나라 홍무洪武 초에 회 시동고관會試同考官으로 기용되었는데, 시험이 끝나자 사직하고 물러났다. 홍무 15 년1382 문화전대학사로 기용되었지만 그 때 나이 이미 여든을 넘어 고사했다.
23 張長年 : 장장년張長年, 생졸년 미상은 명나라 초기 문화전대학사를 지냈다.
24 張紳 : 장신張紳, 생졸년 미상의 자는 사행士行 혹은 중신仲紳이고, 원말 교주胶州 사람이다.
25 全思誠 : 전사성全思誠, 생졸년 미상은 원말 명초의 관리로, 송강부 상해현 사람이다. 그 의 자는 희현希賢이고, 호는 문달文達이다.
26 廖中允 : 요도남廖道南을 말한다.

여섯 차례 국사國史를 편찬하다

　문정공文貞公 양사기楊士奇는 처음에 건문제 때 『태조실록太祖實錄』의 편찬자로 찬수관이었는데, 영락 연간에『태조실록』을 재차 삼차 편찬할 때 모두 총재總裁가 되었다. 선덕 연간의『태조실록』및『인종실록』편수와 정통 연간의『선종실록宣宗實錄』편수 때에도 또 모두 총재가 되어 노고를 인정받아 사보師保로 승진했다. 역사를 기록하는 권한을 여섯 차례나 쥐었으니, 이후에 그에 비할 자가 없었다. 또, 향시와 회시를 각각 두 차례씩 주관했으니 진정 일개 백성이 얻은 최고의 총애였다.

　가정 연간 문의공文毅公 장치張治는 응천부의 향시를 두 차례 주관했고 또 회시도 두 차례 주관했으니 문정공과 대체로 같지만, 다만 국사를 총괄 편찬한 적이 없을 뿐이다.

원문 **六修國史**

　楊文貞士奇, 初於建文朝爲太祖實錄纂修官, 永樂間再修三修太祖實錄, 並爲總裁矣. 至宣德間, 修太宗仁宗實錄, 正統間, 修宣宗實錄, 又皆爲總裁, 以勞加進師保. 凡握史權者六次, 後來無與比者. 又主鄕試會試各二次, 眞布衣之極寵也.

　○ 嘉靖中, 張文毅治[27]再主應天鄕試, 又再主會試, 與文貞略同, 特未

27　張文毅治 : 명나라 중기의 대신 장치張治, 1488~1550를 말한다. 그의 자는 문방文邦이고,

總裁國史耳.

재상이 전각殿閣의 직함을 달다

선덕 연간 이후 재상이 처음으로 당직을 섰다. 가장 중책을 맡은 사람이 무영전武英殿에 들어가고 그다음이 문연각에 들어갔으며 책임이 다소 가벼운 사람은 동각東閣에 들어갔는데, 모두 대학사라 불렀다. 하지만 선대에는 모두 다 그렇지는 않았다. 사관은 말단 관리로 수찬修撰 이하는 모두 들어갈 수 있었고, 그 후로는 학사가 당직을 서는 경우가 많았다. 근래 정덕 원년에 문각공文恪公 왕오王鏊가 이부시랑 학사로 당직을 섰고, 가정 6년1527에는 문의공文懿公 적란 역시 이부시랑 학사로 당직을 섰는데, 모두 그 이듬해 비로소 상서로 문연각에 들어갔다. 이후에는 전각대학사가 실질적인 재상이 되었다. 전각에 들어갔다가 다시 나온 자로 선대의 양부楊溥, 강연江淵 등은 논할 것도 없고 천순 6년1462 서유정徐有貞이 무공백武功伯과 화개전華蓋殿에 들어갔다가 광동참지정사로 나왔고 곧 금치위金齒衛로 유배되었다. 허빈許彬은 예부시랑 학사로 들어갔다가 섬서陝西 참지정사로 나왔으며 다시 불리지 않았다. 이현李賢은 이부상서 학사로 들어갔다가 복건 참지정사로 나와 곧이어 불려 돌아왔다. 악정은 한림수찬翰林修撰으로 들어갔다가 광동흠주동지廣東欽州同知로 나와 곧이어 감숙甘肅으로 유배되었다. 이것은 영종이 황위에 복위한 이후의 일로 헌종과 무종 때에는 이런 일이 없었다. 그 후 가정 4년1525 양일청이 원래 소부대학사, 이부상서대학사, 무영전대학사였다가 무영전대학사의 직함을 잃고 병부상서로 나와 섬서삼변陝西三邊의 총독이 되었고 이듬해 불려 돌아와 다시 내각에 들어갔다. 가정 18년1539 적란은 원래 예부상서대학사, 무영전대학사였다가 무영전대학사의 직함을 잃고 병부상서로 나와 구변九邊을 조사했는데, 이듬해 불려 돌아와 다시 내각에 들어갔다. 가정 27년1548 하언夏言은 소사少師 겸 화개전華蓋殿대학사였다가 소사의 지위를 뺏기고 화개전華蓋殿대학사의 직함을 잃고 나서 이부상서를 사직하고 얼마 안 되어 옥에 갇혀 참수당했다. 이전과 이후에는 다만 우대해 승진시키거나 배척해 없애는 양극단만 있었고, 더 이상 지방관으로 좌천시키는 일은 없었다.

○ 내각대신으로 처음 들어오면 모두 '내각에서 번을 선다'고 했다. 서유정이 갑자기 권력을 얻은 이후로 마침내 병부상서, 화개전대학사, 무공백으로 문연각을 관장하며 문연각대학사를 직함에 넣어서 사람들이 이상하다고 했다. 지금 재상이 모두 전각대학사라서 더 이상 '내각에서 번을 선다'고는 하지 않는다.

○ 내각에 들어가 끝내 대학사가 되지 못한 자들이 있다. 천순 연간 이후에 소자蕭鎡는 호부상서로, 허빈許彬은 남경 예부시랑으로, 설선薛瑄은 예부시랑학사로, 악정은 소무지부邵武知府로, 여원呂原은 학사로, 유정지劉定之는 예부시랑 겸 학사로, 팽화彭華는 예부상서로, 윤직尹直은 병부상서 겸 학사로 마쳤는데, 모두 정덕 연간 이전의 일이었다. 대학사가 되어 내각의 업무에 참여하지 못한 자에 대해서는 건국 초기의 일이라 모두 상세히 논하지 않았다. 선덕 연간에 장영張瑛은 예부상서 겸 화개전대학사였고, 진산陳山은 호부상서 겸 근신전謹身殿대학사였다. 진

산은 어린 내시들을 가르치게 되었고 장영은 남경 예부를 관장하러 나갔다가 다시 내각으로 들라는 명을 받았는데, 그전에 이미 죽었다. 그리고 가정 6년1527에는 석서가 소보少保 겸 예부상서였는데 병을 핑계 삼아 사직을 청했다. 그러나, 오히려 승진해 무영전대학사를 겸하고 사직하고서도 북경에 머무르며 봉록을 그대로 유지하게 되었는데 얼마 안 되어 죽었다.

원문 **輔臣殿閣銜**

宣德以後, 輔臣初次入直. 最重者, 卽入武英殿, 次之爲文淵閣, 其稍輕者則東閣, 俱稱大學士. 而祖宗朝則不盡然. 史臣卑官, 如修撰以下俱可入, 其後則以學士入直者居多. 卽如近代, 正德元年, 王文恪鏊[28]以吏侍學士入直, 嘉靖六年, 翟文懿鑾[29]亦以吏侍學士入直, 俱踰年始得尙書文淵閣. 此後則無不以殿閣大學士爲眞相矣. 其入而復出者, 先朝如楊溥江淵[30]等不具論, 只如天順六年徐有貞以武功伯華蓋殿, 出爲廣東參政, 尋謫金齒衛. 許彬[31]以禮侍學士, 出爲陝西參政, 不復召. 李賢以吏書學

---

28 王文恪鏊 : 명대의 명신名臣이자 문학가인 왕오王鏊를 말한다.

29 翟文懿鑾 : 명나라 가정 연간에 내각수보를 지낸 적란翟鑾을 말한다.

30 江淵 : 강연江淵, 1400~1473은 명나라 전기의 대신이다. 그의 자는 시용時用이고 호는 정암定庵이며 별호는 죽계퇴수竹溪退叟로, 중경부 강진현 사람이다. 선덕 5년1403에 진사가 되어 형부좌시랑 겸 한림학사, 태자태사, 공부상서 등을 역임했다.

31 許彬 : 허빈許彬, 1392~1468는 명나라 전기의 대신이다. 그의 자는 도중道中이고, 호는 양호養浩다. 산동 영양寧陽 사람으로, 대각체의 대표작가이기도 하다. 영락 13년1415에 진사가 되어 서길사에 제수되었고, 태상시소경 겸 한림대소, 예부우시랑, 한림

士, 出爲福建參政, 尋召還. 岳正以翰林修撰, 出爲廣東欽州同知, 尋謫甘肅. 此英宗復辟後事也, 而憲武二朝無之. 其後則嘉靖四年, 楊一淸以原任少傅吏書武英殿落殿銜, 出爲兵書, 總制陝西三邊, 逾年召還, 復入閣. 十八年, 翟鑾以原任禮書武英殿, 落殿銜, 出爲兵書, 閱視九邊, 次年召還, 復入閣. 二十七年, 夏言以少師華蓋殿, 革孤卿, 落殿銜, 以吏書致仕, 未幾逮獄論斬. 前乎此, 後乎此, 但有崇進與斥削二端, 更無外補左官之事矣.

○ 自來閣臣初入, 俱稱直內閣. 自徐有貞驟得權, 遂以兵部尙書華蓋殿大學士武功伯, 掌文淵閣入銜, 人詫爲異. 今輔臣俱爲殿閣大學士, 無復直內閣之稱矣.

○ 其入閣, 而終不得大學士者. 天順後, 蕭鎡[32]以戶書終, 許彬以南京禮侍終, 薛瑄以禮侍學士終, 岳正以邵武知府終, 呂原[33]以學士終, 劉定之以禮侍學士終, 彭華[34]以禮書終, 尹直以兵書學士終, 然皆正德以前事

학사 등을 거쳐 내각수보에 올랐는데, 석형과 맞지 않아 한 달 만에 그만두었다. 예부상서로 추증되었으며, 시호는 양민襄敏이다.

32 蕭鎡: 소자蕭鎡,1393~1464는 명나라 전기의 대신이다. 그의 자는 맹근孟勤이고, 강서 태화현 사람이다. 선덕 2년1427에 진사가 되어 서길사에 제수되었다. 영종 즉위 후 한림원편수가 되었고, 이후 호부우시랑, 태자소사, 호부상서 등의 관직을 지냈다.

33 呂原: 여원呂原,1418~1462은 명나라 전기의 대신이다. 그의 자는 봉원逢原이고, 호는 개암介庵이며, 수수 사람이다. 정통 7년1442에 진사가 되어 한림원수찬에 제수되었고, 한림학사, 우춘방대학사 등을 지냈다. 예부좌시랑으로 추증되었으며, 시호는 문의文懿이다.

34 彭華: 팽화彭華,1432~1496는 명나라 중기의 대신이다. 강서 안복 사람으로, 호는 소암素庵이다. 경태 5년1454에 회시 장원으로 관직에 들어와 한림원대학사, 자정대부를 거쳐 태자소부, 예부상서 겸 한림학사, 이부상서 등을 지냈다. 태자소보로 추증되었으며, 저서로 『팽문사집彭文思集』과 『소암집素庵集』 등이 전해진다.

也. 其爲大學士, 而不得預閣務者, 國初不具論. 宣德中, 則張瑛以禮書兼華蓋殿, 陳山以戶書兼謹身殿, 山改教小內侍, 瑛出領南部[35], 命再入閣, 已先卒. 而嘉靖六年, 則席書以少保禮書引疾. 得進兼武英殿, 致仕居京師, 仍給祿, 未幾卒.

---

35 南部: 남경 예부.

선덕 연간과 정덕 연간에 양문정楊文貞, 양문민楊文敏, 양문정楊文定 세 사람이 함께 내각에 있었다. 이때 양문정楊文貞은 과거로 기용되지 않았지만 나라의 정무를 20년이나 맡아 가장 오랫동안 정권을 잡았다. 양문민楊文敏과 양문정楊文定은 모두 홍무 경진년庚辰年, 1400 진사인데, 앞뒤로 재상에 배수되었다. 양문민은 4대를 모시다가 정통 경신년庚申年, 1440 재상 재임 중에 죽었으니 그가 과거에 급제한 지 이미 41년이 되었을 때다. 양문정은 3대를 모시다가 병인년丙寅年, 1446이 되어 역시 재상 재임 중에 죽었으니 과거에 급제한 지 이미 47년이 되었을 때다. 두 공이 살았을 때와 죽고 나서의 예우가 모두 모자람이 없어 완벽한 복을 누렸다고 할 만하다. 이후 내각의 재상들은 그 명성과 품행이 완벽하기도 하고 흠결이 있기도 했고 예우가 성대하기도 하고 초라하기도 해 똑같지 않아서, 재상에서 파면된 뒤에 평민으로 돌아간 세월을 보냈으며 모두 40년을 채우지 못했다.

정덕 원년 문정공文靖公 유건劉健이 수규首揆로 있다가 파면되었는데, 천순 경진년庚辰年, 1460에 진사가 되었으니 이때에 이미 47년이 되었다. 가정 2년, 문충공文忠公 양정화楊廷和 또한 수규일 때 그만두겠다는 요청이 받아들여졌는데, 성화 무술년戊戌年, 1478에 진사가 되었으니 이때 이미 46년이 되었다. 비록 모두 주상을 새로 세웠지만 군신君臣 사이에 의견이 맞지 않아 떠나갔는데, 유건의 명성은 사방에서 중히 여겼고 양정화의 공은 한때 높았지만 나중에 모두 갑자기 다 빼앗겨 버렸으니 벼슬 길에 부침^{浮沈}이 많은 굴곡진 운명이었다.

다만 단도^{丹徒} 양일청은 성화 임진년^{壬辰年}에 진사가 되었는데, 재상의 지위를 사직한 지 10년이 지난 가정 4년¹⁵²⁵에 다시 수규로 기용되었으니, 이때는 과거에 급제한지 이미 44년이 되었을 때다. 여요^{餘姚} 사천^{謝遷}은 성화 을미년^{乙未年, 1475}에 장원이 되었는데, 재상에서 파면된 지 이미 22년이 지나 가정 6년¹⁵²⁷에 다시 차규^{次揆}로 기용되었으니, 이때는 과거에 급제한지 43년이 되었을 때다. 모두 근래의 고관^{高官}인 장총^{張璁}에게 배척된 자들이다. 사천은 겨우 반년 동안 침묵하며 뜻을 얻지 못했는데 전혀 의견을 제기하지도 못하고 고향으로 돌아갔다. 양일청은 4년 동안 재상으로 있으며 음으로 양으로 장총을 공격하며 헛된 날을 보내지 않았지만 결국 뇌물을 받았다는 비방으로 견책을 받아 파면되었다. 오래지 않아 모두 세상을 떠났다. 연산^{鉛山} 비굉^{費宏}은 성화 정미년^{丁未年, 1487} 장원인데, 재상에서 파직된 지 이미 9년이 된 가정 14년¹⁵³⁵에 다시 수규로 기용되었으니 이때는 과거에 급제한지 49년으로 부임한 지 갓 두 달 만에 관저에서 갑자기 죽었다. 양일청, 사천, 비굉 이 세 공은 말년에 다시 출사했다가 그의 소신을 많이 잃어버렸다.

세종 말년에 엄분의^{嚴分宜}는 44년 동안 사림^{詞林}에 있다가 지위가 재상에 이르고 부귀함이 극에 달했지만 가산은 몰수당하고 자식은 주살되어 천하의 웃음거리가 되었으니 진실로 말할 만하지 않다. 서화정^{徐華,亭} 또

한 가정 2년1523에 급제했는데 세종 말년의 명을 받고 목종 때 거듭 재

상을 했으니 사직한 시기는 급제한 때부터 또한 이미 46년이 되었다.

비록 잘 떠났다고 말했지만, 집에 이를 즈음에 신정新鄭 사람 고공高拱이

원한을 갚아 거의 멸족시킬 정도에 이르렀는데 또한 다행히 죽음만 면

했을 뿐이다. 여생이 다하는 것을 옛사람들은 경계했다. 하물며 선조의

순후淳厚한 풍조가 이미 다 떠나가고 깎였으니 말할 필요가 있겠는가.

앞에서 말한 여러 공들이 재임 중에 은원 관계로 평정을 잃었다가 만년

에 욕심 부린 것을 후회하지만 스스로 자초한 것이 많다. 밤길을 다니는

소수의 사람만이 이것을 깨달을 수 있다.

원문 **宰相老科第**[36]

宣德正統間, 三楊同在內閣. 時文貞[37]不由科目起, 當國凡二十年, 爲

最久. 文敏[38]文定[39], 俱起洪武庚辰[40]進士, 先後拜相. 文敏相四朝, 至正

---

36 科第 : 과거 시험에 합격해 등용됨.

37 文貞 : 양사기楊士奇를 말한다. 문정文貞은 양사기의 시호다.

38 文敏 : 양영楊榮을 말한다. 문민文敏은 양영의 시호다.

39 文定 : 양부楊溥를 말한다. 문정文定은 양부의 시호다.

40 洪武庚辰 : 명 혜종惠宗 건문建文 2년1400, 홍무 연간으로는 홍무 33년을 말한다. 명
태조 주원장은 홍무 31년1398 붕어해 홍무라는 연호는 1368년부터 1398년까지
사용되었는데 이 기간 동안에는 경진년庚辰年이 없다. 그 뒤를 이어 즉위한 혜종은
건문이라는 연호를 사용했는데, 건문 2년이 바로 경진년이다. 하지만 혜종이 폐위
된 후로 사서史書에서는 그의 연호를 사용하지 못했으므로 건문 연간 4년을 홍무
연간의 연속으로 보고 홍무 32년1369부터 홍무 35년1402으로 기록했다. 신종 만력
23년1595 건문이라는 연호를 회복시키기 전에는 모두 홍무 연간으로 기록했다.

統庚申[41]而歿於位, 其科第已四十一年. 文定相三朝, 至丙寅[42]亦歿於位,
則去登第已四十七年. 二公存歿恩禮俱無缺, 可稱完福. 此後內閣輔臣, 其
名行完玷, 禮遇盛衰不齊, 然自罷相, 溯釋褐[43]之年, 俱未有及四十年者.

　直至正德元年, 劉文靖健以首揆策罷[44], 則天順庚辰[45]進士, 至是已四
十七年. 嘉靖二年, 楊文忠廷和亦以首揆得請[46], 成化戊戌[47]進士, 至是已
四十六年. 雖皆以主上新立, 君臣間齟齬以去, 而劉名重四裔, 楊功高一
時, 後皆旋遭褫奪, 其勝九遷九命多矣.

　唯楊丹徒一淸[48]擧成化壬辰進士, 辭相位已十年, 至嘉靖四年, 復起爲
首揆, 時登第已四十四年. 謝餘姚遷[49]由成化乙未狀元, 罷相已二十二年,
至嘉靖六年, 復起爲次揆, 時登第已四十三年. 皆爲新貴[50]張璁所擠. 謝
僅半年, 默默不得志, 毫無所建明而歸. 楊雖得四年, 然明攻暗刺無虛日,
卒以簠簋[51]之謗, 受譴罷去. 未久俱下世. 費鉛山宏[52]由成化丁未狀元, 罷
相已九年, 至嘉靖十四年, 復起爲首揆, 時登第已四十九年, 抵任[53]甫兩

41　正統庚申 : 명 영종英宗 정통 5년1440이다.

42　丙寅 : 명 영종 정통 11년1446이다.

43　釋褐 : 관직에 처음 임관하는 것을 의미한다. 옛날 새로 진사에 합격하면 베로 만든
　　평민의 옷을 벗고 관복으로 갈아입었기 때문이다.

44　策罷 : 파면되다.

45　天順庚辰 : 명 영종 천순天順 4년1460이다.

46　得請 : 요청이 받아들여지다.

47　成化戊戌 : 명 헌종憲宗 성화成化 14년1478을 말한다.

48　楊丹徒一淸 : 명대의 대신이자 문학가인 양일청을 말한다.

49　謝餘姚遷 : 명대 중기의 대신인 사천謝遷을 말한다.

50　新貴 : 최근에 고관高官을 지낸 사람.

51　簠簋 : 뇌물.

52　費鉛山宏 : 명나라 가정 연간에 내각수보를 지낸 비굉을 말한다.

月, 暴卒於官第. 則此三公者, 末路再出, 喪其生平多矣.

至世宗末年, 嚴分宜以四十四年詞林, 致位上相, 窮極富貴, 身籍子誅, 爲天下笑, 固不足言. 若徐華亭亦以嘉靖二年及第, 至受世宗末命, 再相穆宗, 距其謝事之時, 亦已四十六年. 雖云善去, 比及家, 而新鄭[54]修怨[55], 幾至覆宗[56], 亦幸而免耳. 鍾漏[57]並盡, 古人所戒. 況先朝淳厚之風, 離斷已盡? 諸公在事, 恩怨未免失平, 晩途悔吝, 頗多自取. 夜行[58]者, 可以悟矣.

---

53 抵任 : 부임하다. 취임하다.
54 新鄭 : 명대 중기 내각수보를 지낸 고공高拱을 말한다.
55 修怨 : 숙원을 갚다. 원한을 갚다.
56 覆宗 : 멸족하다.
57 鍾漏 : 여생. 말년.
58 夜行 : 밤길을 다니는 자는 매우 희소하므로, 여기서는 극히 소수의 사람을 의미한다.

경태 연간 황상을 따른 두 유씨俞氏

경태제가 성왕郕王의 신분으로 나라를 보살피다가 즉위한 뒤 성왕부郕王府의 옛 신하들에게 은혜를 베풀어서, 심리정審理正 유강俞綱을 태복시소경太僕寺少卿으로 삼으니 그는 가흥부嘉興府 가흥현嘉興縣 사람이었다. 그리고 반독伴讀 유산俞山은 홍려시승鴻臚寺丞으로 삼았는데 그는 가흥부 수수현秀水縣 사람이었다. 두 마을은 모두 우리 군郡의 속현屬縣이고 같은 시기에 같은 성씨로 유강은 생원으로서 글을 익혀 선발되었고 유산은 거인擧人으로 보결 합격되어 기용되었다. 유강은 이듬해 병부좌시랑兵部左侍郎으로 내각에 들어갔고, 유산 또한 이듬해 이부좌시랑吏部左侍郎으로 경연經筵의 강관講官이 되었다. 얼마 안 되어 황태자가 바뀌면서 유강은 태자소보太子少保에 올랐고 유산은 태자소부太子少傅에 올라 모두 품계가 2품이 되었다. 정식으로 육경六卿에 배수되지는 못했지만 두 가지 봉록을 겸해 받았다. 나중에 유산이 황태자를 복위시키자고 은밀히 주청했지만 윤허하지 않자 마침내 병을 핑계로 특별한 예우를 받고 사직했다가 천순 원년에 죽었다. 유강은 영종이 복벽한 뒤에 다시 남경 예부좌시랑南京禮部左侍郎으로 기용되었다가 성화 2년에 사직했으며 성화 14년에 죽어, 전례대로 장례의식을 하사받았는데 경태제의 옛 신하들에게는 없었던 일이다. 이 마을에 있었던 남다른 일이지만 나이 든 사람들은 이미 그 성명을 말할 수가 없다. 근래에 비로소 그 묘지명을 새긴 것이 있는데, 묘지명에는 각각 아경亞卿에 올랐다고만 되어 있고 태자소보와 태자소부 등의 직함은 드러나지 않았다. 아마도 천순 연간에 만들어 일부러 그것을 기피한 듯하다. 또 우리 마을에 높은 자리에 오른 사람으로 사람들은 여원呂原만 알고 여원 이전에 이미 유강이 있었다는 사실은 모른다.

유강兪綱의 자는 원립元立이고 유산의 자는 적지積之이며, 유산의 아들 유고兪誥도 음덕으로 급사중이 되었으니 더욱 특별한 일이다. 경태 연간 기사년己巳年에 황상을 따라 은혜를 입은 이로 또 성왕부의 인장을 관리하던 전보典寶 성경成敬이라는 자는 내관감內官監 태감으로 승진했는데 진사 출신이고 섬서陝西 사람이다. 서길사로 진왕부晉王府의 봉사奉祠에 제수되었다가 법을 어겨 궁형宮刑에 처해져서 왕부의 내관이 되었는데, 이렇게 선발이 되었으니 더욱 기이하고도 기이한 사람이다.

원문 **景泰從龍[59]二兪**

景泰自郕王監國卽位, 推恩藩邸[60]故臣, 以審理正[61]兪綱爲太僕寺少卿[62], 則嘉興府之嘉興縣人也. 以伴讀兪山[63]爲鴻臚寺丞[64], 則嘉興府之

---

59 從龍 : 제왕의 창업에 참가하다.

60 藩邸 : 번왕藩王의 저택. 여기서는 대종 주기옥이 성왕郕王이던 시절의 저택인 성왕부郕王府를 말한다.

61 審理正 : 심리정審理正은 각 왕부王府 심리소審理所의 우두머리로, 정육품正六品이며 왕부의 형벌과 감옥에 관한 일을 관장했다.

62 太僕寺少卿 : 태복시太僕寺에 소속된 종사품상從四品上의 관직이다. 황제의 수레와 말, 목장 등을 관리하는 태복시에서 태복시경 바로 아래의 관직이며, 2명이 있었다.

63 兪山 : 유산兪山, 1399~1457은 명대 절강 가흥부 수수秀水 사람이다. 어렸을 때 이름은

秀水縣人也. 二邑俱吾郡[65]附郭[66], 同時同姓, 綱以生員習字選, 山以舉
人[67]副榜[68]起. 綱次年卽以兵部左侍郎[69]入內閣, 山次年亦至吏部左侍
郎[70]爲經筵講官. 尋因易儲, 綱加太子少保[71], 山加太子少傅[72], 俱爲宮
銜[73]二品. 而不得正拜六卿[74], 然得兼支二俸. 後山密請復儲, 不聽, 遂引
疾, 以優禮致仕, 天順元年卒. 綱於天順[75]復辟後, 再起南京禮部左侍

기基이고, 자는 적지積之이며 호는 매장梅莊이다. 영락 21년1423 거인擧人으로 곤산崑
山 훈도訓導에 제수되었다가 정통 5년1440 성왕부郕王府의 반독이 되었다. '토목보의
변' 이후 성왕이 황제로 즉위하면서 홍려시승鴻臚寺丞이 되었고, 그 후 이부좌시랑吏
部左侍郎으로 승진했다. 경태제景泰帝에게 황태자를 바꿔서는 안 된다고 말렸지만 듣
지 않자 병을 핑계로 사직했다.

64 鴻臚寺丞 : 홍려시鴻臚寺의 장관인 홍려시경鴻臚寺卿의 보좌관으로 2명이 있으며 종
육품從六品이다. 홍려시는 조회朝會나 의전儀典 등을 관장하는 기관이다.

65 吾郡 : 가흥부嘉興府를 말한다. 심덕부가 절강 가흥부 수수현秀水縣 사람이므로 '우리
군吾郡'이라 말한 것이다.

66 附郭 : 속현屬縣.

67 擧人 : 향시鄕試 합격자.

68 副榜 : 보결 합격자. 명청 시대의 제도로, 향시鄕試에 합격했지만 거인擧人의 인원수
에 제한이 있어 거인의 자격을 받지 못한 사람 중에서 국자감國子監에 입학하는 사
람을 이르는 말.

69 兵部左侍郎 : 병부兵部의 부장관副長官으로 정삼품正三品이며, 병부우시랑兵部右侍郎과
함께 병부상서를 보좌해 병부의 업무를 처리했다.

70 吏部左侍郎 : 이부吏部의 부장관으로 정삼품이며, 이부우시랑吏部右侍郎과 함께 이부
상서를 보좌해 이부의 업무를 관리했다.

71 太子少保 : 동궁東宮의 관직으로 황태자皇太子를 교육 지도하는 일을 맡았으며 정이
품正二品이다. 황태자는 주로 동궁에 거주해 동궁이 황태자의 별칭이 되었으므로
황태자의 교육을 담당했던 태자소보를 '궁보宮保'라고 줄여서 말하기도 했다.

72 太子少傅 : 황태자의 스승으로 글을 가르치는 일을 맡았으며 품계는 정이품이다.

73 宮銜 : 조정의 중신重臣에게 내리는 이름뿐인 직함으로 실제 권력은 없다. 태사太師,
태부太傅, 태보太保, 소사少師, 소부, 소보少保 등은 모두 태자와 관련된 직함인데, 태
자를 동궁이라고도 불렀으므로 이 직함들을 통틀어 궁함宮銜이라고 불렀다.

74 六卿 : 이부, 호부戶部, 예부, 병부, 형부刑部, 공부工部의 장관인 상서尙書를 말한다.

75 天順 : 영종 황제를 가리키는 것으로 보인다.

郎[76], 成化二年致仕, 十四年卒, 賜祭葬如例, 則景泰故臣所無者. 此邑中奇事, 而故老已不能擧其姓名. 近始有梓其志銘者, 然銘中止云各登亞卿[77], 而埋却宮銜保傅等. 蓋天順間所作, 有意諱之也. 又吾禾大拜者, 人但知呂原, 而不知呂之先已有俞綱也.

綱字元立, 山字積之, 山子誥, 又蔭爲給事中, 尤奇. 景泰己巳從龍恩, 又有邸府典寶[78]成敬[79]者, 陞內官監太監, 則進士也, 陝西人. 以庶吉士授晉府[80]奉祠[81], 坐法宮刑[82], 爲藩府內官, 因有是選, 尤奇之奇者.

---

76 南京禮部左侍郎 : 예부좌시랑禮部左侍郎은 예부의 부장관으로 정삼품이며 예부우시랑部右侍郎과 함께 예부상서禮部尙書를 보좌해 예부의 업무를 처리했다. 명대에는 명대 초기의 수도였던 남경南京에도 북경과 똑같은 중앙관서체계를 유지했다. 대신 북경의 중앙관직명과 구별하기 위해 앞에 남경이라는 지역 명칭을 덧붙여 사용했다.

77 亞卿 : 당대唐代 이후로 태상시太常寺 등 관서의 소경少卿에 대한 별칭.

78 典寶 : 왕부王府의 인장을 관리하던 관직.

79 成敬 : 성경成敬,?~1455은 명대 섬서陝西 요주耀州 성내城內 사람으로, 자는 사공思恭이다. 영락 16년1418 진사가 된 뒤 서길사로 선발되었다가 진왕부晉王府의 봉사奉祀가 되었다. 선덕 연간 진왕의 역모가 발각되어 진왕부의 모든 사람이 사형에 처해졌지만, 성경은 진왕부에 온 지 얼마 되지 않아 이 일에 직접 참여하지 않았으므로 영원히 변방에서 노역하는 형벌을 받았다. 하지만 성경은 자손에게 누를 끼치고 싶지 않아 사형을 원했고 결국은 궁형을 받고 환관이 되어 성왕郕王을 모시게 되었다. 경태 원년1450 성왕이 황위에 오르면서 성경을 내감관 태감으로 삼고 매우 신임했다.

80 晉府 : 진왕晉王 주제희朱濟熺의 저택.

81 奉祠 : 명대 각 친왕의 왕부장리사王府長史司에 속한 봉사소奉祀所의 관직명으로 왕부의 제사와 악무樂舞를 관장했다.

82 宮刑 : 궁형宮刑은 남자와 여자의 생식기에 가하는 형벌로서, 남자는 생식기를 제거하고, 여자는 질을 폐쇄해 자손 생산을 불가능하게 하는 형벌이다. 중국에서 행해지던 5가지 형벌 중의 하나로 사형 다음의 무거운 형벌이다.

송대에는 용도각, 천장각 등의 여러 각閣을 두어 역대 황제의 문집을 소장해두었다. 각에는 반드시 학사가 있었는데 잡학사雜學士라고 이름 해 한림학사翰林學士와 구별했다. 현 왕조에는 잡학이 없다. 다만 홍무 3 년1370 홍문관弘文館에 학사를 두고 호현胡鉉과 유기劉基 등이 그 일을 담 당했는데, 그해에 없애고 다시는 두지 않았다. 홍희 원년1425 다시 홍 문각弘文閣을 지었다. 그해 선종께서 등극하셨는데 재상 양사기楊士奇 등 이 인장을 바치고 각 관원들이 모두 원래의 위치로 돌아갔다. 전각殿閣 과 두 춘방春坊의 대학사는 송대 소문관昭文殿, 집현전集賢殿, 관문전觀文殿, 자정전資政殿의 대학사에 견줄 수 있으며 잡학사가 아니다.

宋有龍圖[83]天章[84]等諸閣, 以藏累朝御集[85]. 閣必有學士, 命曰雜學, 以 別於翰林[86]. 本朝無此. 唯洪武三年, 置弘文館[87]學士, 以胡鉉劉基等爲

---

83 龍圖 : 용도각龍圖閣을 말하며, 송 진종眞宗 함평咸平 4년1001에 회경전會慶殿 서쪽에 지 어, 송 태종의 어서御書와 문집文集, 서적, 그림, 종정시宗正寺에서 바친 종실 명부와 세 보世譜 등을 보관했다. 학사學士, 직학사直學士, 대제待制, 직각直閣 등의 관직을 두었다.
84 天章 : 천장각天章閣을 말하며, 송 진종眞宗 천희天禧 5년1021에 완공되어, 진종의 어서 와 문집을 보관했다. 송 인종 천성天聖 8년1030에 천장각대제天章閣待制를 두고, 경우 景祐 4년1037에 천장각시강天章閣侍講을, 경력慶曆 7년1047에 천장각학사天章閣學士와 직 학사를, 송 휘종徽宗 정화政和 6년1116에 직천장각直天章閣을 두었다.
85 御集 : 황제의 문집.

之, 至元年廢不復置. 洪熙元年, 復建弘文閣[88]. 本年宣宗登極, 輔臣楊士
奇等, 以印繳進, 各官俱還原任矣. 若殿閣[89]及兩坊[90]之有大學士, 乃宋昭
文[91]集賢[92]觀文[93]資政[94]諸大學士比, 非雜學也.

---

86 翰林 : 한림학사翰林學士를 말한다. 당 현종玄宗 때 문학시종文學侍從 가운데 우수한 인
   재를 뽑아 한림학사로 삼았고 한림학사는 황제의 비서 겸 고문으로 국가의 주요
   업무에 참여했으므로 실권이 상당히 컸다. 북송 때부터 한림학사는 전담 벼슬이
   되었다. 명대에는 한림학사가 한림원의 수장으로서 공문을 주관하고 황제에게 자
   문하는 등의 일을 해 재상과 같은 실권을 가지게 되었다.
87 弘文館學士 : 홍문관弘文館은 도서를 관장하고 학생을 가르치는 일을 하던 관서로
   수장은 학사學士다. 당 무덕武德 9년626 태종이 즉위하면서 기존의 수문관修文館을 홍
   문관으로 바꿔 부르면서 홍문관이라는 명칭이 사용되었다.
88 弘文閣 : 홍문각弘文閣은 명 인종 원년 사선문思善門 왼쪽에 지어졌는데, 선종이 즉위
   한 뒤 폐지되었다.
89 殿閣 : 재상과 고위 관료를 말한다. 송대의 대학사들은 모두 집현전集賢殿 대학사나
   우문전右文殿 대학사처럼 전각殿閣의 명칭을 직함에 넣어 그의 지위와 명망을 높였
   다. 명대와 청대의 대학사는 내각의 수장이었는데 역시 전각의 명칭을 직함에 넣
   어 불렀다. 명대에는 중극전中極殿, 건극전建極殿, 문화전, 무영전, 문연각, 동각의 네
   전殿과 두 각閣의 명칭을 '대학사' 앞에 넣어 호칭했고, 청대에는 보화전保和殿, 문화
   전, 무영전, 문연각, 동각, 체인각體仁閣의 세 전과 세 각의 명칭을 '대학사' 앞에
   넣어 호칭했다. 그래서 재상과 고위 관료를 통칭 '전각'이라고 불렀다.
90 兩坊 : 좌춘방左春坊과 우춘방右春坊을 말한다. 좌춘방과 우춘방은 황태자궁에 속한
   관서로 황태자의 상소문이나 서신과 강독講讀을 관장하는 일을 했다. 두 춘방에는
   각각 대학사, 서자, 유덕, 중윤, 찬선贊善, 사직랑司直郞, 청기랑淸紀郞, 사간司諫 등의
   관직을 두었다.
91 昭文 : 소문관昭文館, 즉 당대唐代의 홍문관弘文館을 말한다. 당 무덕武德 9년626 문하성
   門下省 아래에 둔 수문관修文館을 홍문관으로 바꾸었는데, 중종中宗 신룡神龍 원년705
   효경황제孝敬皇帝의 이름을 피휘해 소문관으로 바꿨다. 학사를 두어 도서 조사와 교
   정을 관장하고 조정의 제도와 예의禮儀에 의견을 제시하며 학생의 교육을 담당하
   게 했다. 측천무후 이후로 재상이 소문관의 업무를 함께 맡았다. 송대宋代에도 당대
   의 제도를 그대로 계승해 재상이 소문관대학사昭文館大學士가 되어 국사國史를 감수
   했다. 대학사 아래에 학사, 직학사直學士, 직관直館을 두어 서적 편찬과 교감校勘 등의
   일을 담당하게 했다.
92 集賢 : 집현전서원集賢殿書院을 말한다. 집현전서원은 집현서원集賢書院으로 줄여서

　　건국 초기에 내각 대신들은 각 부서의 차례와 직함의 대소만으로 서열을 정했으며, 재상만 중시하지는 않았다. 경태제 원년 신미과辛未科 정시廷試의 채점관 공부상서 석박石璞이 공부상서 겸 한림학사직내각 고곡高穀의 앞에 있었는데, 이때 두 사람 모두 직함을 지니지 않았다. 석박 또한 거인 출신으로 한림원의 선배는 아니지만 좌부로 존중을 받아서 나중에 직함을 갖게 되었다. 성화 5년1469 기축己丑년 과거 시험 채점관 병부상서 겸 한림학사직내각 상로商輅는 이부상서 최공崔恭의 앞에 있었는데, 당시 두 사람 모두 직함을 지니지 않아서 또한 부의 서열에 따라 위치를 정해야 하므로 역시 위치가 이와 같았으니 내각의 체재를 중시한 것이다. 그때는 경태제 원년으로부터 곧 20년이 되어가니 당시의 상황은 이미 크게 달랐다. 성화 11년1475 을미년 과거 채점관 상로는 호부학사로 만미周萬眉州는 예부학사로, 모두 이부상서 윤민의 앞에 있었으니 재상의 권세가 이미 크게 정해져서 이때부터 관례로 삼아 따랐

부르기도 하며, 도서 소장, 도서 편찬, 시독侍讀 등의 일을 하던 곳이다. 당대 개원開元 13년725 낙양洛陽 자미성紫微城의 '여정전서원麗正殿書院'을 '집현전서원'으로 바꾸고 학사, 직학사, 시강학사 등 18명을 두었다. 송대에도 당대를 따라 집현전서원을 두었다.

93　觀文 : 서적을 모아 소장해두던 관문전觀文殿을 말한다. 관문전의 원래 이름은 천화전天和殿이고 송나라 초기에 지어졌는데 인종 때 화재의 영향을 받은 뒤 관문전으로 이름을 바꿨다.

94　資政 : 자정전資政殿을 말한다. 자정전은 송대 용도각龍圖閣의 부속 궁전으로 용도각 동편에 있으며, 이곳에서 소대, 경연, 정치 자문 등의 일이 행해졌다.

다. 그 후 홍치 4년1491 신해년辛亥年에 구문장邱文莊이 예서로 문연각대학사가 되었고, 당시 왕단의王端毅가 태재가 되었다. 구문장과 함께 태자태보의 직함까지 더해져서 마침내 선례에 따라 조정대신의 서열로 구문장의 앞이었다. 이 때문에 구문장의 미움을 사 비방을 받아 떠났으니 또한 시대의 변화를 알지 못했다 할 수 있다.

원문 **閣部列銜**

國初閣部大臣, 惟以部次及宮銜大小爲次第, 不獨重閣臣也. 如景泰元年辛未科廷試讀卷, 工部尙書石璞[95], 居工部尙書兼翰林學士直內閣高穀之前, 時兩人俱不帶宮銜. 璞又以乙科[96]起家, 非詞林前輩, 蓋以坐部爲尊, 故抑戴銜於後也. 至成化五年己丑科讀卷, 則兵部尙書兼翰林學士直內閣商輅, 居吏部尙書崔恭之前, 時兩人俱不帶宮銜, 亦宜以部序爲次, 而位置如此, 則以閣體重也. 其時去景泰初元將廿年, 時事已大不同矣. 至十一年乙未科讀卷, 商淳安以戶書學士, 萬眉州以禮書學士, 俱列吏部尙書尹旻之前, 則揆地之勢已大定, 自此循爲故事矣. 其後弘治四年辛亥, 邱文莊以禮書入爲文淵大學士, 時王端毅爲太宰, 與邱同加太子太保, 遂用往例, 班行中壓邱之上. 爲邱所憎, 被謗以去, 亦可謂不知時變矣.

---

95 石璞 : 석박石璞, 생졸년 미상의 자는 중옥仲玉이고, 호는 초암蕉菴이며, 곤산 사람이다. 관직하는 것을 좋아하지 않고 산수화와 서법에 흥취가 있었다. 주요작품으로 『곤산인물지昆山人物志』 등이 있다.
96 乙科 : 과거 시험에서 향시에 합격한 거인擧人.

내각의 신하가 부모상을 마치다

왕엄주는 『수보전首輔傳』에서 "내각의 신하가 부모상을 마칠 수 있게 된 것은 양정화楊廷和로부터 시작되었다"라고 했는데, 이 말은 전혀 그렇지 않다. 경태 원년1450 한림시독翰林侍讀으로 내각에 들어간 팽시彭時가 다음과 같이 아뢰었다. "정통 14년1449 8월 29일 삼가 영지를 받드니 신에게 문연각에서 일하라고 하셨습니다. 지금까지 다섯 달이 좀 넘었는데, 신이 계모를 친모처럼 간절히 생각해 똑같이 경중이 없습니다. 비록 부모상을 당하더라도 잠시 관직을 그만두지 않는 일은 예부터 있었는데, 지금은 또 갈수록 이런 일이 비할 데 없이 많아져 성은이 왜곡되어 죄와 책임을 묻지 않으니 양심이 있다면 어찌 그리 하겠습니까? 더구나 '한번 행하면 이미 어그러지면 온갖 아름다운 것으로도 대신할 수 없다'라는 등의 말이 있습니다." 그리고 상소를 다시 올리니 경제께서 부모상을 마치는 것을 허락하셨지만 내심 기뻐하지는 않으셨다. 경태 3년1452 3월 부모상이 끝나 여전히 이전의 관직을 제수했지만 내각에 다시 들어오는 것을 허락지 않으셨다. 영종께서 복벽하시면서 비로소 팽시가 태상소경太常少卿으로 중요한 업무에 다시 참여하게 되었다. 팽시는 양신도楊新都의 전임자로 아직 인륜을 근심하는 상소를 올린 적이 없다.

이후에 경태 3년1452 9월 태자소사太子少師 겸 이부좌시랑吏部左侍郎 겸 학사學士인 강연江淵이 모친상을 당해 귀향할 것을 청하자 조서를 내려

역마를 타고 상을 치르러 가도록 허락하셨고, 여전히 상이 끝나면 즉시 일을 하도록 명하시니 이듬해 4월 북경으로 돌아와 다시 내각에 들어가 중요한 일에 참여했다. 경태 6년¹⁴⁵⁵ 정월 비로소 공부상서로 나가게 되었으니 대개 고향으로 돌아간 것은 여덟 달이었다. 경태 4년 ¹⁴⁵³ 5월 태자태보太子太保 겸 이부상서 겸 학사 왕문은 5월 모친상을 당해 귀향해 9월에 북경으로 돌아와 다시 관직을 맡았으니 고향으로 돌아가 지낸 기간은 겨우 다섯 달이었다. 성화 2년¹⁴⁶⁶ 3월 소보少保 겸 이부상서 겸 화개전대학사 이현李賢은 부모상을 당해 상을 치르러 갔다가 5월에 다시 돌아오니, 대개 석 달간이었다. 비로소 수찬修撰 나윤羅倫의 반박을 받아 이때 내각의 신하들이 부모상에도 벼슬을 하는 일이 없어졌다. 다만 홍치 연간의 유박야劉博野와 지금 황상 때의 장강릉張江陵만이 벼슬을 했다.

원문 **閣臣終喪**

弇州首輔傳云, "閣臣之得終父母服, 自楊廷和始." 是大不然. 景泰元年, 翰林侍讀直內閣彭時奏, "正統十四年八月二十九日, 敬蒙令旨, 令臣文淵閣辦事, 於今五月餘. 臣切思繼母如母, 義無輕重. 雖奪情自古有之, 今時又非向日多事之比, 聖恩曲全, 不加罪責, 其如良心何? 且更有'一行旣虧, 百美莫贖'等語." 疏再上, 景帝許其終制, 而心不悅也. 至景泰三年三月服滿, 仍除前官, 不許復入閣. 至英宗復辟, 始以太常少卿, 再參機務. 此在楊新都之前, 未有罷倫疏也.

此後則景泰三年九月, 太子少師吏部左侍郎兼學士江淵, 以母喪請歸, 詔許馳驛奔喪, 仍命喪畢卽理事, 至次年四月還京, 復入閣預機務. 六年正月, 始出爲工部尙書, 蓋歸里者八閱月. 景泰四年五月, 太子太保吏部尙書兼學士王文, 以五月丁母憂歸, 至九月回京復任, 則歸里僅五月. 成化二年三月, 少保吏部尙書華蓋殿大學士李賢, 丁憂奔喪, 以五月復來, 凡三月. 始爲修撰羅[97]所駁, 自是閣臣無奪情. 直至弘治中之劉博野, 以至今上之張江陵矣.

---

97 羅倫 : 나윤羅倫, 1431~1478은 명나라 중기의 관리다. 그의 자는 응괴應魁 혹은 이정彝正이고 호는 일봉一峰이며, 시호는 문의文毅다. 길안 영풍 사람으로, 성화 2년1466에 진사가 되어 한림원수찬에 제수되었다. 이현에게 항소하다가 천주시박사제거泉州市舶司提擧로 좌천되었다. 다시 남경으로 복직되었지만 2년 만에 사직하고 귀향해, 금우산金牛山에 기거하며 경학 연구와 교수에 열중했다. 저서로 『일봉집一峰集』 등이 전해진다.

번역 서무공徐武功이 혼인을 이용하다

천전옹天全翁 서유정徐有貞이 영종 복위를 도운 공으로 무공백武功伯에
봉해졌다. 그런데 얼마 안 되어 석형과 조길상이 사리분별을 못하고
거짓 상주문을 써서 조정을 비방하고, 요양 중인 급사중 이병이李秉彝의
이름을 빌려 상소문을 올렸다. 황상에게 참소하며 서유정이 원망해서
친한 마사권馬士權에게 상소를 쓰게 하고 그 흔적을 없앴다고 말했다.
이에 마사권을 사로잡아 서유정과 함께 하옥시켰다. 금의장인도지휘錦
衣掌印都指揮 문달門達이 마사권을 문초해 자백을 받으려고 했지만 수차례
죽음에 임박해서도 마사권은 끝내 한마디도 하지 않았다. 서유정이 비
로소 풀려나 금치위金齒衛의 수자리로 편성되었다. 마사권은 태주泰州
사람으로 박학하면서 남에게 지기를 싫어했는데, 서유정이 그 은혜에
감동해서 자신의 딸을 그 아들과 정혼시켰다. 조길상과 석형이 실패하
고 서유정이 사면되어 돌아오니 마침내 그들의 맹약이 깨졌고 마사권
은 원망스럽게 여기지 않았다.

또 성화 연간에 어사 이량李良이란 자는 대학사 유건劉健의 제자다.
당시 유건이 나랏일을 맡고 있어서, 이량이 자신의 딸을 그 손자 유승
학劉承學의 부인으로 정혼시켰고 이량의 부모가 죽자 묘지명을 써 돌에
새겼다. 정덕 연간 초에 유건이 수보의 지위를 떠나자 이량이 딸이 요
절했다고 속이고 혼례 예물을 돌려준 뒤 딸을 거인 주경朱敬에게 개가
시켰다. 이량은 관직이 광록경光祿卿에 이르렀는데, 어사 장세융張世隆이

그 일을 들추어내자 마음이 불안하여 요양을 핑계로 고향으로 돌아가겠다고 고했다. 회암晦菴 유건이 여전히 낙양의 집에서 무탈하게 지냈는데, 이량이 돌아갈 때 어찌 그 스승을 만났을지는 알지 못하겠다.

○ 천순 연간 초년에 옛 이부상서 하문연何文淵의 사사받은 제자인 지부知府 게계揭稽가 하문연이 경태 연간에 태자를 바꾸는 조서를 초안했다고 아뢰었다. 황상이 복위하자 하문연의 아들 예부주사禮部主事 하교신何喬新은 하문연이 목매어 죽도록 강요해 화를 모면했다. 하교신 또한 게계가 전임 시랑으로 광동을 진수하고 있을 때 토관 황굉黃玹을 대신해 태자를 바꾸는 상소를 썼다고 고하니, 황상께서 게계 등을 체포해 북경으로 끌고 와 그를 심문하라 명하셨다. 게계와 같은 자 역시 이량이 스승을 배반한 것보다 더 지독한 자였다. 사서에는 "하문연이 스스로 목매달아 죽은 후 사람들이 상소를 올려서 관리를 보내 관을 열어 그의 죽음을 확인했는데 과연 그러했다"라고 되어 있다. 그러나 게계가 당시의 일을 들추어냈는지의 여부는 모른다. 또한 화를 당함이 석개石介보다 더 잔혹하다.

원문 徐武功[98]賴婚

徐天全[99]奪門封伯也. 尋爲石亨曹吉祥所搆, 僞作章疏, 詆訕朝政, 假養病給事中李秉彝名上之. 因譖於上, 謂徐有貞怨望, 使所親馬士權爲此疏, 而滅其迹. 乃捕士權, 同有貞下獄. 錦衣掌印都指揮門達[100], 拷掠士權, 瀕死數四, 士權終無一言. 徐始得釋, 編戍金齒衛[101]. 士權泰州人, 博學負氣, 有貞感其恩, 以女字其子. 曹石敗, 有貞赦還, 竟寒盟, 而士權不以爲怨.

又成化間, 御史李良者, 大學士劉健弟子也. 時健當國, 良以女字其孫承學爲婦, 良親歿, 已書於誌中, 刻石矣. 及正德初, 劉去位, 良詭云女夭, 還其聘禮, 其女改適擧人朱敬. 良歷官至光祿卿, 爲御史張世隆直糾其事, 良不能安, 以養病告歸. 則劉晦菴[102]尙家居洛陽, 無恙也, 不知歸時, 何以見其師.

○ 天順初年, 故吏部尙書何文淵受業弟子知府揭稽[103], 奏文淵於景泰

---

98 徐武功 : 명나라 영종 시기에 내각수보를 지낸 서유정徐有貞을 말한다. 이 문장에서는 서유정에 대한 호칭으로 서무공徐武功, 서천전徐天全, 서유정, 서徐를 혼용하고 있어 내용 이해에 어려움을 줄 수 있으므로, 이름으로 호칭을 통일하고 호나 작위를 이름 앞에 추가하는 형태로 번역했다.

99 徐天全 : 서유정을 말한다.

100 門達 : 문달門達, 생졸년 미상은 풍윤豐潤 사람으로, 금의위지휘를 지냈다.

101 金齒衛 : 명대에 운남 가장 서쪽에 설치해 서쪽 변방의 안전과 수호를 담당했던 기구로, 홍무 15년1382에 설치하기 시작해 홍무 18년1385에 금치위지휘사사金齒衛指揮使司를 두었다.

102 晦菴 : 명대 중기에 내각수보를 지낸 유건劉健을 말한다.

103 揭稽 : 게계揭稽, 생졸년 미상는 명대 광창廣昌 사람으로, 자는 맹철孟哲이다. 영락 22년1424 진사가 되어, 광동좌포정사廣東左布政使, 광동순무廣東巡撫 겸 병부좌시랑 등의 벼슬을 지냈다.

間, 草易儲詔. 及上復位, 文淵子禮部主事喬新, 逼文淵縊死以脫禍. 喬新亦告揭稽, 前任侍郎鎭守廣東時, 代土官黃玹爲易儲疏, 上命逮稽等, 赴京鞫之. 若稽者, 亦如李良之叛師而甚焉者. 史云, "文淵自縊後, 爲人所奏, 至差官啓槨驗之, 果然." 但不知卽揭稽相訐時否. 其禍又酷於石介[104]矣.

---

104 其禍又酷於石介 : 석개가 보수파의 모함으로 복주濮州통판으로 쫓겨났는데, 임지에 이르기도 전에 41세의 나이로 병사했다. 그가 죽은 후에도 하송夏竦 등이 혁신파를 내몰고자 서주徐州의 공직온孔直溫의 모반에 석개가 공모했다고 고발해 부관剖棺하려 한 사건이 있었다. 하지만, 신하들의 반대로 다행히 부관을 모면했기 때문에, 하문연의 관을 연 일이 석개가 당한 것보다 더 잔혹하다고 말한 것이다.

재상 이문달李文達은 자신의 훌륭함을 한껏 발휘해 건서인建庶人 주문 규朱文圭를 유폐된 곳에서 나오게 하고 영종을 보좌해 성덕을 베풀었다. 또 경제께서 돌아가시자 황상께서 왕비汪妃를 순장하고자 하시니 이문 달이 "왕비는 비록 과분하게 황후의 칭호를 썼지만 성왕郕王의 총애를 받지는 못했으며 두 딸 또한 불쌍히 여기셔야 합니다"라고 했다. 영종 께서 그의 말을 따르시어 두 딸 모두를 궁궐 밖 사저로 내보내셨다. 나 중에 영종께서 붕어하시면서 비빈들의 순장을 허락하지 않고 후대의 법으로 삼으라 명하셨다. 어쩌면 이문달의 한마디 말로 이를 일깨운 것이 아닌가. 근래에 장강릉의 탈정奪情 사건에 대해 의론해 마침내 지 하에 있는 이공의 혼령도 함께 심하게 비난받았고, 강릉 장거정 또한 죽은 나문의羅文毅를 원망하며 무지한 자라고 욕했다. 그런데, 이문달은 부고를 듣고 즉시 고향으로 돌아갔는데, 황상께서 장례를 다 마치면 기용하겠다는 조서를 내리시자 나문의가 비로소 상소를 올려 이를 바 로잡았었다. 장거정은 재상의 자리에 있으면서 상을 당하고도 남아 정 사를 본 일로 다섯 현신에게 탄핵당했다. 하물며 9월에 부모상을 당했 는데도 정사를 계속 보다가 이듬해 3월에야 비로소 고향으로 돌아가 장 례를 치를 것을 청하자 처음에는 그에게 겨우 한 달의 여가를 주었을 뿐이 었다. 그러하니 두 경우가 비슷한 것 같아도 조금 차이가 있다고 전한다.

李南陽[105]相業

李文達相業, 儘自奇偉, 如出建庶人[106]於幽閉, 佐英廟作盛德事. 又如景帝崩, 上欲以汪妃爲殉, 文達云, 汪妃雖僭后號, 然不爲郕王所寵, 且二女可念. 英廟用其言, 幷二女出就外邸. 後來英宗上仙, 不許妃嬪殉葬, 且著令爲後世法. 豈非文達一言啓之哉. 近世議江陵奪情[107], 遂幷李公地下之靈重遭詆斥, 而江陵亦追恨羅文毅[108], 詈爲無知豎子. 然李聞訃卽歸, 以上召, 畢喪事而起, 羅始以疏糾之. 張在位, 卽留視事, 爲五賢[109]所聚劾. 況以九月丁憂奪情, 次年三月, 始請歸葬, 初予假僅一月耳. 則似亦稍有間云.

---

105 李南陽相業 : 명대 전기의 관리 이현李賢을 말한다. 고향이 남양南陽 등현鄧縣이라서 이남양李南陽이라고 칭한 것이다. 다만 이 호칭은 제목에서만 사용하고 본문에서는 이현의 시호인 문달文達을 사용해 이문달李文達이라고 호칭하고 있다. 동일 인물이기에 본문의 호칭을 따라 이문달로 통일해 번역했다.

106 建庶人 : 건문제의 아들 주문규朱文圭를 말한다.

107 江陵奪情 : 재상 장거정이 부친상을 당하고도 관직을 했던 사건을 말한다. 강릉江陵은 장거정을 말한다.

108 羅文毅 : 명나라 중기의 관리 나윤羅倫을 말한다. 나윤의 시호가 문의文毅다.

109 五賢 : 장거정의 탈정 사건과 관계된 조용현趙用賢, 애목艾穆, 오중행吳中行, 심사효沈思孝, 추원표鄒元標 다섯 명을 말한다.

현 왕조의 영종 천순 연간 이후로 재상의 자리가 한림원에서 나오지
않은 일이 드물다. 다만 정덕 10년 양단도楊丹徒는 지방관으로 내각에
들어왔는데 나중에 그를 잇는 자가 없었다. 세종께서 등극하시자 원석
수袁石首가 장사로써 내각에 들어왔으니 황제를 모신 덕이다. 세종 가정
6년 정해년 장영가는 의례를 논해 지방관에서 순식간에 재상의 지위
를 얻었고, 가정 8년 기축년에 계안인이 이를 이었으며 임진년에는 방
남해方南海가 또 그 지위를 이었지만, 이때는 한림원이 크게 세를 떨치
지 못했다. 지난 일은 우선 논할 필요가 없고, 계안인이 과거에 급제한
정덕 신미년에 양신이 장원급제를 했는데 서길사가 된 36명 중에 재
상에 배수된 자가 하나도 없고 양신은 수찬으로 마쳤다. 가정 9년 갑
술년 과거에서 일갑一甲의 세 사람 중에는 서길사가 없고 장원급제한
당고唐皋는 겨우 5품의 시강학사였다. 가정 12년 일갑에서 서길사가
된 37명 중에 재상에 임명된 자가 하나도 없었으며 장원급제한 서분舒
芬은 수찬으로 외지에 좌천되었다가 겨우 관직을 회복했다. 가정 신사
년 과거에서 일갑에 서길사가 된 27명 중에 재상에 임명된 자가 하나
도 없고 장원급제한 양유총楊惟聰은 외지로 좌천되었다가 겨우 외지의
번왕藩王을 따르다가 태복경太僕卿으로 옮기는데 그쳤다. 계미년 과거의
일갑 세 사람에는 서길사가 없고, 서화정徐華亭이 3등 탐화探花로 수규가
되었으니 이것은 처음 있는 일이다. 병술년과 기축년 과거시험에서 병

술년 장원 공용경龔用卿은 좨주祭酒에 이르렀고, 기축년 장원 나홍선羅洪先은 겨우 찬선贊善에 그쳤으니, 두 해의 과거시험에서 서길사가 된 40명은 장영가의 미움을 받아 모두 지방관에 제수되었고 한림원에 남은 사람이 하나도 없었다. 임진년 일갑이 가장 별 볼 일 없었다. 장원 임대흠林大欽은 수찬에 그쳤고, 2등 방안榜眼이 된 공천윤孔天允은 군왕의 친척으로 첨사僉事에 제수되었다. 탐화 고절高節은 편수였다가 좌천되어 수자리를 살았고, 서길사 여여요呂餘姚 한 사람만이 내각에 들어가 그런대로 괜찮았을 뿐이다. 기미년 장원 한응룡韓應龍은 수찬에 그쳤고, 서길사 중 또 조내강趙內江 한 사람만 재상으로 들어갔다. 무술년에는 원자계袁慈谿가 일갑으로 그 뒤를 이었는데 이해에는 서길사가 없었다. 이때 장영가는 이미 1년 전에 죽었고 계안인은 세상을 떠난 지 이미 오래되었으며 하귀계夏貴谿는 지방관에서 들어와 권력을 장악하고 이때부터 재상에 제수되어 더 이상 다른 관직을 하지 않았다. 가정 20년 신축년 과거시험에서 심곤沈坤이 장원이었는데 관직은 좨주였고 서길사가 된 36명 중에 마침내 네 명의 재상이 나왔다. 장영가와 계안인 등이 어찌 조물주의 화로와 망치를 빼앗을 수 있겠는가. 갑진년 장원 진명뢰秦鳴雷는 대종백의 자리에 이르렀는데 이 사람만 겨우 보이고 이해의 과거에서는 서길사가 없었다. 정미년 과거에서는 이흥화李興化가 재상에 제수되어 수규가 되었으니, 대개 홍치 연간 을축년 이후로 늘 있는 일은 아니었다. 서길사 28명 중에 재상 장강릉이 있으니 비록 한 사람이지만 일당백이었고 은역성殷歷城 또한 재상에 배수되었다. 경술년 장원 당여집唐汝楫은 관직이 유덕諭德에 그쳤고 이 해에는 서길사가 없었는데 방안 이계림李桂林이 재상이 되었다. 계축년 장원 진근陳謹은 관직이 중윤에 그쳤고 서길사 28명 중에 장포판張蒲坂과 마동주馬同州가 재상이 되었다. 병진년 제대수諸大綬와 기미년 정사미丁士美 두 장원은 모두 시랑侍郎에 이르렀는데, 이때의 과거에서는 서길사가 없었다. 임술년에는 비록 서길사로 뽑혀 한림원에 들어온 사람이 없었지만 일갑이었던 세 사람이 모두 재상의 자리에 오르고 또 같은 시기에 함께 조정에 있었으니, 과거시험이 있은 이래로 이렇게 번성한 적은 없었다. 이때는 장영가와 계안인이 권력을 잡았던 시기로부터 마침 60년이 되었다. 천운이 한 바퀴 돌아서 설마 그렇게 된 것인가? 을축년 장원 범응기范應期는 관직이 좨주에 이르렀는데, 서길사 28명 중에서 허신안許新安과 심귀덕沈歸德이 재상으로 들어갔다.

융경 무진년에는 장원 나만화羅萬化가 예부상서에 이르렀고, 탐화 조지고趙志高와 서길사 30명 중에 진남충陳南充, 심사명沈四明, 왕산음王山陰, 주산음朱山陰, 장신건張新建, 우동아于東阿 등 모두 7명이 재상이 되었으니 진실로 200여 년에 한 번 나온 한림원의 큰 경사였다. 그 뒤로 신미년 일갑 중에 서길사가 된 33명 중에는 재상에 배수된 자가 한 사람도 없었다. 장원 장원변張元忭은 종오품 유덕에 그쳤고, 만력 갑술년 장원 손계고孫繼皐는 시랑에 이르렀으며 이 해에는 서길사가 없었다. 정축년에는 일갑의 서길사 31명 중에 재상에 배수된 자가 한 사람도 없으며, 장원 심무학沈懋學은 수찬에 그쳤고, 방안 장사수張嗣修는 변방으로 수자리를 갔다.

경진년에는 서길사가 없고, 장원 장무수張懋修는 수찬에 제수된 지 겨우 1년 만에 또 면직되었다. 아마도 임술년과 무진년에 절정을 이룬 뒤로 계속 이어지기 어려웠던 것은 흥망성쇠의 당연한 이치인 듯하다. 계미년 과거에서 장원이 된 주국조朱國祚는 소재少宰 신분으로 고향에 돌아가 있고, 방안이었던 이정기李廷機는 재상에 배수되었으며, 서길사였던 섭향고가 함께 재상으로 들어갔으니 또한 경사라 할 수 있다. 여러 공들이 방신方新을 중용해 매번 과거시험에서 그를 서길사로 뽑아 장차 내각에 가까워지게 하도록 의론해 정했지만, 그렇게 뛰어나지 않았다.

○ 장원 출신으로 한림원에 들어간 사람은 더욱 불리했다. 성화 갑진년 과거에서 양문강梁文康이 재상에 배수된 이후로 거의 50년이 흐른 뒤 가정 을미년 조대주趙大洲와 신축년 고남우高南宇가 뒤를 이었으며, 신축년에서 최근 병술년까지 또 50년이 되어가지만 어찌 재상에 들어간 사람은 없고 관직이 삼품에 이른 자만 겨우 두 사람에 그쳤는가? 정축년 장원으로 한림원에 들어갔던 이는 수찬으로 마쳤고, 계미년의 이도통李道統은 사업司業에 그쳤으며, 병술년의 이계미李啓美는 검토檢討에 그쳤다. 연달아 계미년과 병술년 과거의 장원이 모두 젊어서 일찍 세상을 떠났으니 더욱 한스러운 일이다. 기축년의 왕긍당王肯堂은 검토로 외지에 좌천되었지만 아직 나가지 않았다. 임진년의 왕상절王象節과 을미년의 고승조高承祚는 모두 사관에 제수되었다가 얼마 안 되어 죽었다.

무술년의 왕종식王宗植만 혼자 궁서宮庶에 이르렀는데 그 역시 죽었다고 근래에 들었다. 신축년의 왕승王陞과 갑진년의 왕국정王國鼎은 둘 다 처음 제수된 관직에 있을 때 생을 마감했으니, 또 이런 일이 다섯 번의 과거 장원에게 연달아 일어났다.

원문 **詞林大拜**

本朝自英宗天順以後, 揆地眇不出詞林者. 惟正德十年, 楊丹徒以外僚入, 後無繼者. 至世宗登極, 袁石首[110]以長史入, 則從龍恩也. 至六年丁亥, 而張永嘉用議禮, 以外吏驟取相位, 八年己丑, 而桂安仁繼之, 壬辰, 方南海又繼之, 此時詞林遂大不振. 以往姑勿論, 卽桂安仁登第之歲, 爲正德辛未, 則楊愼爲狀元, 合庶常三十六人, 無一拜相者, 而楊以修撰終. 九年甲戌科, 則一甲[111]三人無庶常, 狀元唐皐[112], 僅五品講學. 十二年一甲合庶常三十七人, 無一拜相者, 狀元舒芬, 以修撰外謫, 僅得復官. 嘉靖辛巳科, 則一甲合庶常共二十七人, 無一拜相者, 狀元楊惟聰外謫, 僅從外藩, 一轉囧卿[113]而止. 癸未一甲三人, 無庶常, 而徐華亭以探花爲首

---

110 袁石首: 명나라 중기의 관리 원종고袁宗皐를 말한다. 원종고가 석수石首 사람이라서 원석수袁石首라고 한 것이다.

111 一甲: 과거 시험의 최종 시험인 전시殿試에서 1, 2, 3등으로 합격한 세 사람. 그중 1등은 장원壯元, 2등은 방안榜眼, 3등은 탐화探花라고 한다.

112 唐皐: 당고唐皐, 1469~1526는 명나라 중기의 관리다. 그의 자는 수지守之이고, 호는 신암新庵이며 별호는 자양산인紫陽山人이다. 남직례 휘주부 흡현歙縣 사람이다. 정덕 9년1514 갑술년 장원으로 한림원수찬에 제수되었다. 정덕 16년1521 시강학사 겸 경연강관이 되었다. 가정 5년1526 58세의 나이로 세상을 떠났다.

揆, 斯爲創見. 而丙戌己丑兩科, 戌元龔用卿至祭酒, 丑元羅洪先僅止贊善, 合二科庶常四十人, 爲永嘉所惡, 俱授外官, 至無一人留詞林矣. 壬辰一甲, 最爲不競. 首林大欽止修撰, 榜眼[114]孔天允, 以王親[115]授僉事. 探花高節, 以編修謫戌, 庶常惟呂餘姚一人入閣, 差强人意[116]耳. 己未狀元韓應龍, 止修撰, 而庶常又有趙內江一人入相. 戌戌則袁慈谿以一甲繼之, 是年無庶常. 而張永嘉已先一年卒, 桂安仁則下世已久, 而夏貴谿自外吏入用事, 自此大拜, 不復有他官矣. 二十年爲辛丑科, 沈坤爲狀元, 官祭酒, 合庶常三十六人, 遂有四相出焉. 豈惟張桂諸公眞能奪造化之鑪錘耶. 甲辰狀元秦鳴雷, 至大宗伯, 斯爲僅見, 是科無庶常. 丁未則李興化[117]大拜爲首揆, 蓋弘治乙丑之後所不經見, 而庶常二十八人, 張江陵相公在其中, 雖一人已可當什伯, 而殷歷城亦得大拜. 庚戌則唐汝楫狀元, 官止諭德, 是年無庶常, 而榜眼李桂林爲相. 癸丑陳謹狀元, 官止中允, 庶常二十八人, 而張蒲坂[118]馬同州爲相. 丙辰諸大綬, 己未丁士美, 二元俱至侍郞, 此一科無庶常. 至壬戌雖不考館[119], 而首甲三公, 俱登揆

---

113 囧卿 : 태복시太僕寺의 수장인 종3품 태복경太僕卿의 별칭으로, 임금이 타는 수레와 말, 목축 등의 일을 관장했다.
114 榜眼 : 과거시험의 갑과에서 두 번째로 높은 성적으로 급제한 사람.
115 王親 : 君王의 친척.
116 差强人意 : 그런대로 괜찮다.
117 李興化 : 명대 가정 연간에 내각수보를 지낸 이춘방李春芳을 말한다.
118 張蒲坂 : 명대 만력 연간에 내각수보를 지낸 장사유張四維, 1526~1586를 말한다. 장사유는 포주蒲州 사람으로, 자는 야경冶卿, 치경治卿, 자유子維이고, 호는 우산牛山, 오산수재五山秀才, 봉경鳳馨이다. 가정 32년1553 진사가 되어, 편수, 우중윤·직경연右中允直經筵, 예부상서, 동각대학사 등의 벼슬을 지냈다. 장거정이 죽자 내각수보가 되었다. 부친의 병으로 벼슬을 버리고 고향으로 돌아갔고 얼마 뒤 죽었다. 시호는 문의文毅다.

地, 又一時同朝, 則制科以來, 未有之盛. 其去張桂用事時, 恰將六十年矣. 天運一周, 豈其然乎? 乙丑狀元范應期至祭酒, 庶常二十八人, 則許新安[120]沈歸德入相.

至隆慶戊辰狀元羅萬化至禮部尙書, 而探花趙志高及庶常三十人, 有陳南充沈四明王山陰朱山陰張新建[121]于東阿, 共宰相七人, 眞詞林盛事, 二百餘年所僅有耳. 此後則辛未一甲, 合庶常共三十三人, 無一大拜. 狀元張元忭止諭德五品, 萬曆甲戌[122]狀元孫繼皐至侍郞, 是年無庶常. 丁丑[123]一甲庶常共三十一人, 無一大拜, 狀元沈懋學止修撰, 榜眼張嗣修至遣戍.

庚辰[124]無庶常, 而狀元張懋修, 甫授修撰匝歲, 亦削籍矣. 蓋壬戌戊辰極盛之後, 自難其繼, 亦消息之恆理也. 癸未科則狀元朱國祚[125], 以少宰在告, 李廷機以榜眼大拜, 葉向高以庶常同入相, 亦稱盛事. 其他諸公, 嚮用[126]方新, 且議定每科, 考選吉士, 將來步武[127]綸扉[128], 正不可屈指矣.

---

119 考館 : 진사 급제자가 서길사로 뽑혀 한림원에 들어가는 것을 말한다.
120 許新安 : 명대 가정, 융경, 만력 3대 동안 대신을 지낸 허국許國을 말한다.
121 張新建 : 만력 연간의 내각 대신 장위張位를 말한다.
122 甲戌 : 만력 2년1574.
123 丁丑 : 만력 5년1577.
124 庚辰 : 만력 8년1580.
125 朱國祚 : 주국조朱國祚, ?~1624는 명나라 절강 수수秀水 사람으로, 자는 조륭兆隆이고, 호는 양순養淳이다. 만력 11년1583 진사가 되어, 편수, 유덕諭德, 예부우시랑, 예부상서, 동각대학사, 무영전대학사 등의 벼슬을 지냈다. 사후에 태부太傅로 추증되었고, 시호는 문각文恪이다.
126 嚮用 : 중용되다.
127 步武 : 멀지 않은 거리를 뜻한다. 옛날 1보步를 6척尺으로 보고, 반 보를 1무武로 보았다.

○詞林館元, 更爲不利. 自成化甲辰科梁文康大拜, 凡五十年, 爲嘉靖乙未趙大洲, 辛丑高南宇繼之, 辛丑至近科丙戌[129], 又將五十年矣, 豈止無人入相, 卽官至三品者僅二人. 而丁丑先人爲館元, 終於修撰, 癸未則李道統止司業, 而丙戌則李啓美止檢討. 相連二科, 俱盛年早世, 尤爲恨事. 己丑則王肯堂爲首, 以檢討外謫未出. 而壬辰之王象節, 乙未之高承祚, 俱授史官, 旋終於任. 戊戌王宗植獨至宮庶, 近聞亦卒. 辛丑王陛甲辰王國鼎, 並以初授官告終. 又連五科.

128 綸扉 : 내각.
129 丙戌 : 만력 14년1586.

번역 근신이 은밀히 하사받다

현 왕조의 신하에게 주는 하사품은 이전 조대에 비해 가장 박하고 또 규정이 가장 엄격했다. 그러나 친밀한 자에게 특별히 하사하는 일이 간혹 있어도 선대에는 이에 대해 논하지 않았다. 천순 연간 초 금의장위 사지휘錦衣掌衛事指揮 원빈袁彬은 먼저 백금 300냥과 비단을 하사받고 저택을 받았으며 아내를 맞이할 때에는 또 황금 30냥과 비단옷 여덟 벌을 하사받았고 아들을 낳자 또 그만큼 하사받았다. 가정 연간 초 내각대신 소부 장부경張孚敬이 먼저 별장을 지어 받았고 백금 200냥과 비단을 하사받았으며, 나중에 재취할 때 백금 200냥과 용을 수놓은 붉은 망단蟒緞 4벌을 하사받았다. 무릇 집을 짓고 혼인하는 일은 사사로운 일인데 이와 같이 하사한 것은 한 사람은 황제가 몽진할 때 수행한 옛 정 때문이고, 또 한 사람은 부친의 사당을 세울 때 수고한 공로 때문이다. 문신과 무신을 막론하고 모두 후하게 하사받았고 또 받은 예우에 부합했으니, 다른 신하에 비할 바가 아니었지만 매우 특별한 은전이었다. 강릉공 장거정이 초 지역에 집을 지을 때 은을 1,000냥까지 하사받았으니 그 액수가 지나치게 많았다. 금상의 큰 혼사가 어찌 신하의 일과 같은가? 이에 먼저 가건加巾으로 자성화후가 200냥의 금과 정면으로 앉은 용을 수놓은 망포를 하사받고, 혼례를 치른 후에는 해마다 쌀 백 석을 더해 주었으며 또 그 아들을 대대로 금오金吾의 품계로 올려 주었으며 다른 아들 하나에게는 새승璽丞의 자리를 음서로 주었다. 이런 일이 어찌 말

이 되는가? 이런 일은 끝내 있어서는 안 된다. 만력 10년 금상의 원자
가 태어나자 수규 장포주張蒲州 등 여러 공들이 모두 승진하고 아들에게
음서蔭序한 것은 더구나 현 왕조에서 처음 있는 일이다.

親臣密賚

本朝臣下賜賚, 視前代爲最薄, 且最爲有節. 然以親昵特賜, 則間有之,
祖宗朝所不論. 如天順初, 錦衣掌衞事指揮袁彬, 先賜白金三百兩及彩
幣, 爲治第矣. 比娶婦, 又賚以黃金三十兩, 彩幣八襲, 及生子亦如之. 嘉
靖初, 閣臣少傅張孚敬, 先以西第成, 賜白金二百兩及彩幣矣. 又後以繼
娶, 賜白金二百兩, 大紅蟒緞[130]四襲. 夫營建婚媾私事也, 而錫予如此,
一則蒙塵扈從之舊, 一則禰廟崇勛之勞. 文武後先, 幷拜橫賜, 且其恩禮
符合, 非他臣可比也, 然已爲非常之典矣. 至如江陵公以楚中建第, 賜銀
至千兩, 其數已太多. 至今上大婚, 何與臣下事? 乃先以加巾, 卽受慈聖
二百金坐蟒之賜. 禮成後, 加歲祿百石, 又進其子世金吾秩, 又蔭一子璽
丞. 此何說也? 其不終宜矣. 萬曆十年, 今上元子生, 首揆張蒲州等諸公,
俱進官廕子, 尤爲本朝創建之事.

---

130 蟒緞 : 이무기나 용의 무늬가 들어간 비단을 아울러 칭하는 말.

번역 문정공文正公 사천謝遷이 갑자기 기용되다

　　사목재謝木齋가 재상에 배수된 것은 상중에 부름을 받고 기용된 것이다. 이때가 홍치 연간 을묘년으로 원래는 종5품 시강학사였는데 소첨少詹 겸 학사로 특별 채용되어 내각에 들어가게 되었지만 상복을 입는 기간을 채우지 못해 집에 머물렀다. 또 반년이 지나 북경에 가서 갓 부임하자마자 정첨사正詹事로 올랐고, 첨사가 된 지 2년 만에 태자소보太子少保, 병부상서, 동각대학사로 승진했다. 일시에 대신으로 승진했으니 이처럼 빨리 승진한 자는 아직까지 없었다. 상숙常熟 사람 안찰부사 양의楊儀所가 쓴 『명량기明良記』에 다음과 같은 내용을 찾아볼 수 있다. "사천이 처음에 한림원에 있을 때 상소를 올려 효종의 황비 책봉을 강력히 말렸기 때문에 중궁이 고맙게 여겼다. 나중에 내각 대신으로 추천했는데 일시에 자리가 거의 다 차서 모두 뜻을 이룰 수 없었다. 마지막에 이장사李長沙와 사목재의 이름이 올라가 비로소 하간荷簡과 함께 기용되었다." 그 후 중궁의 여동생이 입궁하자 황상께서 내심 그녀에게 마음을 두시어 황비로 책봉하려 하셨다. 사목재가 또 순임금이 요堯의 두 딸을 처로 맞이한 것에 비유해 상소하자 황상께서 그 말이 옳다 하시니 마침내 조정 신하들이 적극 쟁론해 그만두셨다. 그래서 문정공 사목재가 초년에 직간을 한 것은 본래 아첨한 것이 아니지만 효종께서는 오해해 고맙게 여기셨다. 그는 내각에 있을 때 황상의 후한 은총을 받았다. 아황娥皇과 여영女英이 순임금의 처가 된 일을 말한 것은 도리를 따르며 순종한 것으로 또한 아첨한 것은 아니었다. 하지만 초필양焦泌陽이 이 때문에 사목재의 이전의 상소에서 효강孝康 황후의 뜻에 영합해 효종께서 제사를 받지 못하게 되었다고 했으니 원수가 된 것은 의심할 여지가 없다.

○ 양의는 또 "효강황후의 여동생은 나중에 각로閣老 유씨劉氏의 장남에게 시집을 갔다"고 했다. 당시 두 명이 유씨가 보신이었는데, 유박야劉博野인지 유낙양劉洛陽인지는 알 수가 없다. 그런데, 유낙양은 성품이 강직하다고 기록되어 있으니 틀림없이 유박야일거라고 생각된다. 그러나 유박야가 고향으로 떠나간 것은 바로 황후의 부친 장만張巒에게 내리는 고명을 초안하는 일을 더디게 한 일로 죄를 얻었기 때문이니, 틀림없이 사돈지간은 아닌 것 같다.

원문 謝文正驟用

謝木齋之拜相也, 以丁憂[131] 召用. 時弘治乙卯, 尙爲侍講學士, 從五品, 特起以少詹兼學士, 入直內閣, 因服未滿留家. 又半年抵京, 甫到任卽陞正詹事, 由詹事二年, 卽晉太子少保兵部尙書東閣大學士. 一時大臣崇進, 未有如此之迅捷者. 常見常熟楊憲副儀[132]所作『明良記』云, 謝初在

---

131 丁憂 : 부모의 상喪을 당함.
132 常熟楊憲副儀 : 명나라 중기의 관리 양의楊儀, 1488~약1560를 말한다. 그의 자는 몽우夢羽이고 호는 오천五川이며 상숙 사람이다. 가정 5년1526에 진사가 되어 공부주사에 제수되었으며, 예부와 병부랑중, 산동부사 등을 지냈다. 이후 사직하고 귀향해 매일 독서하며 저술에 힘썼고, '칠회산방七檜山房'과 '만권루萬卷樓'를 만들어 책, 병전, 명화 등을 보관했다. ◉ 憲副 : 안찰부사.

詞林, 上疏力止孝宗冊妃, 以故中宮德之. 後來推閣員, 一時殆盡, 俱不得旨. 最後以李長沙及謝名上, 始並荷簡用. 其後中宮妹入宮, 上用內意, 欲冊爲妃. 謝又奏娶堯二女爲比, 上是之, 竟以外廷力諍而止. 然則文正初年直諫, 本非容悅, 而孝宗誤以爲德. 其在閣也, 受上恩已厚. 娥英[133]之事, 卽將順亦不爲媚. 但焦泌陽因之遂謂謝前疏逢迎孝康, 以致孝宗不祀, 則仇口無疑矣.

○ 楊又云, 孝康之妹, 後嫁劉閣老[134]長子. 時二劉同爲輔臣, 爲博野[135]耶. 爲洛陽耶. 是不可知. 然洛陽以剛直著, 意之必博野. 然博野之去, 正坐草后父張巒誥命稽遲得罪, 則必非姻婭矣.

---

133 娥英之事 : 요임금의 두 딸 아황娥皇과 여영女英으로 순임금의 처가 된 일. 두 사람 모두 요임금의 딸로서 순舜의 아내가 되었다. 아황의 이름은 아맹娥肓, 예황倪皇, 후육后育, 아경娥娙이라고도 하고, 여영은 여영女瑩, 여언女匽이라고도 한다. 기원전 2205년에 순이 창오蒼梧, 지금의 광시[廣西] 동남쪽에서 죽자 아황과 여영은 상강湘江을 헤매며 슬피 울었는데, 그때 뿌린 눈물이 대나무에 얼룩이 되어 반죽班竹 또는 '상비죽湘妃竹'이 생겨났으며, 또 그 둘이 상강에 몸을 던져 죽어서 신이 되었다는 전설이 있다. 후세에는 이 둘을 아울러서 종종 상비湘妃 또는 상군湘君이라고 불렀다.
134 劉閣老 : 명나라 중기에 내각대신이었던 유후劉珝를 말한다.
135 博野 : 명나라 중기에 내각수보를 지낸 유길劉吉을 말한다.

번역 용의 자식

　　장사長沙 사람 문정공 이동양李東陽이 내각에 있을 때 효종께서 갑자기 어찰을 내리시어 용이 낳은 아홉 자식에 대해 상세하게 물으셨다. 문정공 이동양이 다음과 같이 대답했다. "용의 자식 포뢰蒲牢는 울기를 좋아해 지금 종을 메다는 고리가 되었습니다. 수우囚牛는 음악을 좋아해 지금 비파 머리 쪽에 조각된 동물이 되었습니다. 애자睚眦는 살생을 좋아해 지금 칼자루 아랫부분이 되었습니다. 조풍嘲風은 위험을 좋아해 지금 전각의 용마루 장식이 되었습니다. 산예狻猊는 앉기를 좋아해 지금 불좌의 코끼리가 되었습니다. 패하霸下는 무거운 것을 지길 좋아해 지금 비석의 다리가 되었습니다. 폐안狴犴은 소송을 좋아해 지금 옥문 머리에서 지키는 장식이 되었습니다. 희희屭屭는 문자를 좋아해 지금 비석 양쪽에서 꿈틀거리는 모습이 되었습니다. 기문螭吻은 삼키는 것을 좋아해 지금 전각 등성 머리의 짐승머리가 되었습니다. 이 아홉 물건이 모두 용의 종류입니다."

　　이것은 『회록당집懷麓堂集』에 보이는 것으로 실은 이뿐만이 아니다. 또 헌장憲章은 갇히기를 좋아하는 성질이고, 도철饕餮은 물을 좋아하는 성질이며, 실척蟋蜴은 비린 것을 좋아하는 성질이고, 만전蟃蜓은 비바람을 좋아하는 성질이며, 리호螭虎는 문자를 좋아하는 성질이고, 금예金猊는 연기를 좋아하는 성질이며, 숙도椒圖는 입을 닫기를 좋아하는 성질이고, 도다蚼多는 위험을 무릅쓰는 걸 좋아하는 성질이며, 오어鰲魚는 불을 삼키길 좋아하는 성질이고, 금오金吾는 혼령과 통하며 잠을 자지 않는 성질인데, 이것은 또 『박물지博物志』 등 여러 책에서 보인다. 아마도 용의 자손은 매우 많아서 다만 이 아홉에 그치지 않는 것 같다. 또한 용은 매우 음란해서 암컷을 만나면 반드시 교접한다. 소를 만나면 기린을 낳고 돼지를 만나면 코끼리를 낳고 말을 만나면 준마를 낳고 꿩을 만나면 알을 낳아 교룡이 되니 대지의 가장 심한 재해이다. 용의 유체가 돌 틈에서 수십 년이 지나서야 산을 쪼개고 날아나와 성곽을 옮기고 저자거리를 무너뜨리며 무수한 살생을 저지른다. 용이 바다에 들어가면 종종 큰 물고기에게 물려 요행히 용이 되더라도 얼마 안 가서 바로 죽으니 신룡神龍과 응룡應龍처럼 변화해서 장수할 수는 없다. 또 이전의 기록 중에 여자와 교감해 소룡을 낳은 일이 있는데, 용이 한고조漢高祖의 모친 위에 올라가 적제赤帝를 낳자 한나라 성제成帝가 게의치 않고 물러나서 신으로 더욱 받들었다.

○ 또 용이 자식 셋을 낳았고, 그중 자식 하나가 길조吉吊인데 대개 사슴과 교접해 정액을 배출해 생겼으며 왕성한 양기로 음위증을 치료할 수 있었다.

원문 **龍子**

長沙李文正公[136]在閣, 孝宗忽下御札, 問龍生九子之詳. 文正對云, 其

---

136 長沙李文正公 : 명대의 대신이자 유명한 문학가 겸 서예가 이동양李東陽을 말한다.

子蒲牢好鳴, 今爲鐘上鈕鼻. 囚牛好音, 今爲胡琴頭刻獸, 睚眦好殺, 今爲刀劍上吞口, 嘲風好險, 今爲殿閣走獸, 狻猊好坐, 今爲佛座騎象, 霸下好負重, 今爲碑碣石趺, 狴犴好訟, 今爲獄戶首鎭壓, 屭屓好文, 今爲碑兩旁蜿蜒, 豈吻好吞, 今爲殿脊獸頭. 凡九物皆龍種.

此見之『懷麓堂集』者. 而實不止此. 又有憲章性好囚, 饕餮性好水, 蟋蜴性好腥, 蠻蛤性好風雨, 螭虎性好文, 金猊性好烟, 椒圖性好閉口, 虰多性好立險, 鰲魚性好吞火, 金吾性通靈不寐, 此又見『博物志』諸書者. 蓋苗裔甚夥, 不特九種已也. 且龍極淫, 遇牝必交, 如得牛則生麟, 得豕則生象, 得馬則生龍駒, 得雉則結卵成蛟, 最爲大地災害. 其遺體石罅中, 數十年後, 始裂山飛出, 移城郭, 夷墟市, 所殺不勝計. 比入海, 往往爲大魚所噬, 卽幸成龍, 未幾輒殞, 非能如神龍應龍[137]之屬, 變化壽考也. 又前代紀述中, 有感婦人而誕小龍者, 若漢高祖之母, 龍據其上, 乃生赤帝[138], 成炎劉[139]不億, 抑更神矣.

○ 又龍生三子, 一爲吉吊, 蓋與鹿交, 遺精而成, 能壯陽治陰痿[140].

---

137 應龍 : 날개가 있는 용.
138 赤帝 : 한고조 유방을 가리킨다.
139 炎劉 : 劉氏유씨가 세운 한나라.
140 陰痿 : 음경이 발기하지 않아 성교가 불가능한 증상.

번역 한림원에서 수규를 탄핵하다

　전각의 재상을 매번 탄핵하는 상소문은 대부분 언관이 쓰는데 간혹 일반 관리들 사이에서 쓰는 경우도 있다. 탄핵상소문이 소속 관아에서 나오는 경우는 극히 적고 수규에 이르러서는 더욱 드물다. 효종께서 즉위한 첫해에 그런 일이 있은 뒤 지금까지 이르는데 모두 행해졌다. 홍치 원년 서자 장승張昇이 수규 유길劉吉의 10가지 죄를 참소하자 효종께서 선황의 은혜를 따르시어 겨우 장승을 유덕에서 한 단계 옮겨서 상을 박하게 받자 유길을 미워했다. 가정 4년 첨사학사詹事學士 계악桂萼과 장총張璁 등이 수규 비굉이 뇌물을 받고 고향에 거하하면서 불법을 행했다고 참소해 강관講官으로 책을 편수하고 시험을 주관하러 지방으로 가지 못하게 되자 비굉을 미워했다. 가정 7년 첨사학사 황관이 수규 양일청을 공격해 장총과 계악을 도왔다. 가정 8년 첨사학사 곽도가 양일청을 참소하면서 장총과 계악이 자리를 떠난 것은 양일청이 급사중 육찬을 부추겨 그들을 파면하라고 탄핵한 일과 관계가 있다고 말했다. 그 후 또 60여 년이 지나 금상 19년에 사업司業 유응추劉應秋가 수규 신시행을 의론해서 오랫동안 남중南中에 머물렀다. 만력 25년 서길사 유강劉綱이 수규 조지고趙志高의 여러 죄상을 의론했는데, 장차 산관散館에서 지방으로 나가게 될까 봐 사전에 조지고를 협박한 것이다. 만력 31년 예부시랑 겸 독학讀學 곽정역郭正域이 수규 심일관을 참소하니 초태자楚太子 사건을 조사했다. 아마도 그를 지지한 것은 다 이유가 있는 것 같다고 한다. 다만 성화 2년 수찬修撰 나윤羅倫이 수규 이문달李文達을 탄핵하고, 금상 6년 편수編修 오중행吳中行과 검토檢討 조용현趙用賢이 수규 장강릉을 탄핵했으니 탈정奪情 사건이 삼강오륜과 관련된다고 여기고 또 그 일을 가지고 옳고 그름을 따지는 일은 옆에서 한 적이 없다고 한다.

○ 성화 연간 초에 서자 여순黎淳은 의론하는 자들이 경제景帝를 황제로 복위시킬 것을 청하자 상소를 올려 이에 반박했는데 그 여파가 네 번째 재상 상로商輅에게 미쳤다. 당시 여순은 황상의 뜻을 얻고자 아첨하며 황상의 은혜를 구하고자 상로를 꾸짖었던 것이다. 홍치 첫해에 서길사 추지鄒智가 수규 만안과 유길 등을 추궁해 탄핵했는데, 공론이라 말하지만 만안은 이미 수규의 자리를 떠났고 그 상소 또한 어사 양내楊蕭 등의 손에서 나왔기 때문에 나규봉羅圭峯이 그것을 비난했다.

원문 **詞臣論劾首揆**

殿閣輔臣, 每有被彈章[141]者, 然多出言路[142], 或庶僚[143]間亦有之. 其出本衙門者絶少, 至首輔[144]尤罕見. 自孝宗初年有之, 以至于今, 然皆有所爲也. 弘治元年, 庶子張昇[145], 參首揆劉吉十罪, 則以孝宗從龍恩, 僅從

---

141 彈章 : 관리를 탄핵하는 상소문.
142 言路 : 언관言官.
143 庶僚 : 일반 관리.
144 首輔 : 명대 실질적인 재상에 해당하는 수석대학사首席大學士를 말하며, 수규首揆라고도 한다.
145 張昇 : 장승張昇, 1442~1517은 명 중엽의 저명한 학자이자 대신이다. 그의 자는 계소啓昭고, 호는 백애柏崖이며, 시호는 문희文僖다. 강서 남성南城 사람이다. 성화 5년1469 진

諭德轉一階, 以賞薄恨吉也. 嘉靖四年, 詹事學士桂萼張璁等, 參首輔費宏受賄及居鄕不法, 以不得講官修書及主考[146]諸差恨宏也. 七年, 詹事學士黃綰, 攻首輔楊一淸, 則助張桂也. 八年, 詹事學士霍韜參楊一淸, 則謂張桂去位, 係一淸嗾給事陸粲[147]劾罷之也. 此後又六十餘年, 而爲今上之十九年, 司業劉應秋, 論首揆申時行, 則以久淹南中也. 二十五年庶吉士劉綱, 論首揆趙志高諸罪狀, 則以將散館[148]恐外補, 先事脅持之也. 三十一年禮部侍郎兼讀學郭正域, 參首揆沈一貫, 則以勘楚事異議也. 蓋持之皆有故云. 惟成化二年, 修撰羅倫之糾首揆李文達, 今上六年, 編修吳中行檢討趙用賢之糾首揆張江陵, 則以爲奪情大事, 有關綱常, 且就事論事, 未嘗旁及云.

○ 成化初, 庶子黎淳[149], 以議者請追復景帝, 淳疏駁之, 因及四輔商

사가 되어, 수찬修撰, 동궁강독관東宮講讀官, 좌찬선左贊善, 좌서자, 남경공부원외랑, 예부좌랑, 예부상서 등의 벼슬을 지냈다. 사후에 태자태부로 추증되었다.

146 主考 : 명청 시기 지방의 향시를 주관하기 위해 조정에서 파견한 관리.

147 陸粲 : 육찬陸粲, 1494~1551은 명대 가정 연간의 관리다. 육찬의 자는 자여子餘 또는 준명濬明이고 호는 정산貞山이며 남직례南直隸 소주부蘇州府 장주長洲 사람이다. 가정 5년 1526 진사가 되어 서길사로 선발되었다. 공과급사중工科給事中으로 있을 때 장복張福을 하옥시켜야 한다고 간언하다가 오히려 자신이 곤장 30대를 맞고 하옥되었다. 복직된 지 얼마 안 되어 또 장총張璁과 계악桂萼이 전횡을 일삼는다고 상소를 올렸다가 귀주도진역승貴州都鎭驛丞으로 폄적되었다가 영신지현永新知縣이 되었다. 노모 생각에 사직하고 고향으로 돌아갔는데 모친이 돌아가시자 슬픔을 이기지 못하고 상을 마치지도 못한 채 세상을 떠났다.

148 散館 : 서길사로서의 3년 교육 기간을 끝마치는 것을 말한다. 새로 진사에 합격해 서길사로 뽑힌 이들은 한림원의 서상관庶常館에 들어가 3년 동안 학습하는데, 3년이 지나 시험을 친 뒤 성적이 좋은 자는 한림원에 남아 편수, 검토 등의 직책을 제수받고, 그 외의 사람은 각 부로 분배되어 급사중, 어사, 주사가 되거나 지방 현관으로 나가게 된다.

輅. 時淳被旨, 以獻諂希恩誚之矣. 至弘治初年, 庶吉士鄒智[150], 追劾首
揆萬安劉吉等, 雖云公論, 然萬已去位, 其疏亦出御史楊廓等手, 羅圭
峯[151]嘗譏之.

149 黎淳 : 여순黎淳, 1423~1492은 명나라 호광 악주부岳州府 화용華容 사람으로, 자는 태박太
朴이고, 호는 박암朴庵이다. 천순 원년1457 장원으로 진사가 되어, 한림원수찬, 첨사
부 소첨사 겸 시독, 이부우시랑, 남경공부상서, 남경예부상서 등의 벼슬을 지냈다.
시호는 문희文僖다.

150 鄒智 : 추지鄒智, 1466~1491는 명나라 사천 합주合州 사람으로, 자는 여우汝愚이고, 호는
입재立齋 또는 추연秋困이다. 성화 23년1487 진사가 되었다. 계속되는 간언과 비리
폭로로 대신들의 미움을 사 광동 석성石城으로 폄적되었다. 사후에 충개忠介라는 시
호를 받았다.

151 羅圭峯 : 명 중기의 학자 겸 문학가 나기羅玘, 1447~1519를 말한다. 그의 자는 경명景鳴
이고, 호는 규봉圭峰이며, 남성南城 자규磁圭 사람이다. 성화 23년1487 진사가 되어,
서길사, 한림원편수 등의 벼슬을 지냈다.

효종 때에 군주와 신하의 관계가 물과 물고기 같았던 일은 천고의
미담으로 지금까지 사람들이 그 이야기를 찬미한다. 그중에 약간 그렇
지 않은 자가 있는데 지금 사람들이 꼭 아는 것은 아니다. 홍치 연간 첫
해에 황상께서 유박야劉博野, 서의흥徐宜興, 유낙양劉洛陽 세 재상을 기용했
는데, 당시 왕삼원王三原도 처음에는 이부상서로 유낙양과 함께 관직에
임명되어 원래 사이가 좋았다. 얼마 안 되어 유박야가 언관을 처벌하려
고 했는데 왕삼원이 그를 구제하면 이미 약간 사이가 틀어졌다. 가장 나
중에 유문태劉文泰의 사건이 일어나면서 구경산邱瓊山이 가장 늦게 내각
에 들어왔지만 은연 중에 그를 중심으로 삼게 되면서, 효종의 관심이 갑
자기 줄었고 왕삼원은 쫓겨났다. 효종 말년에 마균양馬鈞陽이 12년간 병
부상서였다가 소부를 더하고 이부로 옮겼는데 가장 명망이 높은 어른
이라고 칭했다. 유낙양은 이미 수규였고, 이장사李長沙와 사여요謝餘姚가
그다음이었는데, 세 재상 모두 명망이 높았다. 유화용劉華容이 새로 들어
와 병부상서가 되었고, 대부랑戴浮梁 또한 대장臺長으로 기용되었는데,
두 사람 모두 황상께서 중히 여기셨지만 유화용을 더 깊이 총애하셨기
때문에 수시로 황상을 알현해 무릎을 맞대고 여러 차례 가까이서 이야
기를 나누니 은혜와 예우가 여러 재상들보다 특별했다. 세 재상이 황상
의 뜻에 맞추되 황상의 뜻에 부당한 점이 있으면 또한 함께 상의하여 고
쳤다. 세 재상이 때로는 오히려 유화용에게 황상께서 오늘 무슨 말씀을

하셨는지 물었는데 마음속으로 불만스러웠다. 마균양이 과거에 급제한 뒤 이부와 병부의 일을 맡았지만 용안을 한 번도 보지 못하자 점차 질투하는 마음을 품게 되었다. 효종께서 붕어하시고, 대부량 또한 세상을 떠났으며 유화용은 이어서 요청한 것이 받아들여졌다. 마균양이 관리 선발 시험에서 '재상은 반드시 독서인을 기용해야 한다'는 논제를 내어 유낙양이 배움이 없음을 비난했는데, 이 일은 또 유화용이 자리를 떠나기 이전에 있어서 마침내 내각대신들 사이에 틈이 벌어졌다. 이장사가 비록 공정함을 유지했다고 하지만 유화용이 감숙^{甘肅}으로 수자리를 갔는데도 전혀 구제하지 못했다. 그렇지 않다면 홍치 17년에 황상과 정사를 논하는 일을 어찌 보지 못했겠는가? 이장사와 사여요 두 공이 내각에 있었는데 효숙주태후^{孝肅周太后}의 상례 때문에 내각대신을 불러 장사^{葬事} 문제를 의론했다. 이 때문에 이동양과 사천은 "신들은 이미 7년 동안 황상을 알현하지 못했습니다"라고 상소를 올렸다. 그 말은 원망인가? 감사인가? 이듬해가 되어 정호^{鼎湖}에서 마침내 울었다. 이와 같은 상황에 효종께서 재위에 계셨더라도 유화용이 꼭 좋게 떠나지는 못했을 것이다. 군주와 신하 사이가 이처럼 어렵다. 어찌 오직 환사군^{桓使君}만이 쟁^箏을 어루만져 사안^{謝安}을 울릴 수 있겠는가.

원문 **閣部形跡**

孝宗朝, 君臣魚水, 千古美談, 至今人能誦其說. 乃其中微有不然者,則今人未必知也. 弘治初年, 上用劉博野徐宜興[152]劉洛陽[153]三相, 時王三原亦初爲吏部尙書, 與洛陽同拜命, 本相善也. 未幾博野欲處言官, 而三原救之, 已微齟齬. 最後劉文泰[154]事起, 邱瓊山[155]最晩入閣, 陰爲之主, 孝宗睿注頓衰, 三原因以見逐. 至上末年, 馬鈞陽以十二年本兵, 加少傅, 改吏部, 最稱耆夙[156]. 洛陽公已爲首揆, 李長沙[157]謝餘姚[158]次之, 三相咸負物望. 而劉華容[159]新入爲本兵, 戴浮梁亦起爲臺長, 二人俱爲上所重, 而睿劉尤深, 因得非時召見, 造膝三接, 恩禮出諸貴上. 卽三相所調旨, 有不當上意, 亦與商確竄定. 三相有時反從劉問上今日何語, 意不無快快. 鈞陽第修銓曹[160]職事, 不獲一望天顏, 亦稍稍懷妬矣. 孝宗上賓, 浮梁亦下世, 華容繼得請. 鈞陽銓試[161], 出宰相須用讀書人論題, 以譏洛陽

---

152 徐宜興 : 명나라 홍치 연간에 내각수보를 지낸 서부徐溥를 말한다.

153 劉洛陽 : 명 중기의 명신으로 내각수보를 지낸 유건劉健을 말한다.

154 劉文泰 : 유문태劉文泰, 생졸년 미상는 명대 강서 상요上饒 사람으로, 홍치 연간에 승덕랑 태의원판承德郞太醫院判을 지냈다. 홍치 18년1505 황명을 받들어 『본초품휘정요本草品彙精要』 42권을 편찬했다. 유문태는 예부상서 구준邱濬과 왕래하며 다른 곳으로 관직을 옮겨달라 청탁했는데, 이 사실을 이부상서 왕서가 알고 저지했다. 이에 유문태가 왕서를 모함했는데, 나중에 사실이 발각되어 오히려 금의위에 갇히고 어의御醫로 강등되었다.

155 邱瓊山 : 명대 중기의 유명한 사상가 구준邱濬,1420~1495을 말한다. 구준은 경산瓊山 사람으로, 자는 중심仲深이고, 호는 경대瓊臺이며, 시호는 문장文莊이다. 경태 5년1454 진사가 되어, 서길사, 한림원편수, 시강학사, 한림학사, 국자감좨주, 예부상서, 호부상서, 문연각대학사 등의 벼슬을 역임했다. 사후에 태부太傅로 추증되었다. 『영종실록英宗實錄』과 『헌종실록憲宗實錄』 편찬에 참여했다.

156 耆夙 : 사회적으로 명망이 높은 노인.

157 李長沙 : 이동양李東陽을 말한다.

158 謝餘姚 : 명나라 중기의 저명한 내각대신 사천謝遷을 말한다.

159 劉華容 : 명대의 대신 유대하劉大夏를 말한다.

160 銓曹 : 문관을 선발하는 이부와 무관을 선발하는 병부를 함께 이르는 말.

不學, 亦先華容去位, 而閣部之隙遂開. 李長沙雖云持平, 然華容公甘肅一戍, 已不能救矣. 以爲不然, 何不觀弘治十七年召對事乎? 李謝二公在閣, 因孝肅周太后喪禮, 召閣臣入議葬事. 東陽遷因奏曰, 臣已七年不得見皇上矣. 其言愍乎? 感乎? 次年而鼎湖遂泣. 似此局勢, 卽使孝宗猶在御, 華容公亦未必善去也. 君臣之際, 其難如此. 寧獨桓使君[162]撫箏, 能令謝安[163]涕泣哉.

---

161 銓試: 이부에서 실시하는 관리 선발 시험.

162 桓使君: 동진東晉 시기의 무장武將이자 음악가인 환이桓伊, 생졸년 미상를 말한다. 환이는 초국譙國 질현銍縣 사람으로, 자는 숙하叔夏, 자야子野, 야왕野王이다. 회남태수淮南太守, 예주자사豫州刺史, 강주자사江州刺史, 서중랑장西中郎將, 건위장군建威將軍, 우군장군右軍將軍, 호군장군護軍將軍 등의 벼슬을 지냈고, 선성현자宣城縣子, 영수현후永脩縣侯로 봉해졌다. 사후에 우장군右將軍, 산기상시散騎常侍로 추증되었고, 시호는 열렬이다. 피리를 잘 불었다.

163 謝安: 사인謝安, 320~385은 진군陳郡 양하陽夏 사람으로 동진東晉 중기에 재상을 지냈다. 그의 자는 안석安石이고, 시호는 문정文靖이다. 젊어서부터 청담淸談한 생활을 선호해 여러 차례 벼슬을 거절했다. 회계군會稽郡 산음현山陰縣의 동산東山에서 왕희지王羲之, 손작孫綽 등과 산수山水에서 노닐며, 사기謝家의 자제들을 교육했다. 나중에 벼슬길에 나서 오흥태수吳興太守, 시중 겸 이부상서, 중호군中護軍, 양주자사揚州刺史, 중서감中書監, 도독오주都督五州, 유주지연국제군사幽州之燕國諸軍事 겸 가절假節, 태보太保 겸 도독십오주군사都督十五州軍事, 위장군衛將軍 등을 역임했다. 사후에 태부太傅로 추증되었고, 여능군공廬陵郡公으로 봉해졌다.

　무종 연간에 장사 사람 문정공 이동양이 은퇴한 후 매번 정덕 연간 초기의 일에 대해 이야기할 때마다 통곡하지 않은 적이 없는데, 아마도 유낙양, 사여요와 함께 행동하지 못한 것을 후회해서인 것 같다. 단도 사람 문양공 양일청이 가정 연간 초기에 관직을 그만두고 귀향한 뒤 바로 장영張永의 묘지명 사건으로 관직을 빼앗기고 등에 종기가 났는데, 매번 어린놈에게 속았다고 탄식했으니, 아마도 그 당시 대례大禮가 잘못되었다고 견강부회화여 마침내 장영가에게 치욕을 당했다고 후회한 것 같다. 세종 말년에 엄분의嚴分宜가 쫓겨나 집에 거하게 되고 엄세번嚴世蕃은 수자리에 보내지자 숨겨 놓은 돈을 볼 때마다 얼굴을 가리고 울면서 그것을 조정에 바쳐 변방으로 양식을 보내는데 보태고자 했다. 금상 초년에 고신정高新鄭이 쫓겨나 집에 거하며 팔다리에 병을 앓았는데, 분해서 가슴이 답답하고 무료해 매번 벽과 안석, 창에 '정차담精扯淡' 세 글자를 하루에도 수백 번 쓰자 서화정, 내강, 강릉 등과 사이가 틀어진 감정이 가슴 속에서 점차 사라졌다. 물이 마르면 돌이 드러나고 흥이 다하면 슬픔이 오는 것은 마땅한 이치다. 혹자는 다음과 같이 말한다. "이 여러 공들은 모두 아들이 없어서 만년에 다소 깨달은 점이 있다. 다만 근래에 강릉공은 그 총명함이 어찌 위의 네 공들보다 못하겠는가마는 위기에 처하자 화나고 분한 마음이 더욱 심해졌고 권위에 연연해 사람을 천거하고 배척하는 일을 죽을 때까지 그치지 않았

으니, 아들이 많고 뒷걱정이 많아서 그가 수고로웠던 것이다." 이 말
또한 이치가 있다.

○ 왕여령王與齡의 묘지명에서는 엄세번이 재상 엄분의의 양자라고
했는데 그 내용은 이미 앞권에 나와 있다.

원문 **首相晚途**

武宗朝, 長沙李文正, 林下每談及正德初年, 未嘗不慟哭, 蓋追悔不及
偕劉謝同行也. 丹徒楊文襄, 嘉靖初年罷官歸, 尋以張永嘉墓銘事[164]奪
職, 疽發於背, 每嘆爲小子所賣, 蓋追悔當年附會大禮之非, 終見辱於張
永嘉也. 世宗末年, 嚴分宜被逐家居, 世蕃遣戍, 見所藏錙輒掩泣[165], 至
欲獻之朝, 以助邊餉. 今上初年, 高新鄭[166]被逐家居, 患末疾[167], 忿鬱無
聊, 每書壁及几牖云, 精扯淡[168]三字, 日以百數, 則華亭[169]內江江陵諸郡

---

164 張永墓銘事 : 양일청이 사직한 뒤 장영張永, 1465~1529의 동생 장용張容에게 뇌물을 받
고 장영의 묘지명을 써준 사건을 말한다. 장영은 명나라 정덕 연간의 유명한 환관
집단 '팔호八虎' 중의 한 명이다. 중화서국본『만력야획편』에는 '장영가묘명사張永
嘉墓銘事'로 되어 있지만, 상해고적본에는 '장영묘명사張永墓銘事'로 되어 있다. 장영
가 즉 장총은 가정 18년1539에 죽었고, 양일청은 장총보다 9년 전인 가정 9년1530에
죽었으니 양일청이 장총의 묘지명을 써주는 일은 시기상으로 성립되지 않는다.
그러므로 상해고적본을 따라 '장영묘명사張永墓銘事'로 수정했다. 〔역자 교주〕
165 泣 : 읍泣은 원래 지之로 되어 있는데, 사본에 근거해 고쳤다泣原作之, 據寫本改. 【교주】
166 高新鄭 : 명대 중기 내각수보를 지낸 고공高拱을 말한다.
167 末疾 : 팔다리에 생기는 질병.
168 精扯淡 : 명대 항주 지역의 유행어로, '영리한 헛소리'라는 의미. 명대 전여성田汝成
이 쓴『서호유람지여西湖遊覽志餘』권25에서 항주杭州 지역의 유행어를 소개하고 있
다. 당시 항주에서는 두 글자의 음을 반반씩 가져와 하나의 글자로 말하거나, 원말

在胸中, 已漸消化矣. 水落石出, 興盡悲來, 理勢宜然. 或曰, 此諸公皆以無子, 故晚稍醒悟. 只如近日江陵公, 其聰明豈出四公下, 而瀕危悁忿愈甚, 戀戀權位, 薦人擠人, 至死不休, 則多男子多後顧累之也. 此說亦有理.

○ 王與齡墓銘, 云世蕃爲嚴相養子, 已見前卷.

의 사용을 피하고 듣기 좋은 다른 단어를 사용하는 것이 유행이었다. '정精,jing'은 '즉령鯽令,jiling'이라는 단어에서 즉鯽의 [j]와 령令의 [ing]를 합친 발음으로 '영리하다'는 의미다. '차담扯淡'은 원래 '허튼 소리'라는 의미인 '호설胡說'을 돌려서 표현한 말이다. '정차담精扯淡'은 이 두 단어를 합친 단어로 '영리한 헛소리' 정도의 의미가 될 듯하다.

169 華亭 : 명대 내각수보를 지낸 서계徐階를 말한다.

세 황제 이후의 고명대신으로 정덕 연간 말의 문충공文忠公 양신도楊新都, 가정연간 말의 문정공文貞公 서화정徐華亭, 융경 연간 말의 문충공 장강릉張江陵은 모두 황제의 유명을 받았으니 권세가 특히 대단했다. 또한 시국이 급변해 백관들이 자신의 직무를 스스로 관장했는데, 거의 묘진경茆晉卿처럼 했다. 그래서 세 재상 또한 흔쾌히 천하의 일을 자임했는데, 형제지간도 결국 조정할 수가 없어서 세상 사람들의 비방과 비웃음을 당했다. 양신도의 아우는 병부좌시랑 양정의楊廷儀인데, 처음에는 형의 연고로 예부에서 이부로 옮겼다가 나중에 한순간에 환심을 잃어 한바탕 관리들에게 비방을 하면서 양신도가 역적 유근劉瑾에 아첨해서 승진했고 나중에 재상이 조정을 떠나게 된 탄핵 상소들까지도 미리 알았다고 말하기까지 했다.

서화정의 아우는 남경공부우시랑南京工部右侍郎 서척徐陟으로 중앙 관서에 오르내렸지만 크게 기용되지 못하자 그의 형을 몹시 미워해 감춰진 일을 폭로하고 탄핵문을 올리기까지 했다. 서화정이 재상직을 그만두어서 선친의 기일에 삼베로 된 옷을 입고 좌도左道에서 맞이했다.

장강릉의 이복 동생은 거인擧人 장거겸張居謙인데, 공자로 과거시험을 치르게 되자 병을 핑계대고 시험장에 들지 않고 남양부南陽府로 돌아가 근심하다 죽으니 태부인이 애통해하며 병을 얻었다. 장강릉이 경신庚辰 년에 누차 상소를 올려 고향으로 돌아가길 청했는데, 이 모든 것이 이 일 때문이었다. 이듬해 장강릉 자신도 기용되지 못했다.

세 공의 공훈과 명성이 시대에 자자했으므로 보통의 재상이 아니었
는데, 형제지간에 책망한 격이니 오히려 부끄러운 것 같다.

三朝以來, 受遺元老, 如正德末之新都楊文忠, 嘉靖末之華亭徐文貞,
隆慶末之江陵張文忠, 俱受玉几導揚, 事權特重. 且時局驟更, 百官總己,
幾同苗晉卿[170]故事. 卽三相亦慨然以天下自任, 而同氣之間, 竟不能調
停, 爲世所姍笑. 新都之弟, 爲兵部左侍郎廷儀[171], 初以乃兄故, 從禮部
調吏部, 後頓失懽, 遍騰謗於縉紳, 至謂新都附麗逆瑾[172]以進. 後首揆去
國諸彈章, 亦預聞焉.

華亭之弟, 爲南京工部右侍郎陟[173], 以浮沉卿寺[174], 不得大用, 痛恨其

---

170 苗晉卿 : 묘진경苗晉卿,685~765은 당나라 때 재상을 지낸 인물이다. 그의 자는 원보元輔
    이고, 노주潞州 호관壺關 사람이다. 진사에 급제해 무현위, 선현위, 서주사호참군,
    시어사, 병부원외랑, 이부랑중, 중서사인, 이부시랑, 하동태수, 공부상서 등을 지
    냈다. 안사의 난 이후 사직하고 금주金州로 도주했는데, 당 숙종이 불러들여 한국공
    韓國公으로 봉해주었다. 태사로 추증되었으며 시호는 의헌懿獻을 하사받았는데, 이
    후 시호가 문정文貞으로 바뀌었다.
171 廷儀 : 명대 내각수보를 지낸 양정화의 동생 양정의楊廷儀,생졸년미상를 말한다. 그의
    자는 정부正夫이고, 사천 성도 사람이다. 홍치 12년1499에 진사가 되어 병부좌시랑
    을 지냈다.
172 逆瑾 : 환관 유근劉瑾을 말한다.
173 徐陟 : 서척徐陟,1513~1570은 명대 내각수보를 지낸 서계徐階의 동생이다. 그의 자는
    자명子明이고, 호는 망호望湖 혹은 달재達齋다. 직례 화정華亭 사람이다.
174 卿寺 : 구경九卿의 관서로 중앙관서를 말한다.

兄, 至於訐陰事, 登之白簡. 華亭罷相, 故用先忌日, 以苴麻迎之道左.

江陵之異母弟擧人居謙, 因公子就試, 勒其辭疾不入闈, 居謙歸至南陽府, 悒鬱而歿, 太夫人哀痛成疾. 江陵庚辰屢疏乞歸, 全爲此事. 甫踰年, 身亦不起矣.

三公者, 勛名蓋代, 故非經常宰相, 若責友于[175], 似尙有慚色.

---

[175] 友于 : 형제를 말한다.

이남양李南陽이 탈정奪情하자 식자들은 모두 그를 비난했고, 나일봉羅
一峯이 규탄하며 상소를 올렸는데 그 언사가 매우 혹독했다. 당시에 이
를 지나치다고 여기는 자들이 있었는데, 이남양이 헌종의 남다른 총애
를 받아 차마 탈정을 사양하지 못했기 때문이었다. 양신도가 부친상을
당했는데도 무종께서 또한 극구 그를 조정에 남도록 만류하셨는데, 세
차례 상소를 올린 후에야 그의 청을 들어주셨다. 이때 급사중 범상范尙
이 또한 상소를 올려 양신도의 귀향을 윤허하기를 청했고, 또 장구령張
九齡이 상喪 중에 기용되었다가 후대에 비난을 받은 일을 끌어다 비유했
다. 그의 뜻은 엄격했지만 문사는 완곡해서 가장 격식을 갖추었기 때문
에 양신도가 황상의 뜻을 거스른다고 여기지 않고 떠나려는 마음이 더
욱 결연했다. 나라를 위해서도 집안을 위해서도 모두 진정으로 부담이
없었다. 강릉공 장거정이 부모상을 당했을 때 황상이 그를 적극 만류하
자 당시 사관 오중행과 조용현 두 공이 일을 바로잡고자 상소를 올렸다.
이 일은 대체로 급사중 범상의 일과 같은데, 어쩔 수 없이 주변의 몇몇
무리들이 결국 사악한 설에 미혹되어 오히려 두 공이 사문을 배반했으
니 곤장을 쳐야한다고 말했다. 이들의 말을 제지할 수 없게 되어 몸은
비록 조정에 머물렀지만 화가 미쳤다. 장강릉이 죽은 지 1년이 안 되어
신임 수규 포판蒲坂의 장사유張四維 역시 모친상을 당했는데, 이때 이전의
일을 경계로 삼아서 조정에 머무를 이유가 결코 없었다. 그러나, 포판의

장사유가 막 벼슬길에 나왔고 당시의 형세가 마침내 또 크게 변했다. 이에 장강릉이 위험을 무릅쓰고 바르게 행하지 않고 하루도 기필코 내각을 버리지 않으려고 한 것은 또한 부득이했음을 알 수 있다.

　○ 양신도가 상을 당해 집으로 달려간 지 겨우 한 달 만에 상을 빨리 끝내라고 재촉하는 행인이 이미 도착하자 상소를 올려 슬픔을 고하고 시묘살이를 청했다. 황상께서 윤허하지 않겠다는 조서를 내리시고 또 내신 우감승右監丞 진용秦用을 보내시어 불러들여 기용한다는 칙서를 가져왔다. 양신도가 또 어렵사리 사양하자 황상께서 비로소 시묘살이를 마칠 수 있게 청을 들어주시고 상을 마치면 북경으로 오라고 애써 권하는 명을 내리셨다. 상을 치르는 기간이 다 차자 황상께서 다시 행인을 보내시어 급히 조정으로 돌아오라는 칙서를 가져왔고 양신도는 또 다시 사양하고 시묘살이 기간을 더 채웠다.

원문 **楊新都守制**[176]

　李南陽之奪情[177], 識者訾之, 羅一峯糾疏, 詞旨極峻. 當時有以爲過者, 以李受憲宗異眷, 不忍辭也. 楊新都丁外艱[178], 武宗亦固留之, 至三疏而後得請. 是時給事中范尙, 亦疏請允楊歸, 且引張九齡起復[179], 見譏後世

---

176 守制 : 자식이 부모상을 당해 만 27개월 동안 근신하며 모든 교제를 끊는 것으로, 예를 들어 선비는 과거 응시를 중지하고, 관리는 그 직職을 사임한다.
177 奪情 : 부모상을 당한 후 관직을 그만두지 않고 계속하는 것.
178 外艱 : 부친상.
179 起復 : 부모상 중에 기용되는 것.

爲比. 其旨嚴而詞婉, 最爲得體, 新都不以爲忤, 求去益決. 爲國爲家, 眞兩無負. 江陵公聞喪[180], 爲上勉留, 時史臣吳趙兩公救正之疏. 大都與范給事同, 無奈羣小脅持, 竟惑邪說, 反謂二門生背叛門牆, 加以廷杖. 迄不能止言者, 雖身留而禍釀矣. 江陵歿未一年, 而新首揆蒲坂[181], 亦遭內艱, 此時前車方戒, 萬無留理. 然蒲坂甫出春明[182], 而時局遂又大變. 乃知江陵寧冒不韙, 必不肯一日舍綸扉, 蓋亦非得已也.

○ 新都奔喪到家, 甫一月而守催之行人已至, 上疏哀控, 乞守制. 優詔不允, 又差內臣右監丞秦用, 賫敕召起. 新都又苦辭, 上始聽終制, 命服闋敦勸來京. 至制滿, 上復遣行人, 賫敕促之還朝, 又再辭而至.

---

180 聞喪 : 객지에서 부모가 돌아가셨다는 소식을 듣는 것.
181 蒲坂 : 명대 만력 연간에 내각수보를 지낸 장사유張四維를 말한다.
182 春明 : 벼슬길.

[번역] 내각의 이합집산

정덕 연간 초에 유건劉健과 사천謝遷이 직위를 떠나자 이장사李長沙가 나랏일을 맡았다. 초방焦芳은 이부로 가고 유우劉宇는 병부로 갔다가 비슷한 시기에 내각에 들어왔다. 장채張綵는 낭서郎署에서 일약 태재太宰로 승진했고 조원曹元 또한 병부상서로 승진했는데, 이들은 모두 역적 유근劉瑾이 끌어들인 자들로 한통속이 되어 권세를 멋대로 휘두르며 거의 수규가 없는 듯이 행동했다. 이장사가 그들을 중재했는데도 겨우 조금 나아질 뿐이었다. 유근이 죽임을 당하자 그를 따르는 무리들이 모두 실각했다. 또 2년 후 이장사가 사직하자 양신도楊新都가 멀리서 달려와 신속하게 대권을 받았고 양남해梁南海와 비연산이 그를 보좌했다. 양단도楊丹徒는 재주와 총명함으로 관직을 받아 하루아침에 직위를 얻었으니 사람들이 선망하며 부러워했는데, 비록 주상께서 간신들에게 미혹되어 폭정이 매일 들려왔지만 의지하는 여러 재상들이 바로잡고 보완하니 양준산楊遵產은 '신이 아랫사람들보다 맑다'는 칭찬을 받았다. 얼마 안 가서 육전경陸全卿이 이부상서가 되었고 왕진계王晉溪는 병부상서가 되었는데, 두 사람은 재주는 있지만 탐욕스럽고 음흉해 안으로는 권세 있는 환관들과 결탁하고 밖으로는 역모를 꾀하는 번왕과 내통했다. 비록 내각에 장전주蔣全州와 모동래毛東萊까지 들어와 모두 연장자를 우대하고 양신도와 해가 협력해 세 신하가 균형을 이루며 임금을 받들었으며 이부와 병부가 겉으로는 사이가 좋았지만 안으로는 물과 불처럼 대립해서 밤낮으로 서로 의심하고 경계했다. 영왕寧王의 반란이 평정되고 무종 또한 승하하시니 두 사람이 차례대로 죽임을 당하고 귀양을 갔다. 내각이 충심으로 군주를 보좌한 공을 크게 세우니 세종께서 등극하시어 시국이 새롭게 바뀌었다.

원문 閣部離合

正德初, 劉謝去位, 長沙[183]當國. 焦芳從吏部, 劉宇[184]從兵部, 先後入閣. 張綵以郎署驟拜太宰, 曹元亦進本兵, 皆逆瑾所引, 膠互弄權, 幾不知有首揆. 李公調停其間, 僅亦有補救而已. 瑾誅, 諸附麗者俱敗. 又二年, 長沙謝事, 楊新都[185]以疏遠驟膺大柄, 梁南海費鉛山佐之. 楊丹徒以才諝領銓, 一時在事, 俱人望, 號同心, 雖主上惑於貂弁, 秕政日聞, 賴諸公匡救彌縫, 有楊遵產臣清於下之譽. 未幾陸全卿[186]爲吏部, 王晉溪爲兵部, 二人才而貪險, 內結權豎, 外通逆藩. 雖揆地益以蔣全州毛東萊,

---

183 長沙: 명대의 대신 이동양李東陽을 말한다.
184 劉宇: 유우劉宇, 생졸년미상는 명대 후기의 관리다. 그의 호는 백대伯大이고 호는 태화太和이며, 금수金州 사람이다. 만력 11년1583에 진사가 되어, 양양襄陽, 양산梁山, 인양安陽, 형대刑臺 등지의 현령, 남경병주사南京兵主事, 직방사랑중職方司郎中 등의 벼슬을 지냈다. 저서로 『태화문집太和文集』16권과 『시집詩集』8권이 전해진다.
185 楊新都: 명대 정덕 연간에 내각수보를 지낸 양정화楊廷和를 말한다.
186 王晉溪: 왕경王瓊, 1459-1532은 명대 중기의 대신이다. 그의 자는 덕화德華이고, 호는 진계晉溪이며 쌍계노인雙溪老人이라고도 불린다. 산서 태원 사람으로, 성화 20년1484에 진사가 되어 공부주사, 호부상서, 병부상서, 이부상서 등을 지냈고 소보, 소부, 소사와 태자태보, 태자태부, 태자태사의 자리에 모두 올랐다. 태사로 추증되었으며 시호는 공양恭襄이다. 저서로 『서번사적西番事迹』, 『북변사적北邊事迹』 등이 전해진다.

俱厚重長者, 楊梁協力, 鼎足承君, 然與吏兵兩曹, 外交懽而內水火, 日夕相猜防. 迨寧事底平, 武宗亦升遐, 二人先後誅竄. 內閣獨建捧日之功, 而世宗入紹, 時局一新矣.

번역 수규가 다시 차규를 맡다

　재상 가운데 수규와 차규의 구분은 정덕 연간과 가정 연간에 가장 심했다. 그리고 수규가 다시 겸손하게 차규를 맡는 일 또한 이때에 시작되었다. 정덕 연간 10년에 신도新都 사람 양정화楊廷和가 부모상을 당하자 남해南海 사람 양저梁儲가 3년간 수규를 대신했다. 정덕 연간 13년 겨울에 양정화가 다시 돌아오자 양저가 이전대로 차규를 맡았고 결국 차규로 벼슬을 끝마쳤다. 가정 연간 10년에는 영가永嘉 사람 장부경張孚敬이 사직하자, 임구任邱 사람 이시李時가 대신 수규를 맡았는데, 이듬해 장부경이 다시 기용되자 이시가 이전대로 차규로 돌아갔다. 가정 연간 14년에 이시가 벼슬에서 물러났다가 다시 수규를 맡았고, 얼마 안 되어 연산 사람 비굉이 고향에 있다가 기용되어 다시 나랏일을 맡자 이시가 예전대로 차규로 돌아갔다. 이로부터 석 달 만에 비굉이 차규로 재임 중에 죽자 이시가 비로소 수규로 불려졌다. 가정 연간 23년에는 제성諸城 사람 적란이 사직하자 분의分宜 사람 엄숭이 2년 넘게 대신 수규를 맡았다. 귀계貴溪 사람 하언夏言이 고향에 있다가 기용되어 다시 나랏일을 맡자 엄숭이 예전대로 차규로 돌아갔다. 2년 만에 하언이 극형을 당하자 엄숭이 비로소 다시 수규로 불려졌다. 이후 40여 년이 지난 금상의 신묘辛卯년에 오현吳縣 사람 신시행이 사직하자 태창太倉 사람 왕석작이 아직 돌아오기 전이라 조란계趙蘭谿가 그대로 수규를 맡았다. 2년이 다 되어 왕석작이 일을 맡게 되자 조란계는 예전대로 차규로 돌아갔다. 갑오년 왕석작이 자리에서 물러나자 조란계가 비로소 수규로 불려지게 되었다. 당시 전임자들의 재능과 명망 그리고 그들에 대한 총애가 후임자보다 몇 배나 컸다. 후임자들 또한 겸양한 태도로 전임자를 계승하며 기꺼이 승복하고 끝까지 원망함이 없었다. 엄숭의 경우에는 전임자 하언이 돌아온 것 때문에 오랜 원한이 더 깊어졌으니, 하언이 은거하며 때를 기다린 결과가 이렇게 나타난 것이다.

원문 首輔再居次

輔臣首次之分, 極於正嘉間. 而首輔復遜居於次, 亦始於此時. 正德十年, 楊新都廷和丁艱, 梁南海儲代居首三年矣. 十三年冬, 新都再至, 梁仍居次, 遂終以次相策免. 嘉靖十年, 張永嘉孚敬去位, 李任邱時[187]代居首, 次年永嘉再起, 李仍居次, 十四年永嘉致仕, 李又居首, 未幾費鉛山宏從田間起再當國, 李仍居次, 甫三月而費卒於位, 任邱始稱首揆. 二十三年, 翟諸城鑾去位, 嚴分宜嵩代居首已二年矣. 夏貴溪言從田間起再當國, 嚴仍居次, 凡二年, 而夏極刑, 嚴始復稱首揆. 此後又四十餘年爲今上辛卯, 申吳縣時行去位, 王太倉錫爵未至, 趙蘭谿仍首揆, 將兩歲, 太倉蒞事, 趙仍居次. 甲午太倉致政, 趙始得稱首揆. 是時位諸公上者, 其才望, 其寵眷, 遠出踵起者數倍. 諸公亦用柔道承之, 甘心雌伏, 終保無咎. 如分宜者, 且因而快夙隙焉, 養晦之效如此.

---

187 李任邱時 : 명나라 중기의 대신 이시李時를 말한다.

대례大禮에 관한 의론이 처음 일어났을 때 계악이 앞장서고 장총이 그 뒤를 이었다. 이윽고 장총은 민첩하고 노련함으로 황상의 총애를 얻어서 먼저 재상에 들어갔고 계악은 2년 늦게 뒤이어 들어갔는데 그에 대한 황상의 신임과 쓰임이 장총만 못했지만 내심 기대가 없을 수는 없었다. 당시 장거莊渠 위교魏校가 강학講學으로 두터운 명성을 얻고도 오랫동안 지방 관료로 머물러 있었는데, 계악이 좨주祭酒로 끌어 들여 매번 황제께 올리는 답글의 초안을 모두 그에게 부탁하니, 황상께서 매번 좋다고 말씀하셨다. 장총은 스스로 부족함을 느끼고는 그 까닭을 탐문해 알게 되자 이에 위태상을 내쫓고 경연에 들어가는 것을 그만두게 하니 계악이 비로소 예전만 못해졌다. 처음에 왕문성이 양광兩廣 총독 겸 순무에 다시 기용된 것은 사실 장총과 계악이 추천한 것이다. 위교와 왕문성은 명성을 다투며 서로 배척했는데, 왕문성의 지위와 업적이 매우 높고 명예 또한 그보다 훨씬 높았기 때문에 위교는 왕문성을 깊이 미워했다. 계악은 이 때문에 왕문성에게 노여움을 전가해 그의 세작을 빼앗기까지 했고 또又 중봉中峰 동기董玘에게 시켜『문종실록』에서 왕문성이 병사들을 풀어 노략질을 해서 남창南昌이 텅 비게 되었다고 비판하게 했으니 모두 원망에서 쓴 글이었다. 예부를 보좌할 때는 성화 3년의 예를 들어 과도관들이 서로 바로잡게 했으니 가장 잘못된 것이 없었다. 대체로 성화 연간에는 그 일이 없었는데 특별히 이 일을 가지고 사적인 원한을 풀었을 뿐이다. 위애 곽도는 애초에 『명륜대전』을 써서 예부상서에 배수되었는데, 황상께서 대례를 의론한 공에 대해 두루 상을 주셨지만 곽도는 다섯 번이나 상소를 올려 극구 사양하며 받지 않았다. 장영가가 육찬陸粲에게 비난을 받자 이에 상소를 올려 장영가를 변호하고 또 양수암楊邃菴을 맹공격했다. 사교四郊에 대한 의론이 일어나자 또 하귀계를 맹공격했는데, 더불어 장영가에게까지 미처 쇠고랑을 차고 하옥되었다. 나중에 복직이 되었지만 여러 차례 하귀계와 다투어 비방하며 수십 차례 상소를 올렸지만 결국 이길 수 없었다. 죽음에 임박했는데도 아직 아들이 급제하지 못하자 시험관을 탄핵하려고 했다. 대체로 그의 편협함은 또한 장총과 계악에 버금간다고 한다.

○ 곽도가 이부상서를 보좌할 때 인재를 추천했는데, 천거한 한림학사 풍희와 양신은 대례를 의론하다가 수자리에 보내진 자였다. 형부랑 당추唐樞는 대옥사로 평민이 되었던 자이다. 지현 육찬은 예전 급사중일 때 장총과 계악 및 곽도를 비난했던 자이다. 원한을 품고서도 복수하지 않을 수 있음이 또 이와 같았다. 음덕으로 관직을 얻고서도 자식에 주지 않고 맏조카에게 주었으니, 사람들이 특히 행하기 어려운 일로 여긴다고 한다.

議禮初起, 桂萼爲首, 而張璁次之. 旣而張以敏練得上眷, 先入相, 桂遲二年始繼入, 其信用俱不如張, 意不能無望. 時魏莊渠校[188]以講學負重名, 久滯外僚, 桂引入爲祭酒, 每奏對俱托之屬草, 上每稱善. 張自覺弗如, 偵知其故, 乃徙魏太常, 罷其經筵入直, 桂始絀矣. 始王文成再起兩廣[189], 實張桂薦之. 至是魏與王爭名相軋, 王位業已高, 譽亦遠出其上, 魏深恨忌之. 桂因移怒於王, 直至奪其世爵, 且令董中峰玘[190]於武廟實錄中, 譏刺文成, 縱兵劫掠, 南昌爲之一空, 皆懟筆也. 至於佐禮部時, 舉成化三年例, 令科道互相紏, 最爲罔誕. 蓋成化本無其事, 特借以洩其私忿耳. 霍渭崖韜[191]初以『明倫大典』, 得拜禮部尙書, 蓋上徧賞議禮功也, 霍獨五疏抗辭不受. 及永嘉爲陸粲所論, 乃出疏代張辨, 且力攻楊邃菴[192]. 及四郊議起, 又力攻夏貴溪, 幷及永嘉, 以至銀璫下詔獄. 後雖復

---

188 魏莊渠校 : 명나라의 관리이자 학자인 위교魏校, 1483~1543를 말한다. 위교는 소주부 봉문封門 장거莊渠 사람으로, 자는 자재子才 또는 자재子材이고, 호는 장거莊渠다. 홍치 18년1505의 진사가 되어, 남경형부주사南京刑部主事, 병부랑중兵部郞中, 광동제학부사廣東提學副使, 강서병비부사江西兵備副使, 하남제학河南提學, 태상시소경太常寺少卿, 태상시경장제주사太常寺卿掌祭酒事 등의 벼슬을 역임했다. 시호는 장간莊簡이다.

189 兩廣 : 광동廣東과 광서廣西 두 지역의 합칭.

190 董中峰玘 : 명나라 때의 관리인 동기董玘, 1487~1546를 말한다. 동기는 절강 회계會稽 사람으로, 본명은 원元이고, 자는 문옥文玉이며, 호는 중봉中峰이다. 홍치 18년1505 회시會試에서 1등으로 급제했다. 벼슬은 한림원편수, 성안현령成安令, 예부좌시랑, 형부복건사주사刑部福建司主事, 이부고공사주사吏部考功司主事, 시독侍讀, 경연일강관經筵日講官, 첨사부詹事府 첨사詹事 겸 한림원학사, 이부좌시랑 겸 한림원학사 등을 역임했다. 『효종실록孝宗實錄』, 『무종실록武宗實錄』, 『예종실록睿宗實錄』 등의 편수에 참여했다.

191 霍渭崖韜 : 명나라 가정 연간의 대신 곽도霍韜를 말한다.

職, 屢與夏爭評, 至數十疏終不能勝. 及瀕死, 尙以子不第, 欲劾考官. 蓋褊隘亦張桂之亞云.

○ 霍佐吏部, 薦人材, 舉詞臣豐熙[193]楊愼, 則議大禮遣戍者. 刑部郞唐樞[194], 則以大獄編氓者. 知縣陸粲, 則故給事中, 論張桂及霍者. 其能不修怨又如此. 至得蔭不與其子, 而推之長姪, 人尤以爲難云.

---

192 楊邃菴 : 명대의 대신이자 문학가인 양일청을 말한다.
193 豐熙 : 풍희豐熙, 1468~1538는 명나라 절강 은현鄞縣 사람으로, 자는 원학原學이다. 홍치 12년1499 진사가 되어, 한림원편수, 한림학사 등의 벼슬을 지냈다. 대례의 논쟁이 일어났을 때 세종의 의견에 반대하다가 복건 진해위鎭海衛로 폄적되어, 결국 수자리를 살다가 죽었다.
194 唐樞 : 당추唐樞, 생졸년 미상는 명나라 가정 연간의 관리이자 사상가다.

번역 재상이 이부를 관장하다

　　내각의 보신들은 주로 상소문을 검토하고 의견을 첨부할 뿐인데, 만약 관리 선발의 일까지 겸하게 되면 진짜 재상 노릇을 하며 고황제가 엄금한 일을 범하는 것이다. 이런 일은 정덕 연간 초필양焦泌陽부터 시작되었다. 초필양이 역적 유근劉瑾을 등에 업고 전장제도를 무너뜨린 것은 진실로 말할 필요도 없는데 불과 며칠 사이에 일어난 일일 뿐이다. 세종 때 방남해方南海가 임시로 이부를 맡았는데, 대례를 의론한 일로 갑자기 존귀해져 이처럼 남다른 총애를 얻은 것은 관례가 아니었다. 그런데 방남해 또한 예전에 태재일 때 이부에서 한 달을 채우지 못했다. 세종 말년 을축년에 엄상숙嚴常熟이 총재에서 재상으로 배수되었을 때 새로운 재상이 오기 전에 잠시 이부의 일을 관장했는데 마침내 두 달이 되도록 이전 관직을 지키는 데 불과했을 뿐이다. 다만 가정 35년 병진년 2월 여요餘姚 사람 여본呂本이 임시로 이부의 일을 맡으며 전담해서 살펴봤는데, 비록 열흘 만에 내각으로 돌아왔지만 일의 체계가 크게 어그러졌다. 목종 3년 고신정高新鄭이 이전 관직으로 기용되어 이부를 관장했는데, 처음에는 오히려 그저 인사권을 얻은 것뿐이라고 말했다. 부임해서는 수규 이흥화李興化를 위협하고자 "이부의 업무를 방해하지 말고 내각에 들어가 일을 처리하라"는 성지를 작성했다. 수규로 승진할 때 여전히 이부의 장관이어서 앞뒤로 모두 3년을 재임하니 명나라가 세워진 이래 극히 드문 일이다. 여본이 관리 선발을 관장할 때, 전임 태재 이고

충李古冲이 죄를 지어 하옥되고 사형에 처해졌는데 엄분의가 승진하는 자를 다 제거하려 했다. 이에 여본에게 뜻을 비추면서 대신들을 살펴 세 등급으로 나누게 했다. 1등급으로 상서인 오붕吳鵬과 허론許論, 시랑인 엄세번嚴世蕃, 조문화, 동빈董份 등과 2등급인 시랑 언무경鄢懋卿과 양순楊順 등은 모두 높은 평가를 받았다. 상서 갈수례葛守禮 등은 최하가 되어 모두 파면되었다. 관직의 강등과 승진이 대체로 이와 같았다. 나중에 금상 계묘년에 곽명룡郭明龍이 이부를 임시로 맡아 몇몇 대신들의 시호를 박탈할 것을 의론했는데 문안공文安公 여본이 그 대상에 있었으나, 곽명룡이 초태자 사건에 연루되어 자리를 떠나게 되자 그 말은 결국 행해지지 않았다.

○ 여문안이 내각에 있다가 상을 당해 고향으로 돌아가서는 끝내 다시 불리지 않았다. 금상 초년에 갑자기 좌우의 신하들에게 "옛 재상 여본이 집에서 편안히 지내는가?"라고 물으셨는데 모두 감히 대답하지 못했다. 강릉공 장거정이 그 일을 듣고는 크게 노하여 여본의 아들 예부주사 여태呂兌를 불러 매우 심하게 꾸짖었다. 여태가 두려워 떨면서 변명하고 슬퍼하더니 마침내 고향으로 돌아가기를 청했고, 곧 살피어 파면되었다. 황상의 이 물음이 원인이 없는 것은 아니지만 그 까닭은 알 수 없다.

○ 여태가 정계로 돌아오자, 오붕吳鵬은 공부에서 이부로 옮겨, 엄분의와 한 몸이 되어 6년간 재임하다가 탄핵되어 떠났다. 조문화는 이태재를 비난한 것은, 조문화가 공부우시랑으로서 강남의 군사를 시찰하

고 돌아왔는데 마침 대사마 양포판楊蒲坂이 상을 당해 떠났다. 조문화는 쉽게 얻을 수 있을 거라고 했지만 기용되지 않고 허령보許靈寶를 기용하니 조문화가 이를 갈며 미워했다. 엄분의 또한 이태재를 추천한 적이 있어 그 보답을 바랐지만 이태재가 이부에 있을 때 항상 정도를 지키며 아부하지 않은데다 또 순식간에 황상의 총애를 받아 곧 재상에 들어가니 더욱 그를 두려워하고 미워했다. 이태재의 시책문試策問에서 나쁜 말로 황상을 비방하는 내용을 빼내기로 함께 모의하고 조문화에게 황상께 올리게 했다. 황상께서 과연 진노하시고는 이태재를 사형에 처하셨다. 여본이 이미 조문화를 1등급에 두니, 황상께서 더욱 그를 신임하시고 한 달이 안 되어 이태재를 탄핵한 공으로 조문화를 태자태보 겸 공부상서로 일약 승진시키고 다시 나가 군대를 이끌게 하셨다. 그해 겨울 또 소보의 지위를 더해주시고 대대로 금의위를 세습하게 하셨다.

원문 **輔臣掌吏部**

內閣輔臣, 主看詳票擬[195]而已, 若兼領銓選[196], 則爲眞宰相, 犯高皇帝厲禁矣. 有之, 自正德間焦泌陽始. 焦依憑逆瑾, 破壞典制, 固不足道, 然不過數日事耳. 世廟以方南海出署, 自係議禮驟貴, 得此異眷, 非成例也.

---

195 票擬 : 부전附箋. 명청 시기에 관리가 황제에게 올리는 상주문에 첨부했던 내각 대신의 의견이 적힌 쪽지.
196 銓選 : 관리 임용제도. 문관은 이부가, 무관은 병부가 주축이 되어 선발하고, 일부 황제가 임명하는 경우도 있으며 관련 기구에서 보결로 선발하기도 한다. 이부에서 규정에 따라 관리를 선발하는 것이 일반적이다.

然方亦故太宰, 卽在部不及一月. 至末年乙丑, 嚴常熟以從冢宰大拜, 以待新宰未至, 暫管部事, 遂至兩月, 總不過守故官耳. 惟三十五年丙辰之二月, 呂餘姚出署部事, 則專司考察, 雖旬日還閣, 而事體大紊矣. 馴至穆宗之三年, 高新鄭[197]以故官起掌吏部, 初猶謂其止得銓柄耳. 及抵任, 則自以意脅首揆李興化條旨云, 不妨部務, 入閣辦事. 比進首揆, 猶長天曹[198], 首尾共三年, 則明興所僅見也. 呂餘姚之掌銓也, 以故太宰李古冲[199]得罪下獄論死, 分宜欲盡祛其所登進者, 乃授意於呂, 令考察大僚分三等. 其上等, 爲尙書吳鵬許論等, 侍郎嚴世蕃趙文華董份等. 而二等則侍郎鄢懋卿楊順等, 俱注上考. 尙書葛守禮等爲最下, 俱罷去. 其黜陟大抵如斯矣. 後今上癸卯, 郭明龍署部, 議奪大臣諡數人, 而呂文安[200]與焉[201], 郭尋以楚事去位, 其說不果行.

---

197 高新鄭: 고공高拱을 말한다.

198 天曹: 이부吏部를 말한다.

199 李古冲: 이묵李默,1494~1556은 명나라 복건 구녕甌寧 사람으로, 자는 시언時言 또는 고충古冲이고, 시호는 문민文愍이다. 정덕 16년1521 진사로 벼슬은 이부상서에 이르렀다. 엄숭에게 아부하지 않아, 가정 35년1556 조문화에게 해를 당했다.

200 呂文安: 여본呂本,1504~1587은 명나라 절강 여요餘饒 사람으로, 자는 여립汝立이고, 호는 남거南渠 또는 기재期齋다. 가정 11년1532 진사가 되어, 남경국자감좨주, 소첨사 겸 한림학사, 예부상서, 태자태보 겸 문연각대학사, 이부상서, 소보 겸 무영전대학사, 광록대부 겸 태자태부 등의 벼슬을 역임했다. 사후에 태부太傅로 추증되었고, 시호는 문안文安이다.

201 與焉: 중화서국본『만력야획편』에는 '~여마곽與馬郭' 뒤에 구두점이 있으나, 상해고적본에는 마馬가 언焉으로 되어 있고 두 글자 사이에 구두점이 들어가 '~여언與焉, 곽郭'으로 되어 있다. 『명사·지제삼십육지志第三十六·예십사禮十四』와『명사·열전제일백십사列傳第一百十四』에 따르면, 곽정역이 대신들의 시호를 박탈해야 한다는 상소를 올린 것은 만력 31년1603이고, 반드시 시호를 박탈해야 할 네 사람 중에 여본이 들어있다. 하지만 심일관과 주갱의 방해로 이 건의는 행해지지 않았고, 곽정

○ 呂從內閣丁艱歸, 遂不復召. 至今上初年, 忽問左右, "故輔臣呂本, 在家安否?", 皆不敢對. 江陵公聞之大怒, 召其子禮部主事名兌者, 譙呵甚苦. 兌震懼, 辨析哀楚, 遂請告歸, 尋以察罷. 上此問必非無因, 然其故則不可得而知.

○ 呂還政[202]地, 吳鵬卽以工部調吏部, 與分宜爲一體, 在位六年, 以劾去. 趙文華卽論李太宰者, 趙以工部右侍郎, 視江南師回, 適大司馬楊蒲坂以憂去. 趙謂可唾手得之, 乃不用, 而用許靈寶, 趙切齒恨之. 分宜亦以曾薦李翼其報, 而李在部, 每持正不阿, 又驟得上寵, 行且入相, 益畏惡之. 因合謀撫李部試策問, 惡語訕上, 令趙上之. 上果震怒, 寘李大辟[203]. 呂旣列趙於上等, 上益委信之, 不匝月, 卽用劾李功, 峻遷趙爲太子太保, 工部尙書, 再出視師. 其冬又加少保, 蔭世襲錦衣矣.

역은 초태자 사건에 연루되어 파직되었다. 여본은 만력 15년1587에 죽었다. 만약 중화서국본의 글자와 교점을 따른다면 '문안공 어본과 마곽이 일마 후 초태자 사건에 연루되어 자리를 떠나게 되자 그 말은 결국 행해지지 않았다呂文安與郭, 尋以楚事去位, 其說不果行'가 된다. 이미 죽은 사람이 16년 뒤의 사건으로 인해 벼슬자리를 떠날 수는 없다. 상해고적본의 글자와 교점을 따르면 '문안공 여본이 그 대상에 있었으나, 곽명룡이 초태자 사건에 연루되어 자리를 떠나게 되자 그 말은 결국 행해지지 않았다呂文安與馬, 郭尋以楚事去位, 其說不果行'가 되어, 『명사』의 내용과 합치된다. 그래서 상해고적본의 글자와 교점을 따라, '마馬'를 '언馬'으로 수정하고 교점의 위치도 바꾸었다. 〖역자 교주〗

202 政 : 정政은 원래 고故로 되어 있는데, 사본에 근거해 고쳤다政原作故, 據寫本改.【교주】
203 大辟 : 사형.

번역 재상 장부경과 방헌부

가정 연간 의례를 논한 여러 대신 중에 가장 고집이 센 자로는 나봉
蘿峯 장부경張孚敬만한 이가 없고, 가장 온순한 자로는 서초西樵 방헌부만
한 이가 없었다. 큰 옥사가 일어났을 때 장부경은 도찰원을 맡았고 방
헌부는 대리시를 맡았는데, 장부경은 전임 상서 안이수顔頤壽 등의 간당
들이 조정의 규율을 문란케 한 일을 엮어서 그들을 모두 죽이려고 했
다. 이에 방헌부가 강력하게 간하며 상소를 올려 장부경과 계악 두 사
람을 탄핵해 관직을 그만두고 귀향하게 하려 했고, 이에 그들이 감형
되자 안이수 등은 관직을 그만두고 떠났으니, 관직을 그만둔 화가 적
지 않았다. 방헌부가 이부의 수장을 맡았을 때 외척이 후작과 백작을 세
습하는 것을 없애야 한다고 처음으로 의론했다. 그가 내각에 들어간 후
황상께서 죽은 건창후建昌侯 장연령張延齡의 잘잘못을 판단하시고자 했는
데, 당시 수규 나봉 장부경이 그것을 쟁론했지만 다만 소성태후의 마음
을 상하게 했다는 논란만 일으켰다. 방헌부가 상소를 올려 "폐하께서는
구중궁궐에 계신데 누가 이처럼 잔인하게 패륜을 저지르는 일로 이끄
는 것입니까?"라고 했다. 그가 안이수를 이렇게 공격했다. 영가永嘉 사람
장부경이 그에 관한 일을 논하지 않았고 팽택彭澤이란 자가 처음에는 이
부랑중이었다가 양회兩淮로의 강등과 운부로의 승진을 거쳤는데, 차례
대로 사직하고 떠났다. 당시 장부경은 병부시랑이었는데, 상소를 올려
그를 구제해 원래의 직책으로 돌아올 수 있었고, 또 유덕諭德으로 그를

추천해 곧이어 태상경으로 대거 승진했다. 이것은 어떻게 설명할 수 있는가? 그가 하언을 미워해 팽택으로 하여금 설간薛偘을 끌어들여 상소를 올리게 하고 또 하언을 끌어들여 교지를 받게 해 그를 죽였으니 이러한 행동은 모두 음흉한 마음으로 한 일이었다. 결국 세종께서 현명하시어 그 은밀한 상소를 조정에서 밝히시니 하언은 원래 직분으로 돌아왔고 설간은 평민이 되었으며 팽택은 멀리 수자리로 나갔다. 당시에 영가 사람 장부경이 무슨 낯으로 세종을 마주 대하고 무슨 말로 팽택에게 사죄했는지 모르겠다. 팽택은 남해 사람으로 정통 연간 진사이고 대사마 팽택이 아니다. 대사마 팽택의 호는 행암幸菴이고 본적이 난주蘭州인 장사長沙 사람으로 홍치 연간 경술년 진사로 시호는 양의襄毅이다.

○ 원산 석서 역시 의례를 논한 일로 귀하게 된 자로 고집 세고 사납기가 계견산과 비슷하지만 양심이 없진 않았다. 예를 들어 석서가 양신도에 대해 말할 때, 상소문에 보이는 바로, 신도 사람 양정화는 사실 사직을 지키는 신하라고 했다. 그가 이와 같이 공정한 평가를 감추지 않은 점은 장부경, 계악, 곽도의 상소문에서 양정화를 간사한 역적이라고 계속 가리킨 것과는 다르다. 석서가 또 의례를 논할 때 황상의 뜻을 거슬러 죄를 얻은 학사 풍희豐熙 등을 추천한 것은 더욱 쉽지 않은 일이다.

嘉靖議禮諸臣, 其最專愎者, 無如張蘿峯孚敬, 最和平者, 無如方西樵獻夫. 當大獄起時, 張署都察院, 方署大理寺, 張欲坐前尙書顔頤壽[204]等奸黨, 紊亂朝政律, 盡誅之. 方力諍, 至具疏欲劾張桂二人, 且棄官歸, 乃得末減, 頤壽等僅罷官去, 其解縉紳之禍不小矣. 方長吏部時, 創議革外戚世襲侯伯. 及入閣後, 上欲論決故建昌侯張延齡, 時張蘿峯居首揆, 雖諍之, 僅以傷昭聖太后心爲言. 方疏乃云, 陛下居法宮之中, 誰導以悖倫忍心之事若此者? 其犯顔至此. 若永嘉者, 無論他事, 卽一彭澤也, 初以吏部郞中考察, 降兩淮進運副[205], 已陛辭去矣. 時張尙爲兵部侍郞, 疏救之, 得還原職, 又薦爲諭德, 尋躐進太常卿. 此何說也? 至其惡夏貴溪, 令澤誘薛侃上疏, 又令引夏言指授以殺之, 此等擧動, 全是鬼蜮心腸. 究竟爲世宗神明, 暴其密疏於朝, 貴溪還職, 侃編氓, 澤遠戍. 不知當時永嘉何顔以對世宗, 何辭以謝彭澤也. 彭澤, 南海人, 正統進士, 非大司馬彭澤也. 大司馬號幸菴, 蘭州籍, 長沙人, 弘治庚戌進士, 謚襄毅.

○ 席元山書亦以議禮貴者, 其愎戾亦似桂見山, 但良心不甚泯. 如稱楊新都, 見之章疏者, 曰廷和實社稷臣. 其不沒公論如此, 非如張桂霍疏中, 動指楊爲奸逆也. 席又薦議禮忤旨得罪學士豐熙等, 尤爲不易得.

---

204 顔頤壽 : 안이수顔頤壽, 1462~1538는 명나라 중기의 대신이다. 그의 자는 천화天和이고, 호는 매전梅田이며, 악주 파릉 사람이다. 홍치 연간에 진사가 되어 하남보풍지현에 제수되었다. 두루 관직을 거쳐 형부상서에 올랐으며 태자소보로 추증되었다.
205 運副 : 관직명으로, 운사運使의 보좌관이다.

점술가들은 운명과 관상에 대해 논해도 백에 한 가지도 적중하지 못하지만 사인 중에는 기이한 효험을 보인 자가 있었다. 영가 사람 문충공 장부경은 늙도록 거인으로 있다가 이부에서 사람을 발탁할 때 우연히 이부의 문에서 어사 왕상王相을 만났다. 그가 장부경의 용모를 기이하게 여기며 그가 선발될 것을 알아보고는 급히 그를 멈추게 하고는 "공은 하루아침에 크게 기용될 것이니, 진사에 급제하는 것 이상이 될 것이오"라고 했다. 장부경은 웃으며 황당하게 여겼다. 그때 또 어사 소명봉蕭鳴鳳이란 자는 평소에 점을 잘 치기로 유명한 자라서, 장부경이 잠시 자신의 간지干支로 앞일을 판단하려 했는데, 소명봉이 크게 놀라면서 "이 사람은 곧 과거에 급제하고 수년 안에 천자를 보좌하는 재상이 되어 세상을 바꿀 자인데 어찌 험난한 환경에 처하겠는가? 또 명운이 이미 정해졌으니 지금 바로 선발되면 틀림없이 평탄하지는 못할 것이다"라고 했다. 장부경은 여전히 이 말을 의심했고, 방해를 받아 관직을 받지 못하고 돌아와 다시 시험을 쳐서 진사가 되었고 갑자기 귀한 신분이 되어 나랏일을 맡게 되었다. 두 어사가 모두 진사로 기용되어 어사에 배수되었는데, 이들은 어찌 점술가보다 신통한가. 왕상은 하남의 광산光山 사람이고, 소명봉은 절강의 여요 사람이다.

星相

　術士談命談相, 百無一中, 然士人則有奇驗者. 永嘉張文忠, 老於公車, 將爲天官選人, 遇御史王相者於吏部門. 奇其狀貌, 詢知就選, 急止之曰, "公旦夕將大用, 不僅登甲榜已也." 張笑以爲妄. 時又有御史蕭鳴鳳[206]者, 素精日者家言, 張姑以支干決之, 蕭大驚曰, "此人卽登第, 不數年輔相天子, 改革宇宙, 安可遽棲枳棘? 且命數已定, 卽就選, 亦必不諧." 張尙狐疑, 會有所格, 不及拜官, 歸再試, 卽成進士, 以至驟貴當國矣. 兩御史俱起南宮, 俱拜西臺, 何以神於星相乃爾. 王相, 河南之光山人, 蕭鳴鳳, 浙之餘姚人.

---

206 蕭鳴鳳 : 소명봉蕭鳴鳳, 1488~1572은 명대 중기의 관리다. 그의 자는 자옹子雝이고, 호는 정암靜庵으로, 절강 승선포정사사 소흥부 산음현 사람이다. 젊었을 때 왕수인을 좇았고 정덕 9년1514에 진사가 되어 감찰어사에 제수되었다. 강빈江彬을 탄핵해 총애를 믿고 자만했으며, 호광병비부사湖廣兵備副使, 광동학정제독廣東學政提督 등의 관직을 지냈다.

조정 안팎의 대소 신료들이 상소를 올렸는데, 조정의 통정사와 궁중의 회극문會極門에는 상소를 번호대로 적은 모든 장부가 있었다. 내각에서만 유독 비밀리에 상소를 올렸는데, 모두 내심 의지하는 측근의 신하들이었고 백관들이 비할 바가 못 되었다. 최근에 간관들이 마침내 하며 간신들이 모인 곳이라고 지적하며 힘써 이를 멈추고 바로잡으려고 했다. 황상의 의중을 바꿀 줄을 모르고 온전히 이런 측근들의 노선만을 믿었으니 조정 밖에서 전한 수많은 말들이 궁중에서 비밀리에 전해진 몇 마디만도 못했다. 또한 사례태감들도 재상들이 위중하다고 여긴 일들을 빌려 안으로 끌어들였고 또 조정신하 중에 내시와 내통하는 자들이 같은 날 같은 말을 하지 않았다. 추후에 언관들을 엄중하게 견책해 왕왕 내각에서 비밀리에 상소를 올려 이처럼 간과하기 쉬운 점을 짚었으니 그 효과가 있었다. 간관들의 이러한 언사가 들어오면 황상께서는 의심치 않으셨고, 비밀리에 올린 상소 또한 대부분 답하지 않으셨으니 재상들이 마침내 속수무책으로 크게 탄식할 뿐이었다.

○ 내각의 비밀 상소는 선대에 모두 그러했지만 일처리에 있어서만 행해졌을 뿐이다. 가정 연간과 만력 연간 초에 관적에 있으면서 기용된 자로는 두 문충공 영가 장부경과 강릉 장거정이 있다. 이전 시대에는 신하와 군주가 한몸 같아서 거역하는 자는 즉시 뜻밖의 화를 당하고서야 법도를 벗어난 일을 하게 되니 요컨대 격식이 아닌 것이다.

근래에 누강婁江 사람 재상 왕석작이 황상께서 여러 차례 불렀지만 나오지 않고 비로소 비밀 상소를 올려 간언하면서 집안 사람 왕면王勉이 가지고 북경으로 들어가게 했다. 왕면은 왕오王오의 사위로 동아東阿 사람 우신행이 지은 「오칠구전五七九傳」에 나오는 인물이다. 그가 도중에 회수淮水 가를 지나가다 중승 이수오李修吾가 그를 대접해 만취하자 몰래 상자를 열어 상소를 수중에 넣었다. 처음에는 상소를 바꿔치기하려 했는데 왕석작의 손자 왕시민王時敏의 필적인 것을 알고 다만 베껴만 쓰고 바로 밀봉했다. 이 상소는 황상께서 보지 못하셨지만 동남東南 지역의 정론가들과 남경의 여러 관료들이 집집마다 한 통씩 가지게 되었다. 이수오는 누강의 계유년 향시 합격자로, 사제들 중 가장 뛰어나 원부元孚 주굉약周宏禴과 함께 모두 나라의 선비로서 대우를 받았다가 둘다 먼저 좌천되는 명단에 있었지만, 이는 당시에 신망이 있어 내부적으로 그를 발탁하려 했기 때문이었다. 이수오가 당시에 특별하게 관로를 얻어서 글을 써서 극구 사양하며 자신을 평범한 사람으로 대해 달라고 했다. 주굉약은 결국 상보尙寶로 옮겼고 이수오는 산서제학부사山西提學副使가 되었다. 그러나, 왕석작은 더욱 그에게 마음을 쓰고 중히 여기며 애지중지하면서 입을 다물지 못하도록 칭찬했다. 이처럼 왕석작은 산중에서 부름에 응했고, 이수오는 예법을 지키며 문안해서 더욱 공손했는데, 왕석작은 심복을 의지해 손수 글을 써서 당시의 일을 상세하게 논해 은밀하게 정곡을 찔렀다. 이수오는 비록 약간의 속임수를 썼지만 결국 왕석작도 이러한 상소를 많이 올렸는데, 이미 은거를 결심하고서도 어찌 내각의 선례를 따랐는지가 삼천 리 밖에서도 얘깃거리가 되었다. 지금 상소는 문집 안에 들어 있다.

원문 **內閣密揭**

中外大小臣工上封事, 外有通政司, 內則會極門, 俱有號簿. 惟內閣獨得進密揭, 蓋心膂近臣, 非百司得比. 近日言路, 遂指以爲奸藪, 欲盡行停格. 不知轉移聖意, 全恃此一線, 外廷千言, 不如禁密片語. 且司禮諸大璫, 亦得借相公爲重, 以挽回於內, 又非廷臣交結近侍者, 可同日語. 以故向來重譴言官, 往往內閣密揭, 得此從輕處, 此其驗也. 自言路此言入, 而上意亦不疑, 至密揭亦多不報, 撲地遂束手無策, 付之浩歎而已.

○ 閣中密揭, 雖祖宗朝皆然, 然惟在事則行之耳. 嘉靖中, 萬曆初, 有在籍在塗而用之者, 永嘉江陵二張文忠是也. 彼時臣主如一人, 忤者立見奇禍, 始得度外作事, 要之非體矣.

頃年婁江王相公, 因上屢召不出, 始以密揭進諫, 遣家人王勉賫入京. 勉爲王五[207]之婿, 卽東阿于相公[208], 作「五七九傳」[209]中之一也. 道經淮上, 李修吾[210]中丞欵之大醉, 因潛發篋得之. 初欲改易, 知爲王相孫時敏之筆, 但抄錄而仍封之. 此揭未達御覽, 而東南正論諸公, 南京臺省諸公,

---

207 王五: 명대 만력 연간에 내각수보를 지낸 왕석작王錫爵의 집사.
208 于相公: 명나라 후기의 대신 우신행于愼行을 말한다.
209 五七九傳: 우신행이 쓴 전傳으로, 소위 '오칠구五七九'란 왕석작, 장거정, 신시행의 가노家奴를 말하며, 왕오王五, 유칠游七, 신구申九를 가리킨다.
210 李修吾: 명나라 만력 연간에 조운총독漕運總督을 지낸 이삼재李三才를 말한다.

已家有一通矣. 李爲婁江癸酉鄉試門生, 師弟最相得, 與其同年周元孚宏禴, 俱受國士之遇, 先皆在謫籍, 皆因時望欲內擢之. 李時已別得路, 乃作書力辭, 謂以庸衆人待我. 周遂轉尚寶, 而李爲山西提學副使. 然王益心重李, 愛敬之, 稱道不容口. 至此婁江從山中應召, 李候問執禮愈虔, 王方倚爲心膂, 手書娓娓論時事, 因得潛挹中其要害. 李雖稍涉權譎, 畢竟婁江亦多此一揭, 既決計高臥, 安得循黃扉故事, 嘵嘵于三千里外也. 今揭刻集中.

[번역] 네 재상이 은혜를 갚다

옛 사람들은 세간에서 인재를 찾는 것을 어렵다고 여겼는데 우연히 알맞은 인재를 만나면 크게 보답을 받는다. 근래에 가정 연간의 재상 서너 명은 모두 기록할 만하다. 영가사람 문충공 장부경은 늦도록 거인으로 있다가 하급관리로 선발되고자 했는데, 산음山陰 사람 소명봉蕭鳴鳳이 그를 저지하며 그의 간지支干로는 수상의 자리에 올라야 한다고 말했다. 소명봉은 자신이 점을 볼 줄 아는데 자신 또한 응당 2품의 벼슬에 이를 것이라고 했다. 그 후에 장부경은 과연 재상에 제수되었고 당시 소명봉은 부사인데 지부에게 멋대로 태형을 내린 일로 파면되었다. 장부경은 이전에 했던 말을 생각하다가 그 의미를 깨닫고는 그를 기용해 정경으로 끌어주어 이전의 말에 맞춰주려 했다. 소명봉은 관직이 포정사에 이르고 죽었는데, 역시 2품이었다.

여요餘姚 사람 양대장楊大章은 벼슬길에서 멀어진 지 오래되었는데, 자신의 가르침을 받은 제자 여문안呂文安이 어린아이였을 때 그의 은혜를 받았기 때문에 양대장을 크게 기용해 형부시랑까지 이끌어 주었다. 양대장이 이미 연로해 힘든 일을 견디지 못하고 여러 차례 병을 핑계로 쉬겠다고 하자 세종께서 그를 싫어해 고향으로 돌아가 쉬라고 명하셨는데 떠날 때 나이가 이미 팔십이 넘었다.

강서 사람 섭표聶豹가 처음 화정지현華亭知縣으로 부임했을 때, 당시 서문정徐文貞은 제생諸生으로 아직 어린아이였다. 섭표는 그를 중용해 동지로 끌어주고 또한 함께 왕문성王文成의 양지학良知學을 강연했다. 서문정이 잇달아 급제해 순식간에 재상에까지 이르렀고, 섭표는 오랫동안 벼슬에서 물러나 집에 거하고 있었다. 서문정이 병부의 일로 그를 특별히 추천했는데, 부시副使가 된 뒤로 2년이 지나 병부상서에 이르고 태자태보太子太保까지 더해졌다. 그의 탁월함이 거의 장부경이나 계악과 같았던 것은 모두 서문정 한 사람의 힘이다. 해마다 오랑캐가 크게 유입되는데도 섭표가 아무런 대책을 내지 못하자 황상께서 노하시어 고향으로 물러가 쉬라고 명하셨다. 목종께서 등극하셨을 때 문신 중에 최고의 명신이 되어 소보少保로 추증되고 정양貞襄이라는 시호를 받았다.

금릉 사람 상서 고린顧璘이 초 땅에 순무巡撫로 갔을 때, 강릉 사람 문충공 장거정의 향시 합격은 어린 나이 때문에 뒤로 미뤄졌다. 고린이 특별히 불러 친교를 맺고 손수 무소뿔 허리띠를 풀어 그에게 주며 "명성과 지위가 응당 나를 넘어설 것이다"라고 말했고 또 관아로 불러 그의 어린 아들 고준顧峻을 부탁했다. 장거정이 나랏일을 맡았을 때 고린은 죽은 지 오래되었고, 고린의 어린 아들을 북경으로 불러 음서의 혜택을 주었다. 그 형의 아들들이 다투자 장거정이 "지난날 그대의 부친께 말씀 들을 때 다른 아들은 언급하지 않았다"고 말했다. 두 상서가 사후에 누린 안목에 대한 보답은 또 소명봉이나 양대안 두 사람이 감히 바랄 수 있는 것이 아니다.

昔人以塵埃中物色爲難, 遇其偶中, 則受報不輕. 近代嘉靖間三四宰相, 俱有可紀. 永嘉張文忠老於公車, 欲就選, 而山陰人蕭鳴鳳止之, 謂其支干當正位首相. 蕭自言星命[211], 亦當至二品. 其後張果大拜, 時蕭以副使擅答知府廢罷. 張思前言, 且感其意, 起用之, 欲引爲正卿以符前說. 蕭官至布政而卒, 亦二品也.

餘姚人楊大章[212], 潦倒[213]宦途久矣, 其受業門人呂文安, 童子時受其恩, 及大用, 引至刑部侍郎. 楊已篤老, 不堪煩劇, 屢稱病在告, 世宗厭之, 勒令閑住, 去則年已八十餘矣.

江西人聶豹, 初任華亭知縣, 時徐文貞爲諸生, 甫童卝, 聶器重之, 引爲同志, 且與講王文成良知之學. 徐卽聯第, 驟貴至宰相, 則聶久放退家居. 徐以兵事特薦之, 由副使二年而至兵部尙書, 加太子太保. 其超峻幾與張桂等, 皆文貞一人力也. 連歲虜大入, 聶一籌莫展[214], 上怒, 勒令閑住. 迨穆宗登極, 文臣首擧名臣, 贈少保, 謚貞襄.

金陵顧尙書璘[215], 撫楚時, 江陵張文忠登賢書[216], 以年少居後. 顧特呼

---

211 星命 : 사람이 태어난 연월일시와 별을 관련시켜 운명을 추산하고 길흉을 점치는 것.
212 楊大章 : 양대장楊大章, 1491~1568은 명나라 절강 여요 사람으로, 자는 장지章之이고 호는 동교東橋다. 가정 2년1523 진사가 되어, 유양지현溜陽知縣, 흡현지현歙縣知縣, 공부주사, 형부좌시랑 등의 벼슬을 지냈다.
213 潦倒 : 투쟁이나 생활 등의 의욕을 잃다. 자포자기하다.
214 一籌莫展 : 한 가지 방법도 생각해 내지 못하다. 아무런 방법도 없다. 속수무책이다.
215 金陵顧尙書璘 : 명나라 중기의 대신 고린顧璘, 1476~1545을 말한다. 그는 명나라 소주부 오현吳縣 사람으로 상원上元에 살았다. 그의 자는 화옥華玉이고, 호는 동교거사東橋居士 또는 식원息園이다. 젊을 때부터 시에 능해 같은 고장의 진기陳沂, 왕위王韋와 함

與結交, 手解犀帶贈之, 謂名"位當過我.", 且邀至衙署, 出其幼子峻爲托.
比張當國, 顧歿久矣, 召其幼子入都, 與其恩蔭. 其兄姪爭之, 張曰, "往
日受若翁語, 不曾及他兒也." 蓋二尚書身後猶享眼力之報, 又非蕭楊兩
人所敢望矣.

께 '금릉삼준金陵三俊'으로 불렸다. 홍치 9년1496 진사가 되어, 광평지현廣平知縣, 개봉
지부開封知府, 전주지주全州知州, 남경형부상서 등의 벼슬을 지냈다. 만년에는 은퇴해
친구들과 시문을 즐기며 여생을 보냈다.
216 登賢書 : 향시鄕試에 합격한 것을 말한다.

번역 서길사가 글을 읽지 않다

　장영가가 재상에 들어간 것은 과거에 급제한 지 6년 만이었다. 이때
는 가정 병술년丙戌年으로 한림원에 있는 서길사들이 그를 백운종白雲宗
각로閣老라고 불렀다. 매번 내각에 들어갈 때 인사하고 음력 초하루와
보름날 시험에 간혹 참가하지 않는 자들은 병을 핑계로 답안을 내지
않았다. 장영가가 진노해 황상께 비밀 상소를 올리고 모두 비연산과
연고가 있는 자라고 말했다. 이에 모두 지방관으로 내보내고 한 사람
도 사관으로 남기지 않았다. 당시에 서길사로 옮긴 지 갓 일 년이 지났
을 뿐인데, 관례상 서길사의 평가 시기가 아직 일 년이 남아 있었다. 내
각에서는 육찬陸粲만이 서길사가 되었고, 왕선득王宣得은 어사가 되었으
며, 나머지는 모두 육부, 오시五寺, 지현知縣이 되었다. 그중에 모거毛渠
는 옛 재상 모기毛紀의 아들이었고, 비무현費懋賢은 옛 재상 비굉의 아들
이며, 양순楊恂은 양정화楊廷和의 조카인데 모두 매우 증오하며 원한이
깊었으므로 다른 사람에게까지 영향을 미쳤다. 내각의 조시춘趙時春은
회시의 장원으로 나이가 겨우 열여덟이었는데 또한 형부주사에 그쳤
을 뿐이다.

　다음번 기축년 과거에는 장영가가 주시험관이었는데, 장원급제한
당순지唐順之 등 20명을 서길사로 삼았다. 당시 온 조정에 참신한 의론
이 일었는데 여전히 대례를 논해 귀인이 된 사람들을 짐승같이 여겼으
므로 서길사들이 스승이라 부르기를 원치 않았기 때문에 또한 그를 원

망했다. 또 모두 수규 양단도가 뽑은 자들이라 더욱 원망하고 미워하는 마음을 품었다. 성지가 내려와 서길사를 제수된 지 며칠 만에 또 이 무리가 성실하지 않고 경박해 제대로 된 인재가 아니라고 비밀 상소를 올렸다. 이에 "근래 대신들 사사로움을 좇고 은혜를 저버리며 붕당을 이루니 나라에 무슨 도움이 되겠는가? 앞으로는 오랫동안 뽑을 필요가 없다"는 황상의 명이 내려왔다. 대체로 비굉을 지적하면서 양일청도 함께 공격했다. 이에 가르치는 대신들이 추천을 멈추었다. 새로운 서길사 또한 한림원에 들어가 글을 읽지 않았으니, 육부, 오시, 주현의 관직에 배수되고 겨우 왕표王表만이 급사가 되고 호경胡經 등이 어사가 되어 과도관은 세 사람뿐이었다. 다음 임진년 과거에서 또 서길사 21명을 뽑았는데 남은 사람이 7명으로, 장영가가 수규가 되니 이를 제지할 수 없었다. 당순지 등이 육부의 소속이 바뀌자, 이부상서 방헌부가 "한림의 인원에는 원래 정원이 있는데 지금 평소 인원수가 넘치니 늘어난 인원 중에 적합지 않은 자를 모두 지방관으로 보충하시기 바랍니다"라고 건의했다. 건의한 대로 행하도록 조서가 내려왔는데, 시독侍讀, 시강侍講, 수찬修撰은 예전에는 2명이었는데 지금은 3명으로 늘어났고, 편수編修와 검토檢討는 예전에 4명이었는데 지금은 6명으로 늘어났다. 황상의 명이 법령으로 기록되었다. 지금 한림원에 사람이 가득 해, 이전보다 몇 배가 넘는다. 비록 육부와 오시, 주현이 중요하긴 하지만, 책을 교열하는 일을 원망해 벗어났다는 꾸짖음은 면하기 어렵다.

원문 吉士不讀書

張永嘉之入相也, 去登第六年耳. 時嘉靖丙戌, 諸庶常在館, 以白雲宗閣老呼之. 每進閣揖, 及朔望閣試[217], 間有不赴者, 并不引疾給解. 張始震怒, 密揭於上, 謂俱指爲費鉛山私人. 於是俱遣出外授官, 無一留爲史官者. 時去改吉士甫踰年耳, 故事散館期尙隔一年也. 內惟陸粲得爲吉士, 王宣得爲御史, 餘皆部寺知縣. 其中毛渠爲故相紀之子, 費懋賢爲故相宏之子, 楊恂爲故相廷和嫡姪, 皆切齒深仇, 故波及餘人. 內趙時春爲是科會元, 年僅十八, 亦止刑部主事耳.

次科己丑, 卽永嘉爲大主考, 取會元[218]唐順之等二十人爲庶吉士. 時擧朝淸議, 尙目議禮貴人爲胡虜禽獸, 諸吉士不願稱恩地[219], 以故亦恨望之. 且皆首揆楊丹徒所選, 益懷忿忌. 比旨下改授甫數日, 又密揭此輩浮薄, 非遠到器. 於是奉旨, "邇年大臣, 徇私市恩立黨, 於國何益? 自今永不必選." 蓋猶指宏, 并侵一淸也. 於是敎習大臣, 停推. 新吉士, 亦不入館讀書, 卽以應得之官出授, 皆部寺州縣, 僅王表得給事, 胡經等得御史, 蓋科道三人而已. 然次科壬辰, 又收吉士二十一人, 留者七人, 永嘉爲首揆, 不能止矣. 方順之等之改部屬也, 吏部尙書方獻夫建議, "翰林額載, 本有定員, 今濫於常額, 乞量增數員有弗稱者, 俱令外補." 詔如議行, 侍讀侍講修撰舊二員, 今增爲三員, 編修檢討舊四員, 今增爲六員.

---

217 閣試 : 명대 한림원 서길사의 시험.
218 會元 : 명청 시기 과거 시험 중 회시會試의 장원 급제자.
219 恩地 : 스승 또는 과거시험의 시험관에 대한 호칭.

上命著爲令. 今詞林充斥, 不止數倍於前. 雖三堂²²⁰盛事, 不免怨脫校書

之誚矣.

220 三堂 : 위에서 말한 육부, 오시, 과도를 말하는 것으로 생각된다.

번역 재상이 별도로 관할하다

송나라의 번성기에 재상 가운데 경서 번역과 윤문을 겸한 자는 불교를 숭상했고, 옥청궁玉淸宮과 소응궁昭應宮을 관할한 자는 천서天書를 받들고 도교를 숭상했었다. 왕안석王安石이 기회를 타서 한곳에 머물며 조용히 쉬겠다고 청하니 도관에서 마침내 그간 얻은 것들을 내놓게 되었다. 휘종 때에 상청보록궁上淸寶籙宮에 관리를 두어 재상이 관할을 전담했었으니 역시 진실로 도교를 장악한 것이다. 왕보王黼가 재상으로써 응봉사應奉司를 관할했는데, 비록 비천한 무리인 환관들이 이전에 불교와 도교를 관장했던 자와는 다소 다르지만 직책을 잃은 점은 같다. 원나라 때 인우원仁虞院이 있었는데 재상이 관할했으며 매를 기르고 사냥하던 곳이다. 또 옥신원玉宸院은 교방教坊과 이원梨園이었는데 또 관직을 더해 평장사平章事에까지 이르렀다. 이런 오랑캐 풍속은 말할 필요도 없고, 재상들이 당한 치욕이 극에 달했다. 현 왕조에서는 비록 재상을 두지 않고 정치의 근본을 내각에 돌려 가장 중요한 자는 사보師保가 되고 그 다음은 경좌卿佐가 되어 전각殿閣의 궁전을 함께 관할했지만, 지경연知經筵과 서사총재書史總裁에 제수되면 더 이상 다른 것은 관할하지 않았으니 가장 체제에 맞았다. 가정 초기에 장영가는 수규로써 여러 차례 남쪽과 북쪽 교외의 공사를 관할했다. 이임구李任邱는 수규로써 그리고 하귀계夏貴溪는 차규로써 형부의 죄인을 심문했다. 고신정高新鄭은 융경 연간에 이전 사람의 행적을 따랐다. 비록 임의대로 겸직했다 하더라도 사실은 스스로 위엄을 낮춘 격이다.

宰相別領

宋之盛時, 宰相有兼譯經潤文使者, 蓋崇釋教也, 有領玉淸昭應宮使者, 則以奉天書, 崇道教也. 至王安石以間局處請告者, 宮觀[221]遂爲廢退所得. 至徽宗置上淸寶錄宮使, 以宰相專領, 則又眞掌道教矣. 若王黼[222]以元台[223]領應奉司[224], 雖鄙褻類宦寺, 與前秉二氏[225]教者稍不同, 其爲失職, 則一也. 元時有仁虞院, 以首相領之, 蓋鷹坊[226]也. 又有玉宸院, 則教坊梨園, 亦加官至平章事. 此胡俗不足言, 而鼎鉉之辱極矣. 本朝雖不設宰相, 而政本歸之內閣, 重則師保[227], 次亦卿佐[228], 兼殿閣之宮, 除知

---

221 宮觀 : 도관道觀, 즉 각종 도교 건축물에 대한 총칭.
222 王黼 : 왕보王黼, 1079-1126는 북송 말에 재상을 지낸 대신으로, 본명은 왕보王甫다. 그의 자는 자는 장명將明이고, 개봉부開封府 상부祥符 사람이다. 휘종徽宗 숭녕崇寧 연간에 진사가 되어, 좌사간左司諫, 어사중승御史中丞, 특진特進, 소재少宰, 태부太傅 등의 벼슬을 지냈다. 나중에 집정執政한 뒤 사방에서 기이한 산물들을 가혹하게 착취해 자기 소유로 삼았다. 당시 조정에서는 여진女眞과 손을 잡고 요遼나라를 공략하려 했는데, 그도 찬성하면서 대대적으로 민간의 재물을 수거했다. 흠종欽宗이 즉위한 뒤 주륙誅戮되었다.
223 元台 : 천자 또는 수보를 가리킨다.
224 應奉司 : 북송 휘종 숭녕 4년1105에 설치한 관서로, 천하의 진기한 물건들을 모아 궁정에 공급하는 일을 했다.
225 二氏 : 불가와 도가를 가리킨다.
226 鷹坊 : 궁중에서 사냥매를 기르던 관서.
227 師保 : 제왕을 보필하고 왕실 자제를 교육하는 일을 맡은 관리로, 사師와 보保가 있어서 사보師保라고 통칭한다.
228 卿佐 : 군주를 보좌하는 대신.

經筵及書史總裁, 更不他領, 最爲得體. 至嘉靖初, 張永嘉以首揆屢領南北郊工程. 李任邱以首揆, 夏貴溪以次揆, 審刑部囚. 高新鄭於隆慶間人踵行之. 雖肆意兼綜, 實自貶威重也.

　도찰원의 수장은 한나라의 어사대부에 해당하며 아상亞相이라 불렀다. 지금은 규율을 단속하는 중신으로 주로 백관들을 감찰하며 각신이 도찰원의 수장을 겸한 자는 아직 없었다. 현 왕조에서 각신이 도찰원 수장을 겸한 자로는 가정 6년 정해丁亥년의 장영가과 융경4년 경오庚午년의 조내강趙內江 두 사람뿐이다. 장영가는 처음에 대례의 사건으로 갑자기 지위가 높아졌고 또 대옥사 사건이 일어났을 때 곽훈에게 아첨해 마침내 시랑학사侍郞學士로서 서대西臺를 함께 관장했다. 삼법사三法司의 관리 형부상서 안이수顔頤壽 등을 원래 심문했던 관리 산서순안어사 마록馬錄 등을 하옥시키고 장인張寅과 이복달李福達의 사건을 모두 뒤집었다. 옥사가 마무리되자 수자리로 쫓겨간 자가 100여 명이었다. 장영가는 공을 세워 승진하고 문연각대학사를 겸하게 되었으며 다시 상서에 올라 여전히 도찰원의 일을 관장했고 이듬해 궁보宮保의 자리에 올랐다가 비로소 내각으로 돌아왔다.

　고신정高新鄭이 이부를 장악하고 있을 때 불시에 과도관을 조사하려고 했는데, 사람들이 의론할 것을 걱정해서 조내강을 시켜 도찰원을 관장해 일을 함께하게 했다. 그런데, 관리 심사를 거행할 때 조내강이 반발이 많아서 심사가 끝난 지 한 달이 안 되어 고신정이 문하생 이과도급사중門人吏科都給事中 한집韓楫을 부추겨 조내강의 우매함과 전횡을 의론케 했다 조내강은 상소를 올려 그 음모를 밝히며 "전횡은 우매한 신하가 할 수 있는 일이 아닙니다. 신은 바로 우매한 신하일 뿐이며 고신정이라면 전횡을 했다 할 수 있는 데다 또 한집은 심복으로 그를 도울 것이니 후일 막을 수 없을 것입니다"라고 했다. 조내강의 말이 매우 타당해 모두 이기지 못하고 떠났다. 두 공이 도찰원을 겸해서 관장했으니 비록 각기 본말은 다르지만 결국에는 법도는 아닌 것이다.

○ 장인이 간적 이복달에게 간 것을 사람들이 알았고, 이를 밝힌 자들 또한 많았다. 이후에 채백관蔡伯貫이 촉 땅에서 사로잡혔는데, 판결문에 그에 관한 일이 상세하게 기록되어 있다. 비록 장영가가 한순간의 사욕으로 황상의 명을 기다리며 인해『흠명대옥록欽明大獄錄』을 새겨 천하를 옥죄었지만 옳고 그름은 결국 멸할 수 없었으니 이복달의 손자가 모반죄로 죽임을 당했다. 경오년에 고신정과 조내강이 함께 일하며 감관과 언관을 유배보냈다. 그런데, 위시량魏時亮과 진찬陳瓚 등과 같은 사람들은 모두 전후로 다시 기용되어 육부상서에 올라 명신이라 칭해졌으니, 각신이 행한 법령 또한 중시되기에는 부족하다.

원문 **輔臣掌都察院**

都察院之長, 卽漢御史大夫, 號爲亞相. 今爲風紀重臣, 主糾察百僚, 未有以閣臣兼者. 本朝惟有嘉靖六年丁亥張永嘉隆慶四年庚午趙內江二人而已. 張初用大禮暴貴, 又起大獄, 以媚郭勛, 遂以侍郎學士, 兼掌西臺. 下三法司[229]官刑部尙書顔頤壽等, 原問官山西巡按御史馬錄[230]等於獄, 盡反張寅[231]李福達[232]之案. 獄成, 戍斥者百餘人. 永嘉因以功進兼文淵閣大學士, 再晉尙書, 仍掌院事, 次年晉宮保, 始歸閣.

趙因高新鄭踞吏部, 欲非時考察科道, 恐人議之, 乃以內江掌院共事. 然擧計典時, 趙多所牴牾, 察完未匝月, 高卽嗾門人吏科都給事中韓楫, 論其庸橫. 趙辨疏直發其謀, 云"橫非庸臣所能也, 臣直庸臣耳, 若拱乃可謂橫, 且有楫爲之腹心羽翼, 他日將不可制." 其言甚辨, 則不勝而去. 二公兼署, 雖各有本末, 然總之非制也.

○ 張寅卽妖賊李福達, 人人知之, 著辨者亦衆. 後蔡伯貫[233]□於蜀被擒, 其讞詞中, 載其事甚詳. 雖永嘉以一時私臆, 且邀上命, 刻欽明大獄錄以箝天下, 而是非終不可滅, 福達孫仍以叛誅. 庚午高趙同事, 所斥謫臺垣[234]. 如魏時亮[235]陳瓚[236]等數人, 俱先後起廢, 登八座[237], 稱名臣, 則

---

229 三法司: 세 개의 중앙 사법기관인 도찰원, 형부, 대리시의 합칭.

230 馬錄: 마록馬錄, 생졸년미상은 명나라 중기의 관리다. 그의 자는 군경君卿이고, 하남 신양信陽 사람이다. 정덕 3년1508 진사가 되어, 고안지현固安知縣, 감찰어사, 산서순안어사 등의 관직을 지냈다.

231 張寅: 장인張寅, 생졸년미상은 명대 중기의 관리다. 그의 자는 중명仲明이고, 호는 효천曉天이며, 소주부 태창太倉 사람으로 이다. 정덕 16년1521에 진사가 되어, 벼슬은 의춘지현宜春知縣, 남경하남도감찰어사南京河南道監察御史, 우춘방우사직右春坊又司直, 한림원검토翰林院檢討 등의 벼슬을 지냈다. 『가정태창주지嘉靖太倉州志』10권을 편수했다.

232 李福達: 이복달李福達, 생졸년미상은 산서 대주代州 곽현崞縣 사람으로, 명대 미륵교彌勒教의 수령이다.

233 蔡伯貫: 채백관蔡伯貫, ?~1566은 명대 중엽 농민 봉기를 일으킨 수령으로, 중경 대족大足 사람이다.

234 臺垣: 명대의 도찰원都察院과 육과六科를 합쳐서 부르는 말이다. 도찰원은 서대西臺라고 하고 육과는 성원省垣이라고 부르는데, 한 글자씩 따서 대성臺垣이라고 불렀다. 대성臺省이라고도 한다.

235 魏時亮: 위시량魏時亮, 1529~1591은 명대 후기의 대신이다. 그의 자는 공보工甫 혹은 경

閣臣領憲, 亦未足爲重也.

오敬吾이고, 남창 사람이다. 1559년에 진사가 되어 중서사인에 제수되었으며, 병
과급사중, 남경대리승, 형부상서 등을 지냈다. 저서로『대유학수大儒學粹』가 전해
진다.

236 陳瓚 : 진찬陳瓚, 1518~1588은 명나라 후기의 관리다. 그의 자는 정과廷稞이고 호는 우
정雨亭이며, 남직례 소주부 상숙常熟 사람이다. 가정 35년1556에 진사가 되었다.

237 八座 : 육부상서.

성화 연간 이후 재상으로 네 차례 내각에 들어간 자는 가정 연간의 장영가와 하귀계 두 사람뿐이다. 장영가는 마지막으로 기용된 후 금화金華에 이르러 병이 나 고향으로 돌아갔다가 갑자기 죽었다. 하귀계는 마지막으로 기용된 후 소사少師로 상서의 자리로 강등되자 바로 조정을 떠났고 극형에 처해졌다. 세 차례 내각에 들어간 자로는 비연산이 있는데, 그는 마지막으로 수규의 자리에 있은 지 겨우 두 달 만에 갑자기 병으로 죽었다. 모두 매우 순조롭지 않았다.

두 차례 내각에 들어간 자로는 성화 연간의 이남양李南陽이 있는데, 부모상을 당했지만 계속 관직에 있다가 그해 결국 죽었다. 상순안商淳安은 직간했다가 지위를 떠나게 되었다. 정덕 연간 양신도는 내각에 다시 들어갔다가 가정 연간 초에 의례 사건으로 지위를 떠난 후 바로 삭탈관직 당했다. 양단도는 내각에 다시 들어갔다가 뇌물을 받은 죄로 파직되고 바로 삭탈관직당했다. 적제성이 다시 내각에 들어갔을 때 그의 두 아들이 과거에 합격했다는 이유로 탄핵되어 삭탈관직당했다. 계안인은 다시 내각에 들어가자마자 병이 나서 사직한 뒤 죽었다. 융경 연간 초에 고신정은 다시 내각에 들어갔다가 금상께서 등극하시면서 조서를 받고 쫓겨났다. 만력 연간 왕산음이 다시 내각에 들어간 뒤 태자 책봉으로 다투다가 자청해 물러났다. 한 사람도 좋게 떠난 사람이 없었다.

가정 연간 초에 고향에 있던 사여요가 기용되었는데, 그가 관직을 그만둔 지 22년 만에 천하의 막중한 기대를 받고 부임한 후 겨우 다섯 달 만에 뜻을 이루지 못함을 근심하다가 고향으로 돌아갔다. 그가 처음 내각을 떠날 때는 소부로 차보次輔의 자리에 있었는데, 다시 내각으로 들어왔을 때도 지위가 여전히 양문양의 아래였으며 관작 역시 더해진 바가 없었다. 이 또한 괜히 내각에 다시 나간 것이다. 근래에 왕태창은 갑오년에 수규의 자리에서 물러나겠다는 청이 받아들여졌고, 정미년에 다시 불려와 나랏일을 맡았다가 또 은거한 지 5년 만에 결국 두문불출하다 죽었다. 그러나, 사방에서 공격하며 자손들을 해치니 근심해 하루도 편할 날이 없었다. 이 또한 괜히 내각으로 불려 들어온 것이다.

아무리 번창해도 오랫동안 지위에 거하지 못하니 이미 뜻을 한번 이루었으면 다시 관직에 나가서는 안 된다는 말이 믿겨진다.

원문 **宰相出山**

成化以後, 宰相四入閣者, 惟嘉靖中張永嘉夏貴溪二人. 張最後起, 至金華病歸, 旋卒. 夏最後起, 以少師降尙書, 甫去國, 而罹極刑. 三入閣[238]者, 爲費鉛山, 最後居首揆僅二月, 暴病卒. 俱不利之甚者.

再入閣者, 成化中李南陽, 丁憂奪情, 其年遂卒. 商淳安[239]以直諫去位. 正德中楊新都再入, 至嘉靖初, 以議禮去, 尋削籍. 楊丹徒再入, 以受賂

---

238 閣: '각閣' 자는 사본에 근거해 보충했다閣字據寫本補. 【교주】
239 商淳安: 명나라 성화 연간에 내각수보를 지낸 상로商輅를 말한다.

罷去, 尋削籍. 翟諸城再入, 以二子中式, 被劾削籍. 桂安仁再入, 卽病, 致仕卒. 隆慶初高新鄭再入, 今上登極, 中旨見逐. 萬曆間王山陰再入, 以爭冊立自免. 更無一得善去者.

至若嘉靖之初, 起謝餘姚於田間, 謝林居二十二年, 負天下重望, 抵任僅五閱月, 悒悒不得志而歸. 其初去時, 以少傅居次輔, 再出仍位楊文襄下, 官亦無所加. 是又多此一出矣. 近年王太倉, 甲午以首揆得請, 丁未再召當國, 堅臥者五年, 終不出以至於歿. 然而攻擊四起, 哭子哭孫, 憂撓無一日寧. 是又多此一召矣.

盛滿難以久居, 得意不可再往. 信哉.

번역 선물을 보내다

옛 사람들은 은밀한 일을 행하지 않고 단지 자신의 위엄을 지켜냈다. 그들이 자신의 공명을 위해 다른 이에게 선물을 보냈다는 말은 들어본 적이 없다. 가정 연간 재상 장영가가 소재少宰 서엄서徐崦西에게 선물을 보낸 뒤로 다만 융경 연간에 지금 대중승 삼원三原 사람 일제一齋 온순溫純이 급사중이 되었을 때 전임 양광총독兩廣總督 유도劉燾에게 금궤 스물네 개를 선물로 보낸 일이 있었다. 그때 유도는 이미 우도어사로 기용되었는데, 신추영神樞營의 제독으로 성지를 받들어 원래의 관직으로 내려가 벼슬을 사양하고 물러났다. 이전 남태재南太宰 제성諸城 월림月林 구순邱橓이 급사중일 때 호광순무도어사湖廣巡撫都御史 방염方廉에게 금궤 다섯 개를 선물로 보냈는데, 방염은 파직되어 고향으로 돌아갔다. 금상 을사년에 중승 애소愛所 저부楮鈇가 총조總漕가 되었을 때 형주지부荊州知府 예동倪棟에게 금궤 스무 개를 선물로 보냈는데, 예동은 파직되어 고향으로 돌아갔다. 네 공 모두 깨끗한 품행을 지니고 박학다식해 의론하는 자들이 오히려 지나치게 엄격하다고 의론했다. 근래에는 호과급사중戶科都給事中 창문蒼門 이응책李應策이 상부지현祥符知縣 왕흥王興에게 금궤 스무 개를 선물로 보냈는데, 왕흥은 심하게 폄적되었고, 이응책은 칭찬하는 성지를 받았다. 왕흥은 이후에 다시 점차 떨치고 일어나 지금은 낭서郞署가 되었고, 이응책은 좌통정左通政의 관직을 역임하고 을사년 중앙관리 심사에서 경박하고 성급해 관직의 등급이 떨어져 지금은 벼슬길에 나오지 못한다. 덕행 높은 선비는 자신을 지켜내며 부끄러움이 없어야 하고 사방에 떳떳하면 족하다. 평소의 사귐에 있어 오히려 이 정도에 그치지 않는 자가 한순간에 명성을 가까이하고 다른 이가 영화롭게 승진하는 것을 막는다면 천 리를 살펴보건대 역시나 편안하지 못할 것이다.

○ 서진은 시험관 육찬陸粲 때문에 장영가에게 참소당해 죽은 후에야 누명을 씻을 수 있었다. 유도는 변방에서 세운 공이 드러나 나중에 또한 다시 출사했다. 유독 방염과 예동만이 결국 떨쳐 일어나지 못했다. 예동은 남가부랑南駕部郎이 되어 선박을 다루는 일을 맡아 대대로 이롭게 되었다. 왕엄주는 그의 재주와 지혜를 칭찬했는데, 진실로 허튼 말이 아니다. 바로 병오丙午년과 정미丁未년 간에 다시 관직에 올라 자초지종을 진술했는데도 말하기 좋아하는 자들이 재상 주금정朱金庭과 같은 고향인 절강당파라며 다시 그를 공격했다.

원문 **發餽遺**

古人不受暮夜, 特持己嚴耳. 不聞發人餽遺, 爲自己功名地也. 自嘉靖間, 張永嘉相公, 發徐崦西[240]少宰餽後, 惟見隆慶間, 今大中丞三原溫一齋純爲給事時, 發原任兩廣總督劉燾[241]廿四金之餽. 時劉已起右都御史,

---

240 徐崦西 : 명 중기의 대신 서진徐縉, 1482~1548을 말한다. 서진의 자는 자용子容이고, 호는 엄서崦西이며, 남직례 오현吳縣 사람이다. 홍치 18년1505 진사가 되어 서길사, 한림원편수, 한림원시독翰林院侍讀, 첨사부소첨사詹事府少詹事, 예부우시랑 등을 거쳐 이부좌시랑에 이르렀다. 가정 27년1548 향년 67세로 세상을 떠났고, 가정 29년1550 예부상서에 추서되었으며 시호는 문민文敏이다.

提督神樞營²⁴², 奉旨以原官致仕. 故南太宰諸城邱月林橒²⁴³爲給事時, 發

湖廣巡撫都御史方廉五金之餽, 方罷官歸. 今上乙巳年, 中丞褚愛所鈇²⁴⁴

爲總漕, 發荊州知府倪棟二十金之餽, 倪罷官歸. 四公俱淸修名碩, 議者

尙以過刻議之. 近年則戶科都給事中李蒼門應策²⁴⁵發祥符知縣王興²⁴⁶二

十金之餽, 王得重貶, 李奉溫旨見褒. 王後復漸振, 今爲郎署, 李歷官左

通政, 乙巳內計, 以浮躁褫級, 至今未出也. 士君子持己不媿四知, 足矣.

至於尋常交際, 尙有不止此者, 若以一時近名, 阻人榮進, 揆之天理, 或

---

241 劉燾 : 유도劉燾,1512~1598는 명나라 후기의 관리다. 그의 자는 인보仁甫이고 호는 대
　　천帶川이며, 하북 창주 사람이다. 가정 무술년1538에 진사가 되어 제남부추관에 제
　　수되었다. 이후 병부직방주사, 섬서첨사, 감군 등을 지내며 전공을 세웠다.
242 神樞營 : 신추영神樞營은 삼천영三千營으로, 가정 29년1550에 삼대영三大營을 회복할
　　때 삼천영을 개칭한 것이다.
243 諸城邱月林橒 : 구순邱橒,1516~1585은 명나라 후기의 관리다. 그의 자는 무실茂實이고
　　산동 제성諸城 사람이다. 가정 29년에 진사가 되어 행인에 제수되었고 형과급사중
　　으로 발탁되어 남경 병부상서 장시철張時徹과 엄숭을 탄핵했다. 만력 12년 형부좌
　　시랑으로 옮겨 장거정의 가산을 몰수했는데, 장거정의 아들이 치욕을 이기지 못하
　　고 자살하면서 유서에 구순에 대한 최후의 항변을 했다. 하지만, 구순은 장거정
　　집안에 대한 철저한 형벌을 계속 진행했고, 이에 왕전王篆, 증성오曾省吾, 부작주傅作
　　舟 등이 모두 연좌되어 끌려갔다. 사후 태자태보로 추증되었으며, 시호는 간숙簡肅
　　이다.
244 褚愛所鈇 : 저부褚鈇,1533~1600는 명나라 후기의 대신이다. 그의 자는 민위民威이고 호
　　는 애소愛所이며, 유차楡次 동백촌東白村 사람이다. 가정 44년1565에 진사가 되어 호부
　　상서와 태자소보를 지냈다.
245 李蒼門應策 : 이응책李應策, 생졸년 미상은 명나라 후기의 관리다. 그의 자는 성가成可이
　　고 호는 창문蒼門으로, 포성蒲城 사람이다. 만력 11년1583에 진사가 되어 하북임구와
　　사천 성도, 하남안양지현, 태상소경, 급사중 등을 지냈다. 일본이 조선을 침략했을
　　때 병부상서 석성과 심유경이 무능해 해결하지 못하자 조정의 신하들과 이들을
　　고발해 죽였다.
246 王興 : 왕흥王興,1615~1660은 명나라 광동 대포현大埔縣 사람으로, 자는 전휘電輝다. 원
　　래 성씨는 황黃인데, 선대에 원수를 피해 왕씨로 바꿨다.

亦未安.

○ 徐縉以陸粲座主, 爲永嘉所誣, 歿後得昭雪. 劉燾以邊功著, 後亦再出. 獨方與倪逡不振. 倪爲南駕部郎, 處置馬快船[247]一事, 爲百世利. 王弇州稱爲材諝名臣, 眞非虛語. 頃丙午丁未間, 再登啓事, 而說者復攻之, 謂爲浙黨[248], 以朱金庭[249]相公桑梓故也.

---

247 馬快船 : 마선馬船으로, 큰 선박 혹은 관청 소유의 선박을 말함.
248 浙黨 : 만력 연간에 형성된 관료 집단으로, 대학사 심일관, 급사중 요종문, 어사 유정원 등이 모두 절강 사람이므로 이름 붙였으며, 동림당을 배척했다.
249 朱金庭 : 명나라 만력 연간에 내각수보를 지낸 주갱朱賡을 말한다.

　　가정 초기의 장영가와 금상 초기의 장강릉張江陵은 모두 세상에 견줄 데가 없을 정도의 기재들이다. 그런데 장영가는 음험하고 장강릉은 난폭하지만 모두 자신이 옳다고 믿는 것에는 과감했고 자신과 견해가 다른 사람은 온갖 방법으로 배척했다. 그들이 믿는 심복들은 또 모두 올바른 사람이 아니었으므로 진실한 충신이라고 할 수는 없다. 장영가는 처음 기용될 때 계문양桂文襄을 믿고 선봉이 되었지만 얼마 안 되어 자신의 영민함으로 황상의 인정을 받아 계문양과의 사이가 날이 갈수록 벌어졌고, 동료인 곽문민霍文敏을 이용해 믿을 만한 심복으로 삼았다. 수암遂菴 양일청이 급시給事인 정산貞山 육찬陸粲과 함께 장영가를 쫓아낼 모의를 해서 이미 자리에서 쫓아내겠다는 황상의 뜻을 얻었으니, 곽문민이 나서서 대변하지 않았다면 장영가가 위태로웠을 것이다. 얼마 뒤 수암 양일청이 파직되고 육정산은 폄적貶謫되어 형세가 이미 굳어졌고 곽문민이 상을 당해 떠나자 비로소 왕영화를 심복으로 의지하게 되었는데 이에 재상의 일이 날로 비루해졌다. 왕영화는 음험하고 잔인하며 탐욕스럽고 간사해 사인士人들이 상대도 하지 않는 사람이라 계문양이나 곽문민은 비교도 안 되었다. 예를 들면 팽택彭澤과 설간薛侃을 꾀어 하귀계夏貴溪를 모함하려고 오로지 하귀계를 탄핵하는 상소를 올렸다. 하귀계의 결백함이 이미 밝혀지자 다시 하귀계에게 애원하며 장영가를 내보내자는 상소를 한 것은 자신들의 본의가 아니라고 말했다. 장영가가 소재少宰 엄서崦西 서진徐縉을 모함한 일은 모두 왕영화 혼자 강력히 주도한 것이고, 매를 맞고 폄적된 다른 언관들은 올바른 사람을 쫓아내는 것에 반대하며 틀림없이 분기해 옷소매를 걷어 올리고 앞다투어 나선 것이다. 장영가는 경인년庚寅年부터 국정을 맡았고 왕영화는 그해에 총헌總憲이었으며 또 3년이 지나서 태재太宰가 되어 장영가와 함께 한 것이 7년인데 장영가는 관직을 떠나고 왕영화는 쫓겨났다.

장강릉이 처음 정권을 잡았을 때는 또 뛰어나게 일을 잘해 병자년丙子年 이전에는 그 시책들이 모두 볼 만했다. 유념대劉念臺에게 고발당한 뒤로 점차 왕양성王陽城과 왕이릉王夷陵 등을 휘하에 들였는데, 왕양성은 이부吏部의 인사 문제를 관장했고 왕이릉은 소재少宰로써 장강릉의 주구走狗가 되었다. 탈정奪情 등의 일이 일어나면서 대책이 모두 깨져버렸다. 왕이릉의 악독함은 왕영화에 미치지 못하지만 비굴하게 아첨하는 것은 그를 능가한다. 대원臺垣을 규합해 도당徒黨으로 삼고 걸핏하면 탄핵하는 상소문을 빌려 자기 무리가 아닌 이들을 제거하는 일은 또 장영가가 행한 것이 아니다. 장영가는 이복달李福達 사건으로 익국공翼國公 곽훈과 결탁했는데 이 일이 가장 명분을 잃은 것이다. 장강릉은 성국공成國公 주희충朱希忠 형제를 후대하고 직접 문객을 모았으며 예물을 써서 황상의 총애를 받는 태감과 교류했을 뿐 장영가처럼 익국공에게 붙어 황상께 아첨하지는 않았다.

장영가가 다시 재상이 된 것은 소성황태후昭聖皇太后가 여러 차례 황상께 오늘날 황상과 모자가 될 수 있었던 것은 모두 장소부張少傅 덕이라고 말했기 때문에 불러들인 것이다. 장강릉에 대한 특별한 총애는 장영가보다 더했는데, 금상이 어릴 때 자성황태후가 날마다 장선생은 친히 고명顧命을 받은 조정 대신이라고 간곡히 얘기했기 때문에 총애를 한 몸에 다 받은 것이다. 아! 정권을 잡은 자가 황궁의 힘을 빌지 않으면 또 어찌 오랫동안 큰 권력을 휘두를 수 있겠는가!

장영가의 음흉함은 한 가지가 아닌데 이부좌시랑吏部左侍郎 서진徐縉을 무너뜨린 일은 더욱 원통할 만하다. 서진은 호가 엄서崦西고 오현吳縣 사람이며, 그의 문하생 육정산 또한 오현 사람인데 모두 양수암楊邃菴과 사이가 돈독했다. 황상은 서진을 매우 총애해 장차 크게 쓰려고 하셨다. 장영가는 그가 양수암의 맥을 이어 자신에게 이롭지 않을까 걱정했는데 육정산이 장영가를 탄핵하는 상소가 나오자 더욱 그를 의심하고 미워했다. 마침 감생 첨계詹棨가 서진을 미워해 그의 사사로운 일을 들춰냈는데, 사람들이 모두 첨계가 옳지 않다 여겼다. 장영가가 갑자기 서진의 일에 간여해 그가 밤에 몰래 들어갔다가 황정과 백랍 등 진귀한 물건을 늘어놓았는데 그 사람을 찾으니 뇌물을 가지고 모두 도망가 버렸다고 말했다. 황상께서 그 말을 믿고 그 안건을 도찰원으로 내려 보내셨다. 당시 왕영화가 도찰원을 맡고 있었는데 장영화가 지시한대로 서진의 죄를 사실로 만들고자 서진을 탄핵해 중죄로 몰려는 상소를 갖추어 올렸다. 첨원僉院인 녹야鹿野 사도史道가 강력히 간언하며 일이 애매해 연좌해서는 안 된다고 말했다. 왕영화가 크게 화를 내며 사도의 말도 함께 상주했다. 황상께서 비로소 깨달으셔서 서진은 조용하게 살게 되었고 사도는 결국 무고誣告의 법률이 적용되었지만 오히려 첨계의 죄에 연루되어 장영가와 왕영화 또한 무사할 수 없었다. 아마도 소재 서진이 야밤에 뇌물을 보냈다는 것은 모두 이 사람들이 가짜로 꾸민 것인데 정말 희극과 같아 교활한 듯하면서도 사실은 우둔한 일이라 비웃음을 자아냈다. 이것은 또 장강릉이 하찮게 여긴 점이다. 장강릉은 『세종실록世宗實錄』에서 장영가를 매우 칭찬했는데, 아마도 그 능력이 비슷해서 마음속으로 흠모해 찬탄한 것인 듯하다. 왕엄주는 장영가와 장강릉 두 공의 일이 사실은 멀지 않은데 장영가의 일이 근본이라고 했다. 이 말은 진실로 틀리지 않지만 서원西元 마여기馬汝驥 중목仲木 여남呂柟의 행장行狀을 써서 다음과 같이 말했다. "장영가는 그의 고향에서 횡포를 부리며 남의 밭과 집에 침입한 것이 부지기수다. 그가 죽자 절어사浙御史가 이를 바로잡으려 하자 곽문민이 그의 집을 보존했다. 이때 여중목이 남례시南禮侍였는데 곽문민과 동료였으므로 곽문민에게 글을 써서 그가 공정치 못하게 간사한 이와 무리를 이루었다고 질책했다고 한다." 왕엄주는 또 꼭 그렇지는 않다고 말했다. 사도는 또 영가 장부경張孚敬이 절을 없애고 경일정敬一亭과 보륜루寶綸樓를 세웠는데 공사를 할 때는 반드시 민부民夫를 부려야 하므로 순안어사 주여원周汝員에게 제지당하자 주여원을 비방했다고 했다. 황상께서 절강과 복건에서 함께 조사하라고 명하시니 장부경이 고향에 거처하며 저지른 불법이 알려졌다. 왕횡이 일찍이 서진을 구했다고 말한 사람이 있는데, 이것은 그 고향 사람의 말을 잘못 믿은 것이며 사실은 그렇지 않다.

원문 兩張文忠²⁵⁰

嘉靖初之張永嘉, 今上初之張江陵²⁵¹, 皆絕世異才. 然永嘉險, 江陵暴,

皆果於自用²⁵², 異己者, 則百端排之. 其所憑心膂²⁵³, 又皆非端人, 所以

不得稱純臣²⁵⁴. 永嘉之初起也, 倚桂文襄²⁵⁵爲先登, 未幾, 自以英敏結上

知, 與桂隙日開, 而用同事者霍文敏²⁵⁶爲爪牙²⁵⁷. 如楊邃菴一清²⁵⁸之與

陸貞山給事粲²⁵⁹謀逐永嘉, 已得旨去位, 非霍起而代辨, 永嘉殆矣. 旣而

邃菴罷, 貞山貶, 形勢已固, 而霍憂去, 始寄腹心於汪鋆和²⁶⁰, 於是相業

日卑矣. 汪之陰賊²⁶¹貪詐, 士人所不齒, 非桂霍可比擬. 如誘彭澤²⁶²薛侃

---

250 兩張文忠 : 명대 가정 연간에 내각수보를 지낸 장총張璁과 만력 연간에 내각수보를
지낸 장거정張居正을 말한다. 두 사람 모두 시호가 문충文忠이었다.
251 張江陵 : 명대 신종 만력 초기에 내각수보를 지낸 장거정張居正을 말한다.
252 自用 : 자신이 옳다고 믿다.
253 心膂 : 가장 신뢰하는 사람. 심복.
254 純臣 : 마음이 곧고 진실한 신하.
255 桂文襄 : 명대 가정 연간의 중신 계약桂萼을 말한다.
256 霍文敏 : 명나라 가정 연간의 대신 곽도霍韜를 말한다.
257 爪牙 : 믿을 수 있고 도움이 되는 사람. '조아爪牙'는 원래 발톱과 이빨이라는 뜻으
로 동물에게 발톱과 이빨은 자신을 보호할 수 있는 강력한 무기다. 이 의미를 기본
으로 용맹한 사람 또는 매우 쓸모 있는 사람이나 물건을 비유적으로 이르는 말로
사용된다.
258 楊邃菴一清 : 명대의 대신이자 문학가인 양일청을 말한다.
259 陸貞山給事粲 : 명대 가정 연간의 관리인 육찬陸粲을 말한다.
260 汪鋆和 : 명 가정 연간에 이부상서와 병부상서를 겸했던 왕횡汪鋐을 말한다. 영회榮
和는 왕횡의 시호다.
261 陰賊 : 음험하고 잔인하다.
262 彭澤 : 팽택彭澤,1459~1529은 명나라 섬서 임조府臨洮府 난주蘭州 사람이다. 그의 자는
제물濟物이고, 호는 행암幸庵이며, 시호는 양의襄毅다. 홍치 3년1490 진사가 되어, 공
부주사, 형부랑중, 병부상서, 태자태보 등의 벼슬을 역임했다. 가정 7년1528 모함을
받아 파면되었고 2년 뒤 죽었다. 융경 원년1567 누명을 벗고 복관되었다.

以陷夏貴溪[263], 且專疏劾夏矣. 夏旣得白, 復哀請於夏, 謂疏出永嘉, 非

其本意. 至永嘉傾陷[264]徐崦西縉少宰[265]一事, 皆汪一人力主之, 其他杖

謫言官, 排逐正人, 必攘臂爭先. 永嘉自庚寅[266]當國, 汪卽以是年總憲[267],

又三年而得太宰, 與永嘉終始者七年, 張去而汪逐矣.

江陵初得柄, 亦矯矯[268]自任, 丙子已前, 其設施儘自可觀. 自爲劉念

臺[269]所紏, 而漸用王陽城[270]王夷陵[271]等入幕, 陽城以掌銓司[272]黜陟[273],

夷陵以少宰爲鷹犬[274]. 迫奪情諸事起, 而隄防盡裂矣. 夷陵之忍毒, 不能

---

263 夏貴溪 : 명 중기의 정치가이자 문학가인 하언夏言을 말한다.

264 傾陷 : 모함하다.

265 少宰 : 이부시랑吏部侍郞의 별칭으로 소재小宰라고도 한다.

266 庚寅 : 명 세종 가정 9년1530을 말한다.

267 總憲 : 명·청대 도찰원좌도어사都察院左都御史와 도찰원우도어사都察院右都御史의 별칭
이다. 도어사는 문무백관을 감찰하고 탄핵하는 기관인 도찰원의 수장으로 정이품
正二品이며, 아래에 부도어사副都御史와 첨도어사僉都御史를 두었다.

268 矯矯 : 출중한 모양. 발군拔群한 모양.

269 劉念臺 : 명대 송명이학宋明理學의 대가인 유종주劉宗周, 1578~1645를 말한다. 그의 자는
기동起東이고, 호는 염대念臺이며, 산음 즙산蕺山에서 강학을 했기 때문에 즙산선생
蕺山先生이라고도 부른다. 절강 소흥부 산음 사람이다. 그의 사상은 중국유학사에
큰 영향을 끼쳤다.

270 王陽城 : 명대의 유명한 정치가인 왕국광王國光, 1512~1594을 말한다. 왕국광은 택주澤
州 양성陽城 사람으로, 자는 여관汝觀이고 호는 소암疏庵이다. 가정 23년1544 진사가
되어 벼슬이 이부상서에 이르렀다. 만력 연간 재상 장거정의 개혁정치를 도왔다.
장거정이 세상을 떠난 뒤 반대파의 탄핵을 받아 파직되었다.

271 王夷陵 : 명대의 관리 왕전王篆, 1519~1603을 말한다. 왕전의 자는 소방紹芳이고 이릉吏
陵 사람이다. 가정 34년1555 향시에 합격한 뒤 강서 길수현지사吉水縣知事로 부임했다
가, 가정 41년1562 진사에 합격했다. 그 뒤 양경도어사兩京都御史, 소재少宰, 이부시랑
등의 벼슬을 지냈다. 장거정이 실각하면서 왕전도 탄핵을 받아 파면되었다.

272 銓司 : 이부吏部의 별칭이다.

273 黜陟 : 관직의 강등과 승진, 즉 인사.

274 鷹犬 : 원래는 사냥 때 부리는 매와 개를 말하는데, 사람의 경우는 매와 개처럼 부

如汪榮和, 而卑佞[275]過之矣. 至糾合臺垣, 爲之角距[276], 動借白簡, 鋤

去[277]非類, 則又永嘉所不爲者. 永嘉因李福達一案[278], 以結歡翼國公郭

勛, 此事最得罪名教. 若江陵之厚成國公朱希忠兄弟, 直以門客畜之, 用

其苞苴, 以交通中貴耳, 非如永嘉之諂附[279]翼國, 以媚上也.

　永嘉之再相也, 昭聖皇太后[280]屢言之上, 謂今日得與若爲母子, 皆張

少傅[281]力, 因之召入.[282] 江陵異眷尤出永嘉上, 然今上幼沖, 慈聖皇太后,

릴 수 있는 앞잡이라는 의미로 사용된다.

275 卑佞 : 비굴하게 남에게 아첨하다.

276 角距 : 패거리. 도당徒黨.

277 鋤去 : 존재하지 못하게 없애버림.

278 李福達一案 : 명대 미륵교彌勒敎의 교주인 이복달李福達이 정덕 초기에 왕량王良, 이월
李鉞과 종교적인 조직을 결성해 명나라에 반대하다가 산단위山丹衛로 수자리를 갔다.
산단위에서 도망쳐 이름을 이오李午로 바꾸고 섬서 낙천洛川으로 가 백련교白蓮敎를
전파했다. 일이 발각되자 다시 이름을 장인張寅으로 바꾸고 무정후 곽훈에게 연단술
의 일종인 황백술黃白術을 바친다며 접근했다. 가정 초기 돈을 내고 관직을 사 산서태
원위지휘사사山西太原衛指揮使司가 되었다. 가정 5년1527 원수였던 설량薛良이 산서순안어
사 마록馬錄에게 고발했는데, 곽훈이 중간에서 무마하려 하자 마록이 순무 강조상江
潮上과 연합해 곽훈까지 탄핵했다. 곽훈은 이 일을 세종에게 잘 말해서 초점을 대례
의로 돌려달라고 장총張璁에게 부탁했다. 세종이 형부, 어사대, 대리시에 명해 이 사
건을 다시 조사하게 했다. 그 결과 포정사와 안찰사 등은 하옥되고, 마록은 변방으
로 수자리를 갔으며, 이복달은 관직을 회복하는 것으로 사건이 종결되었다.

279 諂附 : 아첨해 붙음.

280 昭聖皇太后 : 명 효종의 황후이자 무종의 모친인 자수황태후慈壽皇太后 장씨張氏를 말
한다. 세종이 즉위하면서 '소성자수황태후昭聖慈壽皇太后'라는 존호를 바쳤다.

281 張少傅 : 명 가정 연간에 내각수보를 지낸 장총張璁을 말한다. 장총이 세종 가정 연
간에 소부 겸 태자태부太子太傅 겸 이부상서 겸 근신전대학사謹身殿大學士에 봉해졌기
때문에 장소부張少傅라고 한 것이다.

282 因之召入 : 중화서국본 『만력야획편』에서는 '인지소입강릉因之召入江陵' 뒤에 구두
점이 있는데, 문맥을 고려해 상해고적본의 구두점을 참고해서 '인지소입因之召入,
강릉江陵 ~'으로 수정했다. 문맥상 '장영가'가 주체가 되는 문장과 '장강릉'이 주체
가 되는 문장을 대비해서 말하고 있으므로 '강릉'은 장강릉에 관한 내용을 말하는

日以張先生親受顧命²⁸³社稷臣, 耳提之, 以故寵得竟其身. 嗟乎! 柄國者, 非藉手宮掖, 亦安能久擅大權哉!

永嘉險忮非一端, 而傾吏部左侍郎徐縉一事, 尤爲可恨. 縉號崦西, 吳人也, 其門生陸貞山, 亦吳人, 俱厚楊邃菴, 而上眷徐厚, 次將大用, 永嘉恐其續邃菴之脈, 不利於己, 陸劾張疏出, 益疑恨之. 適有監生詹榮者, 恨縉, 因訐其私事, 人皆不直榮. 而永嘉忽參縉, 謂其夜以刺投入, 開具黃精白蠟諸珍異, 比索其人, 則幷賄俱逃去矣. 上信之, 下之都察院. 時汪鋐和掌院, 如永嘉所指²⁸⁴, 卽欲實徐罪, 具回疏劾徐, 陷以重辟²⁸⁵. 賴史鹿野道爲僉院²⁸⁶力諍, 謂事涉曖昧, 不可懸坐. 汪大怒, 幷史語奏之. 上始悟, 徐得閑住去, 而史竟引誣告律, 反坐詹榮罪, 張汪亦不能救. 蓋徐少宰昏夜之餽, 俱諸人僞爲之, 眞同戲劇, 似狡實愚, 可發一哂. 此又江陵所不屑者. 江陵於『世宗實錄』, 極推許永嘉, 蓋其材術相似, 故心儀而託之贊歎. 弇州謂二公事業, 相去實不遠, 而永嘉之絲素矣, 此語固不謬, 但馬西元汝驥作呂仲木柟²⁸⁷行狀云, "永嘉暴橫其鄕, 侵人田宅無算.

다음 문장의 첫 구에 오는 것이 더 타당해 보인다. 〖역자 교주〗

283 顧命 : 임금이 신하에게 유언으로 나라의 뒷일을 부탁하는 것을 말한다.

284 如永嘉所指 : '여영가소지如永嘉所指' 다섯 글자는 사본에 근거해 보충했다如永嘉所指五字, 據寫本補. 【교주】

285 具回疏劾徐, 陷以重辟 : '구회소핵서함이중벽具回疏劾徐陷以重辟' 아홉 글자는 사본에 근거해 보충했다具回疏劾徐陷以重辟九字, 據寫本補. 【교주】

286 僉院 : 명대 도찰원첨도어사都察院僉都御史의 약칭. 첨도어사에는 좌첨도어사와 우첨도어사가 있었다.

287 呂仲木柟 : 명나라의 학자이자 교육자인 여남呂柟, 1479~1542을 말한다. 여남은 섬서 고릉高陵 사람으로, 자는 중목仲木이고, 호는 경야涇野이며, 시호는 문간文簡이다. 정덕 3년1508 진사가 되어, 한림원수찬, 해주판관解州判官, 상보사경尙寶司卿, 태상시소

既死, 浙御史欲直之, 霍文敏爲保全其家. 時仲木爲南禮侍, 與霍同僚, 因與霍書, 責其阿私黨奸云云." 則弇州言, 又未必然. 史又稱孚敬, 以廢寺建敬一亭, 寶綸樓, 凡興役, 必役民夫, 爲巡按御史周汝員裁抑, 乃訐汝員. 上命浙江福建會勘, 則孚敬居鄉之不法可知也. 有云汪鈜曾救徐縉者, 此誤信其鄉人之說, 而實不然.[288]

경太常寺少卿, 남경예부시랑 등의 벼슬을 지냈다.
288 有云汪鈜~而實不然 : '유운有云'부터 '불연不然'까지는 사본에 근거해 보충했다有云至不然, 據寫本補. 【교주】

만력야획편萬曆野獲編 上

권8

수수秀水 경천景倩 심덕부沈德符 저

동향桐鄕 이재爾載 전방錢昉 편집

[번역] 두 재상의 시사^{詩詞}

　　엄분의는 스스로 사관이 되자마자 바로 병을 핑계로 고향에 돌아가 여러 해를 지내면서 글을 읽고 시를 지어 『검산당고^{鈐山堂藁}』라는 문집을 냈다. 그의 시는 모두 유창하며 전기^{錢起}와 유장경^{劉長卿}의 시풍을 따랐는데, 오언시가 특히 뛰어났다. 대개 이장사^{李長沙}가 그와 비슷했는데, 특히 고악부는 그의 수준에 미치지 못할 뿐이었다. 하귀계 역시 시를 잘 지었지만 정통하지는 않았고 다만 사^詞에 능해 저서로 『백구원사고^{白鷗園詞藁}』가 있다. 그의 작품은 호방하고 기개가 넘치며 신유안^{辛幼安}과 유개지^{劉改之}의 사풍을 지녔는데, 하투^{河套}를 회복하고자 지은 「어가오^{漁家傲}」란 사 역시 그중 하나이다. 풍류를 알았던 옛 재상 엄분의와 하귀계는 학문이 모자라는 사람들이 아닌데 다만 만년에 지나치게 도리에 어긋나서 실패했을 뿐이다. 하귀계의 부인 소씨^{蘇氏} 역시 사에 뛰어났으니 더욱 작가라 할 만하다.

[원문] 二相詩詞

　　嚴分宜自爲史官, 卽引疾歸臥數年, 讀書賦詩, 其集名『鈐山堂藁』. 詩皆淸利, 作錢劉[1]調, 五言尤爲長城. 蓋李長沙流亞, 特古樂府不逮之耳.

---

1 錢劉 : 당대의 관리 겸 시인 전기^{錢起}와 유장경^{劉長卿}을 말한다. 전기^{錢起}, 722?~780의 자

夏貴溪亦能詩, 然不甚當行, 獨長於新聲, 所著有『白鷗園詞藁』. 豪邁俊
爽, 有辛幼安[2]劉改[3]之風. 其謀復河套, 作「漁家傲」詞, 亦其一也. 二公故
風流宰相, 非伏獵[4]弄麞[5]之比, 獨晚途狂謬取敗耳. 夏之蘇夫人, 亦工詩
餘, 更是作家.

는 중문仲文이고 오흥 사람이다. 당 천보 10년751에 진사가 되어 비서성교서랑, 염
전현위, 사마원외랑, 고공랑중, 한림학사 등을 지냈다. 유장경劉長卿, 718~790의 자는
문방文房이고 천보 연간에 진사에 급제해 감찰어사, 장주현위, 강회전운사판관 등
을 지냈다. 두 번의 좌천을 당했는데, 마지막 관직이 수주자사였기 때문에 유수주
劉隨州로도 불리며, 오언시에 능해 오언장성五言長城으로도 불린다. 저서로『봉설숙
인逢雪宿人』 등이 전해진다.

2 辛幼安 : 남송의 대표적인 호방파豪放派 사인詞人이자 관리인 신기질辛棄疾, 1140~1207을
   말한다. 신기질은 산동 제남부濟南府 역성현歷城縣 사람으로, 자는 유안幼安이고, 호
   는 가헌稼軒이다. 벼슬은 강서안무사江西安撫使, 복건안무사福建安撫使를 지냈다. 주화
   파主和派와 정견政見이 맞지 않아 탄핵된 후 사직하고 산속에 은거했다. 사후에 소사
   少師로 추증되었고, 시호는 충민忠敏이다.

3 劉改之 : 남송 시기의 문학가 유과劉過, 1154~1206를 말한다. 유과의 자는 개지改之이고,
   호는 용주도인龍洲道人이다. 길주 태화 사람으로, 네 차례 과거에 응시했지만 낙방해
   관직을 얻지 못했다. 육유, 신기질에게 상을 받았고 진량, 악가岳珂 등과 좋은 관계로
   지냈다. 사풍詞風은 신기질과 유사해 유극장劉克莊, 유진옹劉辰翁과 함께 신파삼유辛派
   三劉라는 영예를 얻었다. 유선륜劉仙倫과 함께 여릉이포의廬陵二布衣로도 불린다. 저서
   로『용주집龍洲集』, 『용주사龙洲词』, 『용주도인시집龍洲道人詩集』 등이 전해진다.

4 伏獵 : 배움이 없어 무식하다는 의미.
5 弄麞 : 글자를 잘못 쓴 것을 말함.

재상이 처음으로 옥사를 심의하다

　죄인을 심문하는 일이 큰일이라도 형부와 대리시가 전적으로 책임을 맡았다. 조심朝審은 주로 이부상서가 하고 열심熱審은 주로 환관이 하는데, 모두 월권에 속한다. 재상이 옥사의 판결을 묻지 않는 일은 자고로 있어 왔다. 홍희 연간 원년에 일찍이 내각학사에게 명해 공작, 후작, 백작, 각 부의 당상관이 모여 중죄를 지은 죄수를 심의했는데, 성화 연간 원년에 이런 일이 없어졌다. 당시 이문달이 나랏일을 맡아 재상의 체면을 차리는 일이 많았다. 또, 가정 연간 15년 겨울 황상께서 특별히 소부 겸 대학사 이시와 하언에게 명하시어 무정후 곽훈과 함께 형부의 중죄를 지은 죄수를 심의하게 하시어 응당 죽어야 할 자들 68명을 풀어 주셨다. 그때는 이런 일은 지나친 용서를 베푼 일로 여겼지만, 이러한 조치는 헌황제의 묘호를 바꾸고 장성태후의 휘호를 받들었기 때문에 대사면을 베푼 것이다. 당시 사면장대로 시행되지 않자 형부에서 상주해 대신에게 칙서를 내려 법사와 함께 심의해 구제할 것을 청했다. 따라서 특별히 칙서를 보내 일을 행하게 하시니 본래대로 일시에 커다란 은혜를 베풀게 되었다. 일이 마무리된 후에 세 신하가 천하에 두루 시행해 북경에서 행한 대로 모두 심의해 구제할 것을 재청하자 황상께서 그 의론을 윤허하셨다.

　이 일은 윤 12월에 있었지만, 왕엄주가 그해 3월의 열심으로 잘못 기록했는데, 3월에는 환관을 보내지 않은 것을 증거로 삼는다면 그의 말은 사실과 거리가 멀다. 이후 융경 연간 4년에 이부 겸 대학사 고공이 일부러 조심의 주필을 자청해서 왕금王金 사건을 전담했는데, 이를 빙자해 서화정을 모함했으니 전례가 없었으며 또한 황상께서 뜻하신 것도 아니었다.

원문 **宰相讞獄之始**

慮囚雖大事, 然刑部大理寺, 乃專責也. 朝審**[6]**主以冢宰**[7]**, 熱審**[8]**主以中官, 已屬侵越. 若宰相則不問決獄, 自古已然. 惟洪熙元年, 曾命內閣學士, 同公侯伯府部堂上官會審重囚, 至成化初元而罷之. 時李文達當國, 其保相體多矣. 又至嘉靖十五年冬, 上特命少傅大學士李時夏言, 同武定侯郭勛, 審刑部重囚, 釋放應死者, 凡六十八人. 時以爲太縱, 然此舉因改獻皇廟號, 及恭上章聖太后徽號, 大霈宇內. 其時赦書中未行, 卽有刑部具題, 請敕大臣會法司審卹之條矣. 以故特遣賜敕行事, 本係一時曠蕩之恩. 比至竣事之後, 三臣再請遍行天下, 遵照京師, 一體審恤, 上允其議.

其事在閏十二月, 弇州誤記作是年三月熱審, 因以爲不遣內臣之證, 則失實甚矣. 此後惟隆慶四年, 兼掌吏部大學士高拱, 自以意請朝審主筆, 蓋專爲王金**[9]**一案, 借以陷徐華亭. 卽非故事, 亦非上意屬之也.

---

6 朝審 : 사형사건에 대한 회심 제도.
7 冢宰 : 이부상서의 별칭.
8 熱審 : 소만 10일 후부터 입추 전날까지 열리는 재판.
9 王金 : 왕금王金,생졸년미상은 명 세종 때 서안 사람으로, 17세에 도인道人을 만나 비법을 전수받고 종남산에 은거했다. 세종이 신선술을 좋아해서 그 소문을 듣고 입궁

가정 연간 궁 안에서 일을 하면서 황제의 수도守道를 도운 자로, 재상 엄분의는 연로해 낮은 가마를 하사받았고 여든 살이 되자 어깨 높이의 가마를 하사받았으니 고금 가운데 전무후무한 전례가 되었다. 같은 일을 하면서도 황상의 은총을 조금 하사받은 자로는 하문민과 적문의가 있는데, 이들은 모두 타고 다니는 말을 하사받았는데도 사사로이 낮은 가마를 이용하자 황상께서 도리에 어긋나다 여기시고 마음에 걸려하셨다. 하문민이 화를 당하고 적문의가 쫓겨난 일은 이때부터 이미 시작된 것이었다. 두 공의 방자함은 말할 필요도 없었다. 하지만 지금 서원 궁터 앞에는 아직 '궁인들은 이곳에 이르면 말에서 내려라'라고 쓰인 두 개의 석비가 세워져 있으니 당시 어전에서 시중드는 궁녀와 내시들은 모두 걸어 다니지 않았다. 또 권세 높은 태감들 중에는 은혜를 입어 궁중의 말을 하사받았다. 가장 권세 있는 자는 어깨 높이의 가마에 앉아 궁중에서 모습을 드러내었다고 하는데, 이 가마는 낮은 가마와 유사하게 만들어졌고 곧바로 어깨에 매고 건청궁까지 갔으니 지금도 그러하다. 어찌 나랏일을 맡은 높은 신하를 궁궐 밖 행궁에서 받들며 조정에 오지 않고 궁녀와 내시들과 함께할 수 없었는가?

시켜 단약을 만들게 했다. 도중문, 소원절과 함께 이름을 날리며 세종의 총애를 받았다. 세종이 죽은 후 민해閩海로 좌천되었다. 의약으로 명성이 있었으며, 만년에는 개봉으로 돌아와 죽었다.

○ 이전에 하귀계와 함께 한 자로 무정후 곽훈 등 또한 타고 다니는 말을 하사받았다. 이후에는 서화정, 곽안양, 엄상숙, 이흥화, 동오흥, 원자계 등 여러 공들 가운데 낮은 가마를 하사받은 자들조차도 들어본 적이 없으니 어찌 어깨 높이의 가마를 논할 수 있겠는가? 성국공 주씨 형제, 함녕후 구란, 부마 최원, 금의수 육병의 무리들은 모두 무관이라 비록 함께 숙직했지만 더더욱 이런 은혜를 감히 바랄 수 없었다.

원문 **禁苑用輿**

嘉靖間, 供事內廷奉玄修者, 宰臣嚴分宜, 以衰老得賜腰輿, 至八十再賜肩輿, 爲古今曠絶之典. 其同事而恩眷稍下者, 則有夏文愍翟文懿, 俱賜乘馬, 二公因私用腰輿, 上聞以爲僭, 心銜之. 夏被禍, 翟被逐, 已胎於此矣. 二公之恣不必言. 但今西內宮址前, 尙豎二石碑, 刊宮眷人等, 至此下馬, 則當時御前婦寺輩, 皆非徒步矣. 又貴璫輩承恩, 有賜內府騎馬者. 最貴, 則云著於內府坐檯杌[10], 其製如腰輿而差小, 直昇至乾淸宮, 至今尙然. 何以當國首臣, 拱奉離宮, 又非朝宁比, 反不得與婦寺埒也?

○ 先時與夏貴溪同直者, 有武定侯郭勛等, 亦賜乘馬. 後則徐華亭郭安陽[11]嚴常熟[12]李興化董吳興[13]袁慈谿諸公, 皆未聞有得腰輿者, 何論肩

---

10 檯杌 : 어깨 높이의 가마.
11 郭安陽 : 명대 초기의 장수 곽의郭義, ?~1421를 말한다. 곽의는 산동 제녕 사람으로, 전공을 세워 안양후安陽侯에 봉해졌다.
12 嚴常熟 : 명나라 때 대신인 엄눌嚴訥, 1511~1584을 말한다. 엄눌은 강소 상숙常熟 사람으로, 자는 민경敏卿이고, 호는 양재養齋이며, 시호는 문정文靖이다. 가정 20년1541 진사

興? 若成國朱氏兄弟¹⁴咸寧侯仇鸞駙馬崔元錦衣帥陸炳輩, 皆右列纓弁,
雖同在直廬, 益不敢望矣.

가 되어, 벼슬은 편수, 한림학사, 태상소경, 예부상서, 이부상서, 무영전대학사 등
을 역임했다. 사후에 소보少保로 추증되었다. 문장에 능했고, 서법書法에 조예가 깊
었다. 특히 화조화花鳥畫를 잘 그렸다.

13 董吳興 : 명말청초의 문학가 동열董說, 1620~1686을 말한다. 동열의 자는 약우若雨 또는
    월함月函이고, 호는 사암俟庵 또는 누상漏霜, 서정소재주인署靜嘯齋主人이다. 절강 오흥
    吳興 사람이다. 명나라 말에 17살로 제생諸生이 되었고, 복사復社의 성원이었다. 명
    나라가 망한 뒤 머리를 깎고 승려가 되었는데 법명은 남잠南潛이고 자는 보운寶雲이
    었다.

14 成國朱氏兄弟 : 성국공 주희충朱希忠과 주희효朱希孝를 말한다.

번역 금으로 쓴 황제의 증서

지금 제도에는 왕과 왕비를 봉하면서 금으로 된 글자를 칙서에 사용한다. 공신에게 표창을 줄 때는 글자를 금으로 채워 썼다. 임명장은 비록 고귀한 상공이라도 먹으로 썼을 뿐이다. 금상 초에 형부상서 왕지고王之誥는 이전에 세운 변방의 공로로 태자태보로 승진하고 4대 조상까지 추증되었으니, 공경대부에게 뇌물을 준 자인데 금으로 쓴 황제의 증서를 받았던 것이다. 이후에 언관들이 비판하자 황상께서 개정할 것을 명하시어 그의 죄를 용서하셨다. 왕지고는 장강릉의 딸과 혼인했지만 강직해 의존하려 하지 않았고 당시에 승진을 거부하기만 했으니 사람들이 그를 훌륭히 여겼다. 아마도 분수에 넘치는 일에 응하지 않아 이후에 또한 근본이 있는 사람으로 알려진 것 같다. 세종 때 문민공 하언은 일품의 지위로 황제의 증서를 받았으니 마침내 이것이 최초의 금으로 된 글이었다. 당시 하언은 총애 받는 조정의 신하였고 또 칙서를 담당하는 자들이 모두 그의 관속이라 고갯짓으로 지휘하니 모든 관료들이 또한 그의 불화같은 성질을 두려워했지만 감히 바로잡을 수는 없었다. 따라서 이 일만 보아도 그의 교만하고 방자함이 매우 심했다. 또한 요행히 황상께서 수도修道에 전념하느라 살펴볼 겨를이 없었다. 대개 담대함이 담길 그릇이 작으니 마땅히 기이한 화가 연달아 일어난 것이다.

今制, 惟封王拜妃, 用金範字於冊. 及給功臣鐵券, 則字用金塡. 至於告身, 雖貴極上公, 但墨書而已. 今上初年, 刑部尙書王之誥[15], 以前任邊功, 進太子太保, 封贈四代, 乃賂主者, 得金書誥命. 後爲言官所糾, 上命改正, 而有其罪. 王爲江陵兒女姻, 然抗直不肯附麗, 且時進逆耳, 爲世所重. 疑其不應僭侈乃爾, 後乃知亦有所本. 世宗朝夏文愍言以一品得誥, 遂創爲金書. 時夏貴寵冠廷臣, 且司誥勅者, 皆其屬吏, 惟所頤指, 臺省亦懾其燄, 莫敢救正. 卽此一事, 其驕恣已甚. 且幸上事玄修, 無暇省覽. 蓋膽大合之器小, 宜其掇奇禍也.

---

15 王之誥 : 왕지고王之誥, 1521~1590의 자는 고약告若이고 석수石首 단산團山 사람이다. 가정 23년1544에 진사가 되어 강서 길수지현에 제수되었고, 여러 관직을 거쳐 호부주사에 올랐다.

번역 이름으로 인해 우대를 받다

송나라 때 미원장米元章은 결벽증이 있어 오랫동안 사윗감을 고르지 못했는데, 이름이 단불段拂이고 자가 거진去塵인 사인士人을 만나고는 미원장이 크게 기뻐하며 "먼지를 털어내어 또 티끌 하나 없으니 진정한 내 사윗감이다"라고 말하고 딸을 시집보냈다. 단불은 고종 때 진회秦檜에게 아첨해 참지정사參知政事에 배수된 자이다. 현 왕조의 세종께서는 이름자를 매우 중시하셨는데, 갑신년 장원을 뽑을 때 꿈에 천둥소리를 듣고는 바로 진명뢰秦鳴雷를 장원으로 뽑으셨다. 기유년에 엄분의嚴分宜가 홀로 재상을 맡고 있다가 내각의 인원을 늘려달라고 청했다. 당시 추천된 사람들이 모두 황상의 뜻에 맞지 않자, 뽑기 며칠 전에 언관이 '크게 다스리는 능력重治本事'을 첫 구로 말하며 건의했다. 황상께서 고개를 끄덕이시며 마침내 다릉茶陵 사람 장문의張文毅와 여요餘姚 사람 이문안李文安 두 사람을 낙점하셨는데, 장문의의 이름이 치治고, 이문안의 이름은 본本이었다. 이문안은 당시 좨주祭酒여서 이름이 제일 마지막에 있었는데 갑자기 파격적으로 기용되자 온 조정이 놀랐고 시간이 지나면서 그 까닭을 알게 되었다. 장문의는 재상에 배수된 이듬해에 바로 죽었다. 이문안은 13년간 재상으로 있다가 부모상을 당해 고향으로 돌아갔다가 금상 정해년에 집에서 죽었으니, 벼슬에서 물러난 지 또 27년이 지나서였다. 두 공의 말로가 이처럼 달랐다.

○ 성씨로 우대를 받은 사람은 홍치 연간 병진년에 진상된 답안지를

뜯어보다가 공정朱恭 주희주朱希周를 찾으시고는 수규 서문정徐文靖에게 "이 사람은 나와 성씨가 같다"고 하시니, 서문정이 "그의 이름이 희주希周 : 주나라를 본받다인데, 주周 왕조의 운명이 800년이었습니다"라고 했다. 마침내 황상께서 그를 1등으로 정하셨는데, 성씨와 이름 모두로 장원을 받은 것이다. 또 금상 계미년에 우리 고향 사람 주소재朱少宰를 뽑았고, 을미년에는 금릉 사람 주궁유朱宮諭를 뽑았는데 모두 황제의 성씨라서 장원으로 선택되었으며, 황상께서 특별히 발탁했다고 알려졌다. 이름자가 나쁜 의미에 가까워 떨어진 자도 있는데 손왈공孫曰恭은 자손이 포악하다고 여겨졌고, 서할徐鎋은 지금 해로움을 끼친다고 여겨져서 모두 장원이 되지 못했다.

원문 命名被遇

宋米元章[16]潔癖, 擇壻久不得人, 有士人名段拂[17]字去塵者, 米大喜曰, "拂矣而又去塵, 眞吾壻也." 遂妻以女. 段卽高宗時諂附秦檜, 拜參知政

16 米元章 : 북송의 서예가이자 관리인 미불米芾, 1051~1107을 말한다. 그의 자는 원장元章이고, 호는 녹문거사鹿門居士, 양양만사襄陽漫士, 해악海岳, 남궁南宮 등이다. 본적은 안휘安徽 무위無爲지만, 호북湖北 양양襄陽으로 이주했다. 그래서 미양양米襄陽이라고도 부른다. 이름 자인 불芾은 41세 이전에는 불黻로 썼었다. 벼슬은 교서랑校書郎, 서화박사書畫博士, 예부원외랑禮部員外郎을 지냈다. 서화書畫로 스스로 일가一家를 이루었는데, 개성이 강하고 예법에 구애받지 않으며 자유롭게 행동했다.

17 段拂 : 단불段拂, ?~1156은 송나라 금릉金陵 사람으로, 자는 거진去塵이다. 박학굉사과博學宏詞科에 합격했다. 고종高宗 소흥紹興 13년1143에 진사가 되어, 권예부시랑겸시록원수찬權禮部侍郎兼實錄院修撰, 한림학사를 거쳐 참지정사參知政事에 올랐다. 진회秦檜의 뜻을 거슬러서 파직되어 자정전학사資政殿學士가 되고, 궁관宮觀을 관리했다.

事者. 我朝世宗極重命名, 如甲辰狀元, 以夢聞雷, 卽取秦鳴雷[18]爲首. 至己酉年, 嚴分宜獨相, 請加閣員. 時會推數人, 俱不當上意, 適數日前, 言官建白, 有'重治本事'爲起語. 上頷之, 遂點茶陵張文毅[19]餘姚李文安二人, 蓋張名治, 李名本也. 李時爲祭酒, 名最居末, 忽承特簡[20], 擧朝駭之, 久乃知其故. 茶陵拜踚年卽卒, 餘姚在相位十三年, 以憂歸, 至今上丁亥, 始終於家, 蓋林下又二十七年. 二公末路, 又不同如此.

○ 姓被遇者, 如弘治丙辰, 上拆進呈卷, 得朱恭靖希周,[21] 因謂首揆徐文靖[22]曰, "此人乃同國姓." 徐曰, "其名希周, 周家卜年八百." 遂欽定[23]爲第一, 蓋兼姓名得之. 又今上癸未, 得吾鄕朱少宰, 乙未, 得金陵朱宮諭, 俱以國姓掄大魁, 聞亦出聖意特拔. 其以名近似而落者, 如以孫曰恭[24]爲孫暴, 徐錯[25]爲害今, 俱不得狀元.

---

18 秦鳴雷 : 진명뢰秦鳴雷, 1518~1593은 명나라 절강 임해현臨海縣 사람으로, 자는 자예子豫이고, 호는 화봉華峰이다. 가정 23년1544 진사가 되어, 한림원수찬, 시독학사, 남경국자감좨주, 태상시경, 예부우시랑, 이부좌시랑 겸 한림학사, 남경예부상서 등의 벼슬을 지냈다. 만력 원년1573 병과급사중 조사성趙思誠의 탄핵을 받고 사직했다.

19 茶陵張文毅 : 명나라 중기의 대신 장치張治를 말한다.

20 特簡 : 황제가 파격적으로 관리를 임용하는 것.

21 朱恭靖希周 : 명나라 때의 관리 주희주朱希周, 1473~1557를 말한다. 주희주는 곤신崑山 사람으로, 본명은 주박朱璞이다. 그의 자는 무충懋忠이고, 호는 옥봉玉峰이다. 홍치 9년1496에 진사가 되어, 벼슬은 한림원수찬, 예부시랑, 남경이부상서 등을 역임했다. 사후에 태자태보로 추증되었고, 시호는 공정恭靖이다.

22 徐文靖 : 명 홍치 연간 내각수보를 지낸 서부徐溥를 말한다.

23 欽定 : 황제의 명으로 제정하다. 주로 저술에 대해 사용한다.

24 孫曰恭 : 손왈공孫曰恭, 1397~1445은 명초의 관리로, 자는 공재恭齋이고 호는 익암翼菴이다. 명 영락 22년1424 전시에서 원래 1등으로 내정되었지만, 성조가 명단을 보고는 손폭孫暴을 장원으로 하면 안 된다고 했다. 옛날에는 세로쓰기를 했기 때문에 손왈공孫曰恭의 왈曰과 공恭을 하나의 글씨로 보고 폭暴으로 읽은 것이다. 이름에 '폭暴'자

형부랑중 왕엄주王㐬州는 원래 엄분의嚴分宜 부자와 사이가 좋았다. 그런데 단지 그의 부친 사질思質 왕여王忬가 계료薊遼 총독으로 있을 때 일부러 비밀을 털어 놓아 시기하는 것을 방지하면서도 마음속으로는 그를 멀리 했다. 매번 엄세번과 연회를 할 때마다 조롱을 하며 그를 모욕당하자 더 이상 견딜 수 없게 되었다. 왕엄주의 동생 왕경미가 이어서 과거에 급제를 하자 엄분의가 자손들을 불러 가업을 제대로 잇지 못한다고 몹시 꾸짖으며 책망하니 엄세분이 왕엄주를 더욱 원망하며 날마다 부친 앞에서 그를 헐뜯었다. 엄분의가 마침내 왕엄주를 장사의 자리로 보내려고 했지만, 왕엄주는 서화정이 힘쓴 덕분에 모면할 수 있어서 그 은덕을 뼛속 깊이 새겼다. 나중에 엄분의가 당형천唐荊川이 변경을 둘러보고 올린 상소를 가지고 왕여를 심하게 비판했고, 다시 검천劍泉 언무경鄢懋卿 정책 결정에 참여해 마침내 왕여를 사형에 처했다. 나중에 엄분의가 실각하자 왕엄주는 상소를 올려 부친의 원통함을 호소했다. 당시에는 서화정이 실권을 쥐고 있었고, 차규인 고신정高新鄭이 물과 불처럼 그와 사이가 아주 나빴으므로, 서화정을 선제의 과오를 폭로해 은혜를 베풀었다고 처벌하려 했다. 왕여에 대해 숨김없이 말했

를 사용한 것이 마음에 들지 않았던 것이다. 결국 성조의 뜻에 따라 손왈공은 3등이 되고, 3등이었던 형관점邢寬點이 장원이 되었다.

25 徐鍇 : 서할徐鍇, 1422~?은 명대의 정치인으로, 자는 문식文軾이고, 소주 무진武進 사람이다. 경태 5년1454 3등 탐화로 진사에 급제해, 한림원편수에 제수되었다.

기 때문에 죄를 추궁할 수 없었다. 결국 서화정이 일을 주관한 덕분에 옛 관직을 회복할 수 있었지만 특전은 조금도 받지 못했다. 언무경과 고신정은 모두 왕여와 함께 신축년 같은 해에 과거에 급제했다. 엄분의와 서화정의 품행은 다른 사람의 평가를 볼 필요 없이 왕엄주가 일일이 기술했는데, 두 공의 좋고 나쁜 점을 아주 잘 묘사했다. 그렇다하더라도 은원恩怨이 지나치게 분명하고 또 두 재상의 업적을 자의적으로 취한 점은 있다. 고신정은 정권을 잡았을 때 잘잘못을 스스로 가리지 못했고, 왕엄주는 그 공과 죄를 논할 때 지나친 언사가 있으며, 뇌물에 대해 언급한 것은 꼭 다 그렇지는 않다. 서화정이 왕엄주를 적극 도와줄 때 누군가가 왜 이렇게 도와주느냐고 묻자, "이 사람은 훗날 틀림없이 역사의 권한을 쥐고 촌철살인寸鐵殺人할 수 있는 자다. 옷자락을 잡아당기는 것으로는 재능 있는 선비를 붙잡을 수 없으니, 내가 이렇게 그를 거두는 것입니다"라고 했다. 사람들이 모두 그가 인재를 알아보는 능력에 탄복했다.

○ 세종께서는 유언으로 버림받은 신하들을 다 기용하셨다. 나이 들고 병든 신하는 직함을 더해주고 사직하게 하셨다. 서화정의 동향 사람 남강南岡 풍은馮恩은 남대南臺로써 직간하며 사형을 논했는데, 그의 아들 풍행가馮行可 대신 벌을 청했기 때문에 사면되어 나와 수자리 갔다가 30여 년 동안 집에 머물렀다. 나이가 이미 매우 많았는데도 여전히 서화정이 고향을 그리워해 그를 크게 기용하기를 바랐다. 결국 나이 든 신하에 대한 관례에 따라 대리시승大理寺丞의 관직을 더하고 사직했는데,

그의 어린 아들 학헌學憲 풍시가馮時可가 그것을 한스럽게 여겨 매번 재상 서화정의 일을 쓸 때마다 끝까지 파헤쳐 통렬하게 비판했으니, 왕엄주가 엄분의에게 보복한 것과 흡사하다.

원문 嚴相處王弇州

王弇州爲曹郎, 故與分宜父子善. 然第因乃翁思質忬[26] 方總督薊遼[27], 姑示密以防其忮, 而心甚薄之. 每與嚴世蕃宴飲, 輒出惡謔侮之, 已不能堪. 會王弟敬美[28]繼登第, 分宜呼諸孫切責, 以不克負荷, 訶誚之, 世蕃益恨望, 日譖於父前. 分宜遂欲以長史處之, 賴徐華亭力救得免, 弇州德之入骨. 後分宜因唐荊川[29]閱邊之疏, 譏切思質, 再入鄢劍泉懋卿[30]之贊決,

---

26 思質忬 : 명나라 중기의 관리 왕여王忬, 1507~1560를 말한다. 왕여는 왕세정王世貞의 부친으로, 강소 태창太倉 사람이다. 그의 자는 민응民應이고, 호는 사질思質이다. 가정 20년1541에 진사가 되어, 행인行人, 어사御史, 우첨도어사右僉都御史, 우부도어사右副都御史, 대동순무大同巡撫, 병부우시랑兵部右侍郎, 계료총독薊遼總督 등의 벼슬을 역임했다. 엄숭을 비판했다가 하옥되어 서시西市에서 참수당했다.

27 總督薊遼 : 계료총독薊遼總督을 말한다. 가정 29년1550 계주총독薊州總督으로 처음 설치되었다가, 이듬해 계료총독으로 바뀌었다.

28 敬美 : 명나라 왕세정의 동생 왕세무王世懋, 1536~1588를 말한다. 왕세무의 자는 경미敬美이고, 호는 인주麟州다. 가정 연간에 진사가 되어 벼슬은 태상소경에 이르렀다.

29 唐荊川 : 명나라 때 유학자이자 군사 전문가인 당순지唐順之, 1507~1560를 말한다. 당순지는 강소 무진武進 사람으로, 자는 응덕應德 또는 의수義修이고, 호는 형천荊川이다. 가정 8년1529 회시會試에서 1등으로 진사가 되어, 한림편수, 병부주사, 우첨도어사, 봉양순무鳳陽巡撫 등의 벼슬을 지냈다. 당시 왜구倭寇가 자주 연해沿海를 침범하자, 병부랑중독사절강兵部中督師浙I이 되어 왜구를 방비했으며, 친히 병선兵船을 이끌고 해상에서 왜구를 격파하기도 했다.

30 鄢劍泉懋卿 : 언무경鄢懋卿, 생졸년 미상은 명나라 풍성豐城 사람으로, 자는 경경景卿이다. 가정 20년1541 진사가 되어, 행인, 어사, 좌부도어사 등의 벼슬을 지냈다. 엄숭에게

逐置思質重辟. 後嚴敗, 弇州叩閽陳冤. 時華亭當國, 次揆新鄭已與之水火, 正欲坐華亭以暴揚先帝過, 爲市恩地, 因昌言思質, 罪不可原. 終賴徐主持, 得復故官, 而卹典毫不及沾. 鄢與新鄭, 俱思質辛丑同籍也. 嚴徐品行, 不待人言, 而弇州每於紀述, 描畫兩公姸醜, 無不極筆. 雖於恩怨太分明, 亦二公相業有以自取之. 新鄭秉政, 瑕瑜自不相掩, 弇州第其功罪, 未免有溢辭. 且詞及簠簋, 則未必盡然也.

當華亭力救弇州時, 有問公何必乃爾, 則云, "此君他日必操史權, 能以毛錐殺人. 一曳裾不足錮才士, 我是以收之." 人咸服其知人.

○ 世宗遺詔, 盡起諸廢臣. 其老疾者, 許加銜致仕. 華亭同邑馮南岡恩[31]以南臺[32]直諫論大辟, 緣乃子行可請代, 得赦出, 編戍家居, 三十餘年矣. 年已衰甚, 尙望徐念桑梓, 特大用之. 竟以老例, 加大理寺丞致仕, 其少子學憲時可恨之, 每書徐相事, 必苛索痛詆, 略似弇州之報嚴.

아부해 양절兩浙, 양회兩淮, 장로長蘆, 하동河東 이 네 염운사鹽運司의 소금 관련 업무를 총괄했다.

31 馮南岡恩 : 명대 가정 연간의 관리 풍은馮恩을 말한다.

32 南臺 : 어사대. 궁궐의 서남쪽에 있기 때문에 생긴 별칭이다.

하계주夏桂州가 하투河套 지역을 수복할 것을 주장하면서 서생을 공후로 봉하려는 계책을 쓰려 했는데, 「어가오漁家傲」란 곡조를 지어 사람들이 매우 친밀하게 여기게 되면 자신의 공로가 드러나게 될 것이라 여겼다. 세종께서 구란과 엄숭의 참소를 받아들이시어 비로소 놀라시며 스스로 판단하시고는 하투로 출정을 나간 죄를 증선曾銑에게 돌리셨다. 황상께서는 결국 그들의 참소를 듣지 않으시고 그를 서시西市에서 죽이셨다. 이 일이 어찌 채원장蔡元長이 연운燕雲 지역을 수복할 것을 주장한 것과 다르겠는가? 그의 아들 채유蔡攸를 북벌로 정벌보내면서 시를 써서 "백년토록 믿어온 맹세는 반드시 굳건히 지켜야 하는데, 여섯 달 만에 왕의 군사가 어찌 조금이라도 쉴 수 있는가?"라고 했다. 또 "몸이 휘장 안에 없으니 마치 투호살이 된 듯하네"라고도 했다. 이것은 요나라를 정벌한 죄를 채유 탓으로 돌린 것이다. 금나라 쳐들어올 때 채경蔡京은 결국 담주潭州로 죽음을 피해 달아났다. 처음에 함께 관직을 맡았고, 나중에 함께 책임을 졌지만 채경은 북벌이 반드시 실패할 것을 미리 대비해 대책을 세웠고, 하언은 하투 수복이 성공하지 못할 것을 예상할 수 없었다. 그들의 판단이 서로 매우 달랐던 것이다. 하언이 하옥되기 전에 섬서陝西 증성현澄城縣에 가서 큰 변혁을 일으켰는데, 그 일은 가정 연간 26년 7월 21일에 일어났는데, 12월 28일에서야 비로소 상주했다. 그때 황상께서 마침 장생불사를 수양하며 복을 기원하고 계셔서 원단에 실제로 봉록을 얻었으며, 또한 마침 증선이 변새 지방에 출정해 패배한 때라 황상께서 크게 놀라고 진노하셨다. 그런데 엄개계嚴介溪가 진인 도중문의 은밀한 계책을 받아들였는데, 그로 하여금 황상께 참소하게 하니, "산이 무너지는 일이 황상께 응당 일어날 것이니, 마치 주나라의 태사가 초나라의 소왕에게 답한 이야기와 같이 장상에게 전가해야 합니다"라고 했다. 또 은밀하게 환관에게 "한나라의 이상한 재해로 삼공에게 죽음을 내리니 하늘의 변화에 응한 것이다"라고 했다. 또 적방진翟方進의 일을 인용해 은밀히 상소를 올리니 하계주가 마침내 죄를 면할 수 없었다. 황상께서 원단에 유지를 내리시며 "운명은 본디 벗어날 수 없으니 또한 이것을 좌시해서는 안 된다"고 하셨다. 하계주가 죽은 지 14년이 된 임술년에 엄개계가 실각했으니 또한 술사 남도행藍道行이 점을 치며 신선의 말을 전하며 엄개계는 간신이고 서화정은 충신이라고 했기 때문에 상제께서 죽이지 않으시고 황상이 죽이기를 기다린 것이다. 당시 모두가 서화정이 실제로 그를 부렸다고 했다. 아마 하계주와 엄개계가 화를 당한 것은 모두 원수의 말 때문이고 점을 친 것이 더 교묘하게 영험했다. 두 사람이 함께 일을 할 때 엄개계는 하계주를 모시기를 마치 아들이 엄한 군주를 받드는 것처럼 하니 기꺼이 받들면서 더 이상의 동료의 모습은 없었다. 하계주는 원래 천인이라 결국 노비처럼 취급당했다. 엄개계가 비록 매우 험악했지만 서화정에게 농락당해 본관을 옮기고 혼인을 했으며 시시때때로 은밀한 모략을 미리 대비한 것은 내심 서로 의지했기 때문이다.

두 공이 각기 복심을 품은 것을 생각하지 못하고 병길丙吉, 위상魏相, 방현령房玄齡, 두여회杜如晦의 같은 마음을 드러내놓고 기탁하고 구천勾踐과 소오沼吳의 옛 지혜를 남몰래 배웠으니 외람되다 할 만하다. 엄개계가 하언을 죽이는 데 그를 몰래 도운 자는 육병陸炳과 최원崔元이다. 엄개계는 쫓겨난 후 그의 엄세반이 다시 군에서 달아나서 재탄핵을 당했다. 당시 서화정은 아직 망설이고 있었지만 동향 사람 양예손楊豫孫과 범유范惟가 그를 죽여 화의 근원을 끊어내는 것이 낫다는 계책을 올렸다. 서화정이 비로소 문득 깨달았지만 저자에서 죽이라는 교지가 내려졌다. 육병과 최원은 무인이라 말할 필요도 없지만 서화정은 두 공이 모두 이름난 사대부임을 잘 알았으니, 애석하다. 서화정이 일을 그만두자 고중현高中玄이 그를 죽이려고 했지만 원수로 사이가 벌어진 것이 오래도록 알려졌고 모든 행동이 명백해서 음모를 꾸미지 못했으니, 마치 조조曹操가 양표楊彪를 제거하려고 논의하면서도 여전히 영웅의 기개가 있었던 것과 같다.

원문 計陷

夏桂州[33]主復河套, 欲爲書生封公侯計, 至作「漁家傲」曲, 徧令人屬和, 以爲功在漏刻. 至世宗入仇嚴[34]之譖, 始驚怖自辨, 誘出套之罪於曾銑.

---

33 夏桂州 : 명나라 중기의 정치가이자 문학가인 하언夏言을 말한다.
34 仇嚴 : 구란仇鸞과 엄숭嚴嵩을 말한다.

上終不聽, 以至西市之僇. 此何異蔡元長[35]主復燕雲? 及送其子攸北征詩

云, "百年信誓須堅守, 六月王師盍少休?" 又云, "身非帷幄若爲籌." 蓋諉

伐遼之罪於蔡攸. 比金人入犯, 京[36]終不免潭州竄死. 初同一任事, 後同

一卸責, 然蔡預策北征之必敗, 而夏不能料套功之無成, 其識見相去遠

矣. 當夏末下獄時, 適陝西澄城縣有移山之變, 事在嘉靖二十六年七月二

十一日, 直至十二月二十八日始入奏. 時上方修長生祈福, 而元旦得實

封, 且正値曾銑出塞失利之期, 上震懼, 且大怒. 而嚴介溪授眞人陶仲文

密計, 令譖夏於上, 謂山崩應在聖躬, 可如周太史答楚昭王故事, 移於將

相. 又私語大瑞, 漢世災異, 賜三公死, 以應天變. 又密疏引翟方進[37]事,

而夏遂不免矣. 上元旦卽下聖諭, 謂氣數固莫逃, 亦不可坐視者是也. 夏

死後十四年, 爲壬戌歲, 嚴氏敗, 亦由術士藍道行[38]扶乩傳仙語, 稱嵩奸

而階忠, 上元不誅而待上誅. 時皆云徐華亭實使之. 蓋夏嚴受禍, 皆出讐

口, 而扶乩更巧於占驗矣. 當其同在事時, 嚴之事貴溪, 如子之奉嚴君,

唯諾趨承, 無復僚友之體. 夏故淺人, 遂視之如奴客. 嚴雖深險, 然爲華

亭所籠絡, 移鄉貫, 結婚姻, 時時預其密謀, 因以心膂相寄.

---

35 蔡元長 : 북송의 재상이자 서법가인 채경蔡京을 말한다.

36 京 : 채경蔡京, 즉 채원장을 말한다.

37 翟方進 : 적방진翟方進, B.C.53-B.C.7은 서한 후기 승상이다. 그의 자는 자위子威이고, 여
   남 상채 사람이다. 고릉현후高陵縣侯에 책봉되었는데, 천재지변이 계속 일어나자 죄
   를 물어 죽임을 당했다. 시호는 공恭이다. 『춘추春秋』에 정통한 학자이기도 하다.

38 藍道行 : 남도행藍道行, 생졸년 미상은 명 가정 연간의 유명한 도사로, 산동 사람이다. 당
   시 내각대학사였던 서계를 통해 세종을 알현한 뒤, 세종의 신임을 크게 받았다.
   세종의 총애를 믿고 면전에서 내각수보인 엄숭을 공격했다가, 그의 보복을 받아
   하옥되었다.

不虞兩公各懷腹劍, 陽托丙魏房杜之同心, 陰學勾踐沼吳之故智, 可畏
哉. 嚴之殺夏, 陰佑之者, 陸炳崔元也. 嚴旣逐後, 乃子世蕃, 再以逃軍被
重劾. 時華亭意尙猶豫, 而同里人楊豫孫范惟丕進謀, 不如殺之, 以絶禍
本. 徐始憬然悟, 而棄市之旨下矣. 陸崔武人不足道, 華亭所善兩公, 俱
名士大夫, 惜哉. 華亭謝事, 高中玄[39]亦欲殺之, 然而仇隙久著, 且擧動明
白, 不設陰謀, 如曹操議除楊彪, 尙有英雄氣.

---

39 高中玄 : 명나라 융경 연간에 내각수보를 지낸 고공高拱을 말한다. 중화서국본『만
력야획편』에는 '고중원高中元'으로 되어 있고, 상해고적본에는 '고중현高中玄'으로
되어 있다. 서계는 고공과의 불화로 사직하고 귀향했다. '중현中玄'은 고공의 호다.
즉 중화서국본의 '고중원高中元'은 고공을 가리키므로, 상해고적본에 따라 '고중현
高中玄'으로 수정했다. 〖역자 교주〗

[번역] 재상이 부정하게 축적한 재물

　사대부 중에 부정한 뇌물 축적에 염증을 느끼지 않는 자를 한결같이 악착같은 하류라 하지만 자손을 위한 계획이므로 혹은 일리가 있다. 예로부터 진회秦檜와 같은 재상의 경우에는 그의 아들 진희秦熺가 본래 장인 왕중산王仲山의 손자이고 옛 재상 왕규王珪의 증손자였으니 진씨 가문에서 어찌 간여했겠는가. 이에 돈을 모아 황실을 손에 넣었고 사후에는 사방의 진귀한 물건들이 그의 집에 모여들었다. 또한 진희의 후사를 재상으로 만들고자 했으니 또 얼마나 어리석었는가. 세종 말년 엄분의가 그의 아들 엄세반이 뇌물을 받은 일을 내버려두었다가 실각했다. 애초에 원로들이 엄세반은 엄개계의 아들이 아니라고 하는 말을 나는 깊이 믿지 않았는데, 중승 조준곡趙浚谷이 이부랑중 왕여령王與齡의 행장을 쓰면서 엄세반은 양자라고 직접 말한 것을 들었으니 엄분의는 원래 후사가 없었다. 명예도 더럽혀지고 집안도 멸망해 천고의 웃음거리가 되었으니 진실로 어떤 심정이었겠는가. 환관들 중에 정치를 행하는 자들을 보면 검은 돈을 탐하는 일이 권신들보다 열 배나 더했고, 강남의 부유한 승려들은 수많은 재물을 축적했으며 공양을 드리고 남은 것들은 모두 정과 탁이 가져갔다. 이 무리들의 내심은 다른 사람들과 완전히 달랐으니 어찌 매우 남다르다 할 수 있겠는가. 하지만 사인들이 그들을 따르하니 말하는 입을 더럽히고 역사에 부끄러울 뿐이다.

　○ 정통 연간과 가정 연간 이래 재상 중에 아들이 없는 자가 여럿이

었다. 이서애李西涯의 경우는 탐욕이 없어 고생했으니 더 이상 의론의 여지가 없다. 건제健齊 조원曹元은 더럽혀져 무너져서 말할 필요도 없다. 양수암楊邃菴은 다른 사람에게 나누어 주는 것에 급급했고 하계계는 봉양을 넘치게 했으며, 원원봉은 여자에 빠져서 비록 사귐이 다소 화통하더라도 오히려 과분한 황제의 증서를 받았다. 최후에는 고중원高中元이 백발이 되도록 평소에 호화롭게 지냈으니 가득한 수레를 가진 것으로 인해 탄핵 당했지만 그것을 지키겠다고 맹세한 사람은 없었다. 다만 왕엄주만이 제사에 대해 의론해서 말하기 좋아하는 자들은 원망하는 글에서 나온 것이라고 했다. 바로 최근에 후계자들이 재산을 다투는 과정에서 비로소 그 집안이 부유함을 다들 알게 되었다. 다른 사람들은 이러한 일을 알기가 어렵다.

원문 **宰相黷貨**

士大夫黷貨無厭者, 固云醨醨下流, 然爲子孫計, 或是一理. 古來宰相, 如秦檜之者, 其子秦熺, 固其婦翁王仲山之孫, 而故相王珪之曾孫也, 於秦氏何預. 乃積鏹侔帝室, 至死後, 四方珍異, 猶集其門. 且欲以熺嗣爲宰相, 抑何愚耶. 世廟末年, 嚴分宜縱其子世蕃受略, 以致於敗. 初聞故老云, 世蕃亦非介溪子. 余未深信, 及聞趙浚谷[40]中丞, 爲吏部郎中王與

---

40 趙浚谷 : 명나라 중기의 대신 조시춘趙時春, 1508~1567을 말한다. 그의 자는 경인景仁이고 호는 준곡浚谷이며, 평량平涼 사람이다. 가정 5년1526 진사가 되어 형부주사, 산동 민병첨사, 도찰원첨도어사, 산서순무 등의 관직을 지냈다. 저서로는 『평량부지平

齡[41]行狀, 直云世蓍爲螟蛉子[42], 則分宜固無後也. 名穢家滅, 爲千古笑端. 是誠何心. 當見大璫用事者, 其貪墨或十倍於縉紳, 而江南富僧, 蓄貲巨萬, 瓶鉢之餘, 至儕程卓. 此輩肝腸, 定與人殊, 何足深尤. 但士人效之, 則汚齒頰, 羞史冊耳.

○ 正嘉以來, 宰相無子者數人. 如李西涯之淸苦, 無復可議. 曹健齊元之穢裂, 不足掛齒. 若楊邃菴之急於賙人, 夏桂溪之侈於奉養, 袁元峯之溺於女嬖, 雖交際稍通融, 尙是高明之過. 最後高中元, 平日以素絲自豪, 卽彈章滿公車, 未有訾及其守者. 惟弇州以簠簋議之, 說者謂出於慼筆. 直至近日, 嗣子輩爭産, 始知其家之厚. 人之難知如此.

涼府誌』,『조준곡집趙浚谷集』 등이 전해진다.

41 王與齡 : 왕여령王與齡, 1508~1564은 명나라 가정 연간의 관리다. 그의 자는 수보受甫이고 호는 담천湛泉이며, 산서 승선포정사사 평양부 향녕현鄕寧縣 사람이다. 가정 8년 1529에 진사가 되어 소주추관, 호부주사, 문선시랑 등을 지냈다.

42 螟蛉子 : 양자.

권신의 가산이 몰수된 괴이한 사건

원재元載는 후추 800섬, 채경蔡京은 애기벌 555근, 왕보王黼는 방 세 칸에 쌓아둔 황작자黃雀鮓, 동관童貫은 조제한 이중환理中丸 1,000근, 가사도賈似道는 창고 가득한 과일과 수백 단지의 사탕과 얼음과자를 몰수 당했는데, 이것들은 오히려 먹을 음식이라고 했다. 가정 연간에 엄분의의 가산을 몰수했는데, 벽옥과 백옥으로 된 바둑 세트 수백 벌, 금과 은으로 된 장기 세트 역시 수백 벌은 대국할 때 쓰기에는 지나치게 무겁고 그것을 보관한다면 또 말할 필요도 없이 불필요한 물건이다. 그런데 서첩과 명화를 가장 많이 소장했는데, 「청명상하도清明上河圖」 때문에 크게 하옥되는 사건이 일어나 결국 그것을 얻지는 못하게 되었으니 탐욕을 부리면서도 고아한 취미를 지녔었다. 그것을 장군이 방 한가득 신발을 쌓아둔 것에 비하면 좀 나은 것 같다.

○ 엄분의의 가산을 몰수할 때 요강이 있었는데, 백금 미인의 음부에 소변을 누게 되어 있어서 더욱 웃음거리가 되었다. 일을 처리하는 자가 민망한 물건이라서 진상하기 어렵다고 했기 때문에 그것을 녹여 금덩이로 만들어서 액수를 채웠다.

權臣籍沒怪事

元載[43]胡椒八百斛[44], 蔡京蜂兒三十七秤[45], 王黼黃雀鮓堆至三楹[46], 童貫劑成理中丸⁴⁷千斤, 賈似道⁴⁸果子庫內, 只糖霜⁴⁹亦數百甕, 此猶云食物也. 嘉靖間籍沒嚴分宜, 則碧玉白玉圍碁數百副, 金銀象棋亦數百副, 若對局用之, 最爲滯重不堪, 藏之則又無謂, 眞是長物. 然收藏法書名畫最多, 至以「淸明上河圖」, 特起大獄而終不得, 則貪殘中, 又帶雅趣. 較之領軍鞋一屋, 似差勝之.

○ 聞籍分宜時, 有褻器, 乃白金美人, 以其陰承溺, 尤屬可笑. 蒞事者, 謂非雅物, 難以進上, 因鎔成鋌以充數.

43　元載 : 원재元載, 713~777는 당나라 대종 때의 재상이다. 그의 자는 공보公輔이고, 봉상부 기산현岐山縣 사람이다. 천보 초년742에 진사가 되어 신평현위에 제수되었으며 대리사직, 사부원외랑, 홍주자사, 도지랑중, 제도염철전운사 등을 지냈다. 대종代宗 즉위 후 중서시랑, 동평장사 등을 거쳐 재상이 되었는데, 개인 사재를 지나치게 축적하고 토목 사업을 크게 일으켜 대종의 미움을 샀다. 대력 12년777에 좌금오대장군 오주吳湊에게 체포되어 사형당했다. 이후 덕종이 그의 공을 인정해 관직을 회복시키고 성종成縱이라는 시호를 내렸다.

44　斛 : 10말의 용량으로, 1석 또는 1섬을 말한다.

45　秤 : 15근.

46　楹 : 방 개수를 계산하는 단위로, 방 한 칸을 말한다.

47　理中丸 : 오한을 없애고 허약한 기를 보충하는 데 효과적인 약.

48　賈似道 : 가사도賈似道, 1213~1275는 남송 말기의 권신이다. 그의 자는 사헌師憲이고 호는 열생悅生이며, 대주 천대현天臺縣 사람이다. 가희 2년1238에 진사가 되어 보장각직학사, 강주지주, 강남서로안무사, 강릉지부, 지정사, 지추밀원사 등을 지냈다. 함순 9년1273 양양襄陽이 함락되자 덕우 원년1275에 가사도가 13만 정예군사를 동원했지만 대패하고 양주로 달아났다. 이 일로 인해 고주단련부사로 좌천되었고, 정호신鄭虎臣에 의해 피살되었다.

49　糖霜 : 사탕수수를 볶아 만든 사탕과 얼음과자.

엄분의가 가산을 몰수당할 때 다른 애호품은 기록에 보이지 않고, 서화류로 황실 창고에 들여온 것은 목종 초기에 무관의 세록歲祿으로 풀어 충당했는데, 서화 두루마리 하나 당 가격이 큰돈이 되지 못했고 당송대의 유명한 작품들도 마찬가지였다. 그래서 성국공成國公 주씨朱氏 형제는 좋은 가격으로 그것들을 얻었고 형 주희충朱希忠이 얻은 것이 더 많았는데 위에 보선당寶善堂 인장이 있는 것이 그것이다. 나중에 주희충 의 병이 위독해지자 차차 재상 장강릉에게 주어 정양왕定襄王으로 봉해 지게 되었다. 얼마 지나지 않아 장강릉이 실각했고 또 그의 가산이 국 고로 몰수되었다. 몇 년 안 되어 황궁의 창고를 관장하는 환관이 훔쳐 서 내다 팔자, 태사太史 한경당韓敬堂과 태학太學 항묵림項墨林같은 당시의 호사가들이 다투어 그것을 구매했는데, 모은 것이 모두 매우 뛰어난 것이었다. 그 당시에는 가치가 아직 높지 않았지만 지금은 열배 백배 나 된다.

일찍이 엄분의 손에 들어간 것에는 원주부袁州府 경력사經歷司의 인장 반쪽이 있었다. 장강릉의 손에 들어간 것은 형주부荊州府 경력사의 인장 반쪽이 있었다. 대체로 당시에는 인장을 사용해 장부에 기록하고 등록 했던 듯하다. 지금 서화 두루마리에 원주부와 형주부의 반 인장이 있 는데, 두루마리 앞쪽에 함께 찍혀 있다. 대체로 20년간 두 번 황궁 창 고에 몰수되었다가 결국 세상에 떠돌게 되었는데 매번 권세 있는 집안에서 애호되다가 종종 배회하며 덮였다. 하지만 그 후 간교한 자가 반인장을 위조해 남의 말을 잘 믿는 사람들을 속였는데, 모든 것이 소주와 휘주 사람의 솜씨에서 나왔으며, 옳지 않은 일들이 갖가지로 나타난 것은 또 물을 필요도 없다.

○ 장강릉과 풍보가 가산을 몰수당한 뒤로 황상께서 법으로써 더욱 엄하게 하셨으며 어긴 자는 용서받지 못했다. 나중에 부유한 백성 서성선徐性善 같은 이가 법대로 가산을 몰수당하고, 사례장인 태감 장성張誠이 벌을 받았으며, 사방司房의 금의위錦衣衛 겸 남진무사南鎭撫司 첨서僉書 곽문병霍文炳도 모두 가산이 국고로 몰수되었다. 곽문병이 일을 한 지 오래되어 그의 재산이 헤아릴 수 없을 만큼 많았고, 옛 태감들이 손님용으로 썼던 것 또한 이 예를 따랐다. 소인배들은 황상께서 국고를 채우려는 뜻이 있다고 함부로 추측했는데, 간신 왕금습王錦襲과 왕수인王守仁 무리가 선대에 일찍이 초왕부楚王府에 많은 재물을 기탁했다고 밀고했고 그 화가 옛 대사공大司空 연안延安 사람 청천晴川 양조楊兆에게까지 미쳤다. 양조가 먼저 가산을 몰수당하자, 관리를 파견해 왕수인과 함께 가서 초왕부를 조사하게 했는데, 돌아와 실제 상황이 하나도 맞지 않다고 상소했으며, 왕수인은 하옥되어 사형에 논해졌다. 그래서 흉악한 무리가 놀라고 두려워하니, 천하가 더욱 황상의 영명한 판단에 감복했다고 한다.

○ 곽문병이 가산을 몰수당한 뒤 그 집의 빈 방에 강우江右의 한 관리가 세 들어 살았는데, 그 아래에 수만금이 깊숙이 숨겨져 있었다. 혹자는 그 관리가 그것을 발견하고는 감추어 두고 자신이 가졌다고 한다.

순성어사巡城御史 황상진況上進이 조정에 폭로해 그 관리는 삭탈관직되었다. 그런 사실이 있었는지는 알 수 없다. 그런데 이 사람은 이학理學의 명신名臣으로 관직이 방국坊局에 이르렀으며 당시에 매우 기대를 받았다. 이 해는 정유년이라 이미 남경의 주시험관으로 정해져 있었는데, 갑자기 오명을 쓰고 배척되어 그가 쓴 과거시험 문장이 쓸모 없어졌으므로, 마침내 지인 두 사람에게 주었다. 그래서 응천부應天府와 하남부河南府의 기록에 유사한 일이 있다. 이 돈이라는 물건이 사방에서 뒤얽혀 복잡함이 이런 지경에 이르렀으니 기이하다.

원문 **籍沒古玩**

嚴氏被籍時, 其他玩好不經見, 惟書畫之屬, 入內府者, 穆廟初年, 出以充武官歲祿, 每卷軸作價不盈數緡, 卽唐宋名蹟亦然. 於是成國朱氏兄弟, 以善價得之, 而長君希忠尤多, 上有寶善堂印記者是也. 後朱病亟, 漸以餉江陵相, 因得進封定襄王. 未幾張敗, 又遭籍沒入官. 不數年, 爲掌庫宦官盜出售之, 一時好事者, 如韓敬堂太史[50]項太學墨林[51]輩爭購之, 所

---

50 韓敬堂太史 : 명나라 때의 관리이자 학자인 한세능韓世能, 1528~1598을 말한다. 한세능은 장주長洲 사람으로, 자는 존량存良이고, 호는 경당敬堂이다. 융경 2년1568에 진사가 되어, 서길사, 편수, 경연일강관經筵日講官, 예부좌시랑 등의 벼슬을 지냈다. 『세종실록世宗實錄』과 『목종실록穆宗實錄』의 편수에 참여했고, 조선朝鮮에 사신으로 다녀오기도 했다.

51 項太學墨林 : 명대의 저명한 수집가이자 감정가인 항묵림項墨林, 1525~1590을 말한다. 항묵림의 본명은 항원변項元汴이고, 자는 자경子京이며, 호는 묵림墨林이다. 이름보다는 호로 더 잘 알려져 있다. 또 묵림산인墨林山人, 묵림거사墨林居士, 향엄거사香嚴居

蓄皆精絶. 其時値尚廉, 迨至今日, 不啻什伯之矣.

其曾入嚴氏者, 有袁州府經歷司[52]半印. 入張氏者, 有荊州府經歷司半印. 蓋當時用以籍記掛號者. 今卷軸中, 有兩府半印, 並鈐於首幅. 蓋二十年間, 再受塡宮之罰, 終於流落人間, 每從豪家展玩, 輒爲低徊掩卷焉. 但此後點者, 僞作半印, 以欺耳食之徒, 皆出蘇人與徽人伎倆, 贋迹百出, 又不可問矣.

○ 自江陵與馮保籍沒後, 上用法益嚴, 凡有犯者不貸. 後來如富民徐性善之屬, 旣以法見籍, 而司禮掌印大璫張誠得罪, 倂其司房錦衣南鎭撫司僉書霍文炳者, 亦俱沒入. 霍用事久, 其橐不貲, 又如故太監客用之屬, 亦從此例. 羣小因妄測上有意實左藏, 至奸徒王錦襲王守仁輩, 密告先世曾寄重貲於楚府, 且及故大司空延安楊晴川兆. 楊先被籍, 而差官同守仁往勘楚府者, 還奏所列無一實狀, 守仁卽下獄論斬. 於是凶黨震懼, 天下益服上英斷云.

○ 霍文炳之被籍, 有一空房, 爲江右[53]一詞臣賃居, 其下有伏藏數萬金. 或云詞臣發之, 掩爲己有. 巡城御史[54]況上進[55], 露章於朝, 詞臣削籍去. 其事之有無不可知. 然此公理學名臣, 官至坊局[56], 時望甚重. 是年丁

士 등 많은 별호가 있다. 절강 가흥嘉興 사람이다.

52 經歷司 : 명대 중앙 관서와 지방 관서의 사무 기구.

53 江右 : 양쯔揚子강 하류의 서쪽. 즉 지금의 장시江西성 일대의 지역을 말한다.

54 巡城御史 : 도찰원 산하의 관리로, 북경 내 동, 서, 남, 북, 중앙 5성을 순찰하며 치안 관리, 소송 처리, 도적 체포 등의 일을 처리했다.

55 況上進 : 황상진況上進, 생졸년 미상은 명나라 후기의 관리다. 사천 부주涪州 사람으로, 만력 17년1589 진사에 합격해 어사가 되었다.

56 坊局 : 첨사부詹事府 아래에 있는 좌, 우 춘방春坊과 사경국司經局을 합쳐 부르는 명칭.

酉, 已定南京主考, 忽被汚見斥, 其程策無所用之, 遂以畀相知二人, 因有應天河南二錄雷同之事. 阿堵[57]作祟, 宛轉蔓延, 一至於此, 奇哉.

---

57 阿堵 : 진晉나라 때의 속어로, '이것', '이 물건'이라는 뜻으로 돈을 가리키는 말이다.

[번역] 가산을 몰수당한 두 재상의 피해

　죄인의 자산을 몰수한 것은 전대에서는 다 기록할 수 없을 정도로 많았다. 세종 말년에 엄분의의 가산을 몰수할 때, 엄세번은 엄분의가 심하게 탄핵되었다는 것을 듣고는 먼저 수자리 하는 곳으로 갔고 제수 緹帥였던 그의 아들 엄소정嚴紹庭이 급히 돌아가 그의 조부에게 알리고 가까운 이에게 진귀한 보물들을 미리 숨겼다. 황제가 파견한 사자들이 왔을 때는 몰수한 것이 전체 액수의 반도 되지 않았으므로, 그 친인척을 연루시켜 무고한 자들까지 모두 엄하게 처벌하고 배상하게 했다. 언무경鄢懋卿과 만채萬寀 같은 무리는 엄분의의 비호를 받고 패거리를 지어 부귀를 누렸기 때문에 전혀 애석해할 필요가 없다. 강우江右 지역의 백성들은 수십 년간 고통스러웠지만 여전히 회복되지 않았으니 또한 슬퍼할 만하다.

　금상 계미년과 갑신년 사이에 옛 재상 장거정의 가산을 몰수했는데, 그 일이 초중楚中 지역에 끼친 피해 또한 그와 같았다. 장강릉의 맏아들 장경수張敬修는 예부낭중이었는데, 고문을 이기지 못하고 스스로 목을 매 죽었다. 조태부인趙太夫人 이하 그 집안의 여자들은 막 집문을 나설 때, 감시하고 수색하는 자가 속옷의 배꼽 아래 부분까지 의심했는데, 금나라 군대가 정강 연간에 후궁의 거처를 뒤진 일과 같으니, 어린아이들이 모두 갇혀서 다 굶주린 개에게 먹혔으니 너무나 잔인하고 악독했다. 그 뒤에 왕소재王少宰와 증사공曾司空에게 맡겨 둔 것을 추징했는데도 결국 얼마 되지 않자 황상께서도 대신의 말을 따라 밭 천 무畝를 남겨 태부인을 구휼했다. 이에 앞서 풍보가 가산을 몰수당한 뒤 역시 옷 두 상자와 은 천 냥을 남겨서 겨우 어명을 받들어서 남경으로 좌천되어 갔다. 폐위된 요서인遼庶人 주헌절朱憲㸅의 태비太妃가 마침내 그것을 구실 삼아 옛 재상에게 죄를 돌리고 나라를 회복시켜 줄 것을 청하니, 황상께서 영명하시어 들어 주지 않으셨다. 요 땅의 옛 궁전을 이미 황상께 하사받아서 확장해 옛 재상의 저택으로 삼았기 때문에, 태비가 원망한 것이다. 이 더럽고 상서롭지 못한 곳을 강릉공 장거정은 무엇을 보고 공공연하게 거기에 거한 것인가? 당시에 또한 어째서 허물지 않고 그것을 재상에게 주었는가? 정말 일의 이치를 이해하기 어렵다. 장강릉이 가산을 몰수당한 뒤에 이 집 또한 국고에 환수되어 관아로 사용되었다.

○ 엄분의에게는 그리고 수양아들 조문화가 있었는데, 우리 고을을 근거지로 왜구를 정벌한 일 때문에 호종헌과 함께 빼돌린 군량미를 추징했다. 조문화가 이미 죽고 그의 아들 조계趙繫가 20여 년간 다스렸지만 추적해도 액수를 채우지 못하자, 그의 사위 어사 도숙방屠叔方은 당시에 효성스럽고 청렴하다고 칭찬받았는데 금 삼만 냥까지 배상했다. 고을에 또 첨파僉派 부호 포인包認은 그 집을 허물고 서까래마다 석 냥의 값을 매겼으니 고을 사람들이 해를 입은 것은 말할 것도 없다. 그 뒤 금상 정유년에는 태감 장성張誠과 사방사방司房 곽문병霍文炳의 재산을 몰수했는데, 궁유宮諭인 추덕부[鄒德溥, 호는 사산泗山]까지 연루되어, 삭탈관직되고 가산이 추징된 것은 또 말할 필요가 없다.

籍沒罪人貲產, 在前朝不能盡紀. 如世廟末年之籍嚴分宜時, 世蕃聞重劾, 先往戍所. 而其子紹庭爲緹帥, 馳急足歸報乃祖, 預匿諸珍寶於所親厚. 及欽遣使者至, 所籍不及額之半, 於是株累其姻友, 以至無辜, 俱嚴刑賠補. 如鄢懋卿萬宷輩, 受其卵翼, 爲之角距以取富貴, 固不足惜. 而江右小民, 瘡痍數十年猶未復, 亦可哀矣.

今上癸未甲申間, 籍故相張江陵, 其貽害楚中亦如之. 江陵長子敬修, 爲禮部郎中者, 不勝拷掠, 自經死. 其婦女自趙太夫人而下, 始出宅門時, 監搜者, 至揣及藝衣臍腹以下, 如金人靖康間搜宮掖事, 其嬰稚皆扃鑰之, 悉見啗於饑犬, 太慘毒矣. 其後追逮王[58]少宰曾司空所寄頓, 終不及數, 上亦用大臣言, 留田千畝, 以贍太夫人. 先是馮保籍後, 亦已留衣二箱, 銀千兩, 僅降南京奉御去矣. 廢遼庶人憲㸅之太妃, 遂借端歸罪故相, 求復國, 賴上聖明不聽. 然遼故宮已先被上賜, 加拓爲故相第宅, 太妃因得以有辭. 夫此汚瀦不祥之地, 江陵公何所見而偃然居之? 當時亦何以不撤毀而歸之上相? 眞事理之難解者. 迨江陵籍沒後, 此第又入官爲衙署矣.

○ 分宜同時有義子趙文華, 贅於吾郡, 因征倭事, 與胡宗憲同追所侵軍餉. 趙已死, 其子繫治二十餘年, 追不滿數, 至累其壻屠御史叔方[59]者,

---

58 王: 왕王은 원래 지至로 되어 있는데, 사본에 근거해 고쳤다王原作至, 據寫本改.【교주】
59 屠御史叔方: 도숙방屠叔方,생졸년 미상은 명나라 후기의 관리다. 가흥부嘉興府 수수현秀水縣 사람으로, 자는 종직宗直이고, 호는 첨산瞻山이다. 만력 5년1577에 진사가 되었으며, 감찰어사를 지냈다.

時尚爲孝廉, 賂至三萬金. 郡中又斂派富戶包認, 拆其第, 每一椽亦勒價
三兩, 鄕人受毒不可言. 其後今上丁酉, 籍沒大璫張誠司房霍文炳, 致累
鄒泗山德溥[60]宮諭[61], 削籍追贓, 又不足言矣.

60 鄒泗山德溥 : 명대 만력 연간의 관리 추덕부鄒德溥를 말한다.
61 宮諭 : 첨사부詹事府의 좌우춘방左右春坊과 좌우유덕左右諭德의 별칭.

　엄분의가 실각한 후 그의 아들 엄세번이 월동粵東 뇌주雷州의 수자리를 살다가 몰래 돌아와 그의 친한 친구 소화小華 나용문羅龍文과 함께 집안 뜰에서 즐기고 있었다. 그는 널리 장사들을 모아 저택을 지키게 하니 세간의 사람들이 매우 놀라워했다. 그 집안의 자식들이 불법적인 일을 많이 저질러서 백성들이 견딜 수 없어서 관리에게 그들을 고소했지만 감히 다스리지 못했다. 원주袁州 추관推官 정간신鄭諫臣이란 자가 다소 소신대로 말하며 번번이 그들을 꾸짖는 말을 늘어놓고 상주했다. 정간신은 이에 상순강어사上巡江御史 임윤林潤과 모의한 일이 바로 조정에까지 알려져 엄세번이 약간 힘센 용사들을 모집해 반역을 도모하고 또 나용문과 매일 밤 황상을 원망한다고 했다. 당시 세종께서는 마침 재궁에서 장수를 기원하고 계셨는데 상소를 보고 대노하시어 곧장 임윤에게 북경으로 데려오라고 비준했다. 상소가 내려진 당시에 임윤은 이미 스스로 파견되었다가 관서로 돌아와 있었고, 의랑儀郎이었던 돌아가신 조부가 남대장헌南臺掌憲 간숙공簡肅公 손식孫植과 평소에 잘 알던 사이인데, 우연히 이를 알리게 되었다. 이에 "어제 삼경三更에 어사 임윤이 갑자기 문으로 들어와 엄세번을 탄핵하는 상소를 꺼내어 보여주니 모든 병사가 강동으로 달려 들어갔습니다"라고 했다. 남중南中에는 아직 이를 아는 자가 없고, 엄세번의 아들 엄소정은 아직 금의위에 있으니 먼저 이 사실을 알고 보고받을 수 있어서 나용문과 함께 수자리를 했던 남쪽으로 돌아갔다. 바로 뇌주에 도착해 임윤은 병사를 추격해 엄세번을 잡았고 나용문은 오주梧州까지 가서 잡아 북경으로 압송해 모반한 신하를 다스리는 법대로 나용문과 함께 모두 서시에서 죽였다. 임윤은 역모를 고발한 공을 세워 광록소경으로 승진했고 연이어 도어사무강남都御史撫江南이 되었다. 얼마 안가서 그가 병들자 엄세번에게 화를 당해 전분田蚡이 머리를 조아리며 죄를 빌은 것처럼 살다가 결국 죽었다. 생각건대 이 옥사는 실은 상공 서화정의 의중대로 일어난 것이고 엄세번은 평진平津에서 화를 당하진 않았고 다만 난을 일으킨 대신들에게 상을 구한 것이다. 대개 서화정이 복을 내린 것이며 당시에 바로 죽지는 않았다.

○ 애초에 서화정이 엄분의를 싫어해서 맏아들 태상소경太常少卿 서번徐璠의 둘째딸을 엄세번이 아끼는 막내아들과 정혼시켰다. 엄분의가 크게 기뻐하며 너그러이 더 이상 의심하지 않았다. 엄세번이 체포되어 사형을 당하게 되었는데, 이 딸이 결혼할 나이가 되어 서번이 새벽에 그의 부친을 만나 노한 기색으로 말을 하지 않자 그의 의중을 알아채고 마침내 그의 딸을 술독에 빠뜨렸다고 알렸다. 서화정이 크게 웃으며 고개를 끄덕이자 열흘도 안 되어 엄세번이 저자에서 사형당했다. 엄세번이 피둥피둥 허옇게 살이 찌고 키가 작고 목이 없어서 관상을 잘보는 자가 그가 돼지형상이라 법에 따라 도살당해야 하는 이라고 했다.

○ 소화小華 나용문은 원래 휘주徽州 사람으로 재주와 지혜가 있어서 엄세번의 막부의 수하가 되어 제칙방制敕房으로 들어가 중서랑中書郞이

되었다. 무릇 뇌물을 바쳐 유명한 지역특산품을 모아서 큰 부자가 되었고 나중에도 엄세번과 함께 삭탈관직당했다. 그의 아들 나육일羅六一은 왜구와 내통했다고 임윤이 탄핵했는데, 체포하라는 조서가 내려지자 도망갔다. 나중에 사면되어 돌아왔지만 여전히 감히 나용문의 아들이라 하지 못했다. 그는 왕연년王延年으로 이름을 바꾸었다. 그는 초 지역의 오명경吳明卿 선생을 따라 시를 배웠고 오월 지역을 모시며 돌아다니면서 골동품을 팔아 썼는데, 아버지의 기풍을 지니고 있었다.

원문 **嚴東樓**

嚴分宜敗後, 乃子世蕃, 從粵東之雷州戍所私歸, 偕其密友羅小華龍文游樂於家園. 廣募壯士, 以衞金穴, 物情甚駭. 其舍人子, 更多不法, 民不能堪, 訴之有司, 不敢逮治. 袁州推官鄭諫臣者, 稍爲申理, 輒罹其詬詈, 且有入奏之語. 鄭乃與上巡江御史林潤[62]謀, 直以聞之朝, 謂世蕃招集勁勇, 圖不軌, 且與龍文日夜詛上. 時世宗方在齋宮祈長年, 見疏大怒, 直批就著林潤拿來京. 疏下時林已自差歸署, 而先大父爲儀郞, 同鄕孫簡肅植在南臺掌憲, 素相知, 偶謁之. 乃密告曰, "昨三更林御史警門而入, 出劾世蕃疏相示, 卽統兵星馳入江右矣." 南中尙未有知者, 而蕃子紹庭, 尙在錦衣, 已先詗得報之, 卽偕龍文南返戍所. 甫至雷州, 林追兵躡至就縛,

---

62 林潤 : 임윤林潤, 1530~1569은 명나라 중기의 관리다. 그의 자는 약우若雨이고 호는 염당念堂이며, 복건 포전 사람이다. 가정 연간에 진사가 되어 임천지현, 남경어사 등을 지냈다.

龍文至梧州得之, 至都用叛臣法, 與龍文俱死西市. 林以告逆功, 陞光祿少卿, 尋以都御史撫江南. 未幾病, 見世蕃爲祟, 如田蚡叩頭[63]狀, 竟卒. 按此獄, 實出華亭相公意, 世蕃不能爲厲於平津, 而但求償於發難之臺臣. 蓋徐之福祚, 時正未艾也.

○ 初徐華亭爲有分宜所猜防, 乃以長君太常璠[64]次女, 字世蕃所愛幼子. 分宜大喜, 坦然不復疑. 及世蕃逮至將就法, 則此女及笄矣, 太常晨謁乃翁, 色怒不言, 偵知其意, 遂酖其女以報. 華亭瞯然頷之, 不浹日而世蕃赴市矣. 世蕃肥白如瓠, 但短而無項, 善相者, 云是猪形, 法當受屠.

○ 羅小華故徽州人, 有才慧, 因爲世蕃入幕客, 入制敕房爲中書. 凡通賄皆屬其道地, 因致巨富, 後亦同嚴籍沒. 其子名六一者, 林劾其通倭, 詔下捕之, 因逃去. 後赦還, 尙不敢名龍文子. 改姓名爲王延年. 從楚中吳明卿[65]先生學詩, 侍游吳越間, 以鬻骨董自給. 有父風.

---

63 田蚡叩頭 : 전분田蚡, ?~B.C. 130은 서한 초기의 재상이다. 한나라 효경제孝景帝의 황후皇后 전씨田氏의 동생으로, 무제武帝 때 승상丞相에까지 올랐다. 자신이 무제의 외숙임을 믿고 권력을 남용해 온갖 불의를 자행했다. 전분이 나중에 벌을 받게 되자 머리를 조아리며 빌었다고 한다. '전분고두[田蚡叩頭, 전분이 고개를 조아렸다]'는 이 상황을 말한 것이다.
64 璠 : 명나라 가정 연간에 내각수보를 지낸 서계의 장자 서번徐璠을 말한다.
65 吳明卿 : 명나라 후기의 저명한 문학가 오국륜吳國倫을 말한다.

번역 조정에 있을 때와 사직한 후가 다르다

엄분의는 재상일 때는 세간의 큰 질책을 받았지만 고향으로 돌아가서는 덕을 많이 쌓았다. 그의 부인 구양씨歐陽氏는 특히 베풀어주기를 좋아해서 지금 원주袁州 사람들이 아직도 그를 칭송한다. 초필양焦泌陽은 무종 때 역당 유근과 당파지어 따랐으며, 서록西麓 장채張綵와 같은 해 급제했다. 유적流賊 유육劉六과 유칠劉七이 그의 고향을 거쳤지만 초필양의 집을 뒤져도 아무것도 얻을 수가 없었고 사람들에 의해 포박되어 무릎을 꿇고 참수당했는데, 초필양이 "천하 사람들에 의해 이 도적을 주살하니 그의 악행이 드러남이 이와 같다"라고 했다. 이에 근래에 방백方伯 왕고운王岵雲은 중주中州에서 향현鄕賢으로 천거된 자로, 그가 문장을 지어 그를 제사 지냈다. 아마 초필양과 같은 읍 사람이라 지금까지도 그를 생각한 것 같다. 조정에 있을 때와 사직한 후가 다름을 이두 가지 일로 알 수 있다.

또 강서 임강臨江 사람 주련朱璉은 어사였을 때 장강릉에게 아첨해 그의 막부의 일인자로 들어갔다. 그가 집에 있을 때는 두터운 충정을 멀리하고 편안히 거하면서 또 추남고鄒南皐 선생과 잘 지내던 터였다. 이때 병부상서 여림汝霖 장우약張雨若이 재략가였는데, 장우약이 일찍이 그 땅을 차지하고 있었으니 그에 대해서는 매우 상세하고 알고 있었다. 주련은 장강릉의 신미년 문하생으로 탈정을 만류한 자인데, "선생님께서는 황상의 만류를 듣지 않으시고 사사로움을 주창하며 나랏일을 맡으시니 문하생들이 상소를 올려 선생님을 참소하는 것입니다"라고 한 사람이 바로 이 자이다. 또 같은 시기에 자원子愿 형동邢侗이 황상을 모셨는데 사직한 후나 조정에 있을 때나 모두 칭송받았는데, 같은 해 임용된 한 어사가 그를 끌어들여 장강릉과 왕이릉王彝陵과 서로 잘 지내던 사이여서 마침내 파직되어 기용되지 못했다. 이 일은 또 다른 이야기로 이전의 공들이 행한 윤리와는 다르다.

원문 **居官居鄕不同**

嚴分宜作相, 受世大詬, 而爲德於鄕甚厚. 其夫人歐陽氏, 尤好施予, 至今袁人猶誦說之. 焦泌陽在武宗朝, 黨附逆瑾, 與張西麓綵同科. 流賊[66]劉六劉七[67]過其鄕, 索焦不得, 至縛槀爲人, 跪而斬之, 云, "爲天下誅此賊, 其見惡如此." 乃近日中州[68]擧入鄕賢, 王岵雲[69]方伯, 爲文祭之, 蓋以泌陽邑人, 至今猶思之也. 可見居官居鄕, 自是兩截事.

又如江西臨江人朱璉, 爲御史時, 媚張江陵, 爲入幕第一客. 聞其在家, 却忠厚安靜, 鄒南皋先生, 亦與相善. 此張雨若汝霖兵部爲予言者, 張曾

66　流賊: 여기저기를 떠돌아다니며 남의 재물을 빼앗는 도적.

67　劉六劉七: 유육劉六과 유칠劉七은 하북성河北省 문안현文安縣 출신의 형제다. 명나라 정덕 5년1510에서 정덕 7년1512 사이에 하북성 패현覇縣에서 농민 봉기를 일으켰다.

68　中州: 하남 일대.

69　王岵雲: 왕재진王在晉,1567~1643은 명나라 후기의 관리이자 학자다. 그의 자는 명초明初이고, 호는 고운岵雲이며, 하남 준현浚縣 사람이다. 만력 20년1592 진사가 되어, 중서사인, 산서포정사, 우부도어사, 병부시랑, 남경병부상서, 병부상서 등의 벼슬을 지냈다.

令其地, 知之甚詳. 朱爲江陵辛未門生, 卽留奪情時, 言, "老師不聽主上挽留, 徇私負國, 門生便入疏參老師矣, 卽其人是也." 又同時邢子愿侗侍御, 居鄕居官, 並有令譽, 爲其同年一御史所引, 與江陵及王彛陵相善, 遂廢不起. 此又當別論, 非前諸公等倫也.

먼 지역 사람과 혼인 관계를 맺다

　근래에 먼 지역 사람과 인척 관계를 맺은 경우로, 가정 연간에 송강松江 사람 서문정徐文貞은 제수緹帥 육병陸炳 및 제수 유씨劉氏와 인연을 맺었는데, 모두 초 지역 사람이다. 금상 초년에 서월西粵 사람 광록경光祿卿 장준잠蔣遵箴이 안숙安肅 사람 대사마 정락鄭洛의 사위가 된 데는 다 이유가 있다는 것을 세상 사람들이 대부분 알고 있었다. 근래 나의 고향 사람 공부랑중 육기서陸基恕가 강서 안복安福의 주군胄君 유맹선劉孟銑과 혼인 관계를 맺었는데, 서로 3,000리나 떨어진 곳이다. 유맹선은 시어 외소畏所 유대劉臺의 아들이고, 육기서는 태재 장간공莊簡公 육광조陸光祖의 아들인데, 모두 음덕으로 기용되었으며 의기투합하며 친근하게 지냈지만 왕래하기가 매우 불편했다. 문달공文達公 이현李賢은 중주 사람인데 휴녕休寧의 정황돈程篁墩을 사위로 맞아들였으니 매우 특이하다 할만하다. 그러나 기록에는 또 이문달의 사위가 연성공衍聖公 공굉서孔宏緒라 되어 있으니 문달공 이현이 어찌 이처럼 멀리까지 딸을 보내는 걸 좋아했겠는가. 나이정羅彜正이 이현의 탈정을 규탄한 일이 현 왕조의 기록에 간혹 보인다. 그러나, 다른 이야기는 기록에 없으니 모두 정직한 사람 중에 두터운 충정이 없는 자는 없음을 알 수 있다. 만약 지금이라면 정황돈과 공굉서를 사위로 삼은 두 딸의 일을 어떻게 묘사해야 할지 모르겠다. 이후에 연성공 공굉서는 결국 잔인하게 사람을 죽인 일로 관작을 빼앗겼다.

○ 정덕 연간의 대학사 조원曹元은 북경 사람이다. 그의 장인은 문단 공文端公 주선周瑄인데, 산서 양곡陽曲 사람이다.

원문 遠婚

近代遠結姻者, 如嘉靖間, 松江徐文貞之結陸[70]劉二緹帥, 皆楚人. 今上初年, 西粵光祿蔣遵箴之壻於安肅鄭大司馬[71], 皆有所爲, 世人多知之. 近年吾鄉陸工部基恕[72], 與江西安福劉冑君孟銑聯姻, 相去三千里. 劉爲畏所臺[73]侍御之子, 陸爲莊簡太宰[74]之子, 俱用任子相歡, 稱氣誼交, 然往還殊不便也. 因與[75]李文達公賢以中州而納休寧[76]程篁敦爲壻, 已屬可異. 而傳紀中, 又紀文達一壻, 爲衍聖公孔弘緒, 李公何以好遠遣女乃爾.

---

70 陸 : 명나라 가정 연간에 금의위의 수장을 지낸 육병陸炳을 말한다. 육병의 셋째 딸이 서계의 셋째 아들 서영徐瑛과 혼인했다.

71 安肅鄭大司馬 : 명 중후기의 대신 정락鄭洛, 1530~1600을 말한다. 그의 자는 우수禹秀이고, 호는 범계范溪이며, 시호는 양민襄敏이다. 보정부保定府 안숙현安肅縣 사람이다. 가정 35년1556 진사가 되어, 등주추관登州推官, 병부좌시랑, 태자태보, 병부상서, 융정상서戎政尙書, 우도어사右都御史 등의 벼슬을 역임했다. 사후에 태보太保로 추증되었다.

72 陸工部基恕 : 육기서陸基恕, 생졸년 미상는 명나라 만력 연간에 이부상서를 지낸 육광조陸光祖의 둘째 아들이다.

73 畏所臺 : 명대 중기의 대신 유대劉臺, ?~1582를 말한다. 유대의 자는 자외子畏이고, 시호는 의사毅思이며, 호광 흥국주興國州 사람이다. 융경 5년1571 진사에 합격해 형부주사에 제수되었다. 외소畏所는 유대의 자인 자외子畏의 오자로 추정된다. 〖역자 교주〗

74 莊簡太宰 : 명나라 만력 연간에 이부상서를 지낸 육광조陸光祖, 1521~1597를 말한다. 그의 자는 여승與繩이고, 호는 오대거사五臺居士이며, 시호는 장간莊簡이다. 절강 평호平湖 사람이다. 가정 26년1547 진사가 된 뒤, 준현지현濬縣知縣, 남경예부주사南京禮部主事, 남경병부우시랑, 남경형부상서, 형부상서, 이부상서 등의 벼슬을 지냈다.

75 與 : 사본에서는 '여與'자가 '억憶'자로 되어 있다寫本與作憶. 【교주】

76 休寧 : 안휘성 휴녕현休寧縣.

羅彝正糾李奪情, 是本朝有數文字. 然並不撫拾他語, 具見正直人未有不忠厚者. 使在今日, 卽壻程孔二女事, 不知如何描寫矣. 其後衍聖公孔宏緒, 終以淫虐殺人奪爵.

○ 正德中大學士曹元, 京師人也. 其婦翁周文端瑄, 則山西陽曲人.

재상 중에 공명으로 이름난 자는 가정 말년부터 금상 초년까지 화정공 서문정과 강릉공 장문충을 능가하는 이가 없다. 서문정은 평소 요강姚江 학파 왕양명의 제자라고 하며 양지학良知學을 매우 좋아했으므로, 당시 그를 따르던 자들이 앞다투어 문단에 의지하며 옆에서 양지설을 펼쳤다. 그 덕에 지역을 장악하고 금전을 요구하니 천하가 이에 분노했다. 장문충은 서문정의 제자인데 그 일을 매우 싫어해 그를 비난했다. 장문충이 나랏일을 맡게 되자 마침내 강학講學하는 선비를 모두 없애려고 했으니 지나치게 잘못을 바로잡으려한 면이 있다. 이에 그에게 아첨하려는 자가 또 서화정보다 백배나 되었다. 그에게 아첨하는 자들은 이윤伊尹과 주공周公같은 섭정 대신으로는 부족해 순임금이나 우임금으로 높였으니, 그의 사후에 장문충을 황제로 추대했다는 의혹이 있는 것은 또한 스스로 화를 자초한 것이다. 왕태창은 장문충을 거역했다가 고향에서 다시 기용되었는데 천하에 두터운 명망으로 무너져가는 추세를 애써 바로잡았다. 예를 들어 갑술년 분고分考 문하생 도란정陶蘭亭의 형부 축하문은 그 말이 다소 지나치게 칭찬하고 그 체제는 다소 화려했으므로 마침내 면전에서 책망을 받고 돌려보냈는데, 도란정이 나중에 여러 번 실패하고 떨쳐 일어나지 못했다. 하지만 왕태창은 그를 거의 도와주지 않고, 다만 계유년 향시의 문하생 중승中丞 이수오李修吾만을 좋아하며 그가 강직하고 아첨하지 않아 세상에서 최고라고 칭해진다고 말했다.

　결국 만년에 비밀리에 올린 상소 사건은 중승 이수오가 배신한 것이니, 또한 이수오의 속마음을 깊이 알지 못한 듯하다. 신축년 이후로 광세礦稅의 폐해가 극에 달했는데, 강회江淮 지역이 가장 심했다. 이수오가 당시에 마침 강북江北에서 순무하고 있을 때 광세태감礦稅太監 진증陳增을 교묘하게 통제해 진수훈陳守訓 등을 죽음에 이르게 했는데, 그의 공로 또한 적지는 않다. 대개 학문의 힘을 빌려 많은 것들을 얻어내는 관건이 된 것 같다고 한다.

원문 **嫉詔**

　宰相以功名著者, 自嘉靖末年, 至今上初年, 無過華亭江陵二公. 徐文貞素稱姚江弟子, 極喜良知之學, 一時附麗之者, 競依壇坫, 旁暢其說. 因借以把持郡邑, 需索金錢, 海內爲之側目. 張文忠爲徐受業弟子, 極恨其事而誹議之. 比及當國, 遂欲盡滅講學諸賢, 不無矯枉之過. 乃其喜佞, 則又百倍於華亭. 諛之者, 伊周[77]不足, 重以舜禹, 至身後有勸進之疑, 亦自貽伊戚[78]也. 王太倉以忤張起田間, 望重天下, 力挽頹波. 如甲戌分考門生, 陶蘭亭[79]比部[80]賀文, 其詞稍溢美, 其制稍華侈, 遂至面叱遣還, 陶

77　伊周 : 상商나라의 이윤伊尹과 서주西周의 주공단周公旦을 가리키는데, 이 두 사람 모두 섭정을 한 적이 있다.
78　自貽伊戚 : 스스로 고민거리를 만들다. 스스로 화를 자초하다.
79　陶允宜 : 도윤의陶允宜,1550~1613는 명나라 후기의 관리다. 절강 회계會稽 사람으로, 자는 무중懋中이고, 호는 난정蘭亭이다. 만력 2년1574 진사가 되어, 벼슬이 병부거가사

後屢躓不振. 太倉略不授手, 獨喜癸酉鄉試門生李修吾中丞, 謂其抗直不阿, 海內稱爲第一流. 究竟晚年密揭一事, 爲中丞所賣, 似亦未深知李底裏也. 辛丑以後, 礦稅肆虐, 而江淮爲最. 李時正撫江北, 巧制稅監陳增, 致程守訓等於死,[81] 其功亦不細. 蓋學力多得之挦摭云.

---

80 比部 : 명청 시기 형부와 그 산하 관리.

81 巧制~於死 : 중화서국본『만력야획편』에는 '致' 뒤에 모점이 있지만, 세감稅監의
   이름이 진증陳增이므로 상해고적본을 따라 '진증陳增' 뒤에 쉼표를 삽입했다. 또 정
   수훈程守訓은 중화서국본『만력야획편』에 진수훈陳守訓으로 되어 있지만,『명신종
   실록』과『명사』에 근거해 정수훈程守訓으로 고쳤다. 〖역자 교주〗

여광呂光이라는 자는 절강 숭덕崇德 사람으로 별호는 수산水山이고, 이름을 여수呂需라고도 한다. 젊어서 사람을 죽인 적이 있어 하투河套로 망명했는데, 험준한 요새들을 잘 알고 있어 사면을 받아 풀려나 북경으로 갔다. 하투를 수복하려는 책략을 가지고 총독 증석당曾石塘의 일에 참여했다. 증석당이 그를 하귀계에게 알리자 하귀계 크게 기뻐하며 여광의 계책대로 군사를 일으켜 출격할 것을 의론했다. 엄분의가 화가 미칠 거라는 트집을 잡아서 세종과 이간질해 두 공이 모두 서시西市에서 참형되었다.

만년에 서화정의 문하에 노닐다가 막부의 식객이 되었다. 서화정은 고신정과 원한이 있어 오 땅의 병비도부사兵備道副使 채국희蔡國熙에게 뜻을 전했는데, 서화정의 장자는 수자리에 가고 나머지 두 아들은 평민이 되었으며 6만의 전답은 몰수되었다. 여광이 거짓으로 서화정의 노비가 되어 용서를 구하는 서화정의 서신을 가지고서 고신정의 뜰아래에서 신포서申包胥처럼 엎드려 울었다. 고신정의 마음이 움직였고 고신정의 부인 또한 감동해 울며 화해하도록 권했다. 고신정이 내각에 들어가 성지의 초안을 쓸 때 의심되는 바가 매우 많으니 지방관에게 다시 평의하라고 했다. 그 옥사가 채 마무리되기 전에 고신정이 자리에서 물러나 서화정의 일은 다 없던 일이 되었다. 협기를 지니고 교묘하게 일을 처리함이 이 정도였으니 두려워할 만하다. 여광은 나중에 북경에서 노닐며 뇌물을 주어 관직을 얻었는데 이미 일흔이 넘은 나이였다. 내가 어렸을 때 만난 적이 있는데 정말 아주 위험한 인물이었다.

원문 呂光

呂光者, 浙之崇德人, 別號水山, 又名呂需. 少嘗殺人, 亡命河套, 因備知阨塞險要, 遇赦得解, 走京師. 以其復套策, 干曾石塘[82]制臺[83]. 曾以聞之夏貴溪, 夏大喜, 因議擧兵出蒐, 如呂謀. 分宜以挑釁起禍, 間之世宗, 兩公俱死西市.

晩年游徐華亭門, 爲人幕客[84]. 徐爲高新鄭所恨, 授旨吳之兵使蔡國熙[85], 至戍其長子, 氓其兩次子, 籍其田六萬. 呂詐爲徐之奴, 持徐乞哀書, 伏哭高公庭下, 如申包胥[86]故事. 高爲心動, 至高夫人亦感泣勸解. 高入閣條旨, 謂所儳太重, 令地方官改讞. 其獄未結, 而高去位, 徐事盡化烏有

---

82 曾石塘: 명나라의 저명한 장수 증선曾銑, ?~1548을 말한다. 증선의 자는 자중子重이고, 호는 석당石塘이며, 시호는 양민襄愍이다. 강도江都 사람이다. 가정 8년1529 진사가 되어, 복건 장락지현長樂知縣, 어사, 대리시승, 우첨도어사, 산동순무, 병부시랑 등의 벼슬을 지냈다. 섬서 지역에서 여러 차례 타타르족의 침입을 막아냈다.

83 制臺: 총독의 별칭으로, 독헌督憲, 제군制軍이라 부르기도 한다.

84 幕客: 명청 시대에 지방 관서나 군에서 관직이 없이 업무를 보좌하던 고문.

85 蔡國熙: 채국희蔡國熙, 생졸년 미상는 명나라 하북 영년永年 사람으로, 자는 춘태春台다. 가정 38년1559 진사가 되어, 호부주사, 소주지부, 소송병비도부사蘇松兵備道副使, 산서독학山西督學, 고원병비固原兵備 등의 벼슬을 지냈다.

86 申包胥: 신포서申包胥, 생졸년 미상는 춘추시대 초楚나라 소왕昭王 때 대부大夫를 지냈다. 초나라 임금 분모蚡冒의 후예라서 왕손포서王孫包胥 또는 분모발소芬冒勃蘇로도 불린다. 소왕 10년 오나라가 초나라를 침략하자, 그가 진秦나라 애공哀公에게 구원병을 요청해 망국의 위기에서 벗어났다.

矣. 駔俠至此, 可怖哉. 呂後游輦下, 以貲得官, 年已七十餘. 予幼時亦曾識面, 眞傾危之尤也.

번역 숙직을 서는 처소

시문을 쓰는 대신들은 처음에는 한두 명의 재상에 불과했는데, 그 뒤 곽훈과 최원崔元이 공을 세워 작위를 받아 들어왔고, 육병陸炳과 주희효朱希孝는 제수緹帥로써 들어왔으며, 이춘방李春芳과 동빈董份 등은 학사로써 들어왔다. 사람 수는 늘었는데 숙직 서는 처소는 제한되어 있으므로, 처소에 있을 수 있는 자는 신선이 된 듯한 부러움을 샀고 더 이상 그곳이 협소하다 느끼지 않았다. 또 방은 모두 동서향으로 되어 있어 날마다 매우 고통을 받았다. 다만 엄분의는 나중에 따로 남쪽에 처소를 지어 매우 넓고 깨끗했으며, 또 백금을 두른 식기를 하사하고 다른 음식도 잘 갖추라고 명하셨는데, 엄분의는 거의 10여 년 동안 이곳에 거했다. 엄분의가 쫓겨나자 바로 서화정이 거했고, 서화정이 그 안으로 옮겨 거한 지가 또 5년이 되었다. 엄분의는 만년에 여러 차례 숙직을 서고 나와 상소를 보았다. 서화정은 엄분의의 실각을 경계로 삼아 매번 황상의 명을 받으면 내각으로 가 일을 처리하고 혹 목욕을 위해 집에 돌아가게 허락받더라도 번번이 "밖에 있어도 즐겁지 않고 황상의 기거하심을 그리워하니 차마 잠시라도 버리고 나오지 못하겠다"고 말했다. 황상께서는 이로 인해 더욱 서화정을 어여삐 여기셨다. 고신정이 마지막으로 숙직을 설 때 호급사중胡給事中의 상소문 중에서 "거처가 4층이고 방이 16칸으로 가장 넓었다"고 한 것을 상세히 판별해보면, 엄분의가 숙직 서던 처소에 버금간다.

撰文諸臣, 初不過一二宰輔, 旣而郭勛崔元以勛爵入, 陸炳朱希孝以緹
帥[87]入, 李春芳董份等以學士入. 人數旣增, 直房有限, 得在列者, 方有登
仙之羨, 不復覺其湫隘. 且房俱東西向, 受日良苦. 惟嚴分宜最後得另建
南面一所, 甚寬潔, 且命賜白金範爲飮食器, 及他食物甚備, 分宜處之凡
十餘年. 分宜逐, 卽以居徐華亭, 徐徙居其內亦五年. 嚴之晚節, 以屢出
直見疎. 徐懲其敗, 每遇上命到閣理事, 或賜沐至家, 輒云, "在外反不樂,
且戀念聖躬起居, 不忍暫舍而出." 上以是益憐愛之. 高新鄭最後入直, 具
辨胡給事疏中云, "所居凡四層, 十六楹, 最敞." 則亦分宜公直房之亞矣.

---

87 緹帥 : 금의위지휘사錦衣衛指揮使.

번역 재상이 금의위를 세습 받다

금의위는 무관 중에 가장 뛰어난 자들이라 공에 대한 포상을 대대로 꼭 받았지만, 송대의 추밀사樞密使에 해당하는 대수大帥가 아니면 재상에 이르는 자는 없었다. 이 때문에 정덕 연간에 이장사李長沙 등 네 공은 모두 유적流賊을 평정한 포상을 극구 사양했는데, 양남해梁南海의 아들 양차로梁次擄는 스스로 돈을 내고 금의위錦衣衛 사인舍人에 올랐고 공을 가로채 겨우 백호百戶를 얻었다. 가정 중엽 엄분의의 손자 엄효충嚴效忠은 오히려 영남에서 세운 공을 가로채 천호千戶에 배수되었지만 곧 탄핵당해 파직되었다. 대체로 이 관직은 이처럼 가벼이 주지 않는다. 다만 세종께서 처음 황위를 이으시고 도움을 준 공을 논해 재상 신도新都 사람 양정화楊廷和, 전주全州 사람 장면, 동래東萊 사람 모기毛紀는 모두 지휘사 및 동지 등의 관직을 세습할 수 있었지만, 끝내 사양하고 받지 않았다. 그 뒤 제성諸城 사람 적란은 변방을 순시한 공으로 특별히 천호에 배수되자마자 그 아들에게 관직을 주었다. 하귀계夏貴溪는 금의위를 하찮게 여겨 거기에 나가는 것을 달가워하시 않고 작위를 받고자 하투河套의 전쟁을 초래해 실각하게 되었다. 엄분의는 그 일로 처벌되었지만 포로를 잡은 공로로 그의 손자 엄곡嚴鵠이 정천호正千戶를 받고 남진무사南鎮撫司에서 일을 맡았으니 현임 재상의 자손 중에는 없는 일이다. 서화정徐華亭은 이 일로 인해 금의위를 세습하게 되자 더 이상 사양하지 않았다. 목종 대 고신정高新鄭과 장강릉張江陵 역시 전공으로 천호를 얻었다. 금상 초년에 장강릉의 아들 장간수簡修는 엄분의의 전례처럼 마침내 지휘사로 승진해 남진무사를 관리했는데, 얼마 안 되어 삭탈관직 당한 것도 엄분의와 같았다. 지금 내각 대신 중에 금의위를 세습하는 이 중에 양신도의 손자 양종오楊宗吾, 적제성의 아들 적여경翟汝敬, 서화정徐華亭의 증손자 서유경有慶은 모두 세습을 통해 일을 맡았고 그 외에는 다 관직을 배수 받은 것으로 보이지는 않는다.

원문 宰相世賞[88]金吾

錦衣爲右列雄俊第一, 然必以賞功, 世及, 非大帥卽元樞[89], 未有及輔臣者. 以故正德中, 李長沙等四公, 俱力辭平流賊之賞, 梁南海之子次攄, 自以納級錦衣舍人, 冒功僅得百戶. 嘉靖中葉, 嚴分宜尙以孫效忠, 冒嶺南功拜千戶, 尋劾罷. 蓋此官不輕畀如此. 惟世宗初紹, 論羽翼功, 輔臣楊新都廷和[90]蔣全州冕[91]毛東萊紀[92], 俱得世襲指揮使及同知等官, 然終謙讓未拜. 旣而翟諸城鑾以行邊功, 特拜千戶, 卽授官其子矣. 夏貴溪薄錦衣不屑就, 思開五等[93], 致有河套之役, 以及於敗. 嚴分宜懲其事, 但用

---

88 世賞 : 부모 형제의 덕분으로 벼슬하는 것.
89 元樞 : 송대 추밀사樞密使의 별칭.
90 楊新都廷和 : 명 중기의 저명한 정치개혁가이자 내각수보를 지낸 양정화楊廷和를 말한다.
91 蔣全州冕 : 명 중기 내각수보를 지낸 장면蔣冕을 말한다.
92 毛東萊紀 : 명 중기의 대신 모기毛紀를 말한다.
93 五等 : 고대의 작위 중 공작公爵, 후작侯爵, 백작伯爵, 자작子爵, 남작男爵의 다섯 등급을 말한다.

擒虜功, 以其孫鵠受正千戶, 且卽於南鎮撫司管事, 則現任輔臣子孫所未
有也. 徐華亭緣此亦得世錦衣, 不復辭. 而穆宗朝, 高新鄭張江陵, 亦以
軍功得千戶. 至今上初年, 張江陵之子簡修, 遂進指揮, 理南司, 如嚴氏
故事, 未幾削奪, 亦與分宜同. 今閣臣世廕錦衣者, 惟楊新都之孫宗吾,
翟諸城之子汝敬, 徐華亭之曾孫有慶, 俱承襲用事, 他未見盡拜官也.

번역 대신이 금군을 부리다

예로부터 재상 중에 권세를 부리다가 죽음을 당한 자가 있는데, 이임보李林甫가 금의위의 병사에게 특이하게 골목에서 체포된 이래로 헌종 때에 재상 무원형武元衡이 칼에 찔려 죽자, 그 자리를 이은 재상 배도裴度는 다시 기마병을 써서 호위하게 했다. 남송 때 진회秦檜는 시전施全에게 찔려서 또한 금군의 호위를 더했다. 현 왕조에서는 이런 재상도 없고 또 권력을 부리는 대신도 적다. 홍치 연간 초년에 단숙공端肅公 마문승馬文升이 병부상서가 되었는데 헌종 말년에 불합격한 무관들을 임용한 뒤로 군영의 장교 30여 명을 제거했다. 이에 원한을 가진 가인이 그 집 문에 활을 쏘고 또 급히 그의 지난 악행을 적은 익명의 글을 써서 동안문東安門 안에 활을 쏘아붙이니 황상께서 바로 마문승에게 금의위 기병 12명을 하사해 그를 호위하게 하셨다. 세종께서 새로 즉위하시니 문충공 양정화가 수규가 되어 쓸모없는 금의위와 태감 14만을 대거 없애시니 칼을 품고 입궐하는 가마의 옆에서 기다리는 자들이 있었다. 이 일이 알려지자 수도의 병사 100명에게 양정화가 드나들 때 호위하도록 조서를 내렸다. 대개 간사하게 권세를 부리고 방자함을 일삼아 당시의 분노와 시기를 받은 것으로 그치지 않았다. 정치 개혁의 시기에 마문승과 양정화 두 공은 모두 당대의 이름난 신하인데 점점 아첨하고 간사해져서 마침내 거의 죽음을 면하지 못했다. 대개 일을 맡아 하는 것의 어려움이 이와 같다. 천순 연간 병부상서 진여언陳汝言이 우숙민于肅愍을 대신해 전횡과 탐욕이 극에 달하니 또한 원한을 진 사람들이 틈새를 노려 병사를 주어 그를 호위하도록 명했다. 이후에 마침내 뇌물죄로 죽임을 당했는데, 이 사람은 이임보와 같은 무리일 뿐이다.

○ 하언 또한 금군을 써서 서궁으로 드나들면서 황상께서 도교를 섬긴 일을 도왔다.

원문 **大臣用禁卒**

古來宰相, 擅權畏禍者, 自李林甫以金吾卒, 搜捕街曲爲異. 至憲宗朝, 宰相武元衡被刺死. 裴度繼相, 復用騎士呵衞. 南宋, 則秦檜爲施全所刺, 亦加禁軍扈從. 本朝旣無宰相, 亦少擅權大臣. 惟弘治初年, 馬端肅文升爲兵部尙書, 承憲宗末年武弁冒濫之後, 斥去軍營將校三十餘人. 於是怨家引弓射入其門, 又爲飛書, 撫其過惡, 射之東安門內, 上乃給賜文升錦衣騎士十二人爲之衞. 世宗新卽位, 楊文忠廷和爲首揆, 汰去諸衞及內監冗員, 至十四萬人, 因有挾刃伺之入朝興傍者. 事聞, 詔以京營卒百人, 護廷和出入. 蓋不特權奸專恣, 爲時憤嫉. 卽鼎革之時, 如馬楊二公, 俱一代名臣, 稍裁佞倖, 遂幾不免矢刃. 蓋任事之難如此. 若天順間, 兵部尙書陳汝言代于肅愍[94], 專橫貪肆, 亦爲仇家所伺, 命給卒衞之. 後竟以賄誅, 此林甫之徒耳.

○ 夏言亦用禁卒出入西內, 則以贊上事玄也.

---

94 于肅愍 : 명나라 전기의 명신 우겸于謙을 말한다.

고신정高新鄭이 숙직하던 곳은 엄상숙嚴常熟의 옛 처소로 생각된다. 대개 이때 엄상숙이 막 직위를 그만둔 때였고, 고신정이 마침 춘경春卿으로 내각에 들어왔기 때문이다. 당시에 고신정에게는 아들이 없어서 서안문西安門 밖으로 처소를 옮겨 낮에는 궁녀를 내보냈다가 저물녘이 되어서야 비로소 직사直舍로 돌아왔다. 당시에 황상의 병환이 이미 점점 깊어져 더 이상 초제를 올리지 못했다. 고신정이 휴가를 얻어 사저로 갔고 또 황상께서 틀림없이 일어날 수 없을 거라고 생각하고는 숙소의 기물들을 조금씩 밖으로 옮겼는데, 고신정 한 사람만 그런 것은 아니었다. 이과도급사중吏科都給事中 호응가胡應嘉란 자가 고신정을 탄핵할 때 전적으로 이 두 가지 사안을 가지고 그를 심하게 공격했다. 그 때 모두가 서화정이 실제로 이 사실을 알리는 데 간여해서 화가 또 얼마나 미칠지 모르겠다고 했다. 고신정이 이 말을 듣고 놀라 두려워했지만 황상께서 임종이 가까워져서 결정을 내리실 수가 없었다. 황상께서 붕어하실 즈음 마땅히 유조를 내리셔야 했는데, 서화정이 또 독단으로 문하의 장거정과 초안을 써 다른 재상들과 상의하지 않고, 고신정이 스스로 새로 등극하실 황제의 측근 신하라고 자처하니 더욱 그를 증오해서 풀릴 수가 없었다. 호응가가 나중에 다른 일로 인해 외지로 폄적되었다가 사면을 받고 돌아와 참의參議가 되었는데, 고신정이 내각으로 소환되어 이부를 겸장한다는 말을 듣고 놀라 죽었다. 혹자는 그의 쓸개가 파열되었다고 했다. 고신정이 다시 재상이 된 지 3년이 지났는데, 목종께서 병이 들었다. 호과급사중 조대야曹大野가 상소를 올려 고신정이 크게 불충을 저지른 10가지의 일을 논했다. 그 첫머리에서 황상께서 약을 복용하신 지가 이미 오래되어 안팎으로 근심하며 걱정하는데, 고공은 형부시랑 조금曹錦과 막 사돈을 맺어 풍악을 울리며 큰 연회를 열었다고 했다. 그다음으로는 동궁께서 궁궐에서 강독을 하시는데도 감히 편안함을 도모하고, 16일 만에 들어와 인사하니 과연 윗사람을 업신여기고 신하의 예가 없다고 했다. 이 두 가지 사안 역시 용서받지 못할 일인데 차규 장강릉이 지시한 것이다. 당시 황상께서 이미 혼미함이 심해서 겨우 허튼 말을 비준해 외지로 보냈다. 공공이 변론해 떠나지는 않고 남았지만 그를 칭송하는 말은 없었다. 얼마 지나지 않아 목종께서 붕어하시고 금상께서 바로 즉위하시자 고공이 쫓겨 갔다. 조대야는 청화淸華로 재빨리 승진해 10년이 안 되어 중승으로서 강우순무가 되었다. 똑같은 언관으로 똑같이 남의 부축임을 받아서 또 똑같이 한 사람을 공격한 일이 똑같이 두 황제의 임종 때 일어났지만, 그들의 행과 불행은 이처럼 달랐다.

원문 **兩給事攻時相**

新鄭直廬, 想是嚴常熟故居. 蓋是時嚴甫去位, 而高正自春卿入閣矣. 時高無子, 乃移家於西安門外, 晝日出御女, 抵暮始返直舍[95]. 時上已抱

---

[95] 直舍 : 관원이 궁중에서 직접 일을 처리하던 곳.

疾漸深, 不復日修齋醮. 高因得暇, 以遂其私, 且度上必不能起, 稍徙廬中器物出外, 此則不獨高一人也. 會吏科都給事中胡應嘉者劾高, 專引此二事力攻之. 時皆謂華亭實與聞, 禍且叵測. 高聞駭懼, 而上迫彌留, 不克有所可否. 比上崩當下遺詔, 徐又獨與門人張居正屬草, 不以商之同列, 高自以新帝潛藩肺腑臣, 益恨之切骨, 不可解矣. 應嘉後以他事外謫, 量移至參議, 聞新鄭召還閣, 兼掌吏部, 驚悸而卒, 或云其膽已破裂矣. 高再相又三年, 而穆宗不豫. 戶科給事曹大野疏, 論高大不忠十事. 其首曰, 上服藥旣久, 中外憂惶, 而拱方與刑部侍郎曹金結姻, 擧樂大宴. 其次曰, 東宮出閣講讀, 敢圖便安, 以二八日方入叩頭, 果於慢上, 無人臣禮. 二事亦罪在不貸, 次揆張江陵所授也. 時上已憒甚, 僅批妄言調外任. 拱辨雖留, 而無褒詞. 未幾上賓天, 今上甫卽位, 高遂去. 大野驟進淸華[96], 不數十年, 以中丞撫江右矣. 同一言官, 同一受嗾, 又同攻一人, 同在兩朝末命時, 而幸不幸如此.

---

96 淸華 : 관직館職의 별칭으로, 명대에는 한림원 첨사부의 관원을 말한다. 원래 관직이란 송대 사관史館, 소문관昭文館, 집현원集賢院, 비각祕閣 등에서 도서 정리, 문서 작성 등의 업무를 하던 수찬, 편수 등의 관직을 총칭하는 말이다.

소방邵芳이란 자의 호는 저후樗朽이고 단양丹陽 사람이다. 목종 3년에 서화정과 양신도는 모두 쉬면서 집에 머물고 있었다. 당시 관직에서 내쳐진 여러 공들은 소방과 상의해 관직에 기용되려고 각자 금을 추렴해 수만 냥을 만들어 군주를 찾게 했다. 소방이 먼저 서화정에게 추천했지만 기용되지 않자 이에 신정新鄭으로 가서 고신정을 만났다. 처음에는 오히려 어려워서 구석진 자리에서 만났는데 그의 말이 약간 흡족해서 고신정이 크게 기뻐하며 상석으로 끌어와 동지라 불렀다. 소방이 마침내 재상들을 다시 세우려는 모의를 함께 하고는 북경으로 가 모은 금을 가지고 모두 진귀한 물건을 사서 권세 있는 태감들의 환심을 두루 얻었다. 시간이 좀 지나자 계획을 세워 이렇게 말했다. "이것은 고신정이 보낸 물건입니다. 고신정은 가난해서 이러한 기이한 보물들을 맡아 다스리지 못합니다. 제가 천하를 위해 계획해 전대를 다 털어서 고신정을 대신해 바칩니다." 당시 권세 있는 태감 진홍陳洪은 예전부터 고신정과 돈독한 사이로, 사례감에 뇌물을 주고 집에 있던 고신정을 기용하니 그가 이부를 겸장했다. 여러 관직에서 물러난 자들이 차례대로 관직에 올랐고 진홍이란 자 역시 소방의 계획을 써서 사례의 인장을 대신 관장했다. 당시 차규 장강릉이 이 일을 알고는 매우 싫어했는데, 그가 나랏일을 맡게 되자 강남무대江南撫臺 거래崌崍 사람 장추윤張隹胤을 시켜 옥사에 잡혀들도록 유인해 능지처참했다. 당시 장강릉이 그의 후사까지 끊어버리려고 했는데, 소방의 사위 이름이 응규應奎인 심심원沈湛源이란 자가 문사이면서 힘이 세서 그의 집을 여러 겹으로 포위한 가운데에서 소방이 두 어린 아들을 양쪽 어깨에 끼고는 담을 넘어 나가니 지키는 자들이 알지 못했다. 심심원 또한 기이한 선비로 지금 을방乙榜으로 국자감 박사인데, 나와 잘 지내는 사이다.

○ 애초에 소방이 사도司徒 경초동耿楚侗과 함께 좌중에 있을 때 손님이 왔다는 말을 듣고서 휘장 뒤로 피해 숨어 몰래 엿보다가 나와서 경초동에게 온 손님이 누구냐고 물었다. 경초동이 이 사람은 태사 장강릉이라고 했다. 이에 소방이 "이 분은 마땅히 재상이 되시어 천하를 쥐고 흔들 뿐입니다. 지금 내가 그의 손에 죽어 마땅합니다"라고 길게 탄식하며 말했다. 이후에 과연 그의 말대로 되었다. 또 형부의 금단金壇 우중보于中甫가 내게 말했는데, 소방이 서재에 따로 작은 방을 만들어두고 "이 곳은 기밀을 의론하는 곳이니 아무도 들이지말라"라고 했다고 했다. 이런 거동을 하니 어찌 실패하지 않을 수 있겠는가? 소방은 여광呂光과 같은 시대에 태어나서 먼저 죽었는데, 여광은 수년 전에도 여전히 무탈했고 왕엄주는 경초동이 손님으로 간 일을 기록하면서 하심은何心隱에게 부탁했으니 아마도 기억이 우연히 잘못된 것이다. 하지만 하심은을 장강릉이 매우 싫어해서 초 지역의 순무 왕지원王之垣에게 뜻을 비추었고, 순안어사 곽사극郭思極이 그를 법으로 다스렸다. 하심은이 매번 호언하며 강릉을 떠나 어려움을 피하고자 했고 그 무리들이 모두 그를 신뢰했는데, 이 때문에 화를 불렀다. 이후에 붙잡혀서 무원현婺源縣으로 도망갔는

데, 어사 곽사극의 포졸이 그를 쫓아가 나중에 어사 조승趙崇이 하심은의 원한을 잘 소송해서 순무와 순안어사에게 죄를 돌리려고 했지만 황상께서 하심은의 죄는 죽어 마땅하다 여기시어 들어주지 않으셨다. 조승이 하심은은 장강릉과 본래 함께 수학하던 오랜 친구입니다"라고 하며 와전된 것이라고 썼지만 만나서 서로 알고 지내는 사이는 아님을 알수 있다.

○ 장강릉은 강학을 가장 싫어해 치를 떨었는데, 서화정이 엄격하게 여기는 일이라 유독 모여서 강학하면 화난 기색이 역력했으니 어찌 어리석고 거짓된 이들과 도를 논하려 했겠는가. 당시 초지역 사람 공부상서 이유자李幼滋가 마침 장강릉의 막부에 손님으로 비밀리에 들어왔는데, 평소 강학을 할 때 하심은에게 무시당했기 때문에 장강릉의 노함을 빌어 그를 공격했다. 또 경초동 역시 하심은과 돈독한 사이여서 일찍이 왕중승이 죽음을 대속하길 권했지만 왕중승이 따르지 않았다. 그 후 이탁오가 특히 그를 좋아해 칭송했기 때문에 심사명沈四明에게 죄를 얻어 화를 당한 것 또한 비슷하다.

원문 邵芳

邵芳者, 號樗朽, 丹陽人也. 穆宗之三年, 華亭新鄭, 俱在告家居. 時廢棄諸公, 商之邵, 欲起官, 各釀金合數萬, 使覓主者. 邵先以策干華亭, 不用, 乃走新鄭謁高公. 初猶難之, 旣見置之坐隅, 語稍洽, 高大悅, 引爲上

賓, 稱同志. 邵遂與謀復相, 走京師, 以所聚金, 悉市諸瑰異, 以博諸大璫
歡. 久之乃云, "此高公所遺物也. 高公貧, 不任治此奇寶. 吾爲天下計,
盡出橐裝, 代此公爲壽." 時大璫陳洪, 故高所厚也, 因賂司禮之掌印者,
起新鄭於家, 且兼掌吏部. 諸廢棄者以次登啓事, 而陳洪者, 亦用邵謀,
代掌司禮印矣. 時次相江陵, 稔其事, 痛惡之, 及其當國, 授意江南撫臺[97]
張崐峽佳胤, 誘致獄, 而支解之. 時張弇欲殄其祀, 邵有壻沈湛源, 名應
奎者, 文士而多力, 從其家重圍中, 挾邵二少子於兩膊, 踰垣以出, 而守
者不覺也. 沈亦奇士, 今以乙榜爲國博, 與余善.

○ 初, 邵在耿司徒楚侗[98]坐中, 聞有客至, 避之軟屛後, 潛窺之. 旣出,
問耿曰, 來客爲誰. 耿曰, 此江陵張太史也. 邵長歎曰, 此人當爲宰相, 權
震天下. 此時余當死其手. 後果如所言. 又金壇于中甫比部爲余言, 邵於
書室, 另設一小屋, 榜曰, "此議機密處, 來者不到擅入." 此等舉動, 安得
不敗? 邵與呂光[99]同時而先死, 呂數年前尙無恙, 弇州紀耿楚侗座客事,
屬之何心隱, 蓋記憶偶誤. 然心隱亦江陵所深嫉, 因示意楚撫王之垣, 按
臣郭思極, 寘之法. 心隱每大言, 欲去江陵不難, 其徒皆信之, 以此媒禍.
後聞見收, 逃至婺源縣, 而郭御史之捕卒追討縛之. 後御史趙崇善訟心隱

97　撫臺 : 순무巡撫의 별칭.

98　耿司徒楚侗 : 명대 후기의 대신이자 문학가인 경정향耿定向, 1524~1596을 말한다. 그의
　　자는 재륜在倫 혹은 자형子衡이고, 호는 초동楚侗이며 천대선생天臺先生이라고도 부른
　　다. 호광湖廣 황안黃安 사람이다. 가정 35년1556에 진사가 되어, 행인, 어사, 대리시
　　승, 형부시랑, 남경우도어사, 호부상서 등의 벼슬을 지냈다. 대학사 고공을 비판해
　　횡주별관으로 좌천되기도 했다.

99　光 : '광光'자는 앞의 여광呂光 조목에 근거해 보충했다光字據前呂光條補 【교주】

冤, 欲反坐撫按罪, 上以心隱罪自當誅, 不聽. 趙疏云, "何與江陵本講學舊友." 雖屬訛傳, 然非邂逅相識可知矣.

○ 江陵最憎講學, 言之切齒, 卽華亭其所嚴事, 獨至聚講, 卽艴然見色, 豈肯與一狂妄布衣譚道. 時楚人李幼滋爲工部尚書, 正江陵入幕密客, 素以講學爲心隱所輕, 故借江陵之怒以中之. 又耿楚侗亦厚心隱, 曾勸王中丞貸其死, 而王不從. 其後李卓吾[100]尤喜稱之, 故得罪四明, 受禍亦略同.

---

100 李卓吾 : 명나라 때의 관리이자 사상가인 이지李贄, 1527~1602를 말한다. 회족回族으로 본성은 임林이고, 이름은 재지載贄이나, 나중에 이지李贄로 개명했다. 자는 굉보宏甫이고, 호는 탁오卓吾, 온릉거사溫陵居士, 백천거사百泉居士이다. 중세 자유학파自由學派의 시조이자 태주학파泰州學派의 1대 종사宗師이다. 가정 31년1552 거인擧人 출신으로, 공성지현共城知縣, 국자감박사國子監博士, 요안지부姚安知府 등의 벼슬을 역임했다. 벼슬을 그만둔 뒤에 황안黃安, 마성麻城에 거주하며 학문에 힘썼다. 만년에 무고로 하옥되어 자결했다. 저서로 『분서焚書』, 『속분서續焚書』, 『장서藏書』 등이 있다.

고신정이 인재 선발을 관장할 때 법사法司가 중죄인을 회심會審했는데, 의도적으로 왕금王金의 옥사를 바로잡아서 옛 재상 서화정을 모함하려고 했다. 이에 "신은 수규로써 총재冢宰의 일을 행하고 있으니 마땅히 가서 평의하겠습니다"라고 자청했다. 왕금 사건이 잘못되었다고 철저히 논하면서 이렇게 말했다. "일을 논하는 자들이 선제의 말을 빌려 왕금 등이 조약燥藥과 단약丹藥을 바쳐 대행께서 잘못 복용하게 했고 또 사향麝香과 부자附子 같은 열을 내는 약재를 썼으며 백화주를 마시게 해 단전에 열이 나 마침내 옥체를 손상시켰습니다. 이처럼 선제를 속여서 천지 고금에 큰 변고를 일으켰으니 하루 속히 원통함을 밝혀야 합니다." 그 말이 매우 분명했으므로, 황상의 뜻을 얻어 다시 심문해서 왕금은 결국 가벼운 죄로 처벌되었다. 고신정의 의도는 주로 옛 원한을 푸는 데 있었지만 애초에 왕금이 황제를 시해하려 했는데도, 서화정이 정권을 잡고서도 결과가 신중하고 확실하지 않았다는 것을 고신정이 말한 것이다. 목종이 관대하고 인자해서 깊이 따지지 않았다. 목종께서 승하하셨을 때 차규 장강릉이 사례감인 태감 풍보를 이용하자, 고신정의 상황이 매우 위태로워져 상소의 초고를 마련해 사이가 돈독한 문하생 도급사중都給事中 정문程文과 송지한宋之韓 등에게 공식적으로 풍보를 탄핵하게 했다. 그 첫 번째 항목에서 "풍보가 진액津液을 말리는 약을 사사로이 올려서 옥체를 상하게 해 선제께서 마침내 승하하시게 되었습니다"라고 했다. 또 홍치 18년 태감 장유張瑜가 약이 되는 음식을 잘못 올려 효황제의 옥체를 상하게 해 장유가 참형에 처한 일을 근거로 들었다. 황상께서 마음에 두셨고 고신정이 쫓겨났다. 약을 잘못 쓴 것이 세종 때에는 확증이 없다고 여겨졌고, 선제 때에는 확증이 있다고 여겼는데, 두 상소가 모두 수록되어 있지만 분명히 그의 손에서 나왔으니 또 어째서인가? 하나는 복수를 위한 것이고 다른 하나는 핍박을 피하기 위해서였으므로 말에 모순이 있지만 깨닫지 못해 마침내 식자들에게 들켰다.

○ 고신정이 판결을 주재한 것은 융경 4년 9월이었다. 이듬해에는 또 핑계를 대고 병부의 일을 관장하던 이부상서 양의襄毅 양박楊博에게 그 일을 돌렸다. 판결에 이미 관심이 없었던 듯하다.

원문 **新鄭論事矛盾**

新鄭掌銓[101], 適當法司[102]會審重犯, 意欲平反王金之獄, 以陷故相徐華亭, 乃自請云, 臣以首揆行冢宰之事, 宜往讞. 因極論王金一案爲非, 云, "議事者, 假先帝爲辭, 謂金等進燥藥丹藥, 致大行誤服, 又用麝香附子熱藥, 及百花酒喫飮, 丹田發熱, 遂損聖體, 如此誣罔先帝, 爲天地古今大變, 亟宜昭雪." 其言甚辨, 得旨再問, 而王金竟得末減矣. 新鄭之意,

---

101 掌銓 : 인재 선발을 관장하다.
102 法司 : 사법과 형벌을 관장하던 관서 또는 사법관을 말한다.

雖主於修舊怨, 然初擬弒逆, 則華亭當國, 亦果未詳確, 使高得借以爲詞. 賴穆宗寬仁, 不深究. 及穆宗升遐, 江陵爲次揆, 用馮保掌司禮印, 新鄭形勢已危, 乃具疏草, 令所厚門人都給事程文宋之韓等, 公劾馮保. 其第一款卽云, "保私進邪燥[103]之藥, 以損聖體, 先帝遂至彌留." 又引弘治十八年, 太監張瑜誤進藥餌, 致損孝皇, 張瑜問斬爲據. 疏上留中, 而高逐矣. 夫誤藥一也, 在世廟, 則確證以爲無. 在先帝, 則確證以爲有, 且二疏俱刊集中, 明著俱出其手, 又何也? 蓋一報仇, 一去偪, 故出言矛盾而不自覺, 遂爲有識者所窺.

○ 高公主筆審決, 在隆慶四年九月. 至次年, 則又托詞, 歸其事于吏部尙書掌兵部楊襄毅博矣[104]. 蓋讞決中, 已無所關心也.

---

103 邪燥 : 한의학에서 말하는 사람의 진액을 소모시키는 나쁜 기운이나 약성.

104 楊襄毅博 : 중화서국본과 상해고적본 『만력야획편』 모두에 '양양민박楊襄敏博'으로 되어 있다. 하지만 융경 연간에 이부상서로서 병부의 일을 관장한 양박楊博의 시호는 '양의襄毅'다. 『명목종실록』, 『명신종실록』, 『명사』 「列傳第一百二」에 근거해 '양양의박楊襄毅博'로 수정했다. [역자 교주] ◉ 양박楊博, 1509~1574은 명나라 융경 연간에 이부상서로서 병부상서를 겸임했으며, 시호는 양의襄毅다.

융경 연간 고신정이 다시 기용되어 수규로써 인재 선발을 관장해 옛 재상 서화정에게 원한을 풀었다. 당시 강남 순무巡撫 해충개海忠介는 권세를 믿고 횡포를 부리는 자들을 제압하는 것을 자신의 소임으로 여겼다. 이전 소주지부蘇州知府 채국희蔡國熙는 예전부터 재주로 이름이 났는데 강학講學으로 서화정에게 인정을 받아 제자로 불렸는데 고신정의 휘하에 들어가 서화정의 일을 처리하며 실력을 보이기를 원했다. 마침내 소송蘇松 병비兵備로 기용되자 크게 고발해 서화정의 세 아들이 모두 평민이 되어 수자리를 가게 되었다. 한집안처럼 지내던 동향 사람의 아들 정헌廷韓 막운경莫雲卿과 동지同知로 사직한 이선履善 원복징袁福徵이 각각 중개인을 자처하며 수백 냥의 금을 협박해 얻어냈는데, 막운경은 경서에 밝아 좋은 것을 선택했고 원복징은 집에 있다가 관직을 맡아 나갔다. 금상께서 등극하시자 고신정이 쫓겨났고 서화정의 일이 바로 해결되었다. 막운경과 원복징은 모두 뛰어나다는 칭호를 업고 세상에 알려졌는데, 이 일은 고향의 평가로 된 것은 아니다. 막운경은 제생諸生으로 생을 마쳤고, 원복징은 후에 당부唐府의 장사가 되었다가 사건에 연루되어 벼슬을 빼앗겼으며 징역형을 받고 집으로 돌아가 건강하게 잘 먹고 마시며 장수했다. 원복징은 말년에 금릉金陵을 유람했는데 당시 좨주祭酒 풍구구馮具區가 젊은 시절 원복징의 아들들과 같이 모여 잘 지낸 터라 이에 연줄을 대달라고 부탁했지만 풍구구가 원복징의 말을 다 따를 수 없자 소문을 만들어 그에게 맞춰주었다. 형부 구양歐陽씨의 백간白簡은 그의 필적이다. 그는 대체로 재주가 높고 시기를 잘하는 성격인데 나이가 들어서도 여전히 그러했다. 고향에 거할 때도 육문정陸文定을 시기해 배척했는데 육문정은 끝내 상대하지 않았다. 하지만 그의 재치 있고 민첩함은 그 시대에 대적할 자가 드물었으며, 시를 지으면 기이하고 빼어난 어구가 많았다. 또 잠깐 사이에 수백 마디를 하며 담소하고 풍류를 즐기는 일은 나중에도 그에 비견할 이가 보이지 않는다. 그와 같은 해에 진사가 된 왕엄주王弇州도 입으로는 승복하지 않지만 마음으로는 그에게 승복했다.

원문 **華亭故相被脅**

隆慶間, 高新鄭再起, 以首揆領銓, 修怨華亭故相. 時海忠介撫江南, 以翦抑豪强爲己任. 而前蘇州知府蔡國熙, 故有才名, 以講學受知於華亭, 稱弟子, 至是入新鄭幕, 願治徐事自效. 遂起爲蘇松兵備, 大開告訐[105], 徐三子俱論戍爲氓. 同鄉通家子莫廷韓雲卿[106]致仕同知袁履善福徵[107], 各以居間自任, 脅得數百金, 莫以明經優選, 袁卽家補官出. 而今

---

105 告訐 : 피해자가 아닌 사람이 남의 잘못을 관官에 알리다.
106 莫廷韓雲卿 : 명나라의 문학가이자 서화가인 막시룡莫是龍, 1537~1587을 말한다. 막시룡의 자는 운경雲卿 또는 정한廷韓이고, 호는 추수秋水, 후명後明, 옥관산인玉關山人, 허주사虛舟子다. 이름보다 '운경'이라는 자로 행세했다. 남직례 송강부 화정 사람이다.
107 袁履善福徵 : 명나라 후기의 관리 원복징袁福徵, 생졸년미상을 말한다. 원복징은 명나라 송강부 화정 사람으로, 자는 이선履善이고 호는 태충太沖이다. 가정 23년1544 진사가

上登極, 高逐去, 徐事立解矣. 莫袁俱負俊稱, 知名當世, 此擧頗不爲鄉評所與. 莫終諸生. 袁後爲唐府長史, 坐事褫職, 問徒[108]歸家, 老壽健飮啖. 暮年游金陵, 時馮具區[109]爲祭酒, 馮少時故與袁諸子同社相善, 至是有所關說[110], 馮不能盡從, 因搆飛語中之. 歐陽比部白簡, 卽其筆也. 蓋才高性忮, 至老猶然. 居鄉與陸文定亦齟齬, 陸終不較. 然其警敏實一世少敵, 爲詩多奇俊語. 又頃刻數百言, 談笑風流, 後來未見其比. 王弇州其同年進士也, 亦口刺而心服之.

되어 형부주사에 제수되었는데 나중에 남양왕부南陽王府의 장사로 좌천되었다.

108 問徒 : 징역에 처해지다.

109 馮具區 : 명나라의 유명한 불교거사이자 시인인 풍몽정馮夢禎을 말한다. 구구具區는 그의 호다.

110關說 : 중간에서 남에게 좋은 말을 해주다. 연줄을 대다.

번역 공식적인 상소로 공격도 하고 보호도 하다

융경 말년 서화정이 어사 제강齊康에게 공격당한 것은 사실 고신정이 시킨 것이다. 당시 사람들이 마음이 서화정에게 있었기 때문에, 두 사람이 결탁해 수규를 내쫓을 상황을 꾀했다. 중앙 각 부의 장관과 급사중, 어사들이 공식적인 상소와 개인 상소를 써서 힘을 합쳐 고신정을 공격해 서화정을 보호했다. 호부는 상서 갈단숙葛端肅이 유독 상소를 올리려 하지 않아서, 시랑 유자강劉自強이 관인官印 없이 상소를 써서 올렸다. 고신정은 떠나고 서화정이 남게 되었다.

융경 6년 선제께서 매우 편찮으셨는데, 급사중 조대야曹大野가 고신정을 공격한 것은 장강릉이 시킨 것이다. 이에 6과와 13도에서 각각 공적인 상소와 개인 상소를 썼고, 중앙 각부의 장관들은 각각 공적인 상소를 준비해 조대야가 수규를 모함한다고 탄핵하면서 암암리에 장강릉을 공격했다. 조대야가 폄적되어 떠나자 장강릉은 매우 두려웠지만, 마침내 황제의 조서로 고신정을 쫓아내고 나랏일을 맡게 되었다. 하나의 고신정을 두고 공격하기도 하고 보호하기도 한 것은 모두 확정된 의견이 아니라 그저 모두 형세에 휩쓸린 것이었다. 고신정은 성품이 거칠어 공격도 받고 보호도 받았지만 모두 그 자리를 보전하지 못했다. 그 후 정축년에 장강릉이 탈정奪情을 하고 경진년에 벼슬에서 물러나기를 청했는데, 온 조정에서 미친 듯이 그를 보호하지 않는 사람이 없었으니, 또한 추한 아첨에 구역질이 난다.

攻保公疏

　隆慶末年, 華亭爲御史齊康所攻, 實受新鄭旨也. 當時人心向徐, 因發
兩人交搆, 謀逐首揆狀. 至大小九卿[111]給事御史, 有公疏, 有私疏, 合力
攻高以保徐. 至戶部, 則葛端肅爲尙書, 獨不肯上. 而侍郎劉自强, 爲白
頭[112]疏上之. 高去, 而徐得留矣.

　至隆慶六年, 先帝已不豫, 而給事曹大野攻新鄭, 則受張江陵旨也. 於
是六科十三道, 各有公私本, 大小九卿, 則各具公疏, 劾大野誣陷元輔,
而暗攻江陵. 大野謫去, 江陵大懼, 遂以中旨逐高, 而江陵當國矣. 一高
新鄭也, 攻之, 保之, 俱非定論, 特皆爲勢所怵. 而高性粗疎, 前攻後保,
皆不得安其位. 至其後也, 丁丑江陵之奪情, 庚辰江陵之乞身, 無人不保,
舉朝如狂, 又詔穢令人嘔噦矣.

---

111 九卿 : 중앙행정 장관의 총칭. 명대의 구경은 대구경大九卿과 소구경小九卿으로 나뉜
　　다. 대구경은 육부상서六部尙書인 이부상서, 호부상서戶部尙書, 예부상서, 병부상서,
　　형부상서刑部尙書, 공부상서工部尙書와 도찰원도어사都察院都御史, 통정사사通政司使, 대
　　리시경大理寺卿이다. 소구경은 태상시경太常寺卿, 태복시경太僕寺卿, 광록시경光祿寺卿,
　　첨사詹事, 한림학사, 홍려시경鴻臚寺卿, 국자감좨주, 원마시경苑馬寺卿, 상보사경尙寶司
　　卿이다.
112 白頭 : 서명이 없거나 관인이 없는 것을 말한다.

번역 재상을 지켜내다

　재상을 지켜내는 일은 자주 보이는 일은 아니다. 융경 연간 초에 서화정을 지킨 일들이 많이 있었지만, 고신정과 함께한 자들은 다툼으로 얽혀 그를 일방적으로 비호했다. 만력 연간 정축년에 장강릉의 탈정 사건이 일어났을 때 그를 지켜낸 일은 기이하지만, 오히려 오감래吳甘來, 조가위趙嘉煒, 심운조沈雲祚, 애오정艾吾鼎 등이 공격해 재상의 자리를 떠나게 했다고 말한다.

　경신년에 장강릉이 병이 깊어 고향으로 돌아갈 것을 간구하자 황상께서 또한 마음으로 감동하셨다. 이때는 대혼사가 있은 지 3년이 지난 해로, 자성황후께서도 권력을 돌려주시고 회궁하셨는데, 황상께서 약관을 바라보는 나이여서 막 권력을 장악하실 때였다. 그래서 그의 청을 들어주셨으니 군주와 신하가 시종일관 서로 저버리지 않았다고 할만하다. 그런데 중앙 각부의 장관으로 이부상서 왕국광王國光 등과 태상경 음무향陰武鄉 등은 각각 공적으로 그를 유임하라는 상소를 올렸다. 언관으로 이과도급사중 진요秦燿 등과 산서도어사 수상帥祥 등도 관부를 합해 그를 지켜낸 것은 어째서인가? 해를 넘긴 뒤에도 병으로 일어나지 못했고 사후에 크게 욕을 당했으니 또한 어찌 여러 공들이 재차 그에게 오명을 씌워 황상을 모시는 발단으로 삼은 것이 아니겠는가? 이러한 기풍이 계속되다가 바뀌었는데 벌써 30여 년이나 지났다.

　계축년 회시가 있었는데 복청福淸 섭향고가 홀로 재상이 되자 황상께서 회시를 주관하라 명하셨다. 섭복청은 애초에 사양할 마음이 없었고, 전직 어사인 대리승 밀소密所 주오필朱吾弼이 일을 맡으라고 특별히 상소를 올렸는데, 그의 언사에 아첨이 거의 없어서 보는 자들이 놀라워했다. 그런데, 당시 재상들은 사방의 돌아가는 물정을 보고도 감히 바로잡는 자가 없었다. 어사 천승天承 팽종맹彭宗孟은 노골적으로 그를 탄핵하는 장주를 올려 붉은 글씨로 "재상은 마침내 성지를 따라 스스로 삼가며 간신은 아첨을 바쳐 수치를 견딘다고들 한다"고 썼다. 상소를 처리하지는 않았지만 주오필이 내심 부끄러워하며 문을 닫아걸고 돌려 받들어 그를 차출했고, 다음 해에 섭복청 또한 정치를 그만두었다. 주오필이 남대와 북대를 역임하며 훌륭한 공적을 이루었다. 이 상소가 꼭 악의가 있는 것은 아니었지만 모든 일이 다소 상식을 벗어나니 식자들이 믿지 못했다.

○ 주오필은 명을 받고 책봉을 위해 번부로 갔는데 책봉의식에 법관이 없는 것은 주필오가 이때 파견되어 처음으로 행한 일이다. 아마도 주오필은 집에서 관직에 임명된 지가 오래 되어서 조정의 대열에 들어갈 염치가 없었는데, 조정에서 이번 파견을 빌어 그의 체면만은 완곡하게 살려준 것 같다.

원문 **保留宰相**

保留宰相, 事不經見. 惟隆慶初, 留徐華亭者最多, 然以與高新鄭者爭

構, 有左右袒也. 萬曆丁丑, 至江陵奪情, 保留則怪矣, 然猶曰吳趙沈艾
等攻之使去位也.

庚辰年, 江陵已病, 其求歸甚懇, 主上亦爲心動矣. 時大婚已三年, 慈
聖亦久歸政回宮, 聖齡將弱冠, 正太阿在握之時. 使其得請, 可謂君臣終
始, 兩無負矣. 而大小九卿, 則吏部尚書王國光等, 太常卿陰武鄕等, 各
公疏留之. 言路, 則吏科都給事中秦耀等, 山西道御史帥祥等, 亦合衙門
保留何也? 踰年後病不起, 身後旋受大僇, 亦豈非諸公再誤之, 使上有驂
乘之萌乎? 此風久革, 已三十餘年.

至癸丑南宮試, 福淸[113]獨相, 上命主會試. 福淸初無意辭, 有大理丞前
御史朱密所吾弼[114]特疏勸駕, 語微涉諛, 見者駭愕. 然以時相方爲物情
所歸, 無敢糾之者. 御史彭天承宗孟露章彈之, 其殊語云, "輔臣遵旨自
恪, 邪臣獻媚堪羞云云." 疏雖留中, 而朱內愧閉門, 旋奉差去, 次年福淸
亦謝政. 朱歷南北兩臺, 所至有聲績. 此疏未必有他腸, 而擧事稍出格,
遂不爲識者所諒.

○ 朱奉差以冊封藩府行, 自來慶典, 無有法官者, 朱此差實爲創見. 蓋
朱註籍[115]旣久, 無顔入班行, 政府借此差, 曲全其體面耳.

---

113 福淸 : 명나라 만력 연간과 천계 연간에 내각수보를 지낸 섭향고葉向高를 말한다.
114 朱密所吾弼 : 명나라 만력 연간의 관리 주오필吾弼, 생졸년 미상을 말한다. 그의 자는
    해경諧卿이고, 광동 고안 사람이다. 만력 17년에 진사가 되어 영국추 대리우승 등
    을 지냈다. 사직하고 지내다가 천계 연간 초에 남경태복시경이 되었는데, 어사 오
    유중에 의해 탄핵당했다. 저서로는 『묵림만고墨林漫稿』 등이 전해진다.
115 註籍 : 책에 기록되어 집에서 관직을 임명받는 것.

융경 연간 원년에 북경과 남경의 과도관, 중앙 각부의 장관들이 서
화정을 위해 신정 사람 소보 고중원高中元을 공격해 스물여덟 번의 상소
를 올리자 고중원이 조정을 떠났다. 하지만 결국 그의 뛰어난 재주를
없앨 수는 없었다. 금상 을미년에 과도관이 손부평孫富平을 위해 수수秀
水 사람 사마 심계산沈繼山을 공격했는데, 역시 스무 번이 넘는 상소를
올리자 심계산이 조정을 떠났지만 결국 그의 굳은 절개를 가릴 수는
없었다. 최근 정미년과 무신년 사이에 언관들이 다시 회무淮撫 이삼재李
三才를 위해 각학閣學 이구아李九我와 옛 재상 소부 왕형석王荊石을 공격해
각각 열 개가 넘는 상소를 올렸는데, 왕형석은 끝내 부름에 응하지 않
았고 이삼재는 마침내 6년간 두문불출한 후 떠났지만 결국 왕형석과
이삼재의 청렴한 지조를 더럽힐 수는 없었다. 대개 일시에 한목소리로
의견이 같아 마치 거세고 빠른 비바람이 몰아쳐도 시간이 오래 지나면
자연스럽게 맑고 밝아지는 것과 같다. 만물의 이치가 정해진 것이니 진
실로 죽음을 기나릴 필요가 없다.

일을 논하는 자들은 반드시 득실을 따져 움직이면 황상께서 청을 들
어주셨다. 정미년과 무신년 간에 이구아가 종백이 되었고 차규 남저南
渚 조세경趙世卿이 사마가 되었는데, 진실로 둘 다 청렴결백했지만 말하
는 자들이 뇌물을 받았다고 그들을 모욕하는 지경에 이르렀다. 주상께
서 원래 두 사람의 높은 절개를 중히 여기시어 마음을 두신 지 가장 오

래되어 이런 상소를 보시고는 바로 웃어넘기셨을 뿐이었다. 어찌 능히 황상의 의중을 바꿀 수가 있었겠는가? 또 태사 초약후焦弱侯가 한낱 나이 든 강직한 서생에 불과한데 정유년에 탄핵당할 때 급사중 초 땅 사람 조대함曹大咸이란 자가 왕망王莽, 조조曹操, 사마의司馬懿, 환온桓溫을 빗대어 말하고 그의 실체를 알면서 몰래 비웃었다. 그러니 더더욱 누가 그 사실을 믿었겠는가? 또 진강晉江 이구아를 탄핵한 여러 상소에서 왕왕 그의 편벽된 학문과 비틀어진 아집이 완전히 왕개보王介甫와 같다고 지적했다. 안타깝도다! 왕개보 또한 얼마나 고집불통이었는가?

<mark>원문</mark> **大臣被論**

隆慶初元, 兩京科道, 以及大小九卿, 爲徐華亭以攻新鄭高中元少保, 凡二十八疏而高去. 究竟不能沒高之雄才. 今上乙未, 科道爲孫富平, 以攻秀水沈繼山司馬[116], 亦不下二十疏而沈去, 究竟不能掩沈之勁節. 近日丁未戊申間, 言官復爲李淮撫, 以攻李九我閣學, 幷及故相王荊石少傅, 各不下數十疏, 王終不應召, 李遂杜門六年而後行, 究竟不能汚王李之淸操. 蓋一時同聲附和, 正如飄風疾雨, 久之天日自然淸明. 物論之定, 固不待蓋棺也.

○ 言事者, 須得實, 方動上聽. 如丁未戊申間, 李九我之爲宗伯, 次揆趙南渚世卿之爲大司農, 眞是兩袖淸風, 而言者至以簠簋巇之. 主上素重

---

116 秀水沈繼山司馬 : 명나라 후기의 관리 심사효沈思孝를 말한다.

二人冰蘖, 簡注最久, 見此等疏, 直一笑置之耳. 安能轉移聖意哉? 又如
焦弱侯太史[117], 不過一木強老書生, 丁酉年被劾時, 給事楚人曹大咸[118]
者, 至目爲莽操懿溫, 徒取有識掩口. 更誰信之? 又彈李晉江諸疏, 往往
指其學問之僻, 執持之拗, 全是王介甫[119]. 嗟乎! 介甫亦何可輕許人哉?

---

117 焦弱侯太史 : 명 만력 연간의 관리이자 학자인 초횡焦竑을 말한다.
118 趙大咸 : 조대함趙大咸, 1555~1613은 명 만력 연간의 관리다. 그의 자는 원화元和이고 호
　　는 익야翼野이며, 호광 강릉 사람이다. 만력 14년 진사가 되어 염성지현, 산양지현,
　　예과급사중 등의 벼슬을 지냈다. 좌도어사 조남성의 모함으로 대주代州로 좌천되
　　었고 이후 사직했다.
119 王介甫 : 북송의 유명한 정치가 왕안석王安石을 말한다.

내각의 사륜부는 황제의 성지의 초고라고 예부터 전해진다. 황상의 언사가 중요하든 그렇지 않든 모든 것을 기록해 훗날 대조하도록 대비했다. 금상 초년에 풍당이 장강릉과 함께 사륜부를 숨겨 속이고 기만한 흔적을 없앴다는 말이 들린다. 혹자는 "정덕 초년에 이미 유근과 장채에 의해 사륜부가 숨겨진 지 오래되었다"고 말한다.

갑신년 어사 악남岳南 담희사譚希思 그 소문을 주워 듣고 상소를 올려 사륜부의 행방을 조사해 이전의 상태로 돌려두기를 청했다. 내각에서 상소의 내용을 판별해 원래 이런 사륜부는 없으니 애초에 이런 말은 들어본 적도 없다고 했다. 황상께서 담희사가 한 말의 근거를 따져 물으시며 즉시 답하라 명하셨다. 담희사 또한 그저 소문을 듣고 억측한 것이라 대답하니 중죄로 폄적되었고, 사륜부의 유무는 결국 알 길이 없었다. 그러나, 황상의 말씀으로 칙서를 초안했으니 오히려 반드시 초고를 보존해야 한다. 어찌 황상께서 처분을 내리시어 처음의 초고를 가까운 신하들에게 맡기셨는데, 초안 항목들에서 한 글자도 남기지 않았는가? 나중에 누가 그것을 따르며 누가 그것을 바로잡고 또 어떻게 그것을 분별하겠는가? 하물며 육과의 대신들이 모두 성지의 초안을 베껴썼으니 내각에 관련된 전례가 없어도 특별히 이 사륜부를 두는 것이 또한 마땅하다.

○ 문각공文恪公 왕오王鏊의 『진택장어震澤長語』에는 "이전에 육염 백陸廉伯이 사륜부가 여릉의 문정공 양사기楊士奇에 의해 숨겨졌다고 말하는

걸 보았다"라고 되어 있다. 이후에 문각공이 내각에 오르니 저본이 모두 존재했지만 사륜부라고 부르지는 않았다. 이 이야기가 전해져 가정 연간 초에 언관이 이 설을 따라 "문정공 양사기가 탈정을 모의해 이 사륜부를 왕진에게 바치고 심지어는 문연각의 인장이 또 사례감에게 빼앗겼다고 했다"고 말했다. 사륜부와 문연각 인장의 소재를 조서에서 묻고 언관들이 스스로 자진해서 돌려주도록 하고는 언관들이 죄를 인정하자 그쳤다. 그러므로 소위 사륜부란 역시 전해지는 소문이며 이런 명칭이 꼭 있었던 것은 아니다. 풍당과 재상 장강릉이 숨겼다고 하는 것도 어쩌면 허무맹랑한 설이다. 또『천순일록天順日錄』에는 "무공백 서유정이 탈문의 변을 일으켜 영종께서 황위에 복귀하셨는데, 서유정은 사륜부를 빼내어 내각에 돌려줬다"라고 되어 있다. 이것이 비록 이문달이 한 말이지만 근거가 없고, 문달공 이현과 문각공 왕오가 모두 재상의 자리에 올랐지만 이처럼 말이 다르다.

원문 **絲綸簿**[120]

向傳閣中有絲綸簿, 爲擬旨底本. 無論天語大小, 皆錄之, 以備他日照驗. 聞上初年, 爲馮瑢共江陵相匿之, 以滅其欺妄之跡. 或云, "正德初年, 已被劉瑾張綵藏去久矣."

甲申年, 御史譚岳南希思[121]耳剿其說, 遂疏請查簿下落, 以還舊規. 閣

---

[120]絲綸簿 : 황제가 내린 조칙의 초고를 모아둔 책자.

中疏辨, 謂從無此簿, 亦初不聞其說. 上詰譚此語所從來, 令卽回話. 譚亦祇以傳聞臆對, 因重貶去, 簿之有無, 總不可知. 然代言視草[122], 尙須存藁. 豈有聖斷處分, 寄草創於近弼, 而條擬本案, 不留一字. 他日誰爲將順, 誰爲規正? 又何從辨之? 況六科俱有抄旨底案, 則閣中雖無故事, 特設此一簿亦宜.

○ 按王文恪公『震澤長語』云, 向見陸廉伯, 云, "絲綸簿. 爲廬陵楊文貞公所匿." 後文恪進內閣, 則底稿俱在, 但不名絲綸簿耳. 此語旣傳, 嘉靖初, 言官祖其說, 謂, "楊文貞謀奪情, 以此簿奉王振, 甚者謂文淵閣印, 亦爲司禮所奪." 詔問簿與印所在, 令言者自來追還之, 言者伏罪乃已. 然則所謂絲綸簿者, 亦傳聞之說, 未必有此名也. 至謂爲馮璫張相所匿, 抑又夢中說夢矣. 又『天順日錄』[123]云, "徐武功有貞[124]奪門, 英宗復辟, 徐究出絲綸簿歸內閣." 此雖李文達之言, 然無所據, 文達文恪, 俱官揆地, 而言之不同如此.

---

121 譚岳南希思 : 담희사譚希思, 1542~1623는 명 만력 연간의 관리다. 그의 자는 자성子誠이고 호는 악남岳南이며, 질당秩堂 비당毗塘 사람이다. 만력 2년1574 진사가 되어, 만안지현萬安知縣, 남경감찰어사, 상보사승, 대리시승, 도찰원우첨도어사, 사천순무 등의 벼슬을 지냈다. 감찰어사 시절, 환관의 정치 간여를 막고 언로를 확대하자는 건의를 했다가 권신들의 미움을 사, 지방관만을 전전했다.
122 視草 : 사신이 조서를 초안하는 일.
123 『天順日錄』: 절강 왕계숙汪啓淑 집안의 소장본으로, 명대의 이현李賢이 편찬했다.
124 徐武功有貞 : 명나라 영종 시기 내각수보를 지낸 서유정徐有貞을 말한다.

송대의 재상에게는 모두 시정기時政記가 있는데, 당시 군신 간에 의견을 교환한 말부터 국가 개혁과 인재 기용에 이르기까지 기록하고 있어, 천자의 언행을 기록한 글에서 빠진 부분을 보완할 수 있다. 예를 들어 왕안석王安石의 실록이 채변蔡卞에게 주어져, 국사를 다시 편찬하게 되자 집필했던 옛 신하들을 다 고친 것도 그것이 남긴 폐해다. 이강李綱에게는 정강靖康 연간과 건염建炎 연간의 시정기가 있는데, 비록 두 차례 재상을 지내며 재임한 날이 많지는 않지만 기록한 내용이 매우 완비되어 있다. 예를 들어 요평중姚平仲이 금나라 군영을 기습한 사건은 세상 사람들이 모두 이강이 주모한 탓으로 돌리는데, 지금 기록 중에 흠종欽宗의 친필 서한이 수록되어 있어 지난 일이 다시 매우 분명해졌다. 그런데 이강이 억울한 누명을 썼다는 사실은 이 책이 아니면 밝힐 수 없었으니, 얻은 것과 잃은 것이 반반이다.

현 왕조에는 시정기는 없지만, 양사기[楊士奇, 시호는 문정文貞]의 『삼조성유록三朝聖諭錄』, 이현[李賢, 시호는 문달文達]의 『천순일록天順日錄』, 이동양[李東陽, 시호는 문정文正]의 『연대록燕對錄』, 이시[李時, 시호는 문강文康]의 『소대록召對錄』에서 모두 정권을 잡고 있던 시기의 여러 일들을 기록하고 있는데 송나라 사람들의 것만큼 상세하지는 않다. 팽문헌彭文憲의 필기는 다룬 내용이 너무 적어 취할 만한 것이 없다. 이외에는 재상이 이런 책을 쓴 일이 거의 보이지 않는다. 근래에 장거정[張居正, 시호는 문충文忠]도 『주대고奏對稿』가 있지만 모두 친필 상주문과 황상의 비답批答이 있을 뿐이고, 또 간혹 소대召對한 것이 한두 개 있지만 모두 아주 중요한 내용과는 관계가 없다. 아마도 장거정이 환관을 이용해 간혹 궁궐을 위협해, 문장에 드러낼 수 없는 일이 많았던 듯하다. 함께 무릎을 맞대고 좋은 정책을 의론한 일은 다 어디로 갔는지 한탄스럽다. 다만 서계[徐階, 시호는 문정文貞]의 『유대록諭對錄』 초본은 내가 어렸을 때부터 보고 싶어 했는데 최근에야 겨우 진미공陳眉公에게 빌려 읽을 수 있었다. 그 책의 분량은 양사기나 두 이공의 책보다 몇십 배가 되며, 조정과 재야의 승진 심사는 물론이고 의약, 도교 제례 의식인 재초齋醮, 후궁, 황상의 행차 등 권하고 간하지 않은 것이 없다. 열흘도 안 되어 다시 가져가서 손으로 베껴 쓸 시간도 없었는데, 지금 서계의 자손들은 그 책을 감추고 내놓지 않는다. 듣자 하니 장부경[張孚敬, 시호는 문충文忠]도 황상께 여러 국정에 대해 답한 것을 기록한 책이 있는데 그의 아들 장손업張遜業에게 주었다고 한다. 지금 장부경의 자손이 변변치 못하니 아마도 결국 흔적도 없이 사라져 버렸을 것이다.

○ 지금 영가공永嘉公 장부경의 『유대록諭對錄』도 몇 쪽이 세상에 전해지고 있는데, 다만 장연령張延齡을 구한 일을 기록하고 있을 뿐이다.

원문 **宰相時政記**

宋世宰相, 俱有時政記, 以記一時君臣可否商推之語, 以至軍國興革,人材進退亦及之, 可備記注[125]之缺. 如王安石之實錄, 授之蔡卞者, 至再撰國史, 盡竄執筆舊臣, 亦其遺害也. 若李綱[126]有靖康及建炎時政記, 雖兩當國柄, 爲日無多, 所記甚備. 如姚平仲[127]劫金人寨一事, 世皆罪綱主謀, 今記中載欽宗手札, 往復甚明. 然則忠定[128]受冤, 非此書莫能明也. 蓋得失相半焉.

本朝無時政記, 惟楊文貞士奇有『三朝聖諭錄』, 李文達賢有『天順日錄』, 李文正東陽有『燕對錄』, 李文康時[129]有『召對錄』, 俱記柄政時諸事, 而不如宋人之詳. 若彭文憲筆記, 則又寥寥無足採. 此外罕見宰相作此書矣. 近日張文忠居正亦有『奏對稿』, 但俱手疏, 及上批答耳. 亦間及一二召對, 俱非關大肯綮者. 蓋此公假借於中涓, 或要挾於禁掖, 不可見之楮墨者居多. 遂並造膝嘉謨, 盡付烏有, 可歎也. 惟徐文貞階有『諭對錄』抄本, 幼卽慕之, 頃始得從陳眉公[130]借讀. 其卷帙幾十倍西楊二李, 無論朝

---

125 記注 : 사관史官이 천자의 언행을 기록한 글.

126 李綱 : 이강李綱, 1083~1140은 북송 시기의 명신으로, 복건 소무邵武 사람이다. 그의 자는 백기伯紀이고, 호는 양계선생梁溪先生이며, 시호는 충정忠定이다. 정화政和 2년1112 진사가 되어, 태상소경太常少卿, 병부시랑兵部侍郎, 상서우승尙書右丞, 상서우복야尙書右僕射 겸 중서시랑 등의 벼슬을 역임했다. 정강靖康 원년1126 금나라 군대가 수도인 변경汴京을 공격해 올 때 천도를 반대하고 군민과 힘을 합쳐 적군을 격퇴했다. 송 고종高宗이 즉위하면서 재상으로 기용되어 내정 혁신을 도모했지만 77일 만에 파면되었다. 사후에 소사少師로 추증되었다.

127 姚平仲 : 요평중姚平仲, 약1099~?은 북송 인종 시기의 장수다. 오원五原 사람으로, 자는 희안希晏이다. 서부 변경의 대장이었던 요고姚古의 아들로, 18세 때 서하西夏와의 전쟁에서 큰 공을 세웠다. 무안군승선시武安軍承宣使, 선무사통제관宣撫司統制官, 경기선무사도통제京畿宣撫司都統制 등의 벼슬을 지냈다.

128 忠定 : 북송 시기의 명신 이강李綱을 말한다. 충정忠定은 이강의 시호다.

129 李文康時 : 명대 중기의 대신인 이시李時를 말한다.

野大計, 卽醫藥齊醮, 及宮闈御幸, 無所不獻替. 不旬日復取去, 不及手錄, 今徐氏子孫. 閟不出矣. 聞張文忠孚敬亦[131]有書記對揚諸大政者. 以付其子遜業. 今永嘉子孫微弱, 恐遂湮沒矣.

○ 今永嘉公[132], 亦有『諭對錄』數葉行世, 但記救張延齡一事耳.

---

130 陳眉公 : 명말의 유명한 문인이자 서화가인 진계유陳繼儒, 1558~1639를 말한다. 진계유의 자는 중순仲醇이고 호는 미공眉公 또는 미공麋公이며 송강부松江府 화정華亭 사람이다. 생원 출신으로 29세 때부터 곤산崑山에 은거했다가 나중에 동사산東佘山으로 옮겨 저술과 서화에 힘썼다.

131 亦 : '역亦'자는 사본에 근거해 보충했다.亦字據寫本補.【교주】

132 永嘉公 : 명나라 가정 연간의 중신이자 '대례의 사건'의 주요 인물인 장총張璁, 즉 장부경張孚敬을 말한다.

소사少師 고신정高新鄭과 태재太宰 손부평孫富平은 모두 처음에는 훌륭한 명성으로 크게 기용되었지만 나중에는 둘 다 너무 강직해서 관직을 떠났고, 얼마 뒤 모두 고향집에서 죽었으며 모두 후사가 없었다. 손부평이 간관諫官이었을 때 서화정徐華亭과 막역하게 지냈는데, 상소를 올려 고신정이 매우 추악하다고 비난했다. 두 공은 서로 모의하지 않았다고 말했고 두 공의 나이 차이 또한 30여 년이었다. 그가 재임 중일때 그를 추대하는 자들이 많았는데 모두 청렴하는 명성을 누리고 있었으므로, 그를 매우 미워하는 자도 탐욕스럽다고 나무랄 수 없었다. 최근 몇 년 사이 고신정의 양자 고무관高務觀과 고무실高務實 등이 재산 다툼을 했는데, 각자 상소를 올려 유산이 백만 냥인데 나누어 받은 것이 공평하지 못하다고 공개적으로 밝히자, 황명을 받들어 그곳의 순무巡撫가 공동 조사하게 했다. 최근에 손부평의 사후에 그의 사촌 형제와 조카들이 진秦 땅에서 계승권을 다투며 서로 폭로했는데, 당사자들은 손부평이 돈과 보물을 어느 정도 모아뒀다고 말하면서 서로 간의 다툼이 끝나지 않았다. 당시 서안西安의 추관推官 정책程策은 그에 대한 처분을 판결하고는 진술서에 그 수량을 죽 열거해 적었다. 손부평이 처음 세상을 떠났을 때는 제자들이 한창 많았는데, 정책이 다소 꺼리지 않았다고 미워하다가 마침내 탄핵 상소를 올려 정책을 폄적시켰다. 두 공께서 쟁쟁하게 조정에서 벼슬을 했으니 약간 의론할 수는 있지만 어찌 이런 지경에 이르렀는가? 3척 동자 어린 고아라도 절대 이렇게까지 갈라지지는 않았을 것이다. 옛 사람들이 후사가 없는 것을 가혹한 형벌이라고 한 것이 진실이구나!

원문 **新鄭富平身後**

新鄭高少師[133]富平孫太宰[134], 初俱以重名大用, 後皆以太剛去位, 未幾俱歿於里第, 俱無嗣. 孫爲臺臣時, 與徐華亭莫逆, 疏詆新鄭最醜. 二公道不相謀, 相去亦三十餘年. 及其在事, 擁戴之者俱衆, 然皆負素絲之名, 卽甚憎者, 無能以墨議之. 近年高繼子務觀務實等爭産, 各交章訟言遺貲百萬, 分授不均, 奉旨彼中撫按會勘. 頃富平身後, 羣從爭繼, 亦互訐于秦中, 諸當事謂太宰積鏹若干, 寶貨若干, 彼此搆訟不結. 時西安推官程策, 爲之讞決處分, 於爰書中備列其數. 孫初下世, 桃李正繁, 恨程不爲稱譽, 遂以白簡謫程去. 兩公立朝錚錚, 卽微有可議, 何至溺情阿堵? 使有三尺之孤, 必不決裂至此. 古人以無後爲酷罰, 信哉!

---

133 新鄭高少師 : 명대 융경隆慶 연간에 내각수보를 지낸 고공高拱을 말한다.
134 富平孫太宰 : 명나라 후기의 대신 손비양孫丕揚을 말한다.

만력 연간 초 포판蒲阪 장봉반張鳳磐 상공 댁의 한 노복 진씨陳氏는 달리기를 잘해 하루에 8백 리를 갈 수 있었는데, 천부적으로 몸이 가볍고 재빠른 것이지 다른 기술이 있는 것은 아니었기 때문에 진비陳飛라고 불렀다.

장상공의 아들 장태징張泰徵이 경진년 회시에서 급제하자, 진비에게 돌아가 알리게 했다. 말을 탄 자보다 먼저 하룻밤 만에 이미 하중부河中府에 도착했으니 전 기록 또한 손 안에 있었다. 진비의 아들 역시 유능했어도 하루에 5백 리밖에 갈 수 없었는데, 나중에 도둑질을 하다가 야무진 관리에게 혹형을 받아 두 발이 오그라들었는데도 300리를 갔다. 이 외에는 오랫동안 이야기가 들리지 않는다. 최근 오중에 고씨顧氏 성을 가진 사람 하나가 애초에 군대 모집에 응해 군에 적을 두고 있었는데 나중에 신선의 가르침을 얻게 되어 하룻밤에 천 리를 갈 수 있다고 말했다. 조운총독漕運總督 중승中丞 이삼재李三才가 그를 마음에 들어 해서 대등한 예의로 그를 대할 정도였다. 요사이에는 이미 잘 달리지 못하게 되었다. 들자 하니 그를 미워하던 자가 그의 주머니에서 쇠로 된 작은 배 하나를 뺏어갔다고 하는데, 아마도 그의 스승이 준 것인 듯하다. 뺏어간 사람은 그 비밀 주문을 알지 못해, 조계화趙季和가 판교板橋 삼랑자三娘子의 나무 인형을 얻고도 쓰지 못한 것처럼, 그것을 사용하지 못했다. 고씨는 나도 잘 아는데, 최근에는 이미 내단內丹과 외단外丹을 만드는 일로 전업했다.

원문 **陳飛**

萬曆初, 蒲阪張鳳磐[135]相公, 家有一僕, 陳姓, 善走, 一日能八百里, 蓋蹻捷天賦, 非有他術, 因名之曰陳飛.

相公子名泰徵者, 庚辰南宮[136]登第, 遣飛歸報, 先馳馬者一日夜已至河中府, 則全錄且在手矣. 飛之子亦能行, 一日止五百里, 後爲盜, 受健吏酷罰, 兩足逐攣, 然猶三百里也. 此外久不聞. 近日吳中有一顧姓者, 初應募在戎籍, 後得異人傳授, 云一日夜可千里. 淮撫[137]李中丞三才喜之, 至與分庭抗禮[138]. 近已不能行. 聞爲忌者奪其囊中一小鐵船去, 蓋卽其師所授也. 奪者又不得其祕呪, 如板橋三娘子木人[139], 亦無所用之. 顧

---

135 蒲阪張鳳磐 : 명대 만력 연간 내각수보를 지낸 장사유張四維를 말한다.
136 南宮 : 예부 또는 예부에서 주관하는 회시會試를 말한다.
137 淮撫 : 조운총독漕運總督의 약칭이다. 회무淮撫의 회淮는 회하淮河 지역을 말하며, 회무는 바로 회하 지역의 조운漕運 업무를 총괄하도록 조정에서 파견한 조운총독을 말한다. 조운총독은 품계가 종일품 또는 정이품인 고위 관료다. 명나라 경태 2년 1451에 처음 생겼는데, 남직례 회안부성淮安府城에 머물며 운하 관리와 지방행정업무를 처리했다. 정식 명칭은 '총독조운겸제독군무순무봉양등처겸관하도總督漕運兼提督軍務巡撫鳳陽等處兼管河道'다.
138 分庭抗禮 : 뜰에 자리를 마련하고 대등하게 예의를 나눈다는 뜻으로, 상호간에 대등한 지위나 예의로써 대한다는 말이다.
139 板橋三娘子木人 : 당나라 때의 문학가 설어사薛漁思가 쓴 『하동기河東記』에 수록된 전기傳奇 소설 『판교삼랑자板橋三娘子』의 내용을 말한 것으로 보인다. 『판교삼랑자』의 간략한 줄거리는 다음과 같다. 판교板橋에 삼랑자三娘子라는 여인이 운영하는 여관이 있는데, 항상 손님이 매우 많았다. 하루는 조계화趙季和라는 나그네가 이곳

姓者, 余亦相稔, 近已改業內外丹矣.

에 묵게 됐는데, 밤에 우연히 삼랑자가 상자에서 나무로 만든 남자와 소를 꺼내 세워 놓고 물을 뿜어 움직이게 만드는 것을 보았다. 다음 날 아침 조계화는 의심스러운 마음에 삼랑자가 주는 아침을 먹지 않아서 괜찮았지만, 아침밥으로 나온 빵을 먹은 사람들은 모두 그 자리에서 당나귀로 변했다. 삼랑자가 부유한 원인을 알게 된 조계화는 조용히 여관을 떠났다가 며칠 후 다시 여관을 찾았다. 다음 날 아침 삼랑자가 주는 빵을 몰래 자신이 미리 준비한 빵 하나와 바꾸고 그것을 삼랑자에게 권했다. 삼랑자는 바꿔치기한 빵을 한 입 먹자마자 당나귀로 변했다. 조계화는 상자 속의 나무 인형과 나무소를 꺼내 삼랑자가 한 것처럼 물을 뿜어봤지만 소용이 없었다.

문강공文康公 고정신[顧鼎臣, 호는 미제未齊]은 부친이 만년에 노비에게서 난 서자라서 부모에게서 대접받지 못하고 극심한 가난에 오래된 사찰에서 글공부를 했다. 틈이 나면 무뢰배들과 이웃집 개를 훔쳐 삶아 먹었다. 땔나무가 떨어지면 나무로 된 나한상을 쪼개어 불을 때고 풀죽을 어린아이에게 주어 먹였는데, 사람들이 그를 비난해도 돌아보지 않았다. 근래에 육기룡[陸起龍, 호는 소백少白]이 선황제 초년에 절에서 고학하면서 역시 개를 훔쳐 끼니를 채웠다. 또 절에서 대신 불을 지피는 일을 그만두면서 일찍이 "한밤중에 개로 끓인 국이 아직 익지도 않았는데, 절에서 한 그릇 더 가져오라 하네"라는 시를 지었다. 고정신은 곤산崑山 사람이고 육기룡은 태창太倉 사람이니 오중에서 태어난 것이 같고 재주로 이름난 것도 같으며 성품이 훌륭하고 시원시원한 것도 같은데 다만 한 사람은 재상이고 다른 한 사람은 낮은 관료로 다를 따름이다. 육기룡은 힘이 있고 고집이 강하며 기가 세어 같은 마을 시어侍御 신암愼庵 오지언吳之彥과 말다툼을 자주 해 쇠채찍을 만들어 소매에 품고 다녔는데, '이 채찍은 오지언을 때리는 데만 쓴다'라고 그 위에 새겼다. 오지언이 이를 두려워하며 자취를 감추고 고향에 머물며 감히 나오지 못했다. 오지언은 왕엄주의 오촌 조카로 우연히 "육소백이 저를 죽이려고 하는데, 조카인 저에게 무슨 죄가 있습니까?"라고 물었다. 왕엄주가 웃으며 "너는 사실 죄가 없지만 속담에 나쁜 사람은 결국 나쁜 사람에게 당한다고 했는데, 너희 두 사람이 그러하다"라고 했다. 오지언이 억지로 웃으며 답하지 않았다.

원문 顧文康陸少白

顧文康未齋鼎臣[140], 爲封公[141]晚年婢出孽子, 父母不禮之, 苦貧, 讀書古寺中. 暇則與羣兒無賴者, 盜鄰家狗烹之, 薪盡, 則析木偶羅漢供爨, 至糜爛與諸稚共啖, 人誚責之, 不顧也. 近時陸少白起龍[142]大行初年, 攻苦僧舍, 亦偸狗作饌. 亦輒伽藍[143]代爨, 曾有詩云, "夜牛犬羹猶未熟, 伽藍再取一尊來." 顧崑山人, 陸太倉人, 產吳中同, 負才名同, 性俊爽同, 特一宰相, 一下僚, 異耳. 陸有膂力, 倔強使氣, 常與同里吳侍御愼庵之彥有違言, 鑄一鐵簡置懷袖, 上刻'此簡專打吳'之彥. 吳畏之, 匿跡鄉居不敢出. 吳爲王弇州從甥, 偶問曰, "少白乃欲死我, 甥有何罪?" 王笑曰, "子誠無罪, 但諺所云, 惡人自有惡人磨. 則二君是也." 吳乾笑, 無以答.

---

140 顧文康未齋鼎臣 : 명나라 가정 연간에 내각수보를 지낸 고정신顧鼎臣을 말한다.
141 封公 : 자손이 큰 벼슬을 해 조정으로부터 작위나 칭호를 받은 사람.
142 陸少白起龍 : 명대 송강부松江府 상해上海 사람 육기룡陸起龍, 생졸년 미상을 말한다. 그의 자는 운종雲從이고, 만력 40년1612 거인이 되었다. 영녕지현永寧知縣을 지냈다.
143 伽藍 : 승려들이 불도를 닦으면서 머무는 절.

374　만력야획편(상) 3_ 권8

이전부터 지문誌文과 행장行狀 같은 문장은 그 집안의 자손이 만든 초고를 제출하면 문장을 정리하는 자들이 그것에 따라 윤색하니 과장되게 칭찬하는 일을 면치 못했다. 고정考亭이 장준張浚의 행장을 쓸 때도 오히려 이를 면하지 못했으니 어찌 다른 이를 깨우치겠는가? 그러나 20년 전 운간雲間의 서문정전徐文貞傳은 같은 마을 원민元敏 풍시가馮時可의 필적에서 나왔는데, 중간에 꾸짖고 원망하는 내용이 한두 가지가 아니었다. 만수궁萬壽宮을 짓는 일에 있어서 서문정이 먼저 주도해 엄분의의 총애를 빼앗고 또 그 장자 서번徐璠이 공부주사工部主事를 겸해 공사를 감독하도록 추천해 태상시소경太常寺少卿으로 일약 승진했다고 했다. 서문정전이 세상에 성행하자 간행해 보내는 것이 부당하다고 서번에게 나중에 말하는 자가 있어서 마침내 그만두고 행하지 않았고 이 때문에 풍시가와 불구대천의 원수가 되었다. 이후에 풍시가의 벼슬길이 여러 번 좌절되자 번번이 서씨의 탓을 하며 지금까지도 계속 서로 욕한다. 정위廷尉 남강南岡 옹은翁恩이 풍원민은 소환하지 않았고, 서문정은 그 책임을 면할 수 없었다. 그러나 풍원민이 전을 쓴 것은 글을 빌어 원수를 갚은 것이다. 듣자 하니 또 그 집안이 간청해 마음 내키는대로 칭찬하기고 하고 비난하기도 했다 하니 또한 편협한 것이다. 그러니 풍원민이 새긴 문집 중에 실은 서문정전은 지나치게 칭송하고 폄하하는 말은 하나도 없으니 이것은 개정본이다.

○ 근래에 서문정의 『유대록諭對錄』 10여 권을 보니 모두 세종의 친필 조서와 비밀 상소에 회답한 글로 중간의 상商, 재초齋醮, 복식服食의 외설스러움은 모두 영합함을 면할 수 없었다. 그러므로 황태자 책봉 의식을 황상께서는 늦추고 싶어 하시니 또한 감히 드러내놓고 간언하지 못하고 대체로 많이 망설였다. 다만 엄분의 부자처럼 감히 다른 마음을 품고 황상의 뜻대로 두 왕 중에서 하나를 택하지 못했을 뿐이다. 경공왕景恭王은 번왕의 집으로 가고 목종은 궁궐에서 등극하니 서문정이 마침내 황제를 옹립한 공으로 칭송되었다. 임오壬午 연간에 한 위문 조서는 장강릉이 초안을 썼는데, 특별히 선제를 보좌한 것을 인용해 말하니 서문정의 공명과 총애가 마침내 근래에야 간신히 알게 되었다. 그러나, 『유대록』을 그 자손이 어찌 비밀리에 숨기지 않고 우리가 또한 훑어볼 수 있게 되었는가?

원문 諛墓

　從來誌狀之屬, 盡出其家子孫所創草藁, 立言者隨而潤色之, 不免過情之譽. 如考亭之狀張浚, 尙不免此, 何論其他? 然如二十年前, 雲間徐文貞[144]傳, 出其同里馮元敏時可[145]筆, 中間刺譏非一. 至於營建萬壽宮一

---

144 徐文貞 : 서계徐階를 말한다.
145 馮元敏時可 : 명대 후기의 관리 풍시가馮時可, 생졸년미상를 말한다. 그의 자는 원민元敏 또는 원성元成이고, 호는 문소文所이다. 송강부松江府 화정華亭 사람이다. 융경 5년1571 에 진사가 되어, 광동안찰사첨사, 운남포정사참의, 호광포정사참정, 귀주포정사 참정 등의 벼슬을 지냈다. 『춘추』에 뛰어났으며, 『좌씨석左氏釋』, 『좌씨토左氏討』,

事, 謂文貞創謀, 以奪分宜之寵, 又薦其長子璠, 兼工部主事督工, 躐陞
太常寺少卿. 此傳盛行人間, 後有語璠以不當刊送者, 遂止不行, 因與馮
成貿首之讐. 此後馮仕途屢躓, 輒歸咎徐氏下石, 至今相詬未已也. 元敏
乃翁廷尉[146]南岡恩之不召, 文貞不得辭其責. 而元敏作傳, 未免借筆舌
報怨. 聞又其家所乞, 乃任情抑揚, 亦陋矣. 然馮元敏刻集中, 所載文貞
傳, 則推獎過情, 無一貶辭, 是改本矣.

○ 近日見文貞『諭對錄』, 凡十餘卷, 俱世廟手敕, 及所答密疏, 中間商
及齋醮及服食穢褻, 俱未免迎合. 卽建儲大典, 聖意欲遲遲, 亦不敢顯諫,
大抵依違居多. 特不敢如分宜父子, 懷二心, 任上意, 於二王中擇一耳.
及景恭王就藩邸, 穆廟登宸極, 文貞遂以定策功著稱. 至壬午存問一詔,
爲江陵公視草, 特引羽翼先帝爲言, 而文貞功名寵眷, 遂爲近世僅見.
然『諭對一錄』, 其子孫何以不祕藏之, 致吾輩亦得寓目也?

『좌씨론左氏論』, 『역설易說』 등 수많은 저서를 남겼다.
146 廷尉 : 정위경廷尉卿이라고도 하며, 구경九卿 가운데 하나로, 형벌과 법률을 관장하
는 관리다.

오중의 천전天全 서유정徐有貞이 내각 대신으로 무공백武功伯에 봉해졌다. 그런데, 조길상과 석형의 모함을 받아 물을 다스린 공으로 직첩을 받아 우임금을 계승한다는 말로 신하가 아닌 게 되어 거의 사형을 당할 뻔 했다. 이에 천자를 의지해 경고를 당하고 사형만은 면할 수 있었지만, 오히려 삭탈관직을 당해 금치위金齒衛에 오랫동안 유배되었다. 지금 황상의 기묘己卯년에 곤륜昆侖 고계우高啓愚가 응천부의 향시를 주관해 '순임금 역시 우임금을 명했다'라는 것을 첫 문제로 내니 모든 시험장이 소란스러웠다. 장강릉이 실각하자 언관들이 고계우를 탄핵하며, 그가 선위를 이용해 장강릉에게 황위를 권했다고 말했다. 황상의 뜻이 이미 움직여 여러 대신들의 강력히 간언한 덕에 해결될 수 있었으니 또한 종백과 학사의 지위를 모두 빼앗기고 삼대의 직첩도 태웠다. 신 우임금은 진실로 신하가 감당할 수 없음을 알 수 있다. 근래 정미丁未년에 재상에 임명되었고 현재는 주산음朱山陰이 맡고 있는데, 이전의 재상 왕태창王太倉을 수규로 임명하고 동아東阿에서 승진하니 이진강李晉江, 섭복청葉福淸이 모두 동각東閣 대학사가 되었다. 어사 양한驤漢 강비양姜丕揚이 상소를 올려 "황상께서는 새로 다섯 명의 보좌할 현신을 얻으셨으니 순임금에게 다섯 신하가 있는 것과 무엇이 다르겠습니까?"라고 했다. 따라서 우임금을 말하지 않아도 그 내용 중에 우임금이 있다. 이 사람들의 과분한 명예는 대부분의 글에서도 불가한데, 하물며 감히 황상의 귀에 들렸으니 어떠하겠는가? 황상의 너그럽고 인자하심에 의지해 비난하고 책망하지 않을 뿐이다.

五臣

吳中徐天全有貞[147], 以閣臣封武功伯. 爲曹石所搆, 因其河功告身, 有纘禹之語, 謂爲不臣, 幾致伏法, 賴雷電[148]示警得免, 然猶削奪官爵, 長流金齒衞. 今上己卯, 高昆侖啓愚[149]主應天試, 以'舜亦以命禹'爲首題, 合場喧噪. 至江陵敗, 言官糾之, 謂, "其用禪受爲江陵勸進." 上意已動, 賴諸大臣力諍得解, 然亦盡削宗伯學士之職, 焚其三世告身. 可見神禹固非臣子所敢當也.

頃丁未爰立[150], 現任爲朱山陰, 起故相王太倉爲首揆, 而進于東阿, 李晉江葉福淸, 俱爲東閣. 御史康驤漢不揚建白疏, "有皇上新得五賢輔, 何異舜之有五臣?" 則不言禹而禹在其中矣. 此等非分之譽, 在尋常文字尙不可, 況敢聞之君父耶? 賴上寬仁不詰責耳.

---

147 徐天全有貞 : 명나라 영종 시기에 내각수보를 지낸 서유정徐有貞을 말한다.
148 雷電 : 천자.
149 高昆侖啓愚 : 명나라 후기의 관리 고계우高啓愚, 1535~?를 말한다. 그의 자는 민보敏甫이고, 사천 중경부重慶府 동량현銅梁縣 사람이다. 가정 44년1565 진사가 되어, 한림원 편수, 국자좨주, 한림원 시강학사, 예부우시랑 등의 벼슬을 지냈다. 장거정과 가까이 지내며, 남경에서 향시를 주관할 때 '순 임금 또한 우 임금에게 명했다舜亦以命禹'라는 제목의 시험 문제를 냈다. 장거정 사후에 정차려의 탄핵을 받아 파직되었다.
150 爰立 : 재상에 임명됨.